VINA
JACKSON

4 Seasons

LABYRINTH
DES BEGEHRENS

VINA
JACKSON

4 Seasons

LABYRINTH
DES BEGEHRENS

ROMAN

Aus dem Englischen
von Susanne Aeckerle
und Marion Balkenhol

carl's books

Die Originalausgabe erschien 2014 unter dem Titel
»The Pleasure Quartet – Winter« im Verlag Simon & Schuster, London.

MIX
Papier aus verantwortungsvollen Quellen
FSC® C083411
FSC
www.fsc.org

Verlagsgruppe Random House FSC® N001967
Das für dieses Buch verwendete FSC®-zertifizierte Papier
Lux Cream liefert Stora Enso, Finnland.

1. Auflage

Umschlaggestaltung: semper smile, München
Satz: Uhl + Massopust, Aalen
Druck und Bindung: CPI – Clausen & Bosse, Leck
Printed in Germany
ISBN 978-3-580-58544-3

www.carlsbooks.de

1

VERZAGT UND NACKT IN LONDON

Die Musik war laut. Der Club lag fast völlig im Dunkeln. Sie hatte einen trockenen Hals und brauchte noch einen Drink.

Auf dem Weg zum Tresen wurde sie von den kreuz und quer über den Boden zuckenden Lichteffekten abgelenkt.

Ein vertrautes Gesicht. Eine Hand auf der Taille einer Frau. Ein sich küssendes Paar.

Das Licht reichte aus, um die beiden zu erkennen.

Olen. Und Simone.

Giselle war den Tränen nahe. Sie rannte über die rutschigen Steinplatten auf den Kanal zu und überquerte vorsichtig die schmale Holzbrücke der Schleuse. Es war stockdunkel, in der Ferne grollte rasch näher kommender Donner.

Der Regen setzte ein, als sie das Kopfsteinpflaster auf dem linken Kai erreichte. Sie war schon öfter in Camden Market gewesen, aber nur tagsüber, wenn es hier laut und geschäftig zuging. Nachts wirkte alles trostlos und unheimlich, wie die Filmkulisse einer Geisterstadt.

Das Herz war ihr schwer, sie hatte einen Knoten im Magen. Der ganze Körper tat ihr weh, als laste ein schreckliches Gewicht auf ihr. Ein Schmerz, so tief, als würde ihre Seele in Stücke gerissen.

Der Boden war glitschig, und sie ging langsamer.

Am liebsten wäre sie jetzt irgendwo anders gewesen, nur nicht in London. Wieder zu Hause in Paris oder – ein flüchtiger Gedanke huschte ihr durch den Kopf – in Orléans, wobei sie ihre Geburtsstadt kaum kannte und sich nur auf fragwürdige Kindheitserinnerungen an idyllischere Zeiten verließ. Oder vielleicht konnte sie – noch ein bisschen abwegiger – nach Amerika in das New Orleans ihrer Fantasie entfliehen? Einen Ort, an dem sie nie gewesen war, der aber in ihrer weltfremden Vorstellung vor Leben und Voodoo-Zauber nur so sprudelte. Wie in den Vampir-Romanen von Anne Rice, die sie so gern las. Während sich dieser unlogische Gedanke Bahn brach, wurde ihr auch bewusst, dass ihr die Stadt am Mississippi schon lange nicht mehr in den Sinn gekommen war. Wieso ausgerechnet jetzt?

»Giselle!«

Sie drehte sich um.

»Bitte, können wir reden?«

Olen.

Ihr erster Impuls war, einfach wegzulaufen, doch irgendetwas hielt sie zurück. Sie wartete, bis er sie eingeholt hatte, blieb am Kanalufer stehen, wo der flache Anstieg zur Camden High Street begann, auf der sie einen Bus erwischen wollte, um dem Gewitter zu entfliehen. Das nasse Haar klebte ihr bereits an Gesicht und Kragen.

Olen wirkte zerzauster denn je in dem nassen weißen T-Shirt und der engen Jeans und mit den schwarzen Locken, die platt gedrückt waren vom nun strömenden Regen. Seine ganze Selbstsicherheit schien fortgespült, und er machte eine wirklich traurige Figur.

Er erreichte sie.

»Danke, dass du gewartet hast.«

Plötzlich wurde Giselle wütend und wollte ihn dafür bestrafen, sie so öffentlich gedemütigt zu haben. Doch sie schwieg, wischte sich die verräterischen Tränen und die Regentropfen von den Wangen.

Er sah sie mit flehendem Blick an, wollte sie wohl schweigend um Verzeihung bitten. Er wirkte wie ein geprügelter Hund.

In dem Moment, als sie gesehen hatte, wie ihr Freund ihre Freundin küsste, hatte Giselle etwas für sich erkannt.

Sie war nicht in Olen verliebt.

Diese Erkenntnis schmerzte wie ein Messerstich.

Olen war ihr vollkommen egal. Sie hatte sich die ganze Zeit belogen, war lediglich in die Vorstellung verliebt gewesen, tatsächlich einen Freund zu haben. Verliebt in die Vorstellung, dass jemand wie er – gut aussehend, leicht exotisch – sich in sie verguckt hatte. Und wie dumm stand sie jetzt da?

»Was soll ich sagen?«, fragte Olen.

»Nichts.«

Ihre Wut verflüchtigte sich, wurde durch Mitleid ersetzt. Nicht mit sich, sondern mit ihm. Sie mochte Olen immer noch, nahm sie an, auch wenn sie ihn nicht liebte.

Und nun musste sie irgendwie erklären, warum es ihr egal war, dass er mit einem anderen Mädchen geknutscht hatte.

Trotzdem nagte die ganze Sache an ihr. Sie kam sich verloren vor. War verwirrt. Die Erkenntnis, dass sie eine Beziehung mit einem Jungen hatte, den sie nicht liebte, traf sie zutiefst. Als wäre ihr ein Teil ihrer Identität genommen worden, und sie müsste nun mit der Vorstellung klarkommen, nicht die zu sein, für die sie sich gehalten hatte, sondern eine völlig andere Person.

Wahrscheinlich hätte sie einfach davonstürmen sollen, aber sie konnte sich nicht dazu aufraffen.

Unbehagliches Schweigen machte sich breit, während sie sich beide im prasselnden Regen gegenüberstanden. Auf der nächtlichen Straße war nur wenig Verkehr.

»Es tut mir leid.« Olen hielt den Blick gesenkt und trat von einem Fuß auf den anderen.

»Das sollte es auch …«

Sie suchte nach den richtigen Worten.

»Können wir darüber reden?«, schlug er vor.

Mit einer unwirschen Handbewegung wies ihn Giselle auf das Wetter hin und zuckte mit den Schultern.

»Ich glaube, es ist weder der richtige Ort noch der richtige Zeitpunkt.«

»Hier muss es doch irgendwo eine Bar oder ein Café geben.«

Giselle blickte über die Straße und die nahe Brücke. In der Ferne schimmerte das orangefarbene Licht eines Taxis auf, und sie war ernsthaft versucht, es anzuhalten und sich nach Hause fahren zu lassen. Aber sie wusste auch, dass sie sich das eigentlich nicht leisten konnte. Wenn sie ihr Geld für ein Taxi verschwendete, würde sie für den Rest der Woche von Baked Beans und Toast leben müssen, bis die nächste Rate ihres kärglichen Zuschusses auf dem Konto eintraf. Andererseits wurde sie immer nasser, und der lange Weg zur nächsten U-Bahn-Station würde alles nur noch schlimmer machen. Außerdem durfte sie sich keinesfalls erkälten, da in einer Woche Zwischenprüfungen anstanden.

»Wir müssen aus dem Regen raus …«, sagte sie.

Olen war ihr in der Ballettschule ein Jahr voraus und stand nicht mehr unter dem Druck der Prüfungen. Er hatte sich langfristig in London niedergelassen, und sie hatte mehrere Auftritte von ihm gesehen. Zweifellos war er einer der Stars ihrer Gruppe. Geschmeidig, elegant und mit ruhigem Selbstvertrauen glitt er über das Parkett des Studios, ließ den Tanz so leicht aussehen, das anmutige Fließen seines Körpers und das Zusammenspiel mit den anderen Tänzern anscheinend bar jeder Technik. Ein Naturtalent. Im Gegensatz zu ihr, für die alles mit Anstrengung verbunden war. Wenn er doch auch im Bett nur so selbstsicher gewesen wäre.

»Wo möchtest du denn hin?«, fragte er sie.

»Irgendwohin, nur weg von hier.«

Das schwarze Taxi kam die High Street herauf und war nur noch wenige Meter von ihnen entfernt, als Olen winkend den Arm hob. Giselle wusste, dass sein Vater ein großes Transportunternehmen in Dänemark besaß und Olen sich daher, im Gegensatz zu ihr, Taxis durchaus leisten konnte. Er brauchte nicht mal ein Stipendium in Anspruch zu nehmen.

Das Taxi schwenkte zum Randstein und kam vor ihnen zum Stehen. Sie liefen los, und Olen hielt ihr die Tür auf. Eine Woge abgestandener Wärme schwappte über sie hinweg, als sie sich auf den Rücksitz sinken ließ. Olen sprang hinter ihr hinein und schlug die Tür zu.

»Wo soll's denn hingehen, Kinder?«, fragte der Fahrer.

In ihrer momentanen Stimmung hatte Giselle keine Lust, in ihr winziges Dachzimmer in Dalston zurückzukehren, zu der ständigen Erinnerung an unerreichbare Träume und erlahmenden Ehrgeiz. Und zu der undichten Stelle im Dach, die der Vermieter einfach nicht reparieren wollte, und dem unzuverlässigen Warmwasserboiler, der jedes Duschen zu einem gefährlichen Abenteuer machte.

Sie sah Olen in die Augen. Er wartete auf ihre Antwort.

»Zu dir?«, schlug sie vor. »Aber können wir erst irgendwo was trinken? Reinen Tisch machen?« Sie wusste, dass es unter den gegebenen Umständen völlig falsch war, zu ihm zu gehen, in das geräumige, helle Zimmer, mindestens dreimal so groß wie ihres, das er im dritten Stock einer Villa in Kensington gemietet hatte, die der Ballettschule gehörte und Giselles finanzielle Möglichkeiten bei Weitem überstieg.

Ihre Kehle war wie zugeschnürt.

Olen wies den Fahrer an, sie nach Notting Hill zu bringen. Hinter einem Nachtbus, der durch den Regen an ihnen vorbeirauschte, fuhr das Taxi vom Randstein los und bog dann unter der Eisenbahnbrücke nach rechts ab. Giselle fiel ein, dass sie den Bus in Richtung East London hätte nehmen können. Jetzt war es zu spät. Hatte sie die falsche Entscheidung getroffen? Sie spürte Olens Hand an ihrem Knie auf der Suche nach Beschwichtigung oder Vergebung oder beidem, und sie warf sich vor, nicht die Willensstärke besessen zu haben, davonzustürmen und ihn einfach im strömenden Regen stehen zu lassen.

Das Taxi wurde von der Nacht verschluckt und fuhr nach Süden.

»Dir ist es vollkommen egal, oder?«, meinte er trübselig, während sie vor ihren Getränken in einer der mit rotem Leder bezogenen Nischen im Electric Diner saßen.

Trotz der späten Stunde und wider besseres Wissen hatte Giselle Espresso bestellt, in der Hoffnung, durch das Koffein wieder einen klaren Kopf zu bekommen.

Sie hatte Olen absichtlich als Ersten in die Nische rutschen lassen, damit sie ihm gegenübersitzen konnte, wodurch sie jetzt einen ungehinderten Blick auf seine Oberlippe hatte, beschmiert mit einer dünnen Sahneschicht und Kakaopulver von der heißen Schokolade, die mit winzigen Marshmallows auf der Sahne serviert wurde. Der Milchbart lud nicht zum Küssen ein, anders als solche Situationen in Filmen gern dargestellt wurden. Giselle unterdrückte das Bedürfnis, sich vorzubeugen und ihm das Zeug vom Mund zu wischen. Für sie glich er sowieso schon einem kleinen Jungen, und sie wollte sich nicht auch noch wie seine Mutter benehmen.

Giselle trank ihren Espresso und überlegte. Die Frage war unmöglich zu beantworten. Egal, was sie sagte, sie würde so oder so verlieren.

Sie strich sich das feuchte Haar aus dem Gesicht, achtete darauf, mit den Ärmeln ihrer Seidenbluse nicht an die klebrige Tischplatte zu kommen. Die anderen weiblichen Gäste waren lässiger gekleidet, in Jeans oder Miniröcke und neonfarbene Tops, dazu Turnschuhe, das toupierte Haar und der dicke Lidschatten in krassem Gegensatz zu Giselles ungeschminktem Gesicht. Sie trug kein Make-up, auch wenn sie sich durchaus bewusst war, dass ihre Wangen jetzt blutleer waren und ihr die dichten Augenbrauen eine stets ernsthafte Miene verliehen, die sie selbst im besten Fall unnahbar wirken ließ. Ihr dunkles Haar war noch nie gefärbt worden und umrahmte ihr Gesicht, wenn es nicht klatschnass war, in einem schicken Bubikopf, dessen gerader Pony ihre Stirn bedeckte.

Selbst in Notting Hill passte sie nicht dazu und hob sich, was ihrer Meinung nach noch schlimmer war, von allen anderen ab. Sie war größer als Olen. Nur ein paar Zentimeter, selbst in flachen Schuhen, doch das reichte. Dabei konnte man ihn keinesfalls als klein bezeichnen. Sie musste seitwärts in der Nische sitzen, um ihre Beine unter dem Tisch ausstrecken zu können und sie nicht mit den seinen zu verhaken.

In ihrer Bluse und dem kurzen – aber nicht zu kurzen – eleganten schwarzen Rock und den flachen Lackschuhen sah Giselle, nun ja, französisch aus. Sie trug dünne, fleischfarbene Strümpfe, damit ihre Beine nicht kalt wurden, dazu einen Strapsgürtel, und sie wusste, dass auch das ungewöhnlich war. Die meisten Engländerinnen ihres Alters trugen blickdichte Strumpfhosen zu knalligen Farben, die Giselle aufdringlich fand, sowie enge, tief ausgeschnittene Tops, um ihren Busen zu zeigen.

Sie vermutete, dass diese Andersartigkeit zu Olens Interesse an ihr beigetragen hatte. Sie mochte zwar ein wenig unnahbar wirken, aber immerhin stolperte sie nicht bei Wind und Wetter mit entblößten Brüsten um drei Uhr morgens aus den Clubs. Zumindest sah Giselle wie ein Mädchen aus, das man seinen Eltern vorstellen konnte. Olen hatte sogar mal von ihr behauptet, sie habe »Klasse«.

Giselle presste die Lippen zusammen und beschloss, dass sie ihm die Wahrheit schuldete. Außerdem fiel ihr keine passende Lüge ein.

»Ja«, sagte sie. »Ist es wohl.«

Sie war erleichtert, nachdem sie es jetzt ausgesprochen hatte.

Olen verschluckte sich. Heiße Schokolade spritzte aus seinem Mund. Er wischte sich mit dem Ärmel über die Nase.

»Aber dir bin ich nicht egal?«, fragte sie ihn.

»Natürlich nicht«, schnaubte er.

»Kam mir heute Abend allerdings so vor«, fuhr sie ihn gereizt an. »Als du deine Zunge in Simones Hals versenkt hast.«

»Hör zu … es tut mir leid. Ich weiß nicht, was ich sonst sagen soll. Ist einfach passiert. Hatte nichts zu bedeuten. Wir hatten was getrunken, und …« Er wollte nach ihrer Hand greifen, doch Giselle zog sie rasch weg.

»Hab wenigstens den Mumm, es nicht auf den Alkohol zu schieben«, wies Giselle ihn zurecht. »Übernimm Verantwortung. Du hast mich betrogen.«

»Also, ich finde, das geht ein bisschen zu weit. Ich behaupte ja nicht, dass es in Ordnung war, aber es war nur ein Kuss.« Er klang mürrisch, wie ein Teenager, der auf frischer Tat ertappt worden ist und dennoch alles abstreitet. Genau genommen war Olen nach wie vor ein Teenager, wenn auch schon fast zwanzig, während Giselle knapp neunzehn war.

Sie weigerte sich, laut zu werden, und zischte ihn nur an.

»Du hast mich betrogen!«

Insgeheim war sie sogar einer Meinung mit Olen. Schließlich war sie Französin und fand auch, dass ein Kuss nur ein Kuss war. Im Großen und Ganzen machte es ihr nicht viel aus. Doch sie genoss es, ihn zappeln zu lassen. Sie spürte, wie viel Macht sie im Moment über ihn hatte, als wäre er, weil sie ihn erwischt hatte, ein Gefangener, den sie nach Lust und Laune bestrafen könnte.

Die Birne der Lampe über ihnen begann zu flackern und wie eine Mücke zu sirren. Ein Kellner kam, um eine neue Birne einzuschrauben und die inzwischen leeren Tassen abzuräumen.

Er war blond, stämmig, breitschultrig und bewegte sich mit ungelenker, aber überwältigender Sinnlichkeit. Wie ein Rugbyspieler, zu dem es besser passen würde, in seiner Freizeit Gräben auszuheben, als Tabletts zu tragen. Das genaue Gegenstück zu Olens dunkelhaariger, glatter Anmut.

Giselle fing einen Hauch seines Geruchs auf – Schweiß und Moschus –, ein männlicher Duft, bei dem sie die Schenkel unwillkürlich zusammenpresste und ihre Aufmerksamkeit auf das sanfte Kratzen ihrer oben mit Spitze verzierten Strümpfe und das seidige Gefühl des Strapsgürtels an ihrer Haut lenkte.

»Kannst du mir verzeihen?«, bat Olen.

»Muss ich wohl. Wir haben zusammen Unterricht, daher bleibt mir nichts anderes übrig.«

Olen nickte kaum merklich. Seine schmalen Schultern sackten vor Erleichterung ein wenig nach vorn.

Sie hatten in ihren jeweiligen Heimatländern Ballettunterricht gehabt und beide das Gefühl, nicht richtig dazuzupassen. Giselle war immer das größte Mädchen in ihrer Klasse gewesen und neben all den hübschen, zierlichen Französinnen die Einzige, die man entfernt als amazonenhaft bezeichnen konnte; Olen hatte manchmal das Gefühl gehabt, in Kopenhagen der einzige schwarzhaarige, braunäugige Däne mit Durchschnittsgröße zu sein.

Jetzt studierten sie an derselben Elite-Ballettschule in West London. Giselle, immer auf der Suche nach Abenteuern, hatte sich nach Glamour und Aufregung im Ausland gesehnt. Sie hatte einen Kompromiss mit ihren Eltern geschlossen, die sie gern in Besuchsentfernung behalten wollten. Olen, stets praktisch veranlagt, wollte sein Englisch verbessern, falls er es je geschäftlich brauchte, wenn seine Karriere als Tänzer – sollte er das Glück haben, so eine Karriere zu machen – beendet war.

Olen hatte Französisch in der Schule gelernt und das als Vorwand benutzt, sich Giselle zu nähern, weil er angeblich seine Sprachkenntnisse verbessern wollte. Sie hatte sich geschmeichelt gefühlt, war auch einsam gewesen, und hatte seine Gesellschaft und Aufmerksamkeit genossen sowie die Möglichkeit, sich in ihrer Muttersprache zu unterhalten. Einen Freund zu haben, verlieh ihr Macht über die anderen Mädchen. Eine feste Basis in der gesellschaftlichen Hierarchie. Normalität. Sie gingen seit mehreren Semestern miteinander.

Und jetzt das.

Für Giselle war das Gespräch an einem Ende angekommen. Was gab es sonst noch zu sagen? Trotzdem konnten sie sich hier nicht ewig in betretenem Schweigen gegenübersitzen.

Sie räusperte sich.

»Zwischen uns ist es aus, ist dir das klar? Wir werden uns beim Unterricht sehen, aber ich treffe mich nicht mehr mit dir.« Selbst wenn sie ihm gegenüber ein gewisses Maß an Mitgefühl aufbrachte, war Giselle zu stolz, weiterhin eine Liebesbeziehung mit einem Mann zu führen, der sie in aller Öffentlichkeit so behandelt hatte. Sie würde sich nicht zum Narren machen lassen.

Giselle blickte ihn an, versuchte zu ergründen, was sie so anziehend an ihm gefunden hatte. Jetzt hatte sie nicht im Entferntesten das Gefühl, dass die Chemie zwischen ihnen stimmte. Hatte sie das überhaupt je empfunden? Sie hatte doch gar nicht gewusst, wie es sich zwischen einem Mann und einer Frau anfühlen sollte. Vielleicht lag darin das Problem. Sie waren beide völlig unerfahren.

»Und was jetzt?«, fragte er. »Möchtest du was essen? Noch was trinken? Oder ...« Er blickte sie hoffnungsvoll an.

Giselle seufzte. Wieder war es an ihr, den letzten Schritt zu tun, über ihrer beider Zukunft zu entscheiden. Sie war es leid, immer die Führung zu übernehmen, als wäre er ein Welpe und sie sein Frauchen.

»Gehen wir halt zu dir«, sagte sie und schlüpfte in ihre Strickjacke.

Sie überließ es ihm, die Rechnung zu bezahlen. Giselle knauserte weiß Gott genug, um über die Runden zu kommen, und er hatte reichlich Geld und beharrte sowieso immer darauf, zu zahlen.

Vor der Tür des Lokals drängten sie sich aneinander, um nicht wieder nass zu werden, und warteten auf ein weiteres Taxi. Zögernd legte er den Arm um sie, und sie ließ es zu. Sie wusste, was als Nächstes kam und dass es das letzte Mal sein würde. Es spielte kaum noch eine Rolle.

Denkwürdige erste und letzte Male. War es das, worauf sich ihre Beziehung reduziert hatte? Einen Anfang und ein Ende.

Als das Taxi kam, hielt er ihr die Tür auf, ganz der Gentleman. Giselle ließ sich auf den Sitz sinken und rief sich ihr erstes Zusammensein ins Gedächtnis.

In Paris hatte es nie eine Gelegenheit gegeben, oder, um fair zu sein, den richtigen Mann. Die Jungen, mit denen sie Umgang hatte, meist aus dem Bekanntenkreis der Familie, der Schule oder entfernte Freunde von Freunden, hatten alle etwas »Gewöhnliches« an sich. Nichts Aufregendes. Giselle war nicht sehr romantisch veranlagt, wünschte sich aber trotzdem, dass der erste Junge, mit dem sie gehen würde, anders war, unvergesslich. Sie hatte immer gewusst, dass es in London passieren würde. Die Jungen dort waren bestimmt aufregender. Sie besaßen etwas Kosmopolitisches. Erfahrung. Und heute Nacht sollte es passieren.

Sie war vor drei Monaten angekommen und hatte sich in der

Ballettschule eingelebt. Die Schüler ihres Jahrgangs kamen aus aller Herren Länder, doch erstaunlicherweise war sie die einzige Tänzerin, die aus Frankreich stammte. Es gab knackarschige Brasilianerinnen, eine feurige Gruppe aus den Mittelmeerländern, skandinavische Mädchen, die wie vom Fließband wirkten, mit hinreißend hohen Wangenknochen, dünn wie Bohnenstangen und von fast perfekter Schönheit, aber auch kühl und emotionslos, eine Schar Osteuropäerinnen, die unter sich blieben und kaum mit den anderen sprachen. Die Lehrer waren anspruchsvoll und der Unterricht anstrengend. Jeden Abend kehrte Giselle erschöpft in ihr Zimmer weit draußen an der Central Line zurück, alle Gelenke in ihrem Körper schrien vor Schmerz, im Kopf war nur noch Watte. Die ersten Tage waren ernüchternd gewesen. Sie musste das meiste von dem vergessen, was ihr in dem Pariser Tanzstudio beigebracht worden war, das sie seit ihrem siebten Lebensjahr besucht hatte, und sie hatte rasch begriffen, dass die meisten ihrer Mitschüler viel erfahrener, von Natur aus talentierter und für die Tanzkunst geeigneter waren als sie. Ihre Körper besaßen ausnahmslos die perfekte Form, ihre Schrittfolgen waren instinktiv sauber und korrekt, ihre Bewegungen mühelos, wohingegen Giselle zu groß und zu schwerknochig war und sich stumm abmühte, mit ihnen mitzuhalten und den unaufhörlichen Anweisungen und Korrekturen zu folgen.

Sie blickte aus dem Fenster zu den weiß getünchten Fassaden der Gebäude auf der anderen Seite der Landsdowne Road. Der Winter nahte, und die Bäume warfen ihr Laub ab. Es dämmerte bereits. Sie fröstelte kurz in Erwartung der nächsten paar Stunden, aber im Haus war es warm.

Olen war in die Küche gegangen, um Wein zu holen. Sein Zimmer war riesig, so viel größer als ihres, mit hoher Decke, geschmackvoll möbliert und ordentlich. Drucke alter Landkarten und berühmter Balletttänzer, Fonteyn, Nijinsky und anderer, die sie kennen sollte, aber nicht erkannte, waren in gleichmäßigen Abständen an die Wand gepinnt. Eine schlichte beige Wolldecke lag über der frischen weißen Bettwäsche. Nervös blickte sie darauf. Im Gegensatz zu ihrer schmalen Liege, die fast die Hälfte ihres Mietzimmers in Dalston einnahm, war dieses Bett geräumig, groß genug, um mehr als ein Paar aufzunehmen, dachte sie.

»Hier.« Er war barfuß auf Zehenspitzen zurückgekommen, ohne dass Giselle ihn gehört hatte, und reichte ihr ein Glas. »Ich könnte auch Kaffee machen, wenn dir das lieber ist …«

»Nein, brauchst du nicht.« Anscheinend wollte er ihr wohl unbedingt versichern, dass er nicht versuchte, sie betrunken zu machen.

Sie nahm einen Schluck. Der Wein war vollmundig, fruchtig und angenehm wärmend. Er schmeckte teuer. Wobei sie sich trotz ihrer französischen Herkunft nicht sonderlich gut mit Wein auskannte.

Während der letzten Monate waren sie sich beim gemeinsamen Unterricht, bei Proben, in den Pausen allmählich nähergekommen.

Olen sah gut aus, auf leicht manierierte, ätherische Weise, mit seinen schokoladenbraunen Augen und den dunklen Locken, die ihm in die bleiche Stirn fielen. Er hätte den Part eines Elfs übernehmen können, eines Kobolds; seine langen Gliedmaßen und die katzenhafte Anmut, die seine erstaunliche Kraft umso überraschender machten, wenn er seine Partnerinnen so mühelos anhob, als wären sie federleicht. Er war lässig, amüsant, flirtete gern und hatte einen köstlichen Hintern, wie zwei Pfirsiche, die perfekt auf seinen langen, muskulösen Schenkeln balancierten. Manchmal, wenn Giselle ihn Streckübungen an der Ballettstange machen sah, hätte sie sich gern hinter ihn gekniet und in diese festen Pobacken gebissen. Früh schon hatte er ihr zu verstehen gegeben, dass er sie mochte, hatte sie unter dem Vorwand zum Essen eingeladen, sein Schulfranzösisch aufbessern zu wollen, und sie hatten sich ein paarmal geküsst, an den langen Abenden in den verrauchten Pubs um die Cromwell Road und Earls Court, in denen Ballettschüler aller Jahrgänge oft den Tag ausklingen ließen. Eines Abends hatte sie ihm sogar erlaubt, seine Hand unter ihre Bluse gleiten zu lassen und ihre Brüste zu berühren. Es hatte sie wie ein Stromschlag durchzuckt und war ihr gleichzeitig unglaublich gewagt vorgekommen, weil so viele ihrer Freunde dabei waren und sie anfeuerten. So war unvermeidlich eins zum anderen gekommen.

Und nun war sie hier in seinem Schlafzimmer, mit dem Vorsatz, alles auf einmal hinter sich zu bringen, nachdem sie seine Einladung für den Samstagabend angenommen hatte. Sie hatten verabredet, in einen Kellerclub in Soho zu gehen, um sich bei dem Konzert eines amerikanischen Folksängers mit anderen aus ihrem Kurs zu treffen. Doch Olen hatte vorgeschlagen, zuerst zu ihm zu gehen, damit er sich nach dem nachmittäglichen ziellosen, ruhigen Spaziergang entlang der Portobello Road umziehen konnte. Beiden war klar, dass es ein Vorwand war und sie am heutigen Abend nicht mehr ausgehen würden. Außerdem hatten sie beide sowieso nicht viel für Folkmusik übrig.

Giselle spürte die Wärme seines Körpers ganz nahe an ihrem. Sie nahm einen leicht zitronigen Grundgeruch wahr, vermutlich von einer Seife oder einem Deodorant, das er verwendete, jedoch auch eine würzige, dunklere Duftnote, gedämpft, aber kräftig, wahrscheinlich der Geruch seiner Begierde. Giselle fragte sich, wie sie wohl riechen mochte.

Seine Lippen strichen über ihr Ohrläppchen, und sie bekam eine Gänsehaut.

Niemand hatte sie je auf diese Weise berührt.

Ein überraschendes Gefühl, aber auch berauschend. Ganz anders als ein einfacher Kuss auf die Lippen.

Sie schloss die Augen.

Das war die Ruhe vor dem Sturm, schwante ihr, und diese Zärtlichkeiten würden bald intensiver werden. Und irgendwann in dieser Nacht würde sie dank Olen ihre Jungfräulichkeit verlieren. Diese Erkenntnis war, als ginge eine Tür auf. Ein Beben durchlief sie, das in ihrer Magengrube begann und durch ihr gesamtes Nervensystem, durch ihre Blutbahnen raste.

Sein Atem streifte ihre heißen Wangen.

Sie drehte den Kopf. Ihre Lippen trafen sich.

Olens Zunge traf auf ihre, sein unbeschreiblicher Geschmack erfüllte ihren Mund. Die feuchte Wärme. Die angenehme Weichheit. Während Giselle die Gefühle verarbeitete, die von dieser neuen, intimen Umarmung in ihr ausgelöst wurden, während sie jeden Augenblick zu erfassen versuchte, damit sie später darüber nachsinnen, ihn in alle Einzelheiten zerlegen konnte, merkte sie, wie eine Hand ihre Kaschmirjacke aufknöpfte und dann eine andere Hand am Reißverschluss ihrer Jeans zog. Wie viele Hände hatten Männer, dass sie mit derart oktopusartiger Effizienz mehrere Aufgaben gleichzeitig erledigen konnten? Sie rührte sich nicht, war ganz starr, aber gefügig, ihre eigenen Hände untätig, da sie nicht wusste, wohin sie als Erstes wandern sollten. Zu seinem Gesicht? Seinen Haaren? Unter seinen Gürtel?

Er drückte sich an sie, und sie spürte die harte Ausbeulung in seiner Jeans. Sie wusste, was das war, obwohl sie zum ersten Mal die Erektion eines Mannes fühlte.

Immer noch im Bann des anhaltenden Kusses, ihre Lippen im Zwiegespräch, erforschten Olens zögernde Hände die nackte Haut unter den Kleidungsstücken, die er irgendwie gelockert hatte. Giselle trat einen Schritt zurück, dann einen weiteren, auf das Bett zu. Olen folgte ihren Bewegungen, ein unbeholfener Pas de deux auf engem Raum. Ihre Waden stießen an die Bettkante, sie ließ sich hinabsinken und zog Olen mit sich.

Die weiche Matratze gab nach und empfing sie beide in einer tiefen, wohligen Kuhle.

Giselles Herz schlug schneller.

Wie oft hatte sie von diesem Augenblick geträumt? Sich gefragt, wie es wirklich sein würde?

Ihre Lunge war kurz vor dem Platzen, und sie merkte, sie hatte zu atmen aufgehört, war so mit ihren Gedanken beschäftigt gewesen, dass sie die Bedürfnisse ihres Körpers vergessen hatte. Sie löste ihre Lippen von den seinen und holte tief Luft. Olen war über ihr, schwer, sein Atem kam stoßweise. Er schaute ihr tief in die Augen. Seine unglaublich dunkle Iris war mit muskatfarbenen Flecken gesprenkelt. Sein Blick war warm. Fragend.

»Ja«, willigte Giselle auf die Frage ein, die er noch nicht gestellt hatte.

»Bist du dir sicher?«

»Ja.«

»Das ist nicht der Grund, warum ich dich gebeten habe, mit herzukommen, weißt du …«, log er, suchte nach Worten, als ob ihm alles zu schnell ginge und er die Situation nicht mehr unter Kontrolle hätte.

»Ist mir klar«, antwortete sie. Giselle hatte genau gewusst, warum sie zugestimmt hatte, an diesem Abend hierherzukommen, und warum er sie darum gebeten hatte. Sie streifte ihre Stiefel ab, dachte mit einem Lächeln daran, wie ihre Eltern sie immer ausgeschimpft hatten, wenn sie sich daheim in Paris mit Schuhen aufs Bett legte.

Olen beobachtete sie, Bewunderung im Gesicht.

»Hast du irgendeinen … Schutz?«, fragte sie.

»Natürlich«, erwiderte er rasch. »In der Schublade, da drüben.«

»Gut.«

Giselle zog ihre Socken aus und dann die enge Jeans. Sie

wusste, dass ihre Beine zu ihren größten Vorzügen gehörten. Sie waren wirklich endlos. Olen starrte darauf, und sie wurde befangen.

Sie griff nach seinen Händen, legte sie auf ihre Brüste, was ihn aus seiner Erstarrung wachrüttelte.

Kurz mühte er sich mit dem Verschluss ihres BHs ab. Nun war er derjenige mit weniger Selbstsicherheit, obwohl Giselle die ganze Zeit angenommen hatte, er wäre aufgrund seines Alters in sexuellen Dingen erfahrener als sie. Abgesehen von seinem freundlichen Naturell und dem guten Aussehen war auch das ein Grund gewesen, warum sie sich bewusst für Olen als ihren ersten Liebhaber entschieden hatte. Zu viele Freundinnen in Paris hatten sich wiederholt über ihre Enttäuschungen mit jüngeren Freunden beklagt, ungeschicktes Gefummel, Minifiaskos und die bohrende Frage »Soll das alles sein?«. Daher war sie entschlossen, dass ihr Einstieg in die Welt des Sex befriedigender verlaufen sollte.

Nachdem sie beide völlig nackt waren, sich mit einer Art Zärtlichkeit umarmten und gegen ihre Ungeduld ankämpften, genoss Giselle zunächst das Gefühl seines warmen, harten Penis an ihrem Oberschenkel. Am liebsten wäre sie kurz von ihm abgerückt, hätte den Penis in die Hand genommen und ihn genauer betrachtet. Natürlich hatte sie schon Jungsschwänze gesehen, aber keine erigierten. Während der Sommerferien im vergangenen Jahr hatte sie sich mit einer Gruppe von Freunden in aller Unschuld an einem Nacktbadestrand im Süden ausgezogen – aber das hier war ein ganz neuer Eindruck. Sie wollte nicht schamlos oder lüstern erscheinen und befürchtete, wenn sie zu dreist vorginge, würde Olen das Schlimmste von ihr denken. Die Konventionen einer bürgerlichen Erziehung ließen sich nicht so leicht abstreifen.

Seine Hände erforschten sie, wanderten schüchtern über ihre

nackte Haut und wagten sich zögernd zu intimeren Regionen vor. Sie spürte seinen Herzschlag, den Rhythmus seines Atems, das fordernde Eindringen seiner samtigen Zunge in ihren Mund, nahm wieder den zitronigen Duft seiner Haut wahr. Ihre Finger kratzten über seinen Rücken, gruben sich mit den Nägeln zart in seinen festen Hintern.

Ihre Nippel waren hart, und sie spürte eine vertraute Hitze in sich aufsteigen, eine verhaltene Woge aus einer Welt in ihr herausströmen, die bisher bewusst vernachlässigt worden war.

Das fühlte sich gut an, aber sie verlangte nach mehr.

Mit halb geschlossenen Augen beobachtete sie, wie er sich rasch ein Kondom überstreifte. Sie schlüpften unter die Decke, und Olen schob sich auf sie. Folgsam spreizte Giselle die Beine. Er brachte sich in die richtige Stellung, hielt ihren Blick fest, fuhr mit den Händen unter die Decke und zielte mit seinem Schwanz auf ihr Epizentrum.

Seine ersten Versuche, in sie zu gleiten, misslangen. Giselle war zu trocken, und sie hielten verlegen einen Moment inne, während er seine Fingerspitzen anfeuchtete und das provisorische Gleitmittel über ihre Öffnung strich.

»Alles in Ordnung?«, fragte er.

Giselle seufzte. »Ja. Tu es. Jetzt.« Sie hielt die Luft an und machte sich darauf gefasst, dass es wehtun würde. Doch als sein Schwanz endlich in sie eindrang und dann auf Widerstand stieß, machte er einfach weiter. Es war nicht mehr als ein kurzer scharfer Schmerz, sofort besänftigt von der Sturzflut ausgeschütteter Endorphine und jeder Menge neuer Gefühle, die sie durchströmten.

Endlich machten sie »es«. Sie, Giselle, hatte Sex, schlief mit ihrem Freund.

Sie packte Olens Schultern, drückte sie fest, presste ihn an sich, und er begann mit seinen langsamen Stößen in ihr. Giselle gab sich dem Augenblick hin, gefüllt, geöffnet und, wie sie hoffte, vollständig.

Keine zehn Minuten später lagen sie, nicht mehr vereint, unbeholfen nebeneinander unter der Bettdecke. Beide fanden sie nicht die richtigen Worte, mühten sich ab, die Etikette postkoitaler Unterhaltung zu begreifen. Wobei Giselle nicht gekommen war, wie sie wusste. Ihre Gefühle waren angeheizt worden, liebkost, gelockt, hatten aber nicht explodieren, nicht in ein neues, blendendes Licht aufsteigen dürfen. Mit einem unterdrückten Seufzer des Bedauerns erinnerte sie sich an die Berichte ihrer enttäuschten Freundinnen. Also war auch sie nichts Besonderes, wie sich herausstellte. Ihr war es genauso ergangen. Vielleicht lag es daran, dass Olen zu nett war, überlegte sie, ein liebenswerter Typ, für den sie nicht genug Zuneigung aufbringen konnte. Oje, ich bin furchtbar, dachte Giselle, ich habe ihn benutzt. Als Mittel zum Zweck. Und sie versprach sich, dass sie lernen würde, ihn zu lieben. Daran arbeiten würde, eine Freundin zu werden, eine Gefährtin.

»Du kannst über Nacht bleiben, wenn du willst«, flüsterte er. Im Zimmer war es dunkel, obwohl die Vorhänge nicht zugezogen waren.

»Würde ich gern«, erwiderte sie.

Am Morgen, ging Giselle durch den Kopf, würden sie erneut miteinander schlafen. Und das würde besser werden. Sie irgendwie verwandeln.

»Das war toll.« Olen legte den Arm um sie und drückte sich an sie.

»Ja«, log Giselle. Vielleicht war der Sex mit Olen gar nicht so schlecht. Vielleicht war Sex immer so? Aber irgendwie glaubte sie das nicht. Sie konnte sich doch in all ihren Träumen und Fantasien nicht so geirrt haben.

Bald versank sie in einen unruhigen Halbschlaf, den Kopf voll nagender Fragen und Zweifel.

Giselle überlegte träge, wohin dieses neue Kapitel ihres Lebens sie führen würde. Sie blickte zu dem jungen Mann, der neben ihr schlief, sein Kopf umrahmt von einer Fülle dunkler Engelslocken, seine vollen Lippen bebend, ein leichtes Lächeln auf seinen träumenden Gesichtszügen. Ihr erster Mann. Im Grunde ihres Herzens wusste sie bereits, dass es andere geben würde. Viele andere. Sie wollte mehr Männer schmecken, sie ausprobieren, reiten, lieben, verschlingen. Aber vorerst gab sie der Müdigkeit und den sie belastenden widersprüchlichen Emotionen nach, die sie schon den ganzen Tag beschäftigt hatten und immer noch tief unter ihrer Haut und in ihrem Kopf rumorten. Sie wollte alles tun, damit es mit Olen funktionierte. Sie würde seine Freundin sein. Lernen, ihn zu lieben. Gut im Bett zu sein.

Im Morgengrauen, als beide früh durch die Anwesenheit des anderen im Bett erwachten, schliefen sie erneut miteinander. Giselle nahm Olens Schwanz in die Hände und stellte fest, was für ein Wunderding das war. Dann wechselten sie sich dabei ab, ihre Körper genauer zu erforschen. Und diesmal war es besser. Vielleicht würde es mit der Zeit perfekt werden, hoffte Giselle.

Und so ging es weiter. Freundin und Freund. Geliebte. Bis zu dem Gig am heutigen Abend in Dingwalls, wo sie ihn dabei erwischt hatte, wie er Simone küsste.

Als das Taxi jetzt vor Olens Haus in Notting Hill hielt und er in seiner Tasche nach Geldscheinen kramte, kehrten Giselles Gedanken in die Gegenwart zurück. Der Regen hatte aufgehört.

Sie gingen hinauf in sein Zimmer.

Zu dem Bett, in dem sie zum ersten Mal mit ihm geschlafen hatte.

»Es ist einfach passiert«, platzte Olen heraus. Warum fing er wieder mit der Geschichte an? Das hatten sie doch schon im Lokal durchgekaut. »Ich …«

»Halt die Klappe …«, schrie Giselle ihn an. Nach dem, was sie gesehen hatte, war es vermutlich nicht das erste Mal gewesen.

»Aber …«

Sie wollte nichts mehr von ihm und Simone hören, ob es nun ein zufälliger Kuss gewesen war oder, wahrscheinlicher, die Enthüllung eines tiefer gehenden Betrugs. Das spielte keine Rolle mehr. Ihre Wut köchelte noch, ebbte aber ab.

»Halt die Klappe«, sagte sie erneut, ging auf ihn zu und schlug ihm fest ins Gesicht. Vor Schreck blieb ihm der Mund offen stehen. Giselle kniete sich vor ihn, öffnete den Reißverschluss seiner Jeans, zog seinen Schwanz heraus und nahm ihn in den Mund. Nach ihrem ersten Zusammensein hatte sie ein paar Wochen gebraucht, bis sie den Mut aufbrachte, endlich seinen Schwanz zu lutschen, doch nach der Reaktion seines Körpers und dem Ausdruck in seinem Gesicht wusste sie, wie sehr er es genoss.

»Was machst du da?«, fragte er, obwohl er hart wurde.

Sie nahm seinen Schwanz aus dem Mund, damit sie antworten konnte.

»Für was hältst du es denn?«

»Aber …«

»Aber, aber, aber, Olen, das ist dein Mitleidsfick. Unser letztes Mal«, sagte Giselle und nahm ihn wieder in den Mund.

Sie war nicht mal versucht, in seinen Schwanz zu beißen.

Und am Morgen, beide getrennt durch eine endgültige Wand des Schweigens, nachdem sie sein Bett besetzt und ihn auf das Sofa verbannt hatte, kehrte sie nach Dalston zurück, um sich umzuziehen und ihre Tanzsachen zu holen. Dann fuhr sie mit dem Fahrrad in die Ballettschule zum täglichen Unterricht, obwohl ihr über Nacht alle Lust darauf vergangen war.

Es hatte eine Zeit gegeben, da hatte Giselle jeden Augenblick des Unterrichts genossen. Die Strenge und Struktur des Balletts hatten ihr schon als Kind von den ersten Schritten an zugesagt. Eine Form der Selbstbeherrschung, etwas, in das sie ihre Energie kanalisieren und daran arbeiten konnte, es zu perfektionieren.

Sie hatte sich einsam gefühlt nach dem Umzug von Orléans nach Paris, und so hatte das tägliche Üben zunächst ihre Langeweile gelindert, dann hatte sie sich in dem Lob von Verwandten und Lehrern gesonnt, das ihre Hingabe ihr einbrachte. Anfänglich verbesserte sie sich rasch, und es gefiel ihr, wie ihr Körper auf die Übungen reagierte. Mit Konzentration und Aufmerksamkeit gelang es ihr leicht, die Positionen von der ersten bis zu fünften zu meistern, doch erst als sie *en pointe* zu tanzen begann, spürte sie, wie ihre Seele Flügel bekam. Giselle wusste, dass sie von allen Mädchen in ihrer Klasse am eifrigsten übte. Ihr Körper hatte die meiste Kraft. Und sie war zielstrebig. Während andere nach nur wenigen Minuten auf den Zehenspitzen zu weinen begannen, tanzte Giselle weiter und wurde immer kräftiger, achtete nicht auf die Taubheit in ihren Füßen, den Schmerz, das Blut, das ihr manchmal in die Schuhe sickerte.

Zu Hause behandelte sie die brennenden Blasen mit so heißem Wasser, wie sie es gerade noch ertragen konnte, einem Tupfen Desinfektionsmittel und einem Trick, den ihre Ballettlehrerin, die ursprünglich aus Moskau stammte, ihr beigebracht hatte. Nachdem sie die Wunde gesäubert hatte, schlug sie ein Ei auf, pulte vorsichtig das dünne Häutchen von der Innenseite der Schale ab und legte es wie eine zweite Haut über die Blase, gehalten von einem fest gewickelten Stück Band der Spitzenschuhe, mit der glänzenden Seite nach innen.

Am nächsten Tag, und am Tag danach, tanzte Giselle weiter.

Doch als sie älter wurde, begriff Giselle, dass harte Arbeit kein Ersatz für angeborenes Talent war, und während ihr Ersteres nicht fremd war, verfügte sie nicht über Letzteres. Ihre Mutter und ihre Großmutter waren weder Schauspielerinnen, Mannequins noch Tänzerinnen, sondern einfache Hausfrauen mit stämmigen Beinen und einem kräftigen Oberkörper, gewöhnt an körperliche Arbeit. Natürlich fehlte ihnen die feingliedrige, grazile Anmut von Giselles puppenhaften Klassenkameradinnen. Als sie den rasanten und aufwühlenden Übergang von der Pubertät ins Erwachsenenalter durchliefen, erblühten die anderen Mädchen nach und nach wie kleine Knospen. Giselle hingegen schoss wie ein Unkraut in die Höhe, war plötzlich ein paar Köpfe größer, und ihre Brüste wurden scheinbar über Nacht viermal so groß. Dank des regelmäßigen Krafttrainings war sie alles andere als dick, aber bereits mit knapp vierzehn waren ihre Brüste so groß, dass Giselle sie einschnüren musste, wenn sie im Trikot auf der Bühne stand, um sich nicht noch mehr von den anderen Mädchen zu unterscheiden.

Doch selbst als ihre Eltern sie freundlich darauf hinwiesen, dass ein anderes Studium ihr vielleicht besser läge, beharrte Giselle darauf, das Ballett nicht aufgeben zu wollen. Wenn sie hart genug arbeitete, dachte sie, würde sie sich verbessern. Im Grunde genommen war ihr jedoch bewusst, dass sie sich glücklich schätzen konnte, einen Platz in der Londoner Schule bekommen zu haben. Das Vortanzen war gut gelaufen. Ihr Auftritt hatte bestens geklappt. Ihre alte russische Ballettlehrerin, die viel von Giselles Arbeitsmoral hielt, hatte ihr eine wohlwollende Empfehlung ausgestellt. Und ihr Vater hatte trotz seiner Vorbehalte die Gebühren im Voraus bezahlt. Nun war sie hier.

Giselle blieb oft länger als die anderen Schüler, und der heutige Abend war keine Ausnahme. Sie hatte sich mit ein paar Mädchen in einer Bar in Notting Hill verabredet, die für Studenten jeden Donnerstagabend billige Cocktails in Plastikbechern servierte, und musste noch eine Stunde totschlagen. Die anderen waren in ihre jeweiligen Mehrbettzimmer und Wohnungen zurückgekehrt, um sich umzuziehen, sich zu frisieren und zu schminken.

Giselle allerdings hatte beschlossen, an der Ballettstange zu bleiben und zusätzliche Dehnübungen zu machen. Sie war kräftig, was zur Folge hatte, dass ihre Muskeln kurz und stramm waren und sie sich anstrengen musste, möglichst gelenkig zu bleiben.

Außerdem wollte sie mit ihren Gedanken allein sein. Wenn das Ballettstudio leer und still war, vermittelte es ein wunderbares Gefühl von Abgeschiedenheit. Der große Raum, und nur Giselles langer Körper in den riesigen Spiegeln an den Wänden. Da nur ihr sanfter Atem und das gelegentliche Geräusch eines draußen auf der Straße vorbeifahrenden Autos zu hören waren, fühlte sich Giselle wie vom Rest der Welt abgeschnitten, wirklich allein.

Drei Wochen waren vergangen, seit sie mit Olen Schluss gemacht hatte. Er fehlte ihr überhaupt nicht – auch wenn sie zugeben musste, dass ihr die Berührung einer Männerhand auf ihrem Körper fehlte. Selbst wenn der Sex mit ihm stets ein wenig kurz und unbeholfen gewesen war und sie nie zu den Höhepunkten der Erregung und Befriedigung geführt hatte, nach denen sie sich sehnte, hatte sie es genossen, von Olens Schwanz gefüllt zu werden und den festen Druck seines Körpers auf ihrem zu spüren.

Gut möglich, dass sie ihn später sehen würde. Der Club in Notting Hill mit seinen für gewöhnlich überteuerten Cocktails, den Barhockern aus glänzendem Chrom und lila Ledersitzen und den kunstvollen Beleuchtungskörpern im Kronleuchterstil gehörte zu Olens Stammlokalen.

Beth war eine der wenigen aus ihren Kursen, der sie von der Trennung erzählt hatte, und sie hatte Giselle angeboten, sich bei ihr in der Wohnung an der Portobello Road umzuziehen, bevor sie loszogen.

»Du kannst eins von meinen Kleidern nehmen.« Beth hatte ihr Spiegelbild betrachtet und ihr langes blondes Haar über die Schultern geworfen. »Ich hab jede Menge. Und ich kann dich schminken«, hatte sie vorgeschlagen, sich Giselle genähert und deren ungeschminktes Gesicht mit prüfendem Blick gemustert, als wollte sie mathematisch entschlüsseln, welche Marke und welcher Farbton von Lidschatten und Rouge ihre Züge am besten zur Geltung bringen würden. »Ihm zeigen, was ihm entgeht.«

Giselle hatte nur den Kopf geschüttelt. »Nein, geh du nur. Wir treffen uns dort. Morgen sind die ersten Prüfungen, und ich brauche die zusätzliche Übung …«

Beth hatte nicht widersprochen. Sie wusste ebenso wie Giselle, dass etwas an deren Bewegungen fehlte. Sie waren zu methodisch, ihre Schrittfolgen nicht ganz sauber oder exakt genug. Ganz gleich, wie viele Stunden sie an der Stange verbrachte, sie konnte die leichtfüßige Anmut nicht kopieren, die bei Beth wie angeboren wirkte.

Giselle verzog das Gesicht, als sie ihr langes Bein vor sich ausstreckte und sich vorbeugte, um bis hinter ihre Zehen zu greifen. Ihre Kniesehnen schienen nie lockerer zu werden, ganz gleich, wie sehr sie sie dehnte.

Sie richtete sich auf und schaute auf die Uhr; schon zwei Stunden waren vergangen, seit Beth das Studio verlassen hatte. Giselle war fast den ganzen Tag hier gewesen. Ihr Magen knurrte, ihre Muskeln schmerzten, und ihr blieb jetzt noch knapp eine Stunde, sich umzuziehen und es bis Notting Hill zu schaffen. Giselle kam nie zu spät.

Sie holte ihre Tasche und ging in den kleinen Gemeinschaftsduschraum am Ende des Flurs, um sich frisch zu machen, bevor sie in weiche schwarze Leggings und einen dunkelroten Kaschmirpullover mit V-Ausschnitt schlüpfte, der sich an ihre Brüste schmiegte und den Blick auf ihr Dekolleté freigab, wenn sie sich vorbeugte. Sie kämmte ihr Haar und trug ein wenig Parfüm auf, entschied sich aber gegen Lippenstift oder Highheels. Sie wollte

Olen nicht den Eindruck vermitteln, sie sehne sich danach, von ihm begehrt zu werden. Sie wollte ihn nicht auf die Idee bringen, sie hätte auch nur einen Augenblick an ihn gedacht.

»Giselle!«, rief Beth bei Giselles Eintreffen, als hätte sie ihre Freundin wochenlang nicht gesehen. »Du hast einiges nachzuholen«, beharrte sie, griff nach Giselles Hand und zog sie durch die bereits volle Bar zu einer Ecke, die sich die Ballettstudenten gesichert hatten. Köpfe drehten sich, als die Mädchen sich durchdrängten. Sie waren ein gut aussehendes Paar, die eine blond, die andere dunkel, mit schlanken, athletischen Körpern und ungefähr gleich groß, da Beth Highheels zu einem mit silbernen Pailletten besetzten Minikleid trug, das ihr kaum bis auf die Schenkel reichte.

»Olen ist hier«, flüsterte Beth. »Weiter hinten. Ich wollte dich nur warnen.«

Giselle warf das Haar zurück und hob das Kinn.

»Ist mir egal«, erwiderte sie.

Flüchtig nahm sie sein ihr zugewandtes Gesicht wahr, tat aber, als hätte sie ihn nicht gesehen, und vermied jeden Blickkontakt.

Beth reichte ihr ein eiskaltes rosa Gebräu in einem geeisten Martiniglas, dekoriert mit einer glacierten Kirsche an einem Rührstäbchen.

»Danke.« Als die Kälte an ihre Zähne drang, zuckte Giselle kurz zusammen und nahm dann einen großen Schluck.

Sie hatte nicht vorgehabt, sich heute Abend zu betrinken. Ihre Prüfungen waren für den folgenden Tag angesetzt, und sie musste weiß Gott in Form sein, um eine vernünftige Note zu bekommen und im nächsten Jahr ihren Platz in der Ballettschule zu behalten. Doch es war noch früh, und ein Drink würde nicht schaden. Vielleicht würde sie etwas lockerer, wenn sie sich gehen ließ, und ihre Bewegungen würden fließender.

Olen schaute wieder zu ihr. Er stand neben Simone, deren

volle Lippen rot geschminkt waren und leicht offen standen, als wäre sie bereit für den nächsten Kuss. Beide tranken wahrscheinlich Mineralwasser, dachte Giselle, und planten, noch vor Mitternacht heimzugehen. Nach Hause in Olens Bett. Plötzlich stieg Wut in Giselle auf und trieb ihr die Röte ins Gesicht. Sie kippte den Rest ihres ekelhaft süßen Drinks hinunter und griff nach einem weiteren von dem Tisch, der mit stehen gelassenen Drinks übersät war, da der Barkeeper mit jeder vor 21 Uhr aufgegebenen Bestellung zwei servierte und die meisten Studenten wegen ihrer morgigen Auftritte nüchtern bleiben wollten.

»Geht's dir gut, Schätzchen?«, fragte Beth. »Das ist dein fünfter Drink, und der Barkeeper mixt sie nicht gerade schwach ... Ich glaube, der ist scharf auf dich.«

Die Musik war jetzt so laut, dass normale Gespräche unmöglich waren, und Beth musste Giselle direkt ins Ohr brüllen, um verstanden zu werden. Giselle hatte nie viel über ihre sexuelle Orientierung nachgedacht und hielt sich für hetero – Frauen machten sie nicht an –, doch mit dem vielen Alkohol und dem Erdbeersirup im Blut, dem unablässigen wilden Stampfen der Motown-Rhythmen, die durch die Bar dröhnten, der Nähe des Körpers ihrer Freundin und Beths Mund so dicht an ihrer Haut, breitete sich eine vertraute Hitze zwischen ihren Beinen aus. Sie war beschwipst, und sie war geil.

Giselle folgte Beths Blick. Sie hatte recht, der Barkeeper starrte sie an, oder wohl eher sie beide zusammen. Er fing ihren Blick auf und reagierte mit einem eindeutigen Zwinkern. Wäre Giselle nüchtern gewesen, hätte sie darin die Art plumper Anmache gesehen, die sie unreif und stillos fand, doch in ihrer momentanen Stimmung erfüllte das anzügliche Grinsen des Barkeepers sie mit Erregung und dem berauschenden Gefühl ihrer Macht über Männer.

»Halt mal«, sagte sie zu Beth, drückte ihr das leere Glas in die Hand, drehte sich um und ging Richtung Bar. Selbst in den flachen Schuhen war sie unsicher auf den Beinen, kam sich aber vor, als tanzte sie über den Boden.

»Hiii«, nuschelte sie.

»Noch einen?« Er trat einen Schritt zurück und warf den Shaker, den er in der Hand hielt, in die Luft, wo er sich zweimal drehte, bevor er wieder in seiner Hand landete.

Giselle kicherte. Sie war fasziniert, nicht von seiner akrobatischen Darbietung, sondern von den Bizepsmuskeln, die sich unter seinem schwarzen T-Shirt wölbten.

Er stellte den Shaker ab und beugte sich über den Tresen, nahe genug, dass sich ihre Lippen treffen konnten, so Giselle das denn wünschte.

»Ich glaube, ich hab genug«, sagte sie. »Morgen habe ich Prüfungen.« Sie spürte, wie ihr die Wörter aus dem Mund purzelten, als spräche sie in eine Blase.

»Du bist doch nicht etwa ein Schulmädchen?«, zog er sie auf. »Schulmädchen ist es gesetzlich verboten, in Bars zu trinken, verstehst du.«

»Nein, nein! Universität. So was in der Art. Die Ballettschule.«

»Tänzerin ... daher also der tolle Arsch.«

»Vielen Dank«, erwiderte Giselle ohne falsche Bescheidenheit. Sie war stolz auf ihren Hintern.

»Ich kenne ein paar Schritte, weißt du. Vom Fußball, nicht vom Ballett, aber wir müssen auch leicht auf den Füßen sein.«

»Dann zeig sie mir doch«, schnurrte Giselle.

Sofort öffnete er den Riegel an der Klapptür, die das Bedienungspersonal von den Gästen trennte, und zog Giselle schwungvoll in seine Arme.

»Hey, so hab ich das nicht gemeint!«, protestierte sie, doch eher scherzhaft als ärgerlich.

»Tja, mir bleibt nur eine Minute, weil ich im Dienst bin«, beharrte er. »Und ich gedenke nicht, sie zu verschwenden.«

Er bog ihren Kopf zurück und küsste sie. Und Giselle erwiderte den Kuss.

Das Buschfeuer, das durch sie raste, war nicht nur reine Erregung. Es war eine befriedigende Mischung aus erfolgreicher Rache – sie hoffte, Olen sah zu, und es würde ihm an die Nieren gehen, dass sie den Barkeeper küsste – und einem rebellischen Freiheitsgefühl, dem Wissen, dass sie nach all den Jahren der Anstrengungen ohne nennenswerte Ergebnisse bereit war, alles zum Teufel zu jagen und sich endlich mal zu amüsieren.

Seine Hände kneteten ihren Hintern auf eine feste, besitzergreifende Weise, die so anders war als Olens leichte Berührung, und Giselle reagierte sofort auf diese neue, köstliche Kraft, lehnte sich an ihn, öffnete die Lippen, um seiner Zunge zu erlauben, ihren Mund zu erforschen, fuhr mit den Händen unter sein T-Shirt und streichelte seinen nackten Rücken.

»Gib mir deine Telefonnummer, Babe«, flüsterte er, als er sich von ihr löste. Seine Kollegen hinter dem Tresen riefen ihm zu, er solle aufhören zu flirten und Getränke servieren.

»Klar«, flüsterte Giselle atemlos zurück. Sie fühlte sich wie benommen.

Doch bevor sie ihm auch nur ihren Namen nennen konnte, zerrte Beth sie über die Tanzfläche und hinaus in ein Taxi.

»Gizzy! Komm schon! Es ist fast Mitternacht.«

Giselle konnte es nicht leiden, so genannt zu werden, und Beth war die Einzige, der sie es durchgehen ließ.

»Fahren wir doch mit dem Nachtbus …«, murmelte sie. »Ich kann mir kein Taxi leisten.«

»Ich nehme dich mit zu mir, und ich zahle das Taxi. Nur so kann ich dafür sorgen, dass du es morgen überhaupt in die Schule schaffst.«

Giselle gab nach und lehnte Minuten später sanft schnarchend an der Schulter ihrer Freundin, während die Straßen der Stadt vorbeihuschten.

Am Morgen war es nur der Stärke mehrerer Kaffees, Beths beharrlichem Genörgel und einer Handvoll Schmerztabletten zu verdanken, dass Giselle überhaupt aus dem Bett kam, in ihre Ballettschuhe, in ein schlichtes schwarzes Tanzkostüm und hinüber ins Studio.

Sie hatte die Abfolge so oft geübt, dass sie beim Tanzen nicht denken musste, was ein Glück war, da sich ihr Hirn anfühlte, als steckte es in einem immer enger werdenden Schraubstock. Aber sie wusste, dass ihre Bewegungen zu formelhaft waren. Ihre Schrittfolgen waren alles andere als sauber. Ihren Sprüngen fehlte die Freude und jeglicher Schwung.

Sie schaffte es gerade noch, bis zum Ende durchzuhalten, ohne sich vor den finster blickenden Gutachtern zu übergeben. Sie beobachteten sie so unnachgiebig, dass sie das Gewicht ihrer Ablehnung wie eine bleierne Decke auf ihren Schultern spürte, während sie tanzte.

Als es endlich vorbei war, sammelte sie ihre Sachen ein und fuhr direkt nach Hause, ohne sich um die Einladung ihrer Kommilitoninnen zu kümmern, den Abschluss mit einem weiteren Pubbesuch zu feiern. Schon beim Gedanken an einen weiteren Drink drehte sich ihr der Magen um.

Sie plumpste aufs Bett und fiel sofort in einen unruhigen Schlaf, heimgesucht von dunklen Befürchtungen.

Man ließ sie eine geschlagene Viertelstunde warten, bis sie endlich hineingerufen wurde. Giselle saß reglos im Vorzimmer des Schuldirektors, erschöpft und schicksalsergeben. Sie wusste, man hatte sie nicht herbestellt, um ihr zu gratulieren, darüber zu plaudern, wie sie sich in London eingewöhnt hatte, oder zu erörtern, inwieweit sich der Unterricht von dem in Frankreich unterschied. Der kleine Raum war hell erleuchtet, und die Neonröhren an der Decke funkelten sie erbarmungslos an. Sie rechnete mit einer ernsten Verwarnung und der eventuellen Drohung, ein Semester wiederholen zu müssen. Was für sie finanzielle Unsicherheit bedeuten würde und die Wahrscheinlichkeit, sich mit der Bitte um mehr Geld an ihre Familie wenden zu müssen.

Die Tür zum Hauptbüro öffnete sich, und Mrs. Olgas faltiges Gesicht lugte um die Ecke.

»Giselle, meine Liebe ...«

Giselle erhob sich von dem schmalen Stuhl, glättete ihren blaugrauen Bleistiftrock, überprüfte, ob der rote Gürtel um ihre Taille eng genug saß, und trat vor, um eine möglichst aufrechte und professionelle Haltung bemüht.

Sie erinnerte sich an ihren ersten und bisher einzigen Besuch im Büro des Direktors. Das war während ihrer Einführungswoche, und sie hatte zu einer Gruppe von Neuankömmlingen in der Schule gehört. Selbst bei dieser Begrüßung hatte sein Ton eine bewusste Härte gehabt, die sie frösteln ließ.

»Danke, dass Sie gekommen sind, Mademoiselle Denoux«, ertönte der tiefe Bass von Direktor Pinborough. Er saß hinter einem riesigen Eichenschreibtisch, während Mrs. Olga daneben auf einem antiken Stuhl Platz genommen hatte, die elegant übergeschlagenen Beine in einer hauchdünnen, schwarzen Strumpfhose, durch die sich die Rundung ihrer schmalen Fesseln abzeichnete. Oder trug sie Strümpfe? Ja, das würde zu ihr passen, dachte Giselle, und nahm auf einem niedrigen Sofa gegenüber dem Schreibtisch Platz.

Giselle nickte.

Pinborough räusperte sich und blickte auf sie herab. Mrs. Olgas Lächeln war zu einer verständnisvollen Grimasse erstarrt, wirkte aber zu unnatürlich und gezwungen.

»Ich nehme an, Sie wissen, warum wir mit Ihnen sprechen wollen, Mademoiselle Denoux?«

»Ich glaube schon.«

»Gefällt es Ihnen hier?«, fragte Mrs. Olga, was Giselle überraschte.

»Ja ... ich schätze schon ...« Was sollte sie sonst sagen?

Der Direktor lehnte sich auf seinem hohen schwarzen Ledersessel zurück und wechselte Blicke mit seiner Kollegin. Mrs. Olga, deren russischen Nachnamen nur wenige Studenten richtig aussprechen konnten, war zuständig für die Erstsemester, und in der Schule hieß es, sie sei schon länger als alle anderen hier.

»Aber es klappt nicht, oder?«

Giselles Kopf wurde für einen Moment ganz leer. Dann schaltete er sich wieder ein, mit einem Durcheinander aus Wörtern und Gedanken.

»Na ja ...«

»Uns ist klar, dass Sie hart gearbeitet haben, und Ihr Anwesenheitsnachweis ist bewundernswert, aber letztlich erreichen Sie einfach nicht das Niveau, das wir von all unseren Studenten erwarten ...«

Das tat weh.

Doch es war die Wahrheit.

Schon seit einiger Zeit hatte Giselle versucht, die Gewissheit zu verdrängen, dass sie wirklich nicht gut genug war, das aber von anderen ausgesprochen zu hören, versetzte ihr einen Stich. Sie hatte genug Zeit gehabt, ihre Mitschüler zu beobachten, und wusste, dass die meisten viel begabter waren als sie. Das war nicht nur eine Frage des Übens oder des Talents: Irgendwie trugen sie ein Feuer in sich, das Giselle nicht entfachen konnte, trotz ihres tiefsten Verlangens, mit Anmut und technischer Präzision zu tanzen. Monatelang hatte sie sich belogen. Hatte vage gehofft, sich irgendwie durchzumogeln und es ins zweite Jahr zu schaffen, dann würde sich alles auf wundersame Weise wie von selbst ergeben, und sie würde aufblühen, sich in den Schmetterling verwandeln, der sie immer hatte sein wollen.

»Ich weiß«, platzte sie heraus. »Ich werde mehr üben. Mich mehr einsetzen. Ich weiß, dass ich mich verbessern kann«, fuhr sie hektisch fort.

Die besänftigende Stimme von Mrs. Olga unterbrach sie.

»Das ist keine Frage der Übung, meine liebe Giselle. Sie sind ein reizendes Mädchen. Aber die Erfahrung sagt mir, dass all Ihre Anstrengungen Sie nicht mehr weiterbringen werden. Sie sind intelligent, aufmerksam, bewegen sich graziös, aber wir glauben einfach nicht, dass wir Sie auf die nächste Stufe bringen können. Ich weiß, wie schmerzlich es ist, das zu hören, doch vielleicht passt eine weniger anspruchsvolle Umgebung, eine andere Schule besser zu Ihnen.«

Giselle versuchte die Tränen und den aufwallenden Kummer zu unterdrücken. Schon als kleines Kind in Orléans hatte sie Ballerina werden wollen, war in fröhlicher Selbstvergessenheit durch das Haus, den Garten, die Straßen der Stadt getanzt, hatte sich vorgestellt, auf einer riesigen Bühne zu stehen, umgeben von anderen Mädchen ihres Alters in weißen Tutus und von fliegenden Schwänen, die wie im Kampf durch die Luft sprangen. Das war mehr als ein Traum gewesen. Für sie war es Wirklichkeit. Sie erinnerte sich an die schier endlosen Verhandlungen mit ihrem unnachgiebigen Vater, um ihn zu überzeugen, dass die Londoner Schule das Beste in ihr zum Vorschein bringen würde, während ihre Mutter neben ihm nur still geseufzt und sich geweigert hatte, an dem Gespräch teilzunehmen.

Und selbst während sie zur Frau herangewachsen war und sie die verwirrende Welt von Sex und Liebe betreten hatte, war es irgendwie immer der Tanz gewesen, der vor allem anderen Vorrang hatte.

Wie konnte sie jetzt nach Paris zurückkehren, ohne dumm dazustehen? Wie sollte sie es erklären?

Aber im Grunde wusste sie auch, dass Direktor Pinborough und Mrs. Olga recht hatten. Sie musste den Tatsachen ins Auge sehen.

Man würde ihr erlauben, das laufende Semester abzuschließen, und die Nachricht, dass sie die Schule verließ, würde erst am Ende der Ferien bekannt gegeben werden, damit die anderen Studenten bis dahin nichts davon erfuhren – dies, um ihr Peinlichkeiten zu ersparen. Giselle nahm es dankbar an.

Am nächsten Tag schwänzte sie den Unterricht und verbrachte die Zeit damit, durch London zu wandern. Sie wollte alles mit neuen Augen betrachten, sich die unterschiedlichen Orte einprägen in einer Art Abschied.

Die Leere von Camden Lock bei Tageslicht, wo sie beschlossen hatte, mit Olen Schluss zu machen.

Der Schutz eines hohen grünen Baums beim Albert Memorial, unter dem sie ihm erlaubt hatte, sie zu küssen, und sich vorgenommen hatte, dass er ihr Geliebter werden würde.

Das hohe Gebäude in Kensington, in dem sie ihre Jungfräulichkeit verloren und zum ersten Mal einen Penis in den Mund genommen hatte, gefüllt und an die Schwelle der Lust geführt worden war, die Reise aber nie ganz vollendet hatte.

Sie war traurig, doch sie wusste jetzt auch, dass es andere geben würde und Paris genauso viele Möglichkeiten bot, zu leben, näher an die einladenden Gestade der Lust zu gelangen und sie vielleicht sogar zu erreichen.

Das war etwas, worauf Giselle sich freute.

Nächste Woche würde sie ihre Koffer packen.

2

HÜLLENLOS IN PARIS

Viele Jahre würden vergehen, ehe Giselle schließlich ihre lange Reise von Orléans nach New Orleans vollendete.

Begonnen hatte alles in Orléans. Sie war eine Woche früher als erwartet zur Welt gekommen, während die Familie den Sommer in ihrem Landhaus dort verbrachte, in der französischen Provinz an einer Schleife der Loire.

In ihrer Kindheit hörte sie Verwandte und Freunde immer wieder von New Orleans in Amerika reden, und sie stellte sich die Stadt stets als eine neuere, elegantere Version der verschlafenen Provinzstadt vor, in der sie geboren war. Erst als Teenager begriff sie, dass New Orleans in Wirklichkeit völlig anders war, eine Stadt der Dunkelheit, der Geheimnisse und Legenden, wie sie in Büchern und Filmen dargestellt wurde. Das machte einen außergewöhnlichen Eindruck auf ihr junges Gemüt.

New Orleans war für sie eine Stadt zukünftiger Verheißungen, die sie auf verwirrende Weise über den Ozean hinweg anzog, wann immer sie ihre Gedanken wandern ließ, wie es Jugendliche so oft tun. Dieses andere Orléans, das ferne, mysteriöse.

Sie war erst fünf, als ihre Eltern das Landhaus verkauften und eine Wohnung in einer luxuriösen Appartementanlage bei Cap d'Agde im Languedoc erwarben. Von da an verbrachte sie ihre Sommer dort am Pool oder am Meer. Die bruchstückhaften Erinnerungen an ihre Geburtsstadt traten für eine Weile in den Hintergrund, verschwammen in ihrem Gedächtnis, »Orléans« war bald nur noch ein Name in schwarzer Tinte auf ihrer Geburtsurkunde. Erst als sie etwas älter wurde, nahm die Stadt in Giselles oft fiebrigen Fantasien eine zusätzliche Bedeutung an. Jeanne d'Arc, erfuhr sie im Geschichtsunterricht, war bei Orléans in die Schlacht gezogen.

Nachts, wenn die Familie schlief und nur das gelegentliche Knarren eines Dielenbretts oder das unregelmäßige Gluckern der Zentralheizung die Stille unterbrach, lag Giselle in ihrem Bett und stellte sich mit brennenden Wangen vor, wie Jeanne, die legendäre Jungfrau von Orléans, gefoltert worden war, nachdem der Feind sie gefangen genommen hatte. Wie sie eine lange Zeit schrecklicher Qualen durchlitt, bevor sie schließlich auf dem Scheiterhaufen verbrannt wurde. Wiederkehrende und lebhafte Vorstellungen von Folter und Schändung faszinierten die junge Giselle und stießen sie gleichzeitig ab. Unwillkürlich konzentrierte sie sich schuldbewusst auf jede intime Einzelheit von Jeannes Erniedrigung, während sie sich lüstern vorstellte, selbst das Opfer zu sein. Gleichzeitig rauschte eine fremdartige Wärme durch ihren Körper, und sie spürte eine unaufhaltsame Feuchtigkeit zwischen ihren Beinen, zusammen mit dem Schweiß, der ihr aus allen Poren drang, als der Wahnsinn, der von Jeanne Besitz ergriffen hatte, sich auch auf sie übertrug. Diese seltsame Form der Lust und Erregung zu entdecken – so unglaublich aufreizend –, erfüllte die junge Giselle mit großer Scham, und sie achtete sorgsam darauf, niemals mit Freundinnen, Brüdern oder Schwestern über diese Gefühle zu sprechen, ganz zu schweigen von den Erwachsenen, da sie instinktiv ahnte, dass es etwas Verbotenes war, wenn nicht vollkommen Abartiges.

Doch immer wieder stellte sie sich vor, dass sie ohne Nachthemd hilflos ausgestreckt auf einer kalten Steinplatte lag, umgeben von schattenhaften Priestern und Soldaten, die sie auf jede mögliche Weise schändeten, grausam mit ihr spielten und lachten, wenn sie schrie.

Bis sie sich eines Tages auf der Suche nach Erleichterung zum ersten Mal berührte. Unerklärlicherweise ließen ihre Schuldgefühle und Verwirrung sofort nach, und sie empfand das Erlebnis als lustvoll.

Ihr war, als hätte sich ihr eine völlig neue Welt erschlossen.

Wenn auch eine Welt, die sie für sich behielt, immer auf der Hut davor, diese wichtige Entdeckung in irgendeiner Weise publik zu machen. Dann wurde sie älter, und die Dinge in ihrem Kopf wurden gleichzeitig klarer und wirrer. Die komplizierten Gefühle traten in den Hintergrund, während sie sich irgendwo zwischen Schule und Ballettstudio ihr Leben einrichtete, später nach London zog und Olen kennenlernte. Und schließlich mit ihm Schluss machte.

Erst nachdem sie ein paar Monate für William gearbeitet hatte und er sie beiläufig bat, ihm für einen Auftrag, den er von einem seiner mysteriösen Kunden erhalten hatte, als Jungfrau von Orléans Modell zu stehen, waren diese beunruhigenden Erinnerungen in voller Stärke wieder zurückgekehrt. Da war sie bereits Williams Geliebte geworden, vielleicht sogar seine Muse.

Giselle war nach Paris zurückgekehrt und hatte eine Woche lang auf dem Sofa einer Freundin genächtigt, bis sie den Mut aufbrachte, sich bei ihren Eltern zu melden und sie über ihre Rückkehr nach Frankreich zu unterrichten.

Ihre Mutter nahm sie in die Arme und stellte keine Fragen, unerschütterlich in ihrem Beistand. Doch am Abend, als ihr Vater aus seiner Praxis nach Hause kam, wurde es ungemütlich.

»Endgültig zurück?«, fragte er bereits mit Missbilligung im Ton.

Giselle saß auf ihrem üblichen Platz am Esstisch und knabberte lustlos an dem gesalzenen Karamell-Mürbegebäck, das früher ihr Lieblingsdessert gewesen war. Außer ihren Eltern war nur ihre jüngere Schwester anwesend. Ihre beiden älteren Brüder waren mittlerweile ausgezogen; der eine, um in Brüssel als Übersetzer für eine regierungsunabhängige Organisation zu arbeiten, der andere zu seiner italienischen Freundin nach Rom, wo er als Souschef in einem Nobelrestaurant eine Stelle gefunden hatte.

»Sieht so aus«, räumte Giselle ein und senkte den Kopf, um seinem strengen Blick auszuweichen. Seine schwarz gerahmte Lesebrille saß auf der Nasenspitze, und die dicken Gläser vergrößerten seine Pupillen, sodass Giselle sich vorkam wie ein Kaninchen, gebannt vom Blick einer Eule.

»Was ist passiert? Ist etwas vorgefallen? Hat die Schule dich rausgeworfen?«

Giselle nahm ihren Mut zusammen und platzte mit der unangenehmen Wahrheit heraus. »Das nicht. Ich war nur nicht gut genug. Eine Tänzerin …«

»Verstehe«, war alles, was er darauf erwiderte.

Sie erwartete, dass er sie für die Geldverschwendung schelten würde, die das Londoner Abenteuer für ihn bedeutet haben musste, doch er tat es nicht, und sein Schweigen verletzte sie umso mehr. Als bestätigte er dadurch, dass er sich über ihr mangelndes Talent schon seit Langem im Klaren gewesen war. Im Grunde ihres Herzens wusste Giselle, dass es so war. Ihr Vater hatte nie ein anerkennendes Wort über ihren Tanz verloren.

»Das ist nicht das Ende der Welt«, warf ihre Mutter ein. »Du bist immer noch eine wunderbare Tänzerin. Vielleicht sagt dir eine weniger klassische Umgebung mehr zu?«

Sie hatte Giselle stets darin bestärkt, künstlerische Ziele zu verfolgen.

Ihre Mutter stand auf und ging in die Küche, um die Kaffeekanne zu holen. Sie wirkte älter als bei Giselles letztem Besuch, war jedoch nach wie vor eine gut aussehende Frau. Ihr dichtes, glänzendes Haar war inzwischen vollkommen ergraut und hing ihr offen über die Schultern. An den eng um ihre Taille gebundenen Schürzenbändern war zu erkennen, dass sie nicht in die Breite gegangen war wie andere Frauen in ihrem Alter, und sie hielt sich immer noch kerzengerade. Selbst einfache Hausarbeiten verrichtete sie in aufrechter, stolzer Haltung, und sie bewegte sich mit festen Schritten durch die Küche. Es war klar, woher Giselle ihre Figur und Haltung hatte. Doch so eindrucksvoll es auf seine Art war, eignete sich ihr körperliches Erbe, das für die steife Feierlichkeit einer Marschkapelle perfekt gewesen wäre, leider nicht für die fließende Anmut des Balletts.

Als ihre Mutter zurückkam, fragte Giselles Vater: »Und was hast du jetzt für Pläne?«

»Ich bin mir nicht sicher, ob ich an meine alte Ballettschule zurückkehren möchte. Vielleicht sollte ich den Gedanken an eine Tanzkarriere aufgeben. Ich glaube, ich bin einfach zu groß fürs Ballett.«

»Mag sein. Was denn dann?«

»Ich habe mir überlegt, ein paar Vorlesungen zu besuchen, um zu sehen, was mir am besten liegt. Vielleicht schreibe ich mich an der Sorbonne ein.« Vor ihrem Umzug nach London hatte er ihr das vorgeschlagen. Damals hatte sie es kategorisch abgelehnt, und es war demütigend, darauf zurückgreifen und ihrem Vater recht geben zu müssen.

»Und du erwartest, dass wir das finanzieren?«

Verärgert über seinen Ton, rebellierte sie unbesonnen und verkündete: »Nicht nötig. Ich suche mir irgendeine Teilzeitarbeit. Wenn ihr damit einverstanden seid, bleibe ich hier, bis ich mir eine eigene Wohnung leisten kann.«

Ihre Mutter warf ein, das sei nicht nötig, doch ihr Vater nickte nur.

»Es ist dein Leben, junge Dame.«

An diesem ersten Abend fiel kein weiteres Wort. Obwohl sie

sich nichts anmerken ließ, war Giselles Stolz ein wenig verletzt. Sie hatte gehofft, ihr Vater würde wenigstens versuchen, ihr auszureden, das Ballett aufzugeben, oder sie damit trösten, dass die Lehrer ihre Fähigkeiten unterschätzt haben mussten. Doch dafür war er zu ehrlich und direkt.

In dieser Nacht, in dem Zimmer, das ihre Entwicklung vom kleinen Mädchen zur jungen Frau miterlebt hatte und dem sie inzwischen entwachsen war, schlief Giselle unruhig. Ihre Gedanken rasten in alle Richtungen, versuchten hektisch, einen festen Orientierungspunkt zu finden. Jede Sekunde ihres Aufenthalts in London hatte sich jetzt unauslöschlich in ihr Gedächtnis eingeprägt, die guten wie die schlechten Zeiten. Die wenigen wunderbaren Momente, in denen sie während des Tanzens in einen Bereich der Stille und Anmut vorgedrungen war. Die sanfte Berührung von Olens Lippen. Das beunruhigende und dann willkommene Gefühl, ihn in sich zu haben. Der Rhythmus seiner zaghaften Stöße. Ständig in der Schwebe zwischen dem Versuch, den Gipfel der Lust zu erreichen, und der nagenden Gewissheit, immer nur ein paar Zentimeter, nur ein paar Sekunden vom Ziel entfernt zu sein und zu kommen, es aber nie zu schaffen. Die Höhepunkte. Die Tiefpunkte. Die schmachvolle Bestätigung, dass andere Tänzerinnen besser waren und Giselle diese Maßstäbe trotz größter Anstrengung nicht erreichen und alles so wunderbar mühelos aussehen lassen konnte wie die meisten von ihnen.

Wohin jetzt?

Schlaf blieb ihr versagt.

Am folgenden Morgen brachte die Post zwei Briefe von Olen, mit einem Tag Abstand in London aufgegeben. Sie schwor sich, die Briefe nicht zu öffnen, und als die Versuchung zu groß wurde, zerriss sie beide kurzerhand und warf sie in den Müll. Giselle wusste, dass sie dieses Kapitel abschließen musste. Sie liebte ihn nicht, mehr gab es nicht zu sagen; es hatte keinen Zweck, weiter mit ihm in Verbindung zu bleiben, selbst wenn ein paar freundliche Worte von Olen sie vielleicht ein bisschen aus ihrer düsteren Stimmung gerissen hätten.

Sie musste ein neues Kapitel in ihrem Leben aufschlagen, und dazu brauchte sie eine unbeugsame innere Disziplin, um von nun an ihren eigenen Vorstellungen zu folgen und sich nicht von der Oberflächlichkeit anderer oder den widersprüchlichen Gefühlen, die ihr Körper und die in ihr schlummernde Sexualität in ihr auslösten, ablenken zu lassen. Das Kribbeln in ihren Gliedern war zu einer ständigen Begleiterscheinung geworden, zusammen mit dem Wissen um ihre Unvollständigkeit und der nagenden Ungeduld, eine Lösung dafür zu finden – einen Mann. Doch Giselle erkannte jetzt, dass dieser Mann nicht nur fähig sein musste, ihre körperlichen Bedürfnisse zu befriedigen, sondern auch die brodelnden Begierden zu besänftigen, die sie mit Lebendigkeit erfüllten.

Schließlich fand sie eine Teilzeitstelle bei Aquarelle, einem großen Blumengeschäft an der Rue de Buci im Quartier Latin, nur wenige Meter entfernt von einem geschäftigen Straßenmarkt. Ihre Schichten begannen an fünf Tagen zwischen siebzehn und zwanzig Uhr, wenn der Laden schloss, und am Sonntagvormittag. Eine alte Schulfreundin von Giselle kannte die Besitzer und hatte ein gutes Wort für sie eingelegt.

Aber das Geld, das sie dort verdiente, reichte bei Weitem nicht aus, ein Zimmer oder eine kleine eigene Wohnung zu finden, selbst in den Außenbezirken der Hauptstadt, daher musste sie weiter bei ihren Eltern in Neuilly wohnen. Immerhin gelang es ihr dank ihrer Arbeitsstunden meist, die spannungsgeladenen gemeinsamen Mahlzeiten zu umgehen.

Sie schrieb sich auch für einen Kurs beim British Council in der Rue de Constantine ein, um ihre Englischkenntnisse zu verbessern. In London war sie meist mit anderen ausländischen Studenten zusammen gewesen und hatte wenig Umgang mit Engländern gehabt. Natürlich war da Beth, doch sie hatten sich unter anderem deswegen angefreundet, weil sie beide gern schwiegen, und wenn sie sich unterhielten, dann in der saloppen Weise, wie Freundinnen es tun, daher hatten die Gespräche nie ausgereicht, um Giselles Grammatik und ihren Akzent zu verbessern, was dringend nötig gewesen wäre. Durch den Englischkurs war es möglich, einen Studentenausweis zu erwerben, und obwohl sie nicht richtig eingeschrieben war, bekam sie Zugang zur Universität, wo sie in den riesigen, hallenden Hörsälen an Vorlesungen über amerikanische Literatur teilnahm. Sie machte sich eifrig Notizen und entdeckte eine ganze Welt der Sprache, die ihr bisher entgangen war, da sie sich ausschließlich auf die Musik und den Tanz konzentriert hatte.

Im Gegensatz zu ihren Mitstudenten hatte Giselle jedoch nicht vor, irgendwelche Examen abzulegen oder Einzelunterricht zu nehmen. Sie war nur eine Mitläuferin, begierig auf Wissen, erpicht darauf, ein Fenster zu neuen Welten zu öffnen, und das komplizierte Universum amerikanischer Literatur war so viel lebendiger als die biedere Entwicklung der französischen Kultur mit den aus ihrer Schulzeit in schlechter Erinnerung gebliebenen, in starre Form gezwängten Stücken von Molière und Racine und den schematischen Reimen so vieler Dichter, die für sie immer eher verzopft als inspiriert geklungen hatten.

Der einzige Nachteil war, dass nun zu viel von ihrem bescheidenen Einkommen für Bücher draufging, und obwohl es ihr gelang, die meisten reduziert oder gebraucht bei Gibert am Boulevard Saint-Michel zu erwerben, verzögerten diese ständigen Ausgaben ihre erhoffte Unabhängigkeit noch weiter. Die meisten Freundinnen, mit denen sie nach ihrer Rückkehr aus London wieder Kontakt aufgenommen hatte, und die wenigen neuen Bekannten aus den Hörsälen und Cafeterien der Universität waren genauso knapp bei Kasse wie sie, schlugen sich mit schrumpfenden Stipendien und elterlichen Zuwendungen durch. Kaum einer konnte lohnenswerte Vorschläge machen, wo oder wie man zu mehr Geld kommen könnte, und selbst die Aushilfsjobs in Läden oder als Kellnerin waren unpraktikabel, da regelmäßige Arbeitszeiten unweigerlich mit dem Zeitplan der von ihr besuchten Vorlesungen in Konflikt geraten würden.

Aber Giselle war zufrieden. Sie gewöhnte sich an diesen Ablauf, und die Tage verliefen ruhig, auch wenn sie ständig das Gefühl hatte, schwankend auf einem Sprungbrett zu stehen, bereit, sich in unbekannte Fluten zu stürzen.

Es war zehn Uhr morgens an einem grauen, windigen Dienstag, als sie ihn zum ersten Mal sah. Freya, eine dralle Norwegerin, die vormittags im Laden arbeitete, hatte angerufen und Giselle gebeten einzuspringen, da sich eine der anderen Aushilfskräfte krank gemeldet hatte. Sie erwarteten eine große Lieferung, und Freya würde damit beschäftigt sein, hinten im großen Kühlraum die Eimer zu sortieren. Giselle hatte sich einverstanden erklärt, auf eine ihrer Vorlesungen zu verzichten, um die Kasse zu übernehmen. Sie brauchte das Geld, und schließlich war sie nicht offiziell eingeschrieben und musste sich nicht um Anwesenheitspflicht oder Examen kümmern.

Als die Klingel einen neuen Kunden ankündigte, brachte ein plötzlicher Adrenalinschub Giselle dazu, den Kopf zu heben. Es war keine Vorahnung – selbst wenn sie an so etwas geglaubt hätte –, keine Zukunftsvision, weder lief ihr ein kalter Schauer über den Rücken, noch bekam sie Gänsehaut auf den Armen. Auch zog kein plötzlicher Schwall kalter Luft durch den Laden. Draußen war es zwar so windig, dass sie das Schild hereingeholt hatte, damit es nicht davongeweht wurde, doch die Ladentür lag größtenteils im Schutz einer Markise.

Nein, es war etwas anderes, das sie veranlasst hatte, ihre Aufmerksamkeit dem Mann zuzuwenden, der gerade den Laden betrat. Später, während sie im Geiste die Erinnerung durchging, als suche sie bei einem kostbaren Edelstein nach weiteren feinsten Einzelheiten, kam sie zu dem Schluss, dass sie seine Anwesenheit gespürt hatte, noch bevor sie ihn gesehen oder das Klingeln der Ladenglocke gehört hatte.

Männliche Kunden waren bei Aquarelle kein ungewöhnlicher Anblick. Ganz im Gegenteil. Sogar viele ihrer Stammkunden waren Männer. Sie kamen entweder persönlich oder hatten terminlich festgelegte Bestellungen aufgegeben, zu Geburtstagen und anderen besonderen Gelegenheiten, bei denen Blumen erforderlich waren, Sträuße an ihre Mütter, Ehefrauen oder Geliebten zu schicken. Andere kamen hektisch und sichtlich nervös hereingestürzt, weil ihnen im letzten Moment eingefallen war, dass sie den Valentinstag, eine Verabredung zum Essen vergessen oder einen anderen Beziehungs-Fauxpas begangen hatten, und suchten verzweifelt nach irgendetwas, womit sie den Ärger einer Frau besänftigen konnten. Keiner dieser Männer machte sich wirklich etwas aus Blumen. Giselle bediente sie alle mit der gleichen Zuvorkommenheit, wusste jedoch, dass sie diese Kerle in den meisten Fällen auch mit einem Büschel hübsch zusammengebundener Kohlblätter hätte aus der Tür schicken können, und es wäre ihnen nicht aufgefallen.

Dieser Mann war anders.

Giselle spürte, dass er ihren Blick wie ein Leuchtfeuer anzog, während er langsam durch den Laden ging, sorgfältig jede Blüte auf Frische, Farbe, oder welche Kriterien er sonst noch im Sinn hatte, prüfte. Manche Blütenblätter berührte er so sanft wie eine Näherin, die ihre Hand bewundernd über ein schönes Stück Seide gleiten lässt. Mit beinahe beschwingtem Schritt ging er von einem der Plastikeimer zum nächsten und war anscheinend ebenso in seine Aufgabe versunken wie Giselle in seinen Anblick. Er sah kein einziges Mal zu ihr auf, bis er seinen Korb gefüllt hatte, daher blieb ihr genügend Zeit, ihn ausgiebig in Augenschein zu nehmen.

Was ihr am meisten auffiel, war seine schiere Massigkeit, ein so seltsamer Gegensatz zu den winzigen Knospen auf den Stielen, die er eingesammelt hatte. Er war nicht dick, aber groß und breit, mit prallen Bizepsmuskeln und kräftigen Unterarmen, die aus seinen aufgekrempelten Hemdärmeln ragten. Seine Haut war tief gebräunt, in der Farbe von Muskat, und sein Haar war pechschwarz, dicht und ein wenig zu lang. Er trug das Haar wie ein Mann, der viel zu lange nicht beim Friseur gewesen war, doch sein Bart war akkurat gestutzt und gut gepflegt.

Giselle hätte zu gern gewusst, ob seine Brusthaare auch so dicht waren.

»Kann ich Ihnen helfen, Monsieur?«, fragte sie kühn, obwohl er sich ganz offensichtlich sehr gut zurechtfand. Ihre Stimme war ein Krächzen, und sie wurde rot.

Verblüfft hob er das Kinn und richtete sich auf, drehte sich aber nicht um.

»Nein, vielen Dank«, rief er über die Schulter und stellte weiter seinen Strauß zusammen.

Schließlich war er fertig und trug seinen Einkauf zur Kasse, legte das ganze Bündel auf den Tisch, behutsam und mit der Zärtlichkeit einer Mutter, die ihren Säugling zu Bett bringt.

Wie er wohl mit einer Frau umgeht?, überlegte Giselle. Der Gedanke schoss ihr in den Kopf, und sobald er sich dort festgesetzt hatte, wurde sie ihn nicht mehr los. Als sie den leichten Höcker auf der Nase des Mannes wahrnahm, stellte sie sich vor, wie er ihre Klitoris streifte. Wobei sie keinerlei Erfahrung mit Cunnilingus hatte. Olen hatte sie nie geleckt, obwohl sie ihm einen geblasen hatte. Über die Wunder einer Zunge auf der

Vagina hatte sie von Beth erfahren, und für Giselle – nur allzu vertraut mit der Lust, die sie sich selbst bereiten konnte, wenn sie den richtigen Druck auf gewisse Teile ihres Venushügels ausübte – klang es wundervoll.

Während sie gierig weitere Einzelheiten seines Gesichts in sich aufnahm, seinen Mund, diese vollen, tiefroten Lippen, dachte sie daran, wie sie sich auf den ihren anfühlen würden. Die leicht nach oben gebogenen Mundwinkel deuteten ein Lächeln an und milderten die Strenge seiner dichten Brauen und hohen Wangenknochen. Seine Kieferpartie wirkte wie die eines Comic-Superhelden, scharf und kantig, mit einem eckigen Kinn. Seine Augen waren von einem warmen Braun wie geschmolzene Milchschokolade, und seine Wimpern waren dicht und voll, wie sie einer Frau zugestanden hätten, wenn Gott, die Evolution oder was auch immer für die Erschaffung der menschlichen Gattung verantwortlich war, fair gewesen wäre.

»Soll ich die zu einem Strauß binden, Monsieur?«, fragte sie.

Er griff in die Tasche seiner Jeans, zog ein Bündel zerknitterter Scheine heraus, zählte sie ab und glättete dabei einen nach dem anderen.

»Ein bisschen Papier reicht schon«, erwiderte er und deutete auf die losen grauen Bögen, die den Ladentisch bedeckten und nur dazu dienten, den Tresen vor den unvermeidlich herabfallenden Blättern und der Feuchtigkeit zu schützen, die von den Blumenstängeln rann, während Giselle sie ausbreitete.

»Sind Sie sicher? Ich könnte sie in Folie einschlagen, mit einem Wasserbeutel für die Stiele, damit sie frisch bleiben.«

»Nein, nein«, beharrte er, die Brauen ungeduldig zusammengezogen. »Ich hab es nicht weit.«

Giselle fügte sich, wickelte das Bündel in mehrere Bögen, um seine Hände vor Dornen und die Blüten vor dem Wind zu schützen.

»Ein besonderer Anlass?«, erkundigte sie sich, während sie den Betrag für seinen Einkauf in die Kasse eintippte und das Geldfach aufsprang. Ihre Neugier brachte sie dazu, den Mann weiter zu bedrängen, obwohl ihm deutlich anzumerken war, dass er jetzt gehen wollte.

»Nein. Für mich. Ich mag nun mal Blumen. Mehr nicht.«

Peinlich, dass ihr so ein Geständnis seltsam vorkam. Schließlich war nichts daran auszusetzen, dass ein Mann Blumen mochte.

Giselle gab ihm das Wechselgeld, und er stopfte die Münzen in seine Jeans. Sie war dunkelblau und saß eng, stellte Giselle fest, als sie sich vorbeugte und einen flüchtigen Blick auf seinen Schritt warf. Wärme strahlte von ihrem Schoß aus, während sie sich vorstellte, wie dick und lang sein Schwanz sein musste. Es wäre eine grausame Ironie des Schicksals, falls sein Gehänge nicht mit seiner sonstigen Statur mithalten könnte.

Er dankte ihr mit einem Nicken, nahm das eingewickelte Bündel auf, drehte sich um und ging. Giselles Blick folgte seinem Hintern bis zur Tür hinaus.

»Ah, wie ich sehe, hast du William Tremblay kennengelernt«, sagte eine Stimme hinter ihr.

Giselle fuhr zusammen. Sie hatte Freya nicht aus dem Kühlraum kommen hören und war sich nicht sicher, wie viel sie von der Unterhaltung mitgekriegt hatte.

»Er ist also Stammkunde?«, fragte Giselle.

Freya rieb sich fröstelnd die bleichen Hände an der Schürze. Giselle wusste aus Erfahrung, wie kalt einem bei der Arbeit im Kühlraum werden konnte. Die Kälte setzte einem erst allmählich zu. Anfangs war es erfrischend, vor allem, wenn man gerade die schweren Behälter mit Wasser und Blumen von dem in der Seitenstraße geparkten Lieferwagen gehievt und in den Kühlraum geschleppt hatte. Aber wenn man dort zu lange mit den Eimern hantierte, um die ältesten Blumen, die zuerst verkauft werden sollten, ganz nach vorn zu stellen, kroch einem die Kälte in die Knochen, die sich nur durch ein ausgiebiges heißes Bad vertreiben ließ.

Die Arbeit als Floristin war aufwendiger und anstrengender, als Giselle es von einem Berufszweig erwartet hatte, den sie anfänglich für eher feminin und feinsinnig hielt. Doch das war einer der Gründe, warum er ihr gefiel. Wenigstens bekam ihr Körper auf diese Weise trotz der fehlenden Ballettübungen genug Bewegung.

»Er kommt jeden Dienstag«, erwiderte Freya, »um das Beste aus der neuen Lieferung zu ergattern.« Sie blies beim Sprechen auf ihre Finger und begann, auf und ab zu springen. Die Bewegungen ließen ihre großen Brüste hüpfen, und zum zweiten Mal an diesem Morgen fühlte sich Giselle wie hypnotisiert vom Körper einer anderen Person. Da man sich in einem Blumenladen so viel bücken musste und Freya gern Doppelschichten arbeitete, war Giselle schon oft unbeabsichtigt dem Anblick von Freyas ausladendem Dekolleté ausgesetzt gewesen. So manches Mal hatte sie sich in ruhigen Momenten die Zeit damit vertrieben, zu überlegen, ob die Nippel der Norwegerin groß oder klein waren, dunkel oder blassrosa, unempfindlich waren oder dazu neigten, ebenso schnell hart zu werden wie Giselles.

»Für seine Frau? Seine Freundin?«

Freya schnaubte.

»Nein, er ist Single, soweit ich weiß. Hat aber wahrscheinlich jede Menge Geliebte. Der Mann hat halb Paris nackt gesehen, heißt es zumindest.«

»Wirklich?«

Auf Giselle hatte er so schroff und desinteressiert gewirkt. Sie konnte ihn sich nicht als Frauenheld vorstellen. Um ehrlich zu sein, war sie ein wenig erstaunt und leicht angesäuert gewesen, dass er sie nicht bewundernd angeschaut oder über den Ladentisch hinweg mit ihr geflirtet hatte. Giselle war nicht eingebildet, sondern aufrichtig, und es stimmte, dass die meisten männlichen Kunden ihr normalerweise einen zweiten Blick zuwarfen.

»Er ist Künstler. Malt, zeichnet oder so. Aktdarstellungen, hab ich gehört, und einige davon ziemlich gewagt.«

»Hast du für ihn Modell gestanden?«, fragte Giselle.

»Du lieber Himmel, nein!« Freya hielt inne und fuhr sich mit der Zunge über die Lippen. »Ich würde gern. Aber mir fehlt der Mut dazu. Er sieht verdammt gut aus, hat aber so einen harten Ausdruck in den Augen, dass ich wahrscheinlich in Ohnmacht fallen würde, bevor ich auch nur mein Höschen unten habe. Aber du solltest dich bewerben. Bei deiner Figur nimmt er dich bestimmt, und ich glaube, er zahlt.«

»Zahlt?«

»Oh, vermutlich nicht viel, aber er hat hier mal einen Handzettel aufgehängt, dass er Modelle für künstlerische Arbeiten sucht. Vielleicht hab ich noch einen hinten in der Schublade. Wir haben bestimmt auch seine Telefonnummer im Terminkalender. Gut möglich, dass er immer noch welche sucht. Warum rufst du ihn nicht an und fragst ihn?«

Giselle schlug das Herz bis zum Hals. Sie stellte sich vor, nackt ausgestreckt unter diesem strengen Blick zu liegen, und allein bei dem Gedanken wurde ihr schwindelig. Abgesehen davon konnte sie zusätzliches Geld gut gebrauchen, und es dürfte ja nicht zu schwierig sein, ohne Kleider dazusitzen.

»Ich glaub, das mach ich«, sagte Giselle bestimmt.

»Du weißt schon, dass er viel älter ist als du, Liebes. Pass auf dich auf, ja?«

Auf sein Alter hatte Giselle gar nicht richtig geachtet. Sie nahm an, dass er älter war als sie. Vermutlich mehr als zehn Jahre. Er hatte wie Mitte dreißig gewirkt, schätzte sie. Aber sie wusste, dass das Aussehen mancher Männer täuschen konnte. Vielleicht war er sogar noch älter.

Andererseits war sie überzeugt, dass es mit Olen auch wegen seiner Jugend nicht geklappt hatte. Und außerdem würde sie für William ja nur Modell stehen, oder?

Freya fand seine Telefonnummer, und einen Tag später wählte Giselle mit zittrigen Fingern und fragte mit noch stärker zitternder Stimme, ob er momentan Bedarf an Aktmodellen habe. Vorsichtshalber erwähnte sie nicht, dass sie sich bereits begegnet waren, falls alles schrecklich schieflaufen sollte.

Ja, sagte er, sie könne vorbeikommen. Sie verabredeten sich für den folgenden Donnerstag.

In der Nacht davor lag Giselle in ihrem schmalen Bett, blendete das leise Schnarchen ihrer Eltern im Nebenzimmer aus und stellte sich vor, wie Williams Finger einem Pfad von ihrem Mund zu ihrer Möse folgten, genauso sanft und geschickt, wie er die Blütenblätter der Blumen berührt hatte.

Sie überprüfte die Adresse auf dem zerknitterten Notizzettel. Ja, hier war es. Die Tür zu seinem Atelier war dunkelgrün gestrichen, mehrere Betonstufen führten hinauf, auf der einen Seite gesichert durch ein rostiges, stark abgenutztes Eisengeländer. Obwohl Giselle groß war, hing der Türklopfer vom Gehsteig aus ein ganzes Stück über ihrem Kopf, als ragte die Tür selbst über ihr auf, so wie der Maler im Blumenladen.

William Tremblay. Durfte sie ihn William nennen? Oder sollte sie ihn weiter mit »Monsieur« ansprechen? Sie strich das karierte Hemd über ihrer Jeans glatt und hob den Türklopfer an. Er machte ein dumpfes Geräusch, das metallische Aufprallen von Messing auf Messing, und Giselle runzelte die Stirn. Das würde bestimmt keiner hören. Dann wurde ihr klar, dass es sich um die Tür zum Treppenhaus handelte und der Klopfer völlig überflüssig war. Rechts war eine Reihe von Klingelknöpfen angebracht, und sie drückte auf den mit dem Schild »WT«. Sein Atelier befand sich im dritten und obersten Stockwerk. Ein Klicken ertönte, als hätte jemand den Hörer der Sprechanlage angehoben, aber keine Stimme war zu hören. Giselle wartete weiter. Ein kalter Windstoß fuhr die Straße entlang, und sie verschränkte die Hände über der Brust und rieb sich rasch die Arme. Sie hätte sich etwas Wärmeres anziehen sollen, ging ihr durch den Kopf.

Die Tür schwang auf.

»Giselle«, begrüßte er sie. Er trug eine enge, marineblaue Kordhose und ein schwarzes Hemd, das auch schon bessere Tage gesehen hatte. Er war barfuß. Seine Haare waren zerzaust, als wäre er den ganzen Morgen mit den Händen hindurchgefahren. Er war so hochgewachsen und muskulös, wie sie ihn in Erinnerung hatte.

Sie nickte.

»Kommen Sie«, fuhr er fort, drehte sich um und bedeutete ihr damit, ihm zu folgen. Sie trat über die Schwelle und ging hinter ihm durch einen düsteren Flur zum Aufzug.

»Für gewöhnlich nehme ich die Treppe«, murmelte er und deutete auf seitlich hinaufführende Stufen. »Aber ich möchte nicht, dass Sie für das Porträt einen roten Kopf haben. Auch wenn es eine Zeichnung ist und keine Fotografie.«

Giselle wollte gerade protestieren, sie sei fit genug, ein paar Stufen hinaufzusteigen, ohne zu schnaufen und zu keuchen, als der Aufzug mit einem Klingeln sein Eintreffen ankündigte und William das Gitter zusammenschob und die metallbeschlagene Kabinentür aufzog. Die beengte Kabine war für eine Person gedacht, und sicherlich für eine kleinere als William. Giselle folgte ihm hinein, hielt den Atem an und hoffte, William würde nicht bemerken, wie schwindlig seine Gegenwart sie machte. Genauso wie ihr bei der federleichten Berührung seiner Haut, die sie kurz streifte, als er seinen Arm zur Seite drehte und gegen sie stieß, die Knie weich wurden. Sie atmete ein, analysierte den eigenartigen

Geruch, der an ihm hing. Zigarrenrauch? Ihr Vater rauchte Zigarren, daher war ihr der Geruch vertraut. Und die scharfe Note von Zitrone. Nein, nicht Zitrone, Zitronenverbene, verbesserte sich Giselle im Stillen, ein Küchenkraut, das sie erkannte, weil ihre Mutter es in kleinen Töpfen auf der Fensterbank zog. Sie blickte hinab auf seine Hände, die dicken, kräftigen Fingerkuppen, so geschwärzt mit Zeichenkohle, dass sie an abgebrannte Zündhölzer erinnerten, nur viel größer. Sie war froh, dass er ihre Gedanken nicht lesen konnte. Die Träume, die sie über diese Finger heraufbeschworen hatte. Wie sehr sie sich wünschte, dass er ihr Hemd aufknöpfte und ihre Brüste in die Hände nahm. Und doch sollte er wissen, was sie fühlte, denn sie würde sicherlich nicht den Mut aufbringen, es ihm zu sagen, niemals, und wie sollten sie dann den Schritt über Maler und Modell hinaus schaffen?

»Möchten Sie einen frischen Pfefferminztee?«, fragte er, als sie im Atelier angekommen waren. »Das ist leider der einzige Tee, den ich dahabe.«

»O ja«, erwiderte sie. »Gern«, obwohl sie noch nie Tee aus frischer Minze getrunken hatte. Für gewöhnlich trank sie Kaffee.

Sie sah sich nach etwas um, worauf sie ihre Tasche ablegen konnte, und ließ sie schließlich einfach neben der Tür auf den Boden fallen. Williams Atelier war nur spärlich möbliert. Bloß ein großes Sofa an der einen Seite, ein Stuhl in der Mitte des Ateliers, unter einem Oberlicht, und ein weiterer Stuhl neben einer Staffelei gegenüber. Die kleine Küche, in der William jetzt stand, war durch einen Holztresen vom Rest des Raumes getrennt, und auf dem Tresen stand eine Vase mit den Blumen, die er im Laden gekauft hatte. Die Knospen waren aufgegangen, aber noch nicht verblüht. Giselle ging hinüber und roch an den Blumen, umschloss eine gelbe Rose mit der Hand, damit sie den Duft tief einatmen konnte. Die Blütenblätter kitzelten sie an der Nase.

»Ich habe Ihre Stimme am Telefon erkannt.« Er zupfte eine

Handvoll Minzblätter von einem kleinen Kräutertopf, der neben dem Wasserhahn stand, gab sie in große weiße Becher und goss kochendes Wasser darüber. In seinen Becher rührte er mehrere Teelöffel Zucker, und sie hielt ihn davon ab, in ihren Becher auch welchen zu geben.

»Ich hab's nicht so sehr mit Süßem«, erklärte sie. Er zog eine Braue hoch.

»Sie arbeiten bei Aquarelle«, fuhr er fort. »Aber ich hatte Sie dort noch nie gesehen.«

»Für gewöhnlich übernehme ich die Spätschicht. Eines der anderen Mädchen hatte sich krankgemeldet.«

»Und Sie haben einen meiner Handzettel gesehen? Ich hatte welche dort gelassen«, sinnierte er, »doch das ist schon eine Weile her. Damals habe ich an einem Auftrag mit einem botanischen Thema gearbeitet. Dachte, dazu würde jemand passen, der sich für Blumen interessiert, aber es hat nicht funktioniert.« Er zuckte mit den Schultern. »Doch jetzt sind Sie hier; vielleicht habe ich zu schnell aufgegeben.«

Er trank seinen Tee und musterte sie, anerkennend und abschätzend zugleich. Giselle kam sich vor, als würde er sie mit seinem Blick zerlegen, Zentimeter um Zentimeter, den jeweiligen Wert ihrer einzelnen Teile mit mathematischer Genauigkeit gewichten und sie dann wieder zusammensetzen. Ein Modell, sowohl buchstäblich als auch im übertragenen Sinne, wie eine Puppe, die Glied um Glied zusammengebaut worden war, um für ihn zu posieren.

Ihr fiel keine passende Antwort ein, daher nahm sie stattdessen einen Schluck von ihrem heißen Getränk. Es schmeckte gut und wärmte; die Minze hatte ihre eigene Süße. Giselle wartete darauf, dass er die Initiative ergriff, und zwar rasch, bevor sie den Mut verlor.

»Bereit?«, fragte er. »Wir sollten anfangen, solange das Licht noch gut ist.« Er nahm ihr den Becher aus der Hand, obwohl sie ihn noch nicht geleert hatte. »Gut«, sagte er. »Stellen Sie sich dorthin. Wo der Stuhl ist.« Er ging hinüber und schob den Stuhl weg. »Ziehen Sie sich aus.«

Giselle schlüpfte aus ihrer Jeans, dann zog sie das Gummiband des makellos weißen Baumwollschlüpfers hinunter, für den sie sich nach langen Überlegungen entschieden hatte.

Ein Kleidungsstück nach dem anderen landete auf dem dunklen Holzboden des Ateliers.

Sie war nackt.

Sie schaute nicht auf, war sich des Blicks des älteren Mannes dennoch bewusst.

Gedanklich hatte sie diesen Moment in den letzten Tagen mehrfach durchgespielt, aber ihre Gefühle überraschten sie trotzdem. Sie empfand keine Scham oder Verlegenheit, so gänzlich entblößt dem harten Lichtkegel ausgesetzt zu sein, der sie von oben beleuchtete, während die hellen Strahlen der Mittagssonne durch das große, quadratische Oberlicht drangen. Einerseits war da die unterschwellige Furcht, dass er keinen Gefallen an ihrem Körper fände, ihre schlanke Gestalt und die sanfte Wölbung ihrer Hüften nicht zu schätzen wüsste, beides in starkem Gegensatz zu ihren vollen Brüsten, die nicht zu einer Ballerina passten, selbst nicht zu einer ehemaligen Ballettschülerin. Andererseits schrie eine trotzige Stimme in ihr wortlos danach, bemerkt zu werden, legte einen Kern sexuellen Furors bei dem Gedanken frei, weckte das schiere Bedürfnis, sich vor einem Mann auf diese Weise zur Schau zu stellen. Anstand kämpfte gegen Erregung.

Unwillkürlich hatte sie die Schultern nach vorn gezogen und ihre Hand schützend über den dunklen, gewölbten Hügel ihrer dicht gelockten Schamhaare gelegt, obwohl sie wusste, wie sinnlos die Geste unter diesen Umständen war.

»Richten Sie sich bitte auf.«

Sein schroffer Ton machte deutlich, dass er das »bitte« nur aus Höflichkeit hinzugefügt hatte. Das war eine Anweisung, kein Vorschlag.

Sie sah auf und bemerkte, dass er sie mit einem Anflug von Gleichgültigkeit musterte. Wie viele nackte Frauen hatte er als Maler schon gesehen? Hundert? Tausend? Vielleicht war sie für ihn nur ein weiterer Körper, etwas Unpersönliches. Sie hatte keine Ahnung, was im Kopf von Künstlern, von Malern vorging.

Giselle nahm die Hand weg. Schluckte schwer. Immer noch wirkte er unzufrieden.

»Ihre Haltung ist schrecklich. Diese hängenden Schultern«, fügte er hinzu.

Giselle wurde rot. Er hatte recht. Ihr war nicht bewusst gewesen, wie krumm sie dastand. Eine unwillkürliche Folge ihrer Angespanntheit, das instinktive Bemühen ihres Körpers, sittsam zu wirken. Sie stellte sich vor, wieder in der Ballettschule zu sein. Erinnerte sich an die ständigen Ermahnungen und Befehle der Ballettlehrer. Sie nahm die Schultern zurück, zog den Bauch ein, worauf ihre Brüste vorsprangen und sich ihre kräftigen Tänzerinnenbeine ein paar Zentimeter weiter öffneten, um das Gleichgewicht zu halten. Beinahe als wolle sie sich zur Schau stellen. Doch nie zuvor hatte sie es nackt tun müssen. Oder für ein Publikum, das nur aus einer Person bestand. Einem Mann.

William kam auf sie zu, sein Blick unnachgiebig. Giselle erschauerte kurz. Er umkreiste sie im Uhrzeigersinn, dann noch einmal anders herum, betrachtete, maß, wog ab, schätzte sie ein. Roch er auch an ihr? Er war etwa einen Kopf größer als sie. Bevor sie hergekommen war, hatte sie sich die Haare mit ihrem Lieblingsshampoo – das mit dem leichten Magnolienduft – gewaschen und dann endlos gebürstet, um genau den richtigen Glanz zu erzielen. Seit ihrer Rückkehr aus London hatte Giselle die Haare wachsen lassen. William hatte sie gebeten, einfach so zu kommen, wie sie war, hatte sogar darauf bestanden, dass sie kein Make-up trug, doch sie hatte das Gefühl gehabt, mehr wäre vonnöten. Hatte sie unbewusst geplant, ihn zu verführen, oder hoffte sie, ihn dahin zu bringen, sie zu verführen?

»Ich mag Ihr Parfüm«, sagte er.

Ja. Ein kleiner Triumph.

Seine Stimme hinter ihr. Seine Augen begutachteten zweifellos ihre Pospalte, ihre langen Beine, die sanfte Blässe ihrer Haut. In ihrer Magengrube entstand ein vertrautes Beben. Erfasste ihr Herz, vibrierte gefährlich im Umkreis ihrer Klitoris, verursachte ein Kribbeln in ihren Armen und Beinen.

»Ziehen Sie sich wieder an«, sagte William, und Giselle verspürte plötzliche Enttäuschung. »Da drüben ist ein Kleiderständer.« Er deutete auf die rückwärtige Wand des Ateliers, wo ein Gestell mit verschiedenen Kleidungsstücken stand. »Ich möchte mit ein paar Kohleskizzen von Ihnen beginnen.«

Während Giselle hinüberging, war sie sich durchaus bewusst, dass sein Blick auf ihr ruhte, und sie unterdrückte jeden Versuch, zu seinem Vergnügen den Schwung ihrer Hüften zu betonen. Sie besaß bereits seine volle Aufmerksamkeit.

Vor dem Kleiderständer blieb sie stehen.

»Was soll ich anziehen?«, fragte sie.

William hatte ihr den Rücken zugewandt und war an seinen Arbeitstisch getreten, auf dem Farben, Pinsel, Bleistifte, unordentliche Haufen von Utensilien und Bögen von Zeichenpapier verstreut lagen.

»Irgendwas«, rief er zurück. »Ist nicht wichtig.«

»Wirklich?«, fragte sie zweifelnd.

»Ja. Ich möchte unsere erste gemeinsame Stunde darauf verwenden, nur Ihr Gesicht zu zeichnen. Um Sie einschätzen zu können. Daher spielt Ihre Kleidung kaum eine Rolle.«

Genauso gut hätte sie ihre Jeans und das karierte Hemd anbehalten können, die sie für diesen Besuch gewählt hatte, dachte Giselle. Aber er hatte verlangt, zuerst ihren Körper zu sehen. Sie war verwirrt.

Aufs Geratewohl zog sie ein Oberteil mit V-Ausschnitt von einem Bügel, ein dunkelrotes, formloses Ding aus Chenille, und schlüpfte hinein. Das weiche, aber deutlich noppige Material streifte über ihre hart werdenden Nippel. Sie ging zurück zu dem Stuhl, bei dem sie ihre Jeans gelassen hatte, und zog sie an, verzichtete aber auf den weißen Baumwollschlüpfer, den sie vorher hatte ausziehen müssen.

William beachtete sie immer noch nicht.

»Wo soll ich stehen? Oder sitzen?«, fragte Giselle.

»In der Mitte«, erwiderte er. »Wo Sie vorher gestanden haben, als ich Sie mir angesehen habe.«

Giselle trat wieder in den Lichtkegel. Sie kam sich vor wie auf einer Bühne, mit der grellen Beleuchtung eines auf sie gerichteten Scheinwerfers, der ihre Silhouette hervorhob.

Einen Moment lang verlor sie sich in Gedanken und war überrascht, als William plötzlich an ihrer Seite auftauchte. Er schob ihr einen hohen Hocker ohne Rückenlehne hin. »Hier. Setzen Sie sich.«

Giselle nahm auf dem schmalen Sitz Platz.

»Als Modell müssen Sie lernen, sich nicht zu bewegen«, sagte William. »Versuchen Sie, eine Stellung zu finden, die nicht zu unbequem wird. Am besten ist es, habe ich gehört, den Kopf ganz leer zu machen. Bei manchen funktioniert es. Träumen Sie mit offenen Augen.«

Giselle nickte und schob ihren Hintern in eine einigermaßen bequeme Position. Sie schaute zu William, erwartete, dass er eine Art Staffelei aufstellte, doch er warf nur rasche Striche auf ein Blatt, das er vorerst auf den Knien hielt.

»Nicht bewegen«, ermahnte er sie.

»Oh, tut mir leid …«

Er skizzierte weiter, schwungvoll, sicher, schnell, präzise.

»Würde Musik vielleicht helfen?«, fragte er.

Giselle überlegte. »Nein. Ist schon gut so.« Sie befürchtete, Musik würde sie veranlassen, noch mehr zu schwanken, ihren Körper und ihre Sinne zu rhythmischen Bewegungen anregen.

Eine Stunde verging in fast vollkommener Stille, während William arbeitete. Giselle war neugierig, die Ergebnisse zu sehen, nachdem die Blätter nacheinander zu einem unordentlichen Haufen anschwollen und er immer wieder eine neue Skizze begann.

Schließlich hielt er mit einem tiefen Seufzer inne.

»Ich bin fertig«, verkündete er. »Sie können sich jetzt wieder rühren«, schlug er vor. »Das wird sicher eine Erleichterung sein. Ich weiß, dass es beim ersten Mal immer schwierig ist.«

Giselle rutschte von dem hohen Hocker, ihre nackten Füße fühlten sich taub an, als sie mit dem Holzboden in Berührung kamen. Sie streckte die Beine. Zu gern hätte sie einen Blick auf Williams Skizzen geworfen, um festzustellen, wie er sie sah, nahm aber an, dass sich das nicht gehörte. Sie wusste, dass Künstler ihre Angewohnheiten hatten, und es wäre ein Fehler, ihn zu drängen. Waren ihre Gesichtszüge in geometrische Formen zerbrochen wie bei einer von Picassos Odalisken? Hatte er ihrem Kinn und ihren Wangen Kilos hinzugefügt wie einer Rubens'schen Matrone? Das Lächeln einer Mona Lisa, ein Stirnrunzeln, einen traurigen Ausdruck?

Er bot ihr Kaffee an und eine Schale mit Obst. Abwesend biss er in einen glänzend roten Apfel und erkundigte sich dabei, ob sie bereit sei, nach dieser Pause noch für eine weitere Stunde Modell zu stehen.

Giselle stimmte zu.

»Runter mit den Kleidern.«

Sie zog sich aus, legte die beiden Kleidungsstücke ab und bewegte sich wieder auf den hohen Hocker zu, bereits voller Bedenken, wie sie sich darauf niederlassen sollte, ohne noch schamloser zu wirken.

»Nein, nicht da«, hielt William sie auf.

Er wedelte mit dem Arm in die entgegengesetzte Richtung und zog einen schweren Vorhang zurück, der als Trennung zwischen dem Atelier und dem Bereich diente, in dem er vermutlich wohnte. Ein gewaltiges Himmelbett aus glänzendem Metall stand dort, die Laken fast grau in dem nun schwindenden Licht, das durch das Deckenfenster hereinfiel.

»Dort.«

Giselle setzte sich auf die Bettkante, während William nach einer langen Hakenstange griff, sie in den Riegel eines weiteren Oberlichts steckte und es aufzog. Ein weiches, dämmriges Licht strömte herein, warm und samtig, so ganz anders als die scharfe, grelle und möglicherweise unvorteilhafte Helligkeit, der sie vorher auf dem Hocker ausgesetzt gewesen war. Ein Schlafzimmerlicht. Nachdem er die Stimmung der Szene vorbereitet hatte, kam William zu ihr ans Bett zurück, sah auf sie hinab, nahm ihren nackten Körper in Augenschein, nachdenklich, aber mit lebhaftem Interesse.

»Lassen Sie mich«, sagte er.

Sie spürte seine große, erstaunlich warme Hand auf ihrer nackten Schulter, dann die andere Hand auf ihrer linken Pobacke, womit er sanft andeutete, sie solle sich hinlegen. Giselles Gefühle waren in heller Aufregung, doch sie zwang sich, ruhig zu werden und Williams festem Druck zu folgen. Steif legte sie sich hin.

»Nein, nicht so.«

Sie sah zu ihm hoch. Sein Lockenschopf war umgeben von einem Kranz gedämpften Lichts, das durch das Atelierdach hereinströmte, seine Gesichtszüge waren verschwommen. Er ragte über ihr auf, und sein stämmiger Körper blendete für einen Moment den Tag aus.

Giselle entspannte sich. Gestattete seinen sanften, erfahrenen Händen, sie in die richtige Position zu bringen, bis sie auf den Laken ausgestreckt lag, ihre Arme in einem seltsamen Winkel, ihre Schenkel leicht gespreizt, seitlich, das bleiche weiße Schimmern ihrer Haut dem schwindenden Licht dargeboten, ihre Brüste im Schatten, den Blick auf die Metallstangen des Bettes gerichtet. Zurechtgelegt wie eine Puppe aus Fleisch und Blut.

William schnalzte zustimmend, trat einen Schritt zurück, um sein Werk zu bewundern.

»Hmmm … ja …«

Giselle hielt die Luft an. Gott allein wusste, was William jetzt gerade sah. Alles von ihr, entblößt, wirklich nackt.

»Ist diese Haltung bequem genug?«, fragte er sie.

Sie hatte einen trockenen Hals und nickte nur.

»Gut.«

Er trat noch ein paar Schritte zurück und stellte diesmal eine Staffelei auf. So wie er ihren Kopf angewinkelt hatte, damit das fließende schwarze Haar über ihre linke Schulter fiel, bevor es sich halb über ihren Rücken ergoss, konnte sie nur von der Seite zu ihm sehen.

Um ihr Unbehagen noch zu verschlimmern, spürte sie ein schwaches Aufwallen von Feuchtigkeit zwischen ihren Beinen. Sie biss sich auf die Lippe, hoffte inständig, dass er in dem Dämmerlicht dieses verräterische Merkmal ihrer Erregung nicht bemerkte. Konnte er auch in ihr Inneres sehen? Sie musste schlucken.

Er warf rasche, nervöse Pinselstriche auf die Leinwand. Das Skelett, das sein Werk verankern würde. Giselle versuchte verzweifelt, ihren Geist zu leeren, aber ihr schossen zu viele Gedanken durch den Kopf, und ihr Herz schlug viel zu schnell. Sekunden, die ihr wie Minuten vorkamen, Minuten, die sich wie

Stunden anfühlten, flossen dahin. Sie zählte Schafe, Schwäne und eine endlose Prozession identischer Tänzerinnen mit ausdruckslosen Gesichtern in zusammenpassenden Tutus und rosa Spitzenschuhen.

Die Feuchtigkeit in ihrer Möse war jetzt wie ein Damm, der auf das Signal wartete, zu brechen, auszuströmen, die Laken zu durchnässen und Giselle in arge Verlegenheit zu bringen. Ihre Wangen brannten. Doch nur ein paar Schritte entfernt war William beschäftigt, warf ihr nur flüchtige Blicke zu, um ihr Abbild zu fixieren oder ihre Reglosigkeit zu überprüfen, während sein Pinsel über die Leinwand fuhr, verloren in seiner eigenen Welt, deren Mittelpunkt sie nun geworden war.

Blitzartig ging Giselle auf, dass sie jetzt tatsächlich das Sagen hatte. Nicht der Maler. Ihr Körper stand nun im Fokus, war der entscheidende Punkt, um den sich alles andere drehte. Sie war die Sonne, die Bühne, und ohne sie war William gegenwärtig so gut wie nichts, wurde allein durch ihre Anziehung geleitet, in Bann geschlagen. Als sie das begriff, wurde ihr Atem ruhiger, und allmählich gewann sie die Fassung zurück. Innerer Friede erfüllte sie, und die unangenehme Feuchtigkeit zwischen ihren Schenkeln war ihr nun nicht mehr peinlich, sondern machte sie stolz. Und beflügelte ihre Neugier.

Als die Sitzung schließlich zum Ende kam – gerade noch rechtzeitig, bevor sich ihre ganze Körperseite verkrampfte –, brachte William ihr einen seidenen Morgenmantel und half ihr hinein. Draußen war es dunkel geworden, er war mit dem Licht nicht mehr zufrieden, und Giselle fror. Er hatte die Leinwand mit einem Tuch abgedeckt und weigerte sich erneut, Giselle sehen zu lassen, was er bisher geschaffen hatte.

»So läuft das nicht, meine Liebe. Sie müssen lernen, Ihre Ungeduld zu zügeln. Erst wenn der richtige Zeitpunkt kommt, wenn das Werk fertig ist, dürfen Sie es sehen.«

Als er ihre Enttäuschung bemerkte, versuchte William es wiedergutzumachen.

»Für eine erste Sitzung waren Sie gut, Giselle, sehr gut. Ich möchte Sie zum Essen einladen, mit Ihnen ausgehen, ja? Natürlich zusätzlich zu Ihrem Honorar.« Er schlug das Procope vor, ein altes, traditionelles Restaurant an der Rue de Seine, das sie sich nie hatte leisten können. Sie willigte ein.

Er wandte ihr den Rücken zu, als sie den Morgenmantel auszog und in ihre Straßenkleidung schlüpfte. Am liebsten hätte sie gesagt: »Warum schauen Sie jetzt weg? Sie haben alles von mir gesehen. Ich möchte, dass Sie weiterhin alles von mir sehen …«

Das war's. Sie hatte sich vor ihm vollkommen entblößt und war weggeschickt worden.

Das reichte Giselle nicht. Sie wurde von einem Gefühl verzehrt, das sie nicht benennen konnte. Eine Mischung aus Wut und Verlangen brannte mit wilder Intensität in ihr und machte es ihr unmöglich, ihr normales Leben wiederaufzunehmen.

Speisen verloren jeden Geschmack. Sträuße bei Aquarelle zusammenzustellen, eine Tätigkeit, an der sie sonst Freude gehabt hatte, langweilte sie jetzt. Die Blumenstiele piekten sie oder lösten einen Juckreiz auf ihrer Haut aus. Die regelmäßigen Dehn- und Streckübungen, die sie weiterhin jeden Abend machte, um sich in Form zu halten, erschienen ihr sinnlos. Sie war keine Tänzerin, würde nie eine Tänzerin sein, warum tanzte sie dann noch? Sie konnte sich weder auf die Vorlesungen noch auf ein Buch konzentrieren. Die Wörter verschwammen ihr vor den Augen zu wildem Gekrakel.

In der Nacht, als sie zu Williams Atelier zurückkehrte, goss es in Strömen. Was suchte sie dort? Giselle wusste es nicht. Sie verhielt sich völlig unsinnig, und doch konnte sie nicht anders, als ihren Gefühlen zu folgen. Ihr Geist würde nicht zur Ruhe kommen, bevor sie den Maler wiedersah, zumindest dessen war sie sich sicher.

Wasser strömte über das Kopfsteinpflaster und sickerte durch ihre dünnen Schuhe. In ihrer Aufgewühltheit hatte sie ganz vergessen, einen Mantel mitzunehmen, und mittlerweile war sie nass bis auf die Haut.

Sie eilte durch die Dunkelheit, rannte fast, um die Kälte abzuwehren und den verwunderten Blicken von Fremden zu entkommen, die ein hochgewachsenes, nur mit einer Chiffonbluse und Jeans bekleidetes Mädchen durch den Regen laufen sahen.

Beim gedämpften Geräusch des Summers fuhr sie zusammen. Sie drückte ihn dreimal rasch hintereinander und kauerte sich Schutz suchend an die Tür, während sie wartete und hoffte, William würde aufmachen. In den langen Minuten begann sie sich zu fragen, wie sie ihr tropfnasses, nächtliches Auftauchen an seiner Tür erklären sollte und was sie tun würde, wenn William ausgegangen war oder, schlimmer noch, ein anderes Modell oder eine Geliebte bei sich hatte. Sie wollte schon kehrtmachen und genauso schnell nach Hause eilen, wie sie gekommen war, als die Tür aufging.

»Giselle?«, fragte er.

Stumm stand sie da, während er ihr Kommen verarbeitete, den Mund leicht geöffnet vor Erstaunen.

»Sie sind ja halb erfroren«, murmelte er, legte seine große Hand um ihren rechten Oberarm und zog sie herein. Selbst durch den feuchten, steifen Stoff ihrer langärmeligen Bluse spürte sie die Hitze seiner Berührung. Sie ließ sich von ihm den Flur entlang zu dem winzigen Aufzug ziehen, erleichtert, wieder bei ihm zu sein. Allein die Nähe zu diesem stämmigen, rauen Mann gab ihr das Gefühl, sicher und geborgen zu sein.

Er schlug die Gittertür des Fahrstuhls zu, drückte auf den Knopf für das Stockwerk seines Ateliers, drehte sich wieder zu ihr, legte die andere Hand auf ihren linken Arm und rieb energisch, damit ihr wieder warm wurde.

»Was machen Sie hier, Giselle? Sie haben Glück gehabt, dass ich noch da war. Um diese Zeit bin ich für gewöhnlich längst in meiner Wohnung. Ich hatte nur noch einiges aufzuräumen.« Sein Ton war sanft, als hätte er die Antwort auf seine Frage längst erraten. Sie wusste, dass ihr das Verlangen ins Gesicht geschrieben stand, und warum sonst wäre sie hergekommen, so spät am Abend, durch den Regen, den sie immer noch auf das Dach trommeln hörte, und den heulenden Wind, der die Fenster klappern ließ, an denen sie vorbeikam? Wie konnte es ihr überhaupt entgangen sein, dass er nicht hier wohnte, sondern nur zum Arbeiten herkam? Aber in dieser Nacht hatte sie das Glück auf ihrer Seite.

Sie beugte sich vor und ließ ihre Hände unter sein T-Shirt gleiten, um sie zu wärmen. Sein Oberkörper war breit und massiv wie ein Baumstamm. Sie sehnte sich danach, das erdrückende Gewicht seines Körpers auf dem ihren zu spüren. Er zuckte unter der eisigen Berührung ihre Handflächen zusammen, ließ ihre Arme los und nahm stattdessen ihre Hände in die seinen.

»Ich brauchte … ich brauchte … ich brauchte dich, um …«

Giselle versuchte ihre wirren Gedanken und Emotionen in Worte zu fassen, doch es war, als wollte sie aus Flüssigkeit etwas Festes formen.

»Was brauchtest du von mir?«, flüsterte er.

»Das hier«, erwiderte sie leise, als seine Hände zu ihren Handgelenken wanderten und sie fest umschlossen.

»Das?«, fragte er und berührte ihre Brust, strich mit den Fingerknöcheln über ihre Nippel, die so hart geworden waren, dass sie schmerzten.

Giselle drückte den Rücken durch und streckte ihm ihre Brüste entgegen. Ein leises Stöhnen entfuhr ihren Lippen.

»Ja«, sagte sie.

Der Aufzug hielt ruckend an, und William riss die Tür so energisch auf, dass Giselle fürchtete, das alte Scherengitter könnte auseinanderbrechen.

William zerrte sie wie eine Lumpenpuppe in sein Atelier. Ihre Schuhe quietschten, und Regenwasser rann ihr an den Beinen hinab, hinterließ eine feuchte Spur auf dem Holzboden. Sie schlotterte jetzt vor Kälte.

Er führte sie zu der Stelle unter dem Oberlicht, an der sie vor ein paar Tagen vergeblich für ihn nackt posiert hatte, und begann sie auszuziehen. Seine Finger hatten keine Probleme mit den kleinen Knöpfen ihrer blauen Bluse. Er streifte sie ihr über den einen Arm, dann über den anderen und breitete das Kleidungsstück sorgfältig über den Hocker neben ihnen.

Darunter trug sie einen marineblauen Spitzen-BH mit rotem Besatz. Ihre vollen Brüste waren fest genug, dass Giselle sie nicht stützen musste; nur aus Gewohnheit und Sittsamkeit trug sie einen BH, damit ihre Nippel nicht durch die Kleidung zu sehen waren. Die Kälte hatte sie in harte rosa Knötchen verwandelt, die gegen die Spitze drückten, deutlich sichtbar. William senkte den Kopf und nahm einen in den Mund, wärmte Giselle mit seinen Lippen. Sie vergrub ihre Hände in seinem zotteligen Haarschopf, staunte über den Umfang seines Schädels und sein festes Kinn. Er war so groß, wie sie ihn in Erinnerung hatte.

»Ich hol dir ein Handtuch«, sagte er, »bevor du erfrierst«, und ließ sie dort stehen, ohne Bluse, nass und erregt.

Giselle rührte sich nicht. Sie hatte das bizarre Gefühl, erneut für ihn Modell zu stehen.

Er wickelte das Handtuch um ihre Schultern und begann sie so energisch abzurubbeln, dass ihre Haut brannte. Ohne viel Federlesen hakte er mit einer raschen Bewegung den BH an ihrem Rücken auf, sodass ihre Brüste frei hingen, und trocknete sie ebenso rau ab. Er war schnell und gründlich, wischte sogar hinter ihren Ohren und durch die Unterbrustfalten. Als Gegenstand seiner Aufmerksamkeit kam sich Giselle wie ein kleines Kind oder wie ein Hund vor. Sie hatten sich noch nicht geküsst, aber sie wusste, dass sein Schwanz hart war. Sie sah die Ausbeulung in seiner Hose.

Er beendete das Abtrocknen ihres Oberkörpers und öffnete den Knopf ihrer Jeans. Der Stoff war mit Wasser vollgesogen und klebte an ihr wie eine zweite Haut, die sich durch sanftes Ziehen nicht bewegen ließ. William zerrte die steife Hose mit solcher Kraft halb über ihre Oberschenkel hinab, dass Giselle fast das Gleichgewicht verlor, ihre Arme um seine Schultern schlang und sich an ihn klammerte, damit sie nicht umkippte.

Sie atmete seinen Geruch ein, eine seltsame Mischung aus den Farben, die er verwendete, Zigarettenrauch und Seife – er gehörte nicht zu den Männern, die Parfüm benutzten –, ein Geruch, den Giselle instinktiv mit Männlichkeit verband. Er ließ sich auf die Knie nieder, streifte ihren hauchzarten Slip hinunter und vergrub seinen Kopf zwischen ihren Beinen, hob das Gesicht zu ihrem Venushügel und leckte an ihrer Öffnung, als tauchte er seine Zunge in die reinste natürliche Quelle.

»Oh«, flüsterte Giselle, ein Stöhnen der Lust, der Überraschung und des Erkennens. So fühlte es sich also an, wenn die Lippen eines Mannes sie dort liebkosten.

Sie versuchte, ihre Stellung zu verändern, die Beine weiter zu spreizen, damit er tiefer in sie vordringen konnte, doch mit der Jeans um ihre Beine war es unmöglich, sie hätte ebenso gut Fußfesseln tragen können.

Giselle zerrte an seinen Haaren, wollte ihn hochziehen, damit sie zusammen auf das Sofa hinter ihnen sinken konnten, in ähnlicher Weise, wie sie in ihrer ersten Nacht mit Olen aufs Bett gefallen war. Doch William wollte nichts davon wissen. Je mehr

Giselle sich abmühte, desto beharrlicher jagte Williams Zunge ihrer Lust nach.

Er packte ihre Knöchel, um sie stillzuhalten, und fuhr mit der Zunge zwischen ihre Falten, sog die Feuchtigkeit von ihren Schamlippen, eine Mischung aus ihren Säften und dem Regenwasser, das ihre Kleider durchweicht hatte. Sie schaute nach unten, versuchte einen Blick auf sein Gesicht zu erhaschen, während er sie schmeckte. Olen hatte immer gern zugeschaut, wenn Giselle seinen Schwanz in den Mund nahm, und sie hatte es gewusst, hatte das Erlebnis in eine Art Vorstellung verwandelt, stets auf ihren Gesichtsausdruck bedacht, während sie ihm einen blies.

Das hier war anders. An Williams Liebkosungen war nichts Theatralisches. Seine Berührungen waren erdverbunden, ursprünglich. Er leckte ihre Möse, als koste er einen erlesenen Wein. Er besaß eine Vitalität, die Giselles Vorbehalte und Ängste überging und direkt ihre Seele berührte.

Der Rhythmus seines Leckens ließ sie bald ihr Unbehagen vergessen, die kalten Beine, die nassen Füße und ihre Verletzlichkeit, hier vor diesem Mann zu stehen, den sie kaum kannte, während er dem intimsten Teil von ihr huldigte.

Giselle begann etwas zu spüren, das Olen ihr nie vermittelt hatte, ein so starkes Gefühl, das alles überlagerte, ihre Gedanken und ihre belanglosen Unsicherheiten auslöschte, selbst die Stimme in ihrem Kopf verstummen ließ, die ihr sagte, sie sei eine Närrin gewesen, hierherzukommen. Nichts spielte mehr eine Rolle, nichts bis auf den Druck von Williams Zunge, die über und um ihre Klitoris glitt, seine Hände, die sie festhielten, die Wärme seines Kopfes, an den sie sich klammerte, halb zusammengesackt und kaum fähig, sich noch länger aufrecht zu halten, so stark rauschte das Blut in ihren Adern.

Mit einem lauten Schrei kam sie zum Orgasmus, presste

sein Gesicht an ihre Möse, drückte ihren Venushügel, so fest sie konnte, gegen seine Nase, sein Kinn, seinen Mund.

»Oh.«

Sie konnte nicht sprechen. Sie zitterte und glühte. Ihre Sinne schwebten glückselig auf einer Wolke, ihrer Umgebung zwar bewusst und doch so erfüllt von einem friedvollen Nachglühen, dass der Boden unter ihr, die Wände um sie, alles bis auf den Mann, der immer noch vor ihr kniete, auch ein Traum hätten sein können. Die verstohlenen, gedämpften Orgasmen, die sie sich verschaffte, wenn sie nachts fantasierend in ihrem schmalen Bett lag, waren damit nicht zu vergleichen.

Sanft leckte er sie weiter, bis ihre Zuckungen nachließen, doch selbst nachdem sie gekommen war, fand sie keine Kraft, sich aufzurichten, und lehnte sich stattdessen an ihn. Ihre Knie gaben allmählich nach. William kam in die Hocke und stemmte sich hoch, hob sie dann mit einer Leichtigkeit auf die Arme, als stellte er seinen Hocker und die Staffelei um, und trug sie in die hintere Ecke des Ateliers. Er legte sie auf ein Laken und zog ihr die nasse Jeans vom Körper. Giselle hob die Hüften an und rollte den Hosenbund nach unten, um ihm zu helfen. Er schob ihre Hände weg.

»Schh …«, machte er. »Lieg still.«

Schließlich war sie nackt, und er entfernte sich, kam einen Augenblick später mit einem Handtuch zurück und trocknete erst den einen, dann den anderen Schenkel ab. Ihre Möse ließ er feucht. Noch immer liefen ihre Säfte, ihr Busch nass von Regenwasser und seinem Speichel.

»Du bist schön«, stellte er schlicht fest, legte sich neben sie und zog sie in die Arme.

Eng umschlungen schliefen sie ein, beschienen von den bleichen Mondstrahlen, die durch das Oberlicht fielen.

3

GÄRTEN IRDISCHER WONNEN

Noch im selben Monat zog Giselle bei William ein.

Er wohnte nicht in seinem Atelier, sondern im vierten Stock in der Rue Monsieur-le-Prince, nicht weit vom Théâtre National de l'Odéon. In dem imposanten Gebäude aus der Jahrhundertwende gab es keinen Aufzug. Die Zimmer seiner Wohnung waren geräumig und luftig, an den Wänden hing ein wildes Durcheinander aus Kunstwerken, nicht nur seinen eigenen, sondern auch Arbeiten anderer Künstler. Von einigen hatte sogar Giselle schon gehört oder erkannte sie wieder. Über die Decken zogen sich kräftige, dunkle Holzbalken, und von dem kleinen, mit Blumenkästen geschmückten Balkon vor seinem Schlafzimmer konnte man Notre-Dame und die Île de la Cité sehen und an klaren Tagen sogar einen Blick auf den Fluss erhaschen.

Giselle hatte ihren Eltern weisgemacht, sie würde bei einer Freundin unterkommen, mit der sie dieselben Vorlesungen an der Universität besuche. Sie konnte sich nicht vorstellen, dass sie ihren Einzug bei einem Mann gutheißen würden, der fast anderthalb Jahrzehnte älter war als sie, noch dazu ein zottelhaariger Wüstling von einem Künstler. Entweder zogen sie es vor, ihr zu glauben, oder es war ihnen mehr oder weniger egal, doch sie wählte einen Nachmittag, an dem ihre Mutter mit ihrer Wohltätigkeitsarbeit in den Vororten beschäftigt war, brachte ihre Kleider und andere Besitztümer in Williams Wohnung und ging somit weiteren kompromittierenden Fragen oder Angeboten zum Transport ihrer Habseligkeiten aus dem Weg.

Auch ihren wenigen Freunden oder Bekannten aus der Universität oder aus ihrem Leben vor dem London-Aufenthalt hatte sie die Existenz ihres neuen Liebhabers verschwiegen. William war ihr Geheimnis und ging alle anderen nichts an.

Mit ihm lebte es sich leicht, wobei sie bisher kaum Erfahrungen im Zusammenleben mit einem anderen Menschen hatte. Ein wortkarger Mann mit großem körperlichem Appetit und ein aufmerksamer Liebhaber, der sich seiner Kunst verschrieben hatte. Wenn Giselle ihn nach seinem Leben vor ihr fragte, wich William stets aus, und sie lernte bald, nicht weiter in ihn zu dringen. Was sie am meisten beunruhigte, waren die Frauen, die er gekannt, die er vor ihr geliebt hatte. Sie war neugierig auf sie. Hatte er sie auf dieselbe Weise berührt, sie auch alle gemalt, ihnen im Bett im Schutz der Dunkelheit dieselben Worte zugeflüstert? Sie wollte sich einzigartig fühlen.

William war kein Franzose, sondern Kanadier, hatte aber anscheinend seit seiner Jugendzeit in Paris gelebt. Nie erwähnte er seine Eltern, nahe Verwandte oder Einzelheiten über seine Herkunft. Er stand bei einer Kunstgalerie in der Rue Mazarine unter Vertrag und plante dort nach einem erfolgreichen Debüt vor zwei Jahren in naher Zukunft eine Ausstellung. Zusätzlich nahm er Aufträge von einer Reihe Privatsammler an, ein Aspekt seiner Tätigkeiten, den er manchmal erwähnte, obwohl er dabei bewusst nicht ins Detail ging. Giselle hatte, wenn sie allein im Atelier oder in seiner Wohnung war, sorgfältig die Gemälde oder Drucke durchgesehen, die er nicht verkauft oder zurückbehalten hatte, und zu ihrer großen Befriedigung festgestellt, dass er vor ihrem Auftauchen eine breite Auswahl an weiblichen Modellen benutzt hatte, doch kaum eine Handvoll war Gegenstand von mehr als ein paar Kunstwerken gewesen. Als habe William sein Netz weit ausgeworfen und sich bisher noch nicht für eine endgültige Muse entschieden.

Sie war entschlossen, diese schwer fassbare Figur zu werden. Sie wollte ihm nicht nur Geliebte sein, sondern Inspiration.

Inzwischen fühlte sie sich wohler in ihrer Haut, und das stundenlange Modellstehen fiel ihr leichter, genau wie die völlige Nacktheit in seiner Gegenwart, nicht nur im Atelier mit der hohen Decke, sondern auch dort, wo sie nun zu Hause war. Ihr kam es ganz natürlich vor und wie ein ständiges Präludium für Sex, sich ihm vollkommen verfügbar zu machen, ihn sanft mit ihren Vorzügen und ihrem Verlangen zu reizen, gesehen und genommen zu werden.

William kochte gern, und nach ein paar kulinarischen Misserfolgen, als Giselle versucht hatte, aus dem Gedächtnis Gerichte ihrer Mutter nachzukochen, wobei sie die Zutaten völlig durcheinanderbrachte, einigten sie sich darauf, dass William für ihre Abendmahlzeiten zuständig sein würde, wenn sie zu Hause blieben. Er bestand darauf, dass sie sich dann aus der Küche fernhielt und die Zeit zum Lernen nutzte, da ihr Studium nicht unter ihrer Beziehung leiden sollte. Sie hatte sich auf sein Drängen hin endlich durchgerungen, sich offiziell einzuschreiben.

»Eines Tages wirst du sehen, dass dir dieser Abschluss von Nutzen sein wird. Ich werde nicht immer da sein, weißt du.«

Er war sich ihres Altersunterschiedes nur allzu bewusst und beklagte viel zu oft, er sei zu alt für sie, und sie könnten keine langfristige Zukunft haben. »Du wirst mich bald satthaben«, sagte er. »Such dir jemanden in deinem Alter.«

Anfänglich reagierte Giselle ungehalten auf diesen Gedanken, doch sie lernte mit der Zeit, seine Proteste einfach zu ignorieren. Stattdessen stürzte sie sich in die Affäre mit jugendlicher Begeisterung und gesegnet mit einer Blindheit, die auf dem Glauben beharrt, die erste Liebe hielte ewig.

Sie las einen Essay über den Symbolismus von Gatsbys grünem Licht, während William in der Küche Hummerrisotto zubereitete. Der Geruch des köchelnden Essens wehte in ihre Richtung und unterbrach sie in ihrer Konzentration. Sie dachte kurz darüber nach, wie eng Essen in Williams Gedanken und Handeln mit Sex verbunden war, in welcher Stellung er sie heute Abend wohl vögeln und auf welche neuen Ebenen der Lust er sie bei seiner hedonistischen Suche nach einer Art Perfektion führen würde. Wie er seine Gesten verfeinern, sie öffnen, die untergründige Strömung ihrer eigenen Gefühle sorgfältig orchestrieren würde, denn das Wachkitzeln ihrer Geschmacksknospen aus der Ferne war nur die Ouvertüre für die gewaltige Oper, die er später dirigieren würde. Sie lächelte vor sich hin, genoss den Gedanken, legte ihre eselsohrige Ausgabe von Scott Fitzgeralds Roman beiseite und tauchte tiefer in ihre erwartungsvollen Tagträume ab.

Ausgelöst durch den appetitanregenden Geruch des Essens, lockte bereits der Ruf der Lust.

Williams Malerei neigte stark zum Hyperrealismus. Seine Skizzen waren anatomisch so präzise und die Vordergründe auf seinen Leinwänden so fotografisch, dass die Art der Entstehung manchmal sogar Experten nach einer ersten, oberflächlichen Betrachtung Rätsel aufgeben konnte. Doch im Gegensatz zu anderen wie etwa Jack Vettriano oder Robin Harris, die in diesem Stil arbeiteten, hoben ihn die oft traumhaften und gelegentlich offen surrealistischen Darstellungen des Grotesken von anderen ab – Panoramen im Stil von Hieronymus Bosch oder verfeinerte, komplexe Versionen anderer Welten, bekannt von den Titelseiten alter Groschenheftchen oder billiger Taschenbücher. Der Gegensatz erwies sich als erschreckend und oft verstörend. Das erste Bild, das er von Giselle fertiggestellt hatte, zeigte sie nackt vor dem mehrdimensionalen Hintergrund einer brennenden Bühne, die bleiche Gefangene eines tosenden Infernos, verletzlich, ungeschützt, kurz davor, von den in alle Richtungen brausenden Flammen verzehrt zu werden. Aber bei Giselle selbst hatte er den Glanz ihrer Haare mit äußerster Perfektion eingefangen, die lebendigen Schattierungen ihrer Haut, bis hin zu dem kleinen Muttermal unter ihrer linken Brustwarze und anderen unwesentlichen Makeln, und selbst die feinen Kratzer an ihrem Arm von den Rosen, die sie am selben Morgen im Blumenladen beschnitten hatte, waren zu sehen. Wie ein Foto von ihr, lebensecht, doch gleichzeitig eine Spur außerhalb der Realität und an das Unheimliche grenzend, Gefühle wiedergebend, von deren Vorhandensein sie keine Ahnung hatte.

Diese realistische Weise, in der er Körper und Gesichter mit so akribischer Aufmerksamkeit für das Detail darstellte, war es auch, die private Sammler ganz eigener Art anzog.

Vor einigen Jahren, zu einer Zeit, als er knapp bei Kasse war und seine Arbeiten sich nicht gut genug verkauften, war William mit ein paar wohlhabenden Leuten in Kontakt gekommen, die gern Bilder oder Zeichnungen eindeutig pornografischer Art bei talentierten, noch nicht ins Rampenlicht getretenen Künstlern in Auftrag gaben. Sie unterschieden sich kaum von den Sammlern, die Jahrzehnte zuvor erotische Geschichten bei Schriftstellern wie Anaïs Nin oder Henry Miller bestellt hatten. Obwohl William jetzt nicht mehr so stark unter Geldmangel litt, nahm er gelegentlich immer noch gern einen Auftrag an, zumal er sie als Herausforderung betrachtete. Natürlich wurde keine dieser Arbeiten je signiert, und sie sahen nur selten das Tageslicht, sondern verschwanden in den geheimen Räumen der Sammler zum privaten Genuss.

»Giselle, Liebling, kann ich dich was fragen?«

Sie lagen nebeneinander im Bett, noch atemlos, ein dünner Schweißfilm glänzte auf ihren erschöpften Körpern. Williams Haar war zerzaust, und er sah noch wilder aus als sonst. Giselle vibrierte noch von der freudigen Heftigkeit seiner Stöße, die sie lautstark mit Ausdrücken befeuert hatte, die sie selbst erstaunten. Diesen Mann so zu lieben und in der schieren Körperlichkeit ihrer Umarmungen zu schwelgen, ließ sie wie ein Fischweib fluchen.

»Worum geht es denn?«

»Ich habe einen besonderen Auftrag angenommen und wollte wissen, ob du bereit wärst, dafür Modell zu stehen.«

»Das brauchst du mich doch gar nicht zu fragen, William. Du weißt, dass ich immer verfügbar bin. Ich kann dir nichts abschlagen.«

»Nur ist es diesmal etwas anders. Ein privater Auftrag der besonderen Art. Nicht wie die Arbeiten, die wir bisher gemacht haben.«

Giselle strich sich die Haare aus der Stirn und sah ihren Geliebten erstaunt an. So zögerlich kannte sie ihn gar nicht. Er war stets wie eine Naturgewalt, überrannte alles, was ihm im Weg stand. Es wunderte sie, dass er sich so vorsichtig herantastete.

»Selbstverständlich. Was immer du möchtest.«

Er erklärte ihr den Zusammenhang und wer Émile Saffy war.

»Hast du vielleicht noch irgendwelche Vorentwürfe der Arbeiten, die du bisher für ihn gemacht hast?«

»Ja, ich glaube schon. Irgendwo.«

»Die würde ich gern sehen«, meinte Giselle.

Saffys Geschmack tendierte zur Neugestaltung bekannter historischer Szenen, unter Hervorhebung erotischer Elemente an der Grenze zur Pornografie.

»*Der Raub der Sabinerinnen, Salammbô beim Fall von Karthago,* die Schändung von Marie-Antoinette vor ihrer Enthauptung auf der Guillotine, eine unzweideutige Version vom *Floß der Medusa* … Solche verschrobenen Sachen …«, sagte William.

»Und er zahlt gut?«

»Sehr gut.«

»Was hat er denn diesmal bestellt?«, fragte Giselle.

»Jeanne d'Arc. Ein Triptychon mit aufeinanderfolgenden Stadien ihrer Gefangennahme und Hinrichtung. Verhöre und Folterung, Einkerkerung, der Feuertod auf dem Scheiterhaufen.«

Giselle blieb das Herz stehen.

Bilder aus ihrer Vergangenheit strömten zurück, durchzuckten sie wie Stromstöße, ließen Erinnerungen an ihre Fantasien in aller Deutlichkeit auferstehen.

»Und du willst mich als Jeanne?«

»Nun ja, dich als Modell … Niemand außer uns und Saffy wird das Endergebnis je zu Gesicht bekommen.«

Giselle fühlte sich, als träte zusätzlicher Schweiß aus ihren Poren und setzte etwas sowohl Wundervolles als auch Gefährliches frei.

William erhob sich vom Bett, und Giselle bewunderte die schiere Herrlichkeit seines schweren Körpers. Sie liebte diese kantige Masse und die Festigkeit seines Hinterns einfach so sehr.

An der Schlafzimmertür drehte er sich noch einmal zu ihr um. »Einige der frühen Salammbô-Skizzen dürften noch irgendwo im Atelier sein, fällt mir gerade ein. Falls sie dich interessieren. Könnte dir eine gute Vorstellung davon geben, was er sehen möchte. Nicht unbedingt etwas, das ich gern in der Wohnung herumliegen lassen würde.« Er grinste.

Er sah sie beim Sprechen an, sein dicker Schwanz halb erigiert, was unvermeidlich ihre Aufmerksamkeit auf sich zog. Giselle konnte nicht anders, als hinzustarren. Verdammt, sie liebte diesen Mann. Jeden einzelnen Teil von ihm, aber manche mehr als andere.

»Ich mache es«, sagte sie. »Ich stehe Modell dafür. Als Jeanne.«

Ihre Lippen öffneten sich. Sie kam aus dem Bett auf ihn zu und ging in die Knie.

Jeanne in einem rauen Sackleinenhemd, glatte Metallketten, die sich vom Hals abwärts kreuz und quer wie Schlangen um ihren Körper wanden, verschmiertes Blut auf ihrer feuchten Stirn, die Arme ausgestreckt, an Haken hängend.

»Den Hintergrund füge ich später hinzu«, sagte William. »Ein Kerker mit feuchten Steinmauern und nur einem schmalen Lichtstrahl, der durch die dunkle Umgebung dringt.«

Giselle schaute auf die rasch hingeworfene Skizze, die William gerade beendet hatte. Nur das Gesicht fehlte noch. Ihr Gesicht.

Das Bild ließ sie erschauern.

»Nachher stelle ich das richtige Licht auf, dann kannst du dich setzen, und ich füge dein Gesicht ein«, schlug William vor. »Wobei ich es natürlich auch aus dem Gedächtnis könnte«, fügte er hinzu. »Allmählich bin ich mit jeder Kontur und Rundung deiner Gesichtszüge vertraut.« Er lächelte.

»Mehr nicht?«, fragte Giselle.

»Klar«, erwiderte er. »Längere Sitzungen werden nicht nötig sein. Ist einfach nur laszives Zeug, das wir für einen ziemlich perversen Sammler machen, nichts, was ich in eine Ausstellung geben würde. Aber es zahlt die Rechnungen.«

»William?«

»Ja?«

»Warum machen wir es nicht richtig? Das würde ich gern.«

»Wie meinst du das?«

»Ich würde gern ein Kostüm wie das finden, es herstellen, um …«, sie zögerte, »… angekettet zu werden.« Sie sah ihm in die Augen. »Das würde es doch bestimmt realistischer machen, authentischer?«

»Würdest du das tun?«

»Ja.« Nur mit Mühe konnte sie das Zittern in der Stimme unterdrücken.

In einer Schublade fanden sie ein altes weißes Hemd, das er

seit Ewigkeiten nicht mehr getragen hatte, und zerfetzten es sorgfältig mit einem Messer, dann einen Satz Ketten in einem Schrank, mit denen früher Gepäck oder schwere Ladungen auf einem Autodach gesichert worden waren. Akribisch entfernten sie die Plastikschicht über dem Metall. Giselle zog sich aus. William besprühte sie mit Wasser, um Schweiß vorzutäuschen, obwohl sie sich inzwischen fühlte, als stünde sie in Flammen. Für das »Blut« tupfte er ihr etwas Farbe ins Gesicht und auf die Handgelenke. Als die Farbe getrocknet war, stellte sich heraus, dass der Rotton nicht stimmte, doch das spielte keine Rolle, da William es auf dem eigentlichen Bild korrigieren würde. Er klappte eine Trittleiter auf, um an die Deckenbalken zu kommen, schob ein Seil durch den schmalen Spalt zwischen Balken und Decke, ließ das Seil bis zur Höhe ihrer erhobenen Arme hinabfallen und knotete es um ihre Handgelenke.

»Geht das so? Nicht zu fest?«

»Alles in Ordnung.«

Hin und her gerissen zwischen schierem Verlangen und rationalem Denken, stellte sie sich so hin wie die Jeanne in Williams Vorskizze. Angeregt hatte ihn dazu eine Illustration aus den 1930er Jahren, die er in einem Zeitschriftenartikel über die letzten Tage der Jungfrau von Orléans gefunden hatte.

Jedes Mal, wenn Giselle sich bewegte – was sie möglichst wenig zu tun versuchte, obwohl es unbequem war, reglos auf den Zehenspitzen zu stehen, die Arme zur Decke hinaufgezogen –, spürte sie, wie die jetzt zerfetzten, fransigen Ränder des weißen Hemdes über einen ihrer Nippel strichen. Sie hoffte, er würde nicht hart werden und frech hinauslugen, und sie fragte sich, ob William dieses lästige Detail aus dem Bild herauslassen würde oder nicht.

Wie immer, wenn er malte, war William in seiner eigenen Welt, seine Hände rasten in ständiger Bewegung über die Leinwand, seine Miene dabei hoch konzentriert. In ihrer Bewegungsunfähigkeit spürte Giselle, wie ihr die Feuchtigkeit ihrer Möse völlig unkontrolliert an den Beinen hinunterrann. Noch nie hatte sie die Flut der Gefühle, die in ihr aufstiegen, zugleich so erregt und geängstigt.

Zwei Stunden später machte William ihre Hände los, und Giselles ganzer Körper war von einem angenehmen Schmerz erfüllt. Sie hatte sich vorher jedes Mal, wenn William fragte, hartnäckig geweigert, eine Pause zu machen.

»Du wirkst so erhitzt«, sagte er.

Sie brachte keinen Ton heraus. Sie brauchte Wasser.

Er hielt ihr ein Glas an die Lippen, und sie trank gierig.

Er lockerte das improvisierte Netzwerk der Ketten um ihren Leib. Dann band er sie vom Seil los.

»Waren die Ketten vielleicht zu schwer?«

Giselle seufzte.

»Du hast wunderbar ausgesehen«, sagte William.

»Ich muss duschen«, erwiderte Giselle.

»Selbstverständlich.«

Normalerweise wären sie nach Hause in die Wohnung zurückgekehrt. Sie lag nur zehn Minuten vom Atelier entfernt, und sie wären schweigend gegangen, er noch in dem euphorischen Zustand, den er oft nach gelungener Arbeit erreichte, sie in einer anderen Welt voll gefährlicher Gedanken. Doch Giselle wusste, dass ihre Stimmung verfliegen würde, wenn sie das Atelier verließen. Sie beharrte darauf, die dürftige Dusche zu benutzen, die William in einer Ecke des Dachgeschosses hatte installieren lassen, damit sich seine üblichen Modelle nach den Sitzungen waschen konnten. Sie duschte, doch das peinigende Feuer schwelte immer noch in ihr.

Danach ging sie die Treppe hinunter in den riesigen, offenen Raum des Ateliers. William saß lesend da, wartete darauf, mit ihr nach Hause gehen zu können. Normalerweise hätte sie ihn gefragt, was er da las. Von dort, wo sie stand, konnte sie nur einen anonymen weißen Einband sehen, so typisch für Tausende anderer französischer Ausgaben. Für gewöhnlich las er viele Biografien, von Malern, Schriftstellern, selten Romane, im Gegensatz zu Giselle.

»Ich möchte ins Bett«, verkündete sie.

»Ist es dafür nicht ein bisschen früh? Ich dachte, wir könnten zu Chez Fernand gehen und noch eine Kleinigkeit essen.« Das war eines ihrer Lieblingsrestaurants, eine kleine Oase mit bodenständiger Küche an der Rue Guisarde. »Schläfrig? Müde?«

»Nein. Ich will, dass du mit mir schläfst ...« Giselle spürte ein starkes Verlangen. Gefüllt zu werden. Erregt. Benutzt. Zerrissen. Auch ein leichtes Zögern; meist war es William, der in solchen Situationen die Führung übernahm, den ersten Schritt machte. Aber an diesem späten Nachmittag, im bleichen Sonnenlicht, das kaum durch die Lamellen der Läden vor den Atelierfenstern drang, wusste sie, dass sie verwegen sein und die Initiative ergreifen musste.

William betrachtete sie mit eindringlicher Neugier. Er konnte doch wohl sehen, wie erregt sie bereits war? Wie diese ungewöhnliche Hitze von ihr Besitz ergriffen hatte.

Er öffnete den Mund, doch bevor er etwas sagen konnte, hatte sich Giselle auf ihn gestürzt und die Arme um ihn geschlungen. Jetzt spürte er die Wärme, die von ihrem nackten Körper ausstrahlte. Es war unmissverständlich.

»Fick mich«, befahl sie.

Die eine Hand an ihren schlanken Körper gelegt, zog er sein Hemd mit der anderen aus, riss in seiner Hast an den Knöpfen, befreite seine Arme unbeholfen aus den engen Ärmeln.

Ihre scharfen Nägel kratzten über seine Schultern. Ihr Atem verlangsamte sich, als er sie fest an sich drückte und sanft nach unten schob, bis ihr Körper auf dem Sofa lag, das er manchmal als Requisite benutzte.

Er wollte gerade seine ausgebeulte Hose hinunterstreifen, als sie ihn überrumpelte.

»Hol die Ketten«, bat Giselle.

Tief in ihren Augen lag ein qualvoller Abgrund der Verzweiflung. William widersetzte sich nicht. Langsam richtete er sich auf, ging zurück in den Arbeitsbereich, bückte sich und hob vorsichtig die Kette auf, die nach der Sitzung zu Boden gefallen war.

Er trat wieder an das Sofa, auf dem Giselle lag und ihm ihre Hände mit einer Geste entgegenstreckte, die man als betend hätte deuten können.

Er wickelte ein Ende der Kette um ihre Handgelenke, wobei er bemerkte, dass Giselle die Farbe dort beim Duschen nicht abgewaschen hatte und noch immer die Spuren scheinbar von den Fesseln aufgeschrammter Haut trug.

»Fester«, sagte Giselle.

Er band ihre Hände zusammen, verschränkte die Kettenglieder.

»Bist du dir wirklich sicher?« William waren Sexspiele nicht fremd, doch er hatte sie noch nie so früh in einer Beziehung erlebt oder mit jemandem, der so jung war.

»Ja«, bestätigte Giselle. »Jetzt nimm deinen Gürtel.« Er zögerte kurz, während er ihre Aufforderung verarbeitete. »Bitte«, fügte sie hinzu.

Er zog den Gürtel aus den Schlaufen seiner Hose. Trat aus ihr heraus. Hielt das braune, rissige Leder auf Armeslänge von sich und machte sich daran, ihr den Gürtel um die Fußgelenke zu legen.

»Nein«, hielt sie ihn auf. »Um meinen Hals.«

Er schluckte schwer. Sie steckte voller Überraschungen.

Doch seine Erregung stieg. Und auch seine Besorgnis, wohin das alles führen könnte.

Der Gürtel passte um ihren Hals wie ein dunkler Kragen, sobald die polierte Metallschnalle im letzten verfügbaren Loch eingerastet war.

Giselle blinzelte mehrfach schnell hintereinander.

William sah mit neuen Augen auf sie hinunter. Gerührt und zugleich ungemein erregt durch ihre Verletzlichkeit.

Ihre gefesselten Hände streckten sich nach ihm aus, ihre Fingerspitzen streiften sein üppiges Brusthaar.

Als würde ich Jeanne d'Arc ficken, dachte er.

Die Augen immer noch geschlossen, überwältigt von ihren Gefühlen, erlebte Giselle zum ersten Mal diesen vollkommenen Kontrollverlust und stellte sich ebenfalls vor, die Inkarnation von Jeanne d'Arc zu sein – wie in ihren verqueren Kindheitsträumen, entzückt von der Gewissheit, dass man ihr Gewalt antun würde.

Williams Hand berührte ihren Hintern, und sie zuckte zusammen.

»Fick mich jetzt«, bat sie.

Er packte sie energisch an der Taille und drehte ihren Körper um, dass sie jetzt auf allen vieren war, ihm Hintern und Möse darbot. Wieder staunte er über die dunkleren Schattierungen ihrer äußeren Schamlippen, wie ein Schmutzfleck vor der rosa Wärme ihrer Öffnung, und sein Blick blieb an der noch dunkleren Korolla ihres anderen Lochs hängen.

Dort hatte er sie noch nie penetriert.

Ob die Soldaten, Inquisitoren und fanatischen Priester Jeanne während ihrer Folterung in den Arsch gefickt hatten?, fragte er sich. Wahrscheinlich schon. Es hieß, sie sei als Jungfrau gestorben.

»Das wird wehtun, Jeanne«, flüsterte er. Oder war es ein Knurren, als seine Leidenschaft außer Kontrolle geriet?

»Ja«, sagte sie. Dann noch mal: »Ja, ja.«

Als es am nächsten Tag hell wurde, waren sie beide wund und erschöpft. Die Kette und der Ledergürtel schmückten Giselle nach wie vor, doch in anderer Anordnung. Sie waren keine bloßen Fesseln mehr, sondern Teil ihres Körpers; Juwelen der Leidenschaft, die sie sich durch ihre schamlose Hingabe verdient hatte. Sein Schwanz schmerzte, weigerte sich aber, schlaff zu werden. Die Verwandlung, die Giselle durchlebt hatte, war eine anhaltende Provokation seiner Lust. Es war, als hätten sie eine unsichtbare Schranke durchbrochen und wären fertig geformt und nackt in einer anderen Welt gelandet. Er fühlte sich wie ein neuer Mensch. Begierig, weitere Grenzen auszutesten, zu entdecken, wie weit Giselle bereit war, auf dieser Straße zur Lust zu reisen.

Vor allem wollte er jedoch wieder zeichnen und malen. Sie. Seine wunderbare Priesterin des Sex, seine hinreißende Hexe.

Giselle lag nackt auf dem fleckigen Sofa und träumte in den Tag hinein, schwebend zwischen Schlaf und Losgelöstheit.

»Ich laufe rasch runter und hole Kaffee und Croissants aus dem Café an der Ecke«, sagte William. »Ich bin sofort zurück. Und ich möchte mit einem neuen Bild anfangen. Gleich jetzt. Machst du mit? Solange du mich derart inspirierst.«

»Natürlich.« Sie öffnete die Augen. Das dunkle Braun ihrer Iris wirkte noch dunkler als gewöhnlich.

Als er nach einer Viertelstunde zurückkam, hatte Giselle einen alten Tapeziertisch, den er sonst für seine Pinsel und Malutensilien benutzte, in die Mitte des Ateliers unter das Oberlicht gerückt, sodass das Sonnenlicht direkt darauffiel. Sie hatte ein Tuch darüber gebreitet und lag darauf, ihre Beine möglichst weit gespreizt, unanständig entblößt, offen, wie ein dargebrachtes Opfer auf einem Altar, das die Peitsche seiner Peiniger erwartet.

Er erkannte die Darstellung. Sie stammte ebenfalls aus einer alten Zeitschrift voller Kupferstiche über das Leben von Jeanne d'Arc. Doch auf den Illustrationen war die Jungfrau bekleidet gewesen, nicht vollkommen entblößt und erniedrigt wie Giselle jetzt.

»Fessel mich«, bat sie ihn.

Er brauchte keine weitere Aufforderung.

Als er ein paar Minuten später seinen Körper auf ihren hinabsenkte, seinen pochenden Schwanz zu ihrer Öffnung schob und sie dabei auf den Hals küsste, flüsterte Giselle: »Wenn du mir wehtust, werde ich dir all meine Geheimnisse verraten.«

Sein erster Stoß brach sich Bahn, grausam, steinhart, gnadenlos.

Sie erzählte ihm von ihren Kindheitsfantasien über Jeanne d'Arc und wie in der Hitze des Augenblicks die Scham über ihre sexuelle Erregung mit dieser neuen, noch unbekannten Form der Verzückung verschmolzen war. Erzählte ihm von den schrecklichen widersprüchlichen Gefühlen über ihre Sehnsucht nach Erniedrigung.

Er hielt sie an den Handgelenken fest, erdrückte sie fast mit seinem Gewicht.

Sie gestand jede einzelne Sünde, die sie sich vorgestellt hatte, und wurde durch ihre Beichte endlich frei.

Er ritt sie wild, schlug ihr dabei auf den Hintern, zerrte an ihren Haaren, bis ihr kurz die Luft wegblieb.

Sie bockte unter ihm, wehrte sich gegen seine Zähmung, genoss den Umfang seines Schwanzes, der in ihr wuchs, bis sie das Gefühl hatte, ihre Wände könnten die Schläge nicht länger aushalten, ihre Schamlippen könnten sich nicht noch mehr weiten.

Giselle schrie. Vor Schmerz. Vor Lust.

William knurrte, seufzte.

Sie ritten die Wellen gemeinsam.

Als sie nach ein paar Tagen endlich die sexgeschwängerte Atmosphäre des Ateliers verließen, hatte William drei Bilder und eine Reihe von Studien beendet, jede obszöner als die vorherige; prächtige Pornografie, aus der Giselles strahlende Züge wie eine Sonne hervorleuchteten. Kein einziges Mal war sie seit dem ersten Abend bekleidet gewesen, und mittlerweile hatte sie sich an den Zustand vollkommener Entblößung gewöhnt, sowohl körperlich als auch psychisch. Schließlich wieder bekleidet den Boulevard Saint-Germain hinunterzuschlendern, kam ihr seltsam fremd vor.

»Ich glaube, ich bin mit Jeanne endlich fertig«, gestand Giselle, als sie gemeinsam die Exzesse der letzten Tage unter dem warmen Strahl der Dusche abwuschen.

»Ich auch«, stimmte William zu. »Vielleicht sollten wir etwas Neues versuchen, andere vergrabene Erinnerungen hervorholen? Auf Wiedersehen, Jeanne, hallo, Giselle.«

Giselle streckte sich träge, als sie aus der Dusche trat und nach einem Handtuch griff.

»Würdest du gern verreisen?«, fragte er sie.

Kies knirschte unter den Autoreifen, als sie in eine lange Auffahrt bogen, die zu der riesigen Villa führte wie der Stängel zur Blüte einer Blume. Für Giselle klang das Geräusch knusprig und sahnig und erinnerte sie merkwürdigerweise an das Gefühl, in eine Cremeschnitte zu beißen. Vielleicht lag es aber auch nur daran, dass sie von der langen Reise übermüdet war, und an einem Tag einzutreffen, der so strahlend war wie dieser, verlieh dem ganzen Abenteuer eine endgültig bizarre Note. Anscheinend ging die Fantasie mit ihr durch.

Sie waren abends abgeflogen, doch unvorhergesehene Verspätungen und ein fehlgeleiteter Koffer hatten zur Folge, dass sie, statt Freitagnacht anzukommen, ein paar zusätzliche Stunden im Flughafenterminal warten mussten, bis der Koffer mit einem späteren Flug eintraf. Daher hatten sie ihre Unterkunft erst zur Frühstücks- statt zur Schlafenszeit erreicht.

Für Giselle war es der erste Flug über den Atlantik, und alles, vom Geräusch der Triebwerke, die sie auf großen Metallflügeln in den Himmel gehoben hatten, bis zum Rumpeln der Koffer auf den Gepäckbändern, hatte sie als ungewohnt und spannend empfunden. Ihr war klar, dass sie auf Fremde wohl eher den Eindruck machen würden, als wäre William ihr Vater, nicht ihr Liebhaber. Daher hatte sie für die Reise einen schlichten Leinenanzug gewählt, der inzwischen völlig zerknittert war, und versucht, sich weltgewandt zu geben, als bedeute New York nur einen weiteren Stempel in einem bereits vollen Pass. In Wirklichkeit hatte sie die meiste Zeit mit großen Augen um sich geblickt oder an Williams Schulter gedöst.

Niemand schien zu wissen, wem dieses weitläufige, fast schon labyrinthische Haus in den Hamptons gehörte, in dem sie für die nächsten Tage untergebracht sein würden. Giselle hatte ihre Vorlesungen nicht versäumen oder Freyas Freundlichkeit ausnutzen und sie um mehr als ein paar freie Schichten von der Arbeit im Blumenladen bitten wollen, daher hatten sie sich geeinigt, ein langes Wochenende daraus zu machen. William hatte angedeutet, er werde eventuell länger bleiben, falls es erforderlich war, da viele Privatsammler, die ihn mit ausgefalleneren Arbeiten beauftragten, anwesend sein würden und es eine gute Gelegenheit sei, den Kontakt mit ihnen zu vertiefen.

Und sein neuestes Modell zur Schau zu stellen?, überlegte Giselle.

Der Kies auf dem großen, bereits mit teuren Autos vollgestellten Parkplatz war scharf und piekste Giselle durch ihre dünnen Sohlen hindurch. Sie bevorzugte solche Schuhe, spürte gern den Boden unter den Füßen. Das gab ihr das Gefühl, mehr im Gleichgewicht zu sein, innerlich ausgeglichener.

Sie blickte zum Haus hinauf. Es hatte drei Stockwerke, weiße Mauern, ein mintgrünes Dach und war umgeben von einer breiten Rasenfläche, die sich scheinbar bis ins Unendliche erstreckte; als schwimme das Gebäude auf einem riesigen Grasmeer, wie ein Schiff inmitten einer vollkommen ebenen limonengrünen Bucht. Und dank des großen verschlossenen Tores und der Baumreihen, die das Grundstück vor neugierigen Nachbarn abschirmten, konnte man sich wie auf einer Insel fühlen.

In der Mitte des Parkplatzes befand sich ein großer Marmorspringbrunnen mit einer Statue. Giselle blieb stehen, um die naturgetreue Anordnung der Gliedmaßen zu bewundern. Ein Paar, in derart heftiger Umarmung verschlungen, dass es wie eine einzige Person wirkte, wie eine mythische Kreatur mit einem Kopf und zusätzlichen Armen und Beinen. Die Figuren hielten sich derart fest gepackt, dass man die Umarmung auch für einen Kampf hätte halten können, wenn sie sich nicht aneinandergeschmiegt hätten.

»Wunderschön, nicht wahr?« William hatte sich Giselle so leise genähert, dass sie ihn nicht bemerkt hatte. Sie hatte angenommen, er wäre damit beschäftigt, die Koffer aus dem Auto zu laden. Da sie weder wusste, was sie anziehen sollte, noch eine Ahnung hatte, was sie in den nächsten Tagen unternehmen würden und auf welche Art von Gastgeber sie sich einstellen müssten, hatte Giselle nur wenig mitgenommen – den Leinenanzug, den sie trug, ein enges, kurzärmeliges T-Shirt mit V-Ausschnitt, Unterwäsche und ein kleines Necessaire mit ihrer Zahnbürste und den wenigen Schminkutensilien, die sie gelegentlich benutzte. Bedauerlicherweise hatte sie nicht daran gedacht, einen Badeanzug einzupacken. Auf einem Anwesen dieser Größe gab es bestimmt einen Pool. Am liebsten wäre sie über die niedrige Marmorbalustrade geklettert, die das Liebespaar umgab, hätte die Schuhe ausgezogen und wäre durch das kühle Wasser des Brunnens geplatscht, um nach der langen Reise wieder wach zu werden.

»Hast du schon mal bildhauerisch gearbeitet?«, fragte sie William. »Oder mit dem Gedanken gespielt?« Sie erkannte Ähnlichkeiten zwischen seinem bevorzugten Malstil – dem Hyperrealismus – und dem Kunstwerk vor ihr. Und sie konnte sich vorstellen, wie er mit den Händen arbeitete. Leben mit diesen starken, großen Handflächen schuf, so wie er manchmal mit den Fingern über ihren Körper strich, als schälte er eine unsichtbare äußere Schicht ab, um Teile von ihr bloßzulegen, die sie normalerweise verborgen hielt.

Er schüttelte den Kopf und strich sich über den Bart, eine typische Geste, wenn er ungeduldig oder frustriert war.

»Nein«, sagte er. »Nein. Ich male lieber. Eine Person mit Farbe zum Leben erwecken … das ist anders. Bei etwas wie diesem …«, er beugte sich vor und berührte die Marmorstatue, »liegt der Ausdruck in der Muskulatur, der Körperhaltung. Was ich mache, hat mit der Haut zu tun, dem Licht. Verstehst du?«

Giselle runzelte die Stirn und wollte gerade antworten, das verstehe sie, finde jedoch, dass das Experimentieren mit unterschiedlichen Materialien für einen Künstler nichts Schlechtes sein könne. In dem Moment schwangen die Doppeltüren auf, und ein Mann kam auf sie zu.

»William!«, rief er und breitete die Arme wie zu einer überschwänglichen Begrüßung eines lang vermissten Freundes aus, obwohl er noch einige Meter entfernt war.

»Hallo, Sebastian.« Williams Ton war warm und ungezwungen, und er grinste breit. So entspannt hatte Giselle ihn seit Langem nicht erlebt.

Sebastian war nicht ganz so hochgewachsen wie William, aber nur halb so stämmig, was ihn größer wirken ließ, als er tatsächlich war. Sein weißes Haar war kurz geschnitten, und die leicht rosafarbene Kopfhaut schimmerte etwas durch, was in Verbindung mit seinem langen Körper ein wenig an eine weiße Ratte erinnerte. Er trug einen bodenlangen roten Samtmantel wie eine Robe, und als er die Arme ausbreitete, kam unter dem Mantel ein dreiteiliger Nadelstreifenanzug zum Vorschein, einschließlich einer Taschenuhr und einer aus Federn gearbeiteten, cremefarbenen Fliege. Seine Schuhe waren aus schwarz-weißem Lackleder, das im frühen Morgenlicht glänzte.

Er ist ganz sicher ein Künstler, dachte Giselle, was erklären würde, woher die beiden sich kannten, obwohl Sebastian bestimmt doppelt so alt war wie William.

»Und dies muss deine neueste Muse sein«, sagte der ältere Mann, als er sie erreichte, sich tief verneigte und Giselles Hand küsste, bevor er William in die Arme schloss. Das Wort »neueste« ärgerte sie, und nur die Höflichkeit hielt sie davon ab, ihm die Hand zu entziehen. Sebastians Finger waren mit Ringen bedeckt. Einer war besonders groß, eine in Gold gefasste Onyxkugel. Sie war tiefschwarz, als hätte eine Hexe sie aus einem Klumpen Schatten geformt und in einen Edelstein verwandelt.

»Giselle, Sebastian. Sebastian, Giselle«, stellte William sie einander vor. »Sebastian ist ebenfalls Maler. Wie du dir sicher schon gedacht hast«, meinte er zu Giselle, deutete mit dem Kopf auf Sebastians extravagante Aufmachung und zog vielsagend eine Augenbraue hoch.

»Sie haben ein wunderschönes Haus«, sagte Giselle.

Sebastian brach in schallendes Gelächter aus.

»O nein«, sagte er. »Ich bin hier nur zu Gast. Doch ich danke Ihnen. Es schmeichelt mir, dass Sie mir zutrauen, so im Geld zu schwimmen wie derjenige, dem dieses Haus gehört.«

»Weiß denn niemand, wer unser Gastgeber ist?«, erkundigte Giselle sich neugierig.

»Eine alternde Gesellschaftslöwin, heißt es«, antwortete Sebastian. »Aber manchmal ist es das Beste, gewisse Dinge nicht zu erfahren, finden Sie nicht? Geheimnisse sind so romantisch.«

Er bestand darauf, William beim Gepäck zu helfen, und trug Giselles Koffer, als sie zum Haus gingen.

Sie betraten einen langen Flur, von dem so viele Türen abgingen, dass sich Giselle vorkam, als wäre sie auf beiden Seiten von meterhohen Dominosteinen umgeben. Sie sah eifrig umher, und es gelang ihr, flüchtige Blicke in einige der Zimmer zu werfen.

Am Fuß einer Treppe blieben sie stehen, und Giselle schaute sich um. Eine Gruppe von Frauen spielte Pingpong, und beim Herumlaufen um den langen Tisch oder beim Bücken, um einen Ball aufzufangen, bevor er zu Boden fiel, glitzerten die Pailletten auf ihren Kleidern wie Fischschuppen. Im Raum direkt gegenüber war der Boden mit Gras statt mit einem Teppich bedeckt, und eine Gruppe junger Männer spielte eine Partie Krocket, alle in gestreiften Hosen, roten Hosenträgern und mit nacktem Oberkörper. Ihre Brustmuskeln kräuselten sich beim Lachen.

Giselle sog die Luft ein. Sie dachte, das »Gras« müsse eine Art Teppich sein, und doch stieg ihr der durchdringende Geruch von frisch gemähtem Rasen in die Nase.

»Das kann nicht echt sein, oder?«, fragte sie Sebastian und deutete auf die grüne Fläche, auf der die jungen Männer ihre Krocketbälle abschlugen.

»O doch, Herzchen«, erwiderte er. »Alles, was Sie hier sehen, ist echt. Manches davon ist so unwirklich, dass es realer als real erscheint. Hyperreal, wie die Bilder Ihres Freundes und wie meine. Die Fantasie ist doch oft viel lebensechter als die Realität, finden Sie nicht auch? Und zum Leben erweckte Fantasie ist verdreifachtes Leben.«

Giselle war sich nicht sicher, ob sie ihn verstand. Seine Worte waren wie der Text eines halb vergessenen Liedes. Sie erfasste Teile von dem, was er sagte, konnte sie aber nicht zu einem Ganzen zusammenfügen. Sie dachte an ihre Fantasien über Jeanne d'Arc und wie die Farben, der Klang und die Emotionen dieser heraufbeschworenen Träume heller, lauter und intensiver gewesen waren als die langweilige Eintönigkeit ihres kleinen Schlafzimmers. Doch das war die Eigenart von Träumen, nicht wahr?

Perlendes Lachen von jungen Frauen und Männern ertönte von allen Seiten, eine Mischung aus hohen und tiefen Tönen, die übereinander hinwegsprudelten wie ein Bach über Stromschnellen.

Sie setzten ihren Weg nach oben fort. Die Treppe war spiralförmig geschwungen, und als Giselle auf halber Höhe hinunterschaute, sah sie eine weitere Gruppe von Menschen ausgestreckt auf einem Bettenlager, verborgen hinter dem Fuß der Treppe. Sie schliefen nicht, sondern wirkten eher berauscht und glückselig.

Ihr ging auf, dass sie in die Nachwehen einer Party hineingestolpert waren und die Bewohner des Hauses sich vermutlich von den Ausschweifungen des vergangenen Abends erholten, statt zum Frühstück aufzustehen.

Im ersten Stock bogen sie in einen weiteren Flur. Er war breit, hell und luftig, Wände und Decke waren mit einer erstaunlichen Bilderfolge in lebhaften Farben bedeckt. Giselle musste einfach stehen bleiben und sie genauer in Augenschein nehmen. Thematisch erstreckten sie sich über eine große Bandbreite, aber jedes Werk, auf das ihr Blick fiel, verkörperte sowohl Sinnlichkeit als auch Unbehagen. Da waren kopulierende Liebespaare neben Tieren, die einander zerfleischten, Bienenschwärme, die wie dunkle Wolken über eine reine, weiße Landschaft herfielen, rote und purpurfarbene Früchte, aus denen Saft in der Farbe von Blut tropfte, schmelzende, Dalí-artige Uhren und Wunderland-Kaninchen, Männer in Anzügen mit Fischköpfen oder Vogelschnäbeln sowie andere Männer mit menschlichen Gesichtern, die sich wie wilde Tieren gebärdeten. Frauen mit nackten Brüsten und gespreizten Schenkeln, in ihren Mienen sowohl Entsetzen als auch Verlangen, Gestalten der verschiedensten Art in der

Schönheit der Jugend mit dem Reißzahnlächeln von Monstern oder leeren Gesichtern, die auf eine weit über ihr Alter hinausgehende Reife deuteten.

»Warten Sie nur, bis Sie die bemalte Frau sehen«, sagte Sebastian. »Das hier ist nur ein Vorspiel.« Er bedeutete ihnen, ihm zu folgen.

Giselle war zu höflich, es laut auszusprechen, hoffte allerdings, dass ihre Zimmer nicht in ähnlicher Weise dekoriert waren, denn dann würde sie bestimmt nicht schlafen können. Schliefen die Leute hier überhaupt?, fragte sie sich, als ein weiterer Trupp von Partygästen an ihnen vorbeikam, diese in viktorianischer Reitkleidung, eine als »Pferd« verkleidete Person am Zügel. Eine Frau, dunkelhaarig, groß und vollbusig, mit Hakennase und einem schwarzen Hut, der doppelt so hoch war wie alle Hüte, die Giselle je gesehen hatte, geschmückt mit einer noch höheren Feder aus Spielkarten, zwinkerte ihr im Vorbeigehen zu. Als Giselle sich umdrehte und ihr nachsah, entdeckte sie, dass die Frau nur halb bekleidet war – ihr Korsett und der lange Rock waren vorne vollständig, ließen ihren Rücken jedoch völlig unbedeckt bis auf die Gurte, mit denen das Kleidungsstück gehalten wurde und die sich über ihre Schultern, ihren Hintern, die Schenkel und Waden spannten. Die Frau schien Giselles Blick zu spüren, denn sie drehte sich um und zwinkerte ihr erneut zu.

Schließlich erreichten sie ihre Zimmer. Ihnen waren zwei zugewiesen worden, obwohl sie darauf beharrten, zusammen zu schlafen und den zusätzlichen Raum nicht zu brauchen. Zu Giselles enormer Erleichterung waren die Zimmer weiß gestrichen, ohne irgendwelche störende Möblierung, und sehr ruhig, sobald man die Tür schloss. Die beiden Zimmer waren durch eine Tür verbunden und teilten sich ein großes Bad.

Giselles Blick richtete sich auf das Bett. Es war jungfräulich weiß bezogen, jedoch breit genug für sechs, ein seltsamer optischer Gegensatz. Sie war todmüde und doch hellwach in ihrer Neugier. Sie hatte das Gefühl, sich in einem Wachtraum zu befinden, wollte aber nicht einschlafen, falls sie dann das Beste verpasste.

»Lass uns mit den anderen frühstücken«, schlug William vor, als hätte er ihre Gedanken gelesen. »Etwas essen, ein paar Leute kennenlernen. Dann können wir uns hierher zurückziehen und ausruhen.«

Giselle nickte zustimmend und zog sich aus. Sie hängte Anzugjacke und Hose über einen hochlehnigen Stuhl vor einem Schreibtisch, der die ganze Breite der Wand neben dem Badezimmer einnahm. William folgte ihr, als sie die Tür zur Dusche aufschob, und legte die Hände auf ihre Hüften. Er schmiegte das Gesicht an ihre Halsbeuge und schob das weiße Spitzenhöschen, das sie trug, auf ihre Schenkel hinunter. Sie spürte die harte Spitze seiner Erektion an ihrem Hintern und machte Anstalten, sich umzudrehem, damit sie ihn küssen, seine Hose aufknöpfen und ihn auf dem Bett vögeln konnte, bevor sie duschten.

»Nein«, sagte er. »Bleib da. Ich will dich genau so.«

Er hob ihr die Arme über den Kopf und legte ihre Handflächen an die Glasscheibe der Dusche.

Seine Gürtelschnalle wurde mit einem schwachen Klicken geöffnet, das Rascheln des Ledergürtels im Bund war zu hören, dann fiel die Hose leise zu Boden. Unwillkürlich stellte Giselle sich vor, wie William aussah, wenn sie auf diese Weise fickten – er mit seinem breiten Hintern und den nackten Beinen, seine Hose am Boden, Socken, Schuhe und Hemd noch am Körper, die Schenkel auseinander, um das Gleichgewicht zu halten, vielleicht das schlaffe, weiche Fleisch seiner Hodensäcke sichtbar zwischen den gespreizten Beinen. Diese Stellung kam ihr von Natur aus pervers vor. Der Gedanke, nackt zu sein, wenn er größtenteils bekleidet war, ihm mit ausgestreckten Gliedmaßen den Rücken zuzuwenden und nicht zu wissen, wann er seinen Schwanz in sie stecken würde, gab ihr ein Gefühl des Ausgeliefertseins. Und da er noch nicht mal die Hose auszog – sie in Socken und Schuhen fickte –, war sie in diesem Moment nicht mehr als ein Nebengedanke, ein Ventil für eine Lust, die schon vor Beginn kurzlebig war, nicht einmal wert, sich dafür auszuziehen.

Giselle war von diesen Gedanken auf die gleiche Weise hin und her gerissen wie von ihren früheren Fantasien über Jeanne d'Arc. Sie glaubte, ihr Verlangen müsste sie abstoßen, doch je mehr sie sich auf ihren Abscheu konzentrierte, desto geiler wurde sie. Im Grunde ihres Herzens wusste sie, dass sie für William alles andere als ein Nebengedanke war, und auch nicht nur ein Ding, in das er seinen Schwanz stecken konnte. Doch allein die Vorstellung des Ganzen ließ einen Quell sexuellen Verlangens in ihr hochsprudeln. Ihre Gedanken rasten, ihre Möse wurde feucht. Als erregte die Grenzüberschreitung sie viel mehr als das Körperliche selbst. Nicht sein Schwanz, der in sie hineinglitt, wie jetzt – und sie stützte sich, so gut sie konnte, mit den Händen an der Glaswand ab, während er zustieß und hinter ihr stöhnte –, sondern warum er es auf diese Weise machte. Beim Sex ging es manchmal überhaupt nicht um Sex, fand Giselle, als sie beide gegen die Duschwand sackten.

Das Ganze hatte nur Minuten gedauert, und sie war nicht gekommen. Dennoch zog sie Befriedigung aus seinem Orgasmus und der raschen Art, in der er erfolgt war. Die überwältigende Stärke seines Verlangens nach ihr verlieh ihr das Gefühl, gebraucht zu werden, geliebt zu sein. Sie war sich ihrer widersprüchlichen Gefühle bewusst und doch befriedigt. Nach Giselles Meinung war es nicht nötig, all das Warum und Wofür der Lust auseinanderzudröseln. Ihr reichte es vollkommen, dass es sich gut anfühlte.

William rückte sie ein wenig zur Seite, damit er an den Wasserhahn gelangte, und sie wuschen sich nacheinander den Staub der vorherigen Tage ab.

Giselle wickelte sich in ein großes Badehandtuch, das sie auf den Holzregalen unter dem Waschbecken gefunden hatte, und sah zu, wie William sich abspülte. Er blieb gern länger unter der Dusche stehen als sie und ließ dem heißen Wasserstrahl dann einen kräftigen, eiskalten folgen. Das mache ihm den Kopf klar, sagte er, und gebe ihm das Gefühl, lebendig zu sein.

»Ich habe ein paar zusätzliche Kleidungsstücke für dich mitgebracht«, verkündete William, noch damit beschäftigt, sich abzurubbeln. Giselle nahm das Stocken in seiner Stimme wahr, ein Zeichen dafür, dass er sie um etwas bitten wollte, das ihr möglicherweise nicht behagte.

»Oh«, erwiderte sie, »ich hätte anders gepackt, wenn ich gewusst hätte, was ich brauche.«

»Ich bezweifle, dass du Kleidung für so einen Anlass besitzt«, gab er zu bedenken.

»Für was ziehe ich mich denn an?« Sie dachte an die Kleidung, die sie bisher an den anderen Gästen bemerkt hatte.

»Das ist schwer zu erklären«, erwiderte er. »Besser, du erlebst es einfach, ohne allzu viel nachzudenken. Da drin hängt ein Kleid für dich.« Er deutete auf einen hohen Schrank in einer Zimmerecke. Das Möbelstück reichte fast bis zur Decke und war schmal, schlicht, aus sehr dunklem Holz gearbeitet und auf Hochglanz poliert. Ein Schrank, der einem Kind zweifellos Albträume bescheren würde. Er sieht aus wie ein Sarg, dachte Giselle, als sie zögernd die Schranktür öffnete. Drinnen hing nur ein Kleidungsstück auf der Stange. Sie rieb den Stoff zwischen den Fingern, zog das Kleid vom Bügel und hielt es ans Licht. Es war weiß, beinahe formlos und vollkommen durchsichtig, hatte lange, glockenförmige Ärmel, die über die Handgelenke reichten, und einen tiefen V-Ausschnitt.

»Da muss auch ein Gürtel sein.« William beobachtete sie aufmerksam, wartete auf ihre Reaktion.

Sie griff wieder in den Schrank und zog eine lange, dünne Kordel herunter. Sie wurde durch eine Goldschlaufe am Kleid gefädelt und mit einem Knoten geschlossen.

Giselle fragte gar nicht erst, ob er auch ein passendes Unterkleid mitgebracht hatte. Die Antwort würde sowieso Nein lauten. Bei dem Gedanken, vor Williams Freunden und Bekannten in diesem dünnen Gazegewand zu erscheinen, schlug ihr Herz ein wenig schneller. Sie breitete das Kleid erst auf der Bettdecke aus und zog es dann über den Kopf, drehte sich zu dem langen, goldgerahmten Spiegel an der Wand gegenüber des Bettes um, dem einzigen kunstvoll gearbeiteten Möbelstück im Zimmer.

»Schuhe?«, fragte sie.

»Wir werden drinnen speisen, nehme ich an. Deine Ballerinas werden reichen, falls du sie brauchst.«

Er betrachtete sie mit glänzenden Augen, bewunderte den Anblick ihres festen Körpers durch den schimmernden, dünnen Stoff, der locker über der Rundung ihrer Pobacken hing.

»Du siehst aus wie eine Skulptur«, sagte er. »Wie aus Marmor, aber nicht so kalt.« Ein leises Lächeln umspielte seinen Mund.

Giselle fuhr sich mit den Fingern durch das noch feuchte Haar. Sie beschloss, es offen zu tragen, um ihre Schultern fließend, leicht gewellt von der Feuchtigkeit des Badezimmers. Sie erwog, etwas Rouge oder Lipgloss aufzutragen. Zwar war es früher Morgen, doch ihr kam es so vor, als würde sie auf eine Party gehen.

William hatte eine marineblaue Hose angezogen und ein weißes Hemd. Die Ärmel schloss er mit schweren silbernen Manschettenknöpfen, die ihm gegen die Handgelenke schlugen. Die Hose, die er auf der Reise getragen hatte, lag immer noch in einem Haufen neben der Tür zur Dusche.

»Fertig?«, fragte sie ihn.

Er nickte und griff nach ihrer Hand, als sie zusammen auf den Flur traten. Im Vorbeigehen schienen die Bilder an den Wänden bedrohlich näher zu rücken, Giselle zu verspotten, anzüglich zu grinsen, sie auszulachen. Sie konnte sich nur schwer des unangenehmen Eindrucks erwehren, dass ihnen die Augen in den Gemälden mit Blicken folgten.

Das Frühstück glich keiner Mahlzeit, die Giselle je zu sich genommen hatte.

Der Tisch war im Stockwerk darüber aufgebaut, nicht im Erdgeschoss, wie Giselle erwartet hatte. Sie folgten der gewundenen Treppe eine weitere Etage hinauf und kamen in einen riesigen Raum. Auf Böcken liegende Tischplatten mit Stühlen davor und gedeckt mit kunstvollem Silberbesteck erstreckten sich von einem Ende zum anderen. Die Gespräche bei Tisch waren seltsam gedämpft, wenn man bedachte, dass mindestens hundert Gäste anwesend waren. Die jungen Frauen in den Paillettenkleidern, die sie hatte Pingpong spielen sehen, saßen in der Mitte, gegenüber den Krocketspielern mit ihren roten Hosenträgern und nach wie vor bloßen Oberkörpern.

Sebastian, der am unteren Ende saß, erhob sich und winkte ihnen zu.

»William, Darling!«, rief er. Seine Stimme übertönte die Menge mit Leichtigkeit, und alle drehten sich zu den Neuankömmlingen um. »Ich habe euch beiden Plätze neben mir frei gehalten. Kommt, kommt«, drängte er sie.

Er trug immer noch die lange rote Robe, und als sie näher kamen, bemerkte Giselle, dass seine Ärmel durch eine Schüssel mit Sahne zu streifen drohten, die neben seinem Teller stand, zusammen mit einem großen Scone und einem üppigen Berg Marmelade. Auf Sebastians Kopf saß jetzt ein schwarzer Zylinder mit einer silbernen Schleife, die ihm nur ein paar Zentimeter über dem linken Auge baumelte.

»Ihr Gewand gefällt mir, meine Liebe. Sie haben wunderschöne Brüste. Die würde ich gern einmal malen.«

Giselle war bestürzt über die Unverblümtheit seines Kompliments, das laut durch den stillen Raum hallte.

»Vielen Dank«, erwiderte sie und glitt auf den Stuhl, den er für sie herausgezogen hatte. Sie saß William gegenüber, zwischen Sebastian und einem korpulenten Mann mit einem nahezu perfekt runden und vollkommen kahlen Schädel. Er hätte einem großen fleischfarbenen Baseball ähneln können, wäre da nicht sein langer schwarzer Schnurrbart gewesen, der so sorgsam mit Pomade behandelt worden war, dass er zu beiden Seiten abstand wie dicke Schnurrhaare. Er trug eine Weste in grellem Violett und eine schwarze Nadelstreifenhose, die über den Knien endete.

Zwei Kellner erschienen, einer neben Giselle und der andere neben William, so lautlos, als wären sie aus dem Nichts aufgetaucht. Beide waren jung und vollkommen nackt, bis auf steife weiße Halstücher, die zu Krawatten gebunden waren, und weiße, gefaltete Tücher über dem Unterarm, den sie mit militärischer Präzision von sich streckten.

Automatisch wurde Giselles Blick von dem Körper des nackten Kellners angezogen, der sich neben William aufgebaut hatte und ihn fragte, ob er lieber Tee oder Kaffee wünsche. Er trug ein silbernes Serviertablett, auf dem er einen schimmernden, mit dampfender Flüssigkeit gefüllten Krug balancierte. Er war gebräunt – die tiefe, gold-bronzene Farbe eines nagelneuen Pennys –, und jeder Muskel zeichnete sich so deutlich ab wie bei einer Statue von Michelangelo. Sein Penis war lang und gerade und stand etwas vom Körper ab, als wäre er kurz vor einer Erektion, und passend zum Rest seiner »Uniform« war ein dünnes Seidenband um den Schaft geknotet.

Seine schweren Hoden hingen tief und, wie Giselle fand, einladend herab. Sie war so gebannt von dem Anblick, dass sie die

Frage des Kellners neben ihr, was sie trinken wolle, nicht mitbekam, bis er sie zweimal wiederholt hatte und Sebastian ihn in seiner durchdringenden, hohen Theaterstimme unterbrach: »Er rührt bestimmt den Zucker mit seinem Schwanz um, wenn Sie ihn nett darum bitten, Herzchen, was meinen Sie?« Dann schlug er dem Kellner so fest auf den nackten Hintern, dass das Geschirr auf dem Serviertablett klapperte, konnte seiner unbewegten Miene aber nicht mal ein Zucken entlocken.

Giselle stieg eine tiefe Röte in die Wangen, als ihr bewusst wurde, dass sie beim Glotzen ertappt worden war, während sie dem Mann gegenübersaß, den sie liebte. Doch William wirkte nur amüsiert.

»Hinschauen tut niemandem weh, meine Liebe«, fuhr Sebastian fort und tätschelte ihr das Handgelenk.

»Darüber hinauszugehen auch nicht«, fügte William mit leiser Stimme hinzu, so leise, dass es fast vom Klappern der Bestecke und dem Eingießen von Tee in Porzellantassen übertönt wurde, doch die Worte strömten wie ein heißes Rauschen an Giselles Ohr.

Sebastian nickte zustimmend, ohne sich über Williams Worte in irgendeiner Weise überrascht zu zeigen, und fügte seinerseits hinzu: »Dafür wird später noch genügend Zeit sein, nachdem ihr euch ausgeruht habt. Einige dieser Leute sind jetzt schon seit Tagen zugange.« Er schaute in die Runde.

Giselle wandte den Kopf, um seinem Blick zu folgen.

Zuerst waren ihr nur die Kostüme der anderen Gäste aufgefallen. Das Glitzern und Schimmern, Federn und Seide, Satin, Leder und Spitze, alles in hervorragendem Schnitt und selbst die ausgefallenste Kostümierung mit der Souveränität des glanzvollsten europäischen Hofes getragen. Jetzt nahm sie die Gesichter wahr. Alle lächelten, lachten oder zeigten ruhige Zufriedenheit, die Wangen gerötet und die Augen strahlend, wie Giselle es nur von Tänzern kannte, die gerade einen gelungenen Auftritt hinter sich gebracht haben.

Sie tauschten mit ihren Tischnachbarn so ungeniert Zärtlichkeiten aus, dass es schon fast obszön wirkte. Die Paletten-Mädchen kniffen sich gegenseitig in die Brüste und verglichen deren Festigkeit mit den verschiedensten Früchten, die zur Tischdekoration auf einem Tafelaufsatz lagen. Die Krocketspieler fütterten einander mit Teelöffeln voller Marmelade und Sahne und küssten sich gegenseitig den improvisierten Nachtisch von den Lippen. Weiter unten am Tisch nestelten Gäste, denen die engen Fischbeinkorsetts unbequem wurden, die Schnüre auf und enthüllten nackte Brüste und Oberkörper, überzogen mit tiefen Striemen, die sich auf ihrer glatten, weichen Haut abzeichneten.

Eine junge Frau in einem himmelblauen Kleid und einem bauschigen gerüschten Unterrock war auf die Knie gesunken und lutschte den Schwanz eines Kellners, während er eine Flasche Champagner hochhielt und die perlende Flüssigkeit aus solcher Höhe einschenkte, dass sie sich einem zischenden Wasserfall gleich in die Champagnerflöten der wartenden Gäste ergoss. Statt aus ihren Flöten zu trinken, schütteten sie sich die kühle Flüssigkeit gegenseitig über den Körper und leckten die Champagnerbäche von den aufgerichteten Nippeln.

Giselles Aufmerksamkeit wurde erneut abgelenkt, diesmal von ihrem knurrenden Magen. Sie hatte seit Ewigkeiten nichts Richtiges gegessen, und während sie die Ausschweifungen um sich herum beobachtet hatte, war Frühstück auf ihrem Teller aufgetaucht, serviert von einem der nackten Kellner. Da gab es ein gekochtes Entenei in einem goldenen Eierbecher, genau wie sie es mochte, das Eigelb noch flüssig, und ein Körbchen mit getoasteten Brioches, in appetitliche Streifen geschnitten. Dazu tropische Früchte in Form winziger Blumen, kleine Kugeln kühlen

Gelees und ein großer Cupcake mit einer Frischkäseglasur. Als sie hineinbiss, schmeckte sie die köstliche Zitronenfüllung auf der Zunge.

Nachdem Giselle Hunger und Durst gestillt hatte, kehrte sie mit William in ihr Zimmer zurück. Sie fiel in einen tiefen, beinahe komaähnlichen Schlaf, aus dem sie abrupt durch ein Klopfen an der Tür geweckt wurde. Giselle schlüpfte aus dem Bett und öffnete die Tür, wobei ihr bewusst wurde, dass sie vollkommen nackt war. Aber das spielte wohl keine Rolle.

Der Flur war leer. Giselle schaute sich um und überlegte, ob sie das Klopfen nur geträumt hatte. Da erst bemerkte sie ein in Seidenpapier gewickeltes Päckchen zu ihren Füßen, darauf einen großen, cremefarbenen Umschlag mit einem roten Wachssiegel. Sie nahm ihn und riss ihn auf. Er war in fließender Schrift sowohl an sie als auch an William adressiert, das Siegelwachs war noch warm. Als sie die Karte herauszog und aufklappte, schwebte eine Wolke aus feinem Silberstaub zu Boden. »Oberster Stock« stand in großen Buchstaben auf der Karte.

Giselle schloss die Tür und schlüpfte wieder zu William ins Bett. Sie küsste ihn auf die Stirn, gab ihm die Karte und wickelte das Seidenpapier ab.

Darin lag eine schwarze Satinrobe. Giselle hielt sie hoch. Sie war lang und viel zu groß für sie. Sie reichte sie William. Ansonsten enthielt das Päckchen nur noch eine Glasflasche, etwa in der Größe einer Sahneflasche, wie ihre Mutter sie zu Hause im Milchladen um die Ecke kaufte. Die Flasche war kühl und enthielt eine weiße Flüssigkeit mit etwas Schimmerndem, das durch das Glas glitzerte, als Giselle es ins Licht hielt.

»Wenn du das trinkst, verwandelst du dich dann in einen Frosch?«

»Du schmeichelst mir zu sehr«, erwiderte William. »Eher aus einem Frosch in einen Prinzen.«

Er zog den Korken heraus und tupfte sich etwas von der Flüssigkeit aufs Handgelenk.

»Körperfarbe«, verkündete er. »Ich glaube, die ist als dein Kostüm gedacht.«

»Tja«, meinte Giselle, »vermutlich ist es kaum weniger enthüllend als das Gewand von heute Morgen, was hier keinem weiter aufzufallen scheint.«

»Sie hat einen wundervollen Schimmer.« William betrachtete den Farbfleck auf seinem Handgelenk. »Damit bedeckt, wirst du wie eine Mondgöttin aussehen.«

Er blickte zur Uhr auf dem Nachttisch.

»Mitternacht«, sagte er. »Wir haben den ganzen Tag und die halbe Nacht verschlafen.«

Sie duschten erneut, diesmal rasch. Giselle trocknete sich auf Williams Anweisung sorgfältig ab und rieb sich mit Feuchtigkeitscreme ein, damit die Farbe sich glatt auftragen ließ und gut halten würde.

Er goss ihr etwas davon über beide Schultern und verteilte die Farbe fachmännisch auf ihrem Körper, ohne zu verharren, wie er es sonst tat, wenn er ihre Brüste und Pobacken mit farbverschmierten Händen liebkoste. Giselle stand vollkommen still und streckte ihre Arme seitlich aus, während er sie mit einem Föhn umkreiste, damit die Farbe schneller trocknete.

Als er verkündete, sie sei fertig, blickte Giselle in den Spiegel. Sie war mit einer dünnen Schicht glitzernder weißer Farbe bedeckt, teils Göttin, teils Geist. Gesicht und Kehle hatte er ebenso frei gelassen wie eine Linie, die zwischen ihren Brüsten verlief und auf ihrem Bauch ein Spiralmuster bildete. Ihre normalerweise rosa Nippel wirkten im Vergleich zu der Blässe ihres Busens roter. Dazu das dichte dunkle Dreieck ihrer Schamhaare.

William tauchte hinter ihr auf. Er hatte sich die Farbe von den

Händen gewaschen und die schwarze Robe angezogen. Giselle drehte sich um, und ihr Blick richtete sich auf seinen Unterleib, den das Kleidungsstück unbedeckt ließ. Die Robe, die weder Gürtel noch Schlaufen hatte, hing locker von seinen breiten Schultern und endete nur ein paar Millimeter über seinen Füßen, als wäre sie von einem Schneider gemacht worden, der das Kleidungsstück genau nach Williams Maßen angefertigt, aber absichtlich den Penis frei gelassen hatte, jetzt fast vollkommen erigiert.

William küsste sie auf die Wange, drückte seine Lippen auf ihr Ohrläppchen und griff ihr zwischen die Beine, um ihre Feuchtigkeit zu prüfen.

»Du bist klatschnass«, flüsterte er. Seine sanfte Liebkosung wurde fester, dann fand er ihre Klitoris und begann sie in einem langsamen, gleichmäßigen Rhythmus zu umkreisen.

Giselle stöhnte auf. Sie spürte, wie ihr das Blut schneller durch die Adern rauschte, während er mit ihr spielte, nun mit den Fingern ihre Öffnung füllte, ein, zwei, drei Stöße, dann zurückglitt, weiter ihre Schamlippen erforschte und mit ihrer Klitoris spielte.

Plötzlich zog er sich zurück, und sie keuchte vor Überraschung.

»Ich möchte, dass die anderen dabei zusehen.« Er hob seine Finger an die Lippen und leckte Giselles Säfte ab, dann küsste er sie und übertrug das süße Salz ihrer Erregung von seinem Mund auf ihren.

Er griff nach ihrer Hand, und sie gingen zusammen durch den breiten Flur und die Treppe hinauf, an der Tür des Frühstücksraums vorbei und noch einen Stock höher. Die Steigung kam Giselle steiler vor, je weiter sie hinaufkamen, und obwohl sie wusste, dass es nur drei Stockwerke gab, war ihr, als sie die Tür zu ihrem Ziel erreichten, als würden sie beide eine völlig neue Welt betreten.

Sie legte die Hand an die Tür und drückte, aber die Tür gab nicht nach. William griff an ihr vorbei und drehte den Knauf.

Das Geräusch erreichte sie als Erstes. Die Laute so vieler Menschen, die gleichzeitig vögelten, bildeten einen Chor, eine Melodie aus Seufzen und Stöhnen, unterbrochen von gelegentlichen, lustvollen Schreien, untermalt vom Trommelklang rhythmischer Stöße, von Körperteilen, die gegen Möbel und gegeneinanderstießen, das feuchte Klatschen von Haut auf Haut.

Giselle fröstelte in der kühlen Nachtluft, und als ein leichter Windhauch über ihre Brüste strich, wurden ihre Nippel noch härter. Sie sehnte sich danach, dass William den Kopf an ihre Brüste senkte, daran sog und das schmerzhaft in ihr brennende Verlangen linderte. Ihre Möse war glitschig, ein brodelnder Kessel der Lust zwischen ihren Schenkeln.

Ein Dach gab es nicht. Sie befanden sich im Freien, auf einer Terrasse, die rundherum von brennenden Fackeln erhellt wurde. Hin und wieder ließ ein Windstoß die Flammen unnatürlich hoch in den Himmel schießen, beleuchtete die Körper, die sich vor ihnen wanden, manche auf Betten, Decken und Kissen, andere direkt auf dem harten Steinboden.

Im Zentrum stand eine Frau, die an eine Säulenplatte gefesselt war. Ob es sich bei dem dicken schwarzen Material um ein Seil, um Leder, Seide oder eine Kette handelte, konnte Giselle nicht erkennen. Die Augen der Frau waren geschlossen, und ihr Körper zuckte und ruckte, als durchlebte sie einen Exorzismus. Nein, das nicht. Einen Orgasmus, stellte Giselle fest. Der Mund der Frau war zu einem Lächeln erstarrt, ihr Gesicht ein Abbild strahlender Freude. Rinnsale aus Schweiß oder Tränen – Blut sogar? – liefen ihr über die Haut.

Doch das war nicht das Sonderbarste. Giselle musste blinzeln und fragte sich, ob sie erneut mitten in einem Traum erwacht war, als sie den Bilderreigen wahrnahm, der den Körper der Frau bedeckte. Eine Orgie von Bildern, in ihre Haut eintätowiert, springend, tanzend, die Dunkelheit um sie herum erhellend. Wie lebendig gewordene pornografische Tattoos oder ein Spiegelbild der kopulierenden Leiber um sie herum.

»Komm«, sagte William. »Schließen wir uns ihnen an.«

Wieder griff er nach ihrer Hand, und sie traten zusammen hinaus.

4

VON KÖRPERN UND LICHT

Giselle verbrachte die Wochen nach ihrer Rückkehr vom Ball in einem Zustand der Benommenheit, noch immer damit beschäftigt, die Bilder und Eindrücke zu verarbeiten, die sie sowohl schockiert als auch entzückt hatten. Die Reise zu dem feudalen Anwesen in den Hamptons kam ihr manchmal immer noch wie ein Traum vor. Wären da nicht so profane Dinge gewesen wie die Schwierigkeit, die geisterhafte Farbe von ihrer Haut zu entfernen, oder die schlichte weiße Visitenkarte, die ihr Sebastian beim Abschied in die Tasche ihrer Leinenjacke gesteckt hatte. Das Unwirkliche der berauschenden Party und die außergewöhnliche Aufmachung der Gäste, denen sie dort begegnet war, ließen ihr Leben im Vergleich dazu bedeutungslos erscheinen. Jetzt fühlte sie sich, als stünde sie am Rand eines Abgrunds, in der Schwebe zwischen zwei Welten. Ruhelos lebte sie zwischen der Welt banaler Häuslichkeit, der Vorlesungen, die sie besuchen wollte, und der Arbeit im Blumenladen – auf der sie immer noch beharrte, um sich trotz Williams Angebot, sie zu unterstützen, wenigstens eine gewisse finanzielle Unabhängigkeit zu bewahren – und der Welt, die sie gerade kennengelernt hatte. Sie wurde zu einer Reisenden in ihrem eigenen Leben. Und selbst wenn ihr Körper zur Ruhe kam, gingen ihre Gedanken weiter auf Wanderschaft.

Sie hatten sich gerade geliebt – zärtlich, unbeschwert –, William hatte geduscht und kam aus dem Badezimmer zurück. Er trocknete sich die wirren Locken mit einem flauschigen Handtuch. Sie würde als Nächste duschen, hatte ausnahmsweise abgelehnt, die Duschkabine mit ihm zu teilen, wollte die Hitze ihres Orgasmus langsam abklingen lassen, genoss träge den Nachhall ihrer Lust. Ihr Körper kribbelte noch angenehm und war von einer wohligen Mattigkeit erfüllt. Ihr kam ein verstörender Gedanke.

»William?«

»Ja?« Sein Kopf tauchte aus den Falten des Handtuchs auf. Mittlerweile trug er einen dichten Vollbart, da er sich schon seit einigen Wochen nicht mehr rasierte.

»Wenn du mich anschaust, hier im Bett, im realen Leben, wenn wir zusammen sind, sehe ich dann genauso aus wie beim Modellstehen, oder siehst du jemand anderen?«

»Was für eine seltsame Frage.«

»Ist mir gerade eingefallen.«

Da er merkte, dass es ihr ernst war, dachte William eine Weile über die Frage nach. Er blickte Giselle forschend an. Schwieg.

»Ich meine … wenn du mich anschaust und mich zeichnest, mich malst, ist das dieselbe alltägliche Giselle, oder ist es eine Art abstraktes Objekt, nicht ich als Person?«

»Ich weiß nicht, ob ich dich richtig verstehe.«

Giselle seufzte. Sie merkte, dass die Verwirrung, die in ihrem Kopf herrschte, ihre Worte so verdrehte, dass sie sich undeutlich ausdrückte.

Unfähig, sich klarer zu äußern, wandte sie sich ab und vergrub das Gesicht im Kissen.

»Was ist los?«, fragte William.

In Erinnerung an die Gesichter und Leiber beim Ball musste Giselle unwillkürlich an das Leuchten denken, das diese Menschen durchdrang, wie das Mondlicht sich über ihre Gesichtszüge breitete, an das Erhabene ihrer Körper, daran, wie tief in ihren Augen eine ewige Flamme zu brennen schien.

Sah William sie so, wenn sie für ihn Modell stand? Verwandelt. Könnte sie je so sein? Ihre widersprüchlichen Gedanken brachten sie dazu, an seinen Gefühlen für sie zu zweifeln.

Als sie später nervös Williams Bilder betrachtete, auf denen sie im Mittelpunkt stand, sah sie nur sich selbst, ein bleicher Abglanz von Leben, trotz des intensiven Hyperrealismus von Williams Malstil. Bei all seinem Talent und der Liebe, die er angeblich für sie empfand, leuchtete sie nicht so wie die anderen. Würde sie das je?

Inzwischen hatte William sich an ihre wechselnden Stimmungen gewöhnt und ging lieber nicht darauf ein. Stattdessen verschwand er unter dem Vorwand, ihnen Kaffee zu holen, in der Küche. Als er ins Schlafzimmer zurückkam, war Giselle, wie er gehofft hatte, eingeschlafen. Er zündete sich eine Zigarette an.

Am nächsten Morgen erkundigte sich Giselle, ob er etwas dagegen hätte, wenn sie für andere Modell stünde. Seit sie für ihn arbeitete, hatte sie hin und wieder Angebote von seinen Künstlerfreunden bekommen, die sie bei gemeinsamen Essen oder bei Vernissagen getroffen hatten. Und in Amerika von Sebastian. Bisher war sie auf keines davon eingegangen.

»Überhaupt nicht. Ich finde sogar, das wäre gut für dich. Ich kann dich sowieso nicht davon abhalten, nicht wahr?«, bemerkte William. »Das wird eine unschätzbare Erfahrung für dich sein.«

»Und du wärst nicht eifersüchtig?«

»Natürlich nicht.«

Als Erstes nahm sie Kontakt mit Sebastian auf. Nach dem Wochenende in der Villa in den Staaten hatten sie sich ein paarmal zu dritt getroffen, um zu reden, zu trinken, zu rauchen, und sie hatte nun schon oft zugehört, wie William und Sebastian über die verschiedenen Vorzüge ihrer künstlerischen Vorlieben und Arbeitsstile debattierten. Sebastian war ein viel älterer und gut eingeführter Maler, der bei derselben Galerie wie William unter

Vertrag stand. Seine Arbeiten waren, laut William, traditioneller, gewaltige Leinwände mit breiten Pinselstrichen, Stillleben, klassische Aktbilder und zarte Porträtradierungen. Giselle hatte noch keines seiner Werke gesehen, und sie ahnte, dass Sebastian zu demselben engen Kreis von Künstlern gehörte, die sich gelegentlich darauf einließen, gewagtere Werke für Émile Saffy und andere Sammler zu schaffen, die noch mehr auf ihre Anonymität achteten, wenn es um Pornografisches ging. Bei ihren Treffen zu dritt hatten weder William noch Sebastian die Party in den Hamptons direkt angesprochen – »den Ball«, wie ihn andere Gäste in Giselles Beisein genannt hatten –, und ohne Stichwort war sie zu schüchtern, sich nach weiteren Einzelheiten zu erkundigen. Normalerweise gab sich Sebastian ebenso extravagant und exzentrisch wie an dem Wochenende, wenn auch nicht im selben Maße. In der Öffentlichkeit war er wie ein Schmetterling im Nebel, hielt sein Strahlen nach außen hin verborgen. Giselle hoffte, dass er bei sich zu Hause weniger zurückhaltend war und sie mehr erfahren würde, vielleicht die Fragen stellen könnte, auf die William nicht eingegangen war. Da William einen Blick für das Surreale hatte, war Giselle der Meinung, dass ihm so etwas wie der Ball nicht ungewöhnlich erschienen war. Denn schließlich funktionierte sein Verstand so. Vielleicht war der Ball für William Realität, und alles andere war im Vergleich dazu trübe und grau.

»Wunderbar«, sagte Sebastian. »Könnten Sie nächsten Mittwoch? Zufällig habe ich bereits eine Sitzung geplant und war auf der Suche nach einem zweiten Modell. Würde es Ihnen etwas ausmachen, zusammen mit einer anderen Frau Modell zu stehen?«

»Überhaupt nicht.« Das wäre etwas Neues, dachte Giselle, und gäbe ihr die Möglichkeit, andere Posen einzunehmen, als sie es gewohnt war.

Das von ihm vorgeschlagene Honorar war mehr als großzügig, auch wenn das nicht ihr Hauptanliegen war. Sie wollte einfach wissen, wie es sich anfühlte, für andere Modell zu stehen, wie sie wahrgenommen würde. Das war ihr wichtig. Herauszufinden, wie sie in seine Welt passte.

Erst als Giselle ernsthaft begann, für andere Modell zu stehen, wurde ihr bewusst, wie charakteristisch der Farbgeruch in Williams Atelier war. Wie sie erst später entdeckte, zog er es im Gegensatz zu anderen Malern vor, seine Farben selbst zu mischen, ein Teufelsgebräu aus Pigmenten, Tütchen mit seltsamen Pulvern, Wasser, Öl, Alkohol, Lösungsmittel, Eigelb, Bindemitteln und einer Prise eigener mysteriöser Zutaten, eine geheime Mischung, für deren Zubereitung er stundenlang wie ein Alchemist über seinen Gläsern und Schalen hockte. War das der Grund, warum sich der Oberflächenglanz seiner Leinwände als so einzigartig erwies, als berge die Textur der trocknenden Farbe ein pulsierendes Licht in den Pinselstrichen und den sich überlagernden Schichten? Jedenfalls gelang wenigen anderen Malern diese übernatürliche Illusion von Leben, die seine Farben seiner Kunst einhauchten. Wenn Fremde ihn nach seinen typischen Pigmenten fragten, deutete er oft boshaft an, dass er eine im richtigen Moment des stärksten Orgasmus aufgefangene, genau bemessene Menge Sperma als besonderen Bestandteil hinzufüge. Dann lachte er schallend.

Aber das auf diese Weise hergestellte Arbeitsmaterial erzeugte auch einen starken Geruch, etwas Beißendes, das sich inzwischen in den Balken und Böden seines Ateliers festgesetzt hatte, und wie der Geruch von toten Blumen, einem Hauch starken Schnaps, vermoderter Blätter und Asche in der Luft hing. Giselle hatte mehrere Sitzungen gebraucht, um sich daran zu gewöhnen, und ab einem bestimmten Punkt hatte sie die Ausdünstungen nicht mehr wahrgenommen.

Als sie Sebastians luftiges Atelier am Flussufer bei Nogent-sur-Marne betrat, fiel ihr als Erstes der andere Geruch auf. Die Farbflecken auf dem Boden des riesigen rechteckigen Raums bildeten ein verworrenes, zufälliges Mosaik mysteriöser Landkarten, überflutet von einem berauschenden Blumenduft, der durch die geöffneten Schiebetüren drang. Im Garten vor der Terrasse blühten viele Rosenbüsche in wildem Durcheinander. Der Kontrast zu Williams Atelier mit den durchdringenden Gerüchen und der gewollten Dunkelheit hätte nicht größer sein können.

Im Gegensatz zu ihrem Geliebten hielt sich der spindeldürre Sebastian nie mit Vorentwürfen oder Studien auf, sondern arbeitete direkt auf die Leinwand, und sein Arbeitsmaterial bestand aus sorgsam geordneten Farbtuben, aufgereiht auf einem Tisch in seiner Reichweite, daneben die nach Größe sortierten Pinsel.

Das andere Modell war noch nicht eingetroffen.

Auf einem Tisch an der gegenüberliegenden Seite des Raumes standen Teller mit köstlichen Patisserien und ein hoher Krug Orangensaft. Sebastian und sein Liebhaber und Assistent Ellis, ein mürrischer, aber äußerst gut aussehender, sehr viel jüngerer breitschultriger Bretone in einem gestreiften Pullover und einer weißen Pluderhose, boten Giselle davon an, während sie auf die andere Frau warteten.

»Heute ist Sonntag, da hat die Métro immer Verspätung«, bemerkte Sebastian.

Während sie an einem *Petit pain au chocolat* knabberte, fragte Giselle ihn, ob er mit dem anderen Modell schon mal gearbeitet habe.

»Nein. Das ist das erste Mal. Ich habe sie über eine Agentur gebucht. Mein Kunde möchte etwas mit einem Ballett-Thema, und sie hat Tanzerfahrung, wurde mir versichert.«

»Ich auch«, sagte Giselle.

»Das weiß ich.«

»Woher?«

»Weil es unverkennbar ist, Giselle. So wie Sie sich bewegen …«

Giselle errötete leicht. War sie so durchschaubar? Ihr kam der Gedanke, und das nicht zum ersten Mal, ob Passanten, Männer, Fremde, denen sie auf der Straße oder wo immer begegnete, es ihr ansahen, wenn sie kurz zuvor von William gefickt worden war. Erkannten sie es an der Art, wie sie ging, an der Farbe ihrer Haut, ihrer Wangen? Die Vorstellung gefiel ihr nicht besonders.

Die Klingel ertönte, und Ellis verließ das Atelier, um die Tür zu öffnen.

Die junge Frau, die mit ihm zurückkam, war hochgewachsen und blond, die Wangen gerötet. Sie entschuldigte sich hastig und erklärte, von der Haltestelle hierher gerannt zu sein. Noch ganz atemlos, strich sie ihr Haar zurück, und Giselle erkannte sie. Beth! Lachend gingen sie aufeinander zu.

»Was machst du denn hier?«

»Das könnte ich dich auch fragen!«

»Ich bin Französin. Ich lebe hier.«

»Und ich bin nur eine Art Touristin. Ich versuche, mit ein bisschen Modellstehen über die Runden zu kommen.«

»Sie kennen sich?« Sebastian schmunzelte amüsiert über diesen Zufall.

»Wir haben zusammen an derselben Ballettschule in London studiert.«

»Vor knapp einem Jahr.«

»Wie kurios …«

Sebastian gab ihnen eine halbe Stunde, um sich gegenseitig auf den neuesten Stand zu bringen, sich umzuziehen und zu schminken.

»Mein Kunde hat eine etwas andersartige Ballettszene in Auftrag gegeben«, teilte er ihnen mit. »Sie werden die entsprechenden Sachen da drüben auf der Stange finden. In Ihren Größen, wurde mir versichert.« Am Tag zuvor hatte er sich nach ihren Kleidergrößen erkundigt, die bemerkenswert ähnlich waren, wie sich herausstellte. »Er ist einer dieser ziemlich perversen Privatsammler. Verlangt, dass eine von Ihnen oben ohne ist und die andere … unten. Ich nehme an, das ist Ihnen beiden recht? Sie können wählen, welche was macht …«

Keine der beiden Frauen reagierte bestürzt.

»Du hast die besseren Brüste«, sagte Giselle zu Beth. »Mir macht es nichts aus.« Seit dem Ball konnte sie nichts mehr überraschen oder schockieren.

Beth hatte die nächste Prüfung der Ballettschule nicht bestanden und war kurz darauf nach Paris gekommen, wo sie sich hauptsächlich als Kellnerin über Wasser gehalten hatte, bis ein Freund ihr vorschlug, sie könne ihre Finanzen mit Modellstehen aufbessern, und sie mit einer Agentur bekannt machte. Den Freund hatte sie inzwischen in den Wind geschrieben, genau wie ihren Kellnerjob, doch ihre auffallende nordische Schönheit sorgte dafür, dass sie ihre Rechnungen bezahlen konnte. Sie sei sogar kurzzeitig bei den Folies Bergère als nackte Statue engagiert worden, erzählte sie Giselle kichernd. Allerdings hatte sie ständig Angst gehabt, Verwandte und Freunde könnten bei einem Parisbesuch in das berühmte, anrüchige Theater kommen und sie auf der Bühne entdecken.

Zwei Kostüme hingen da, ein weißes und das andere in blassem Rosa.

»Nimm du das weiße«, schlug Beth vor. »Das passt besser zu deiner Hautfarbe.«

Anscheinend finden das alle, dachte Giselle. In letzter Zeit war sie so oft in Weiß gekleidet worden. Und sie war wohl kaum die Jungfrau Maria noch eine schüchterne Braut.

Ellis hatte mittlerweile einen dicken Teppich in einer Ecke des

Ateliers ausgebreitet und das Licht gesetzt. Die beiden jungen Frauen traten leicht gehemmt darauf zu, auch wenn sie wussten, dass die beiden Männer schwul waren und daher nicht das leiseste sexuelle Interesse an ihren Körpern hatten. Sebastian legte ihre Stellungen fest, während sein Assistent um sie herumwieselte, ihr Haar zurechtzupfte, einen Scheinwerfer einstellte oder die Falten unten an Beths Trikot glättete, das verloren und bizarr wirkte ohne den üblichen Bodystocking, den Ballerinen meist darunter trugen.

»Giselle, wenn Sie nur einen Schuh anhätten, würde das besser aussehen, anzüglicher, glaube ich.«

Sie schnürte den Spitzenschuh auf, achtete sorgsam darauf, die Beine züchtig geschlossen zu halten, während sie sich auf dem dunklen Teppich nach vorn beugte. Beths majestätische Brüste, fest und mit rosa Nippeln, starrten sie aus Augenhöhe an. Ellis legte den aufgeschnürten Ballettschuh verkehrt herum ein paar Zentimeter vor ihrem Fuß an den Rand des Teppichs, eine fallen gelassene Verlängerung ihres wohlgeformten Beines, wie das Relikt eines vorausgegangenen Ereignisses oder Kampfes.

Sebastian schickte seinen Assistenten fort, der leise die Ateliertür hinter sich schloss und sie allein ließ.

»Nur wir drei«, verkündete der Maler.

Giselle und Beth saßen nebeneinander, Schulter an Schulter, die nackte Haut durch einen starken Lichtstrahl von der Decke erleuchtet, an der Ellis eine Reihe Theaterscheinwerfer angebracht hatte.

»Beth, heben Sie Ihre Hand, genau so, da, legen Sie sie auf Giselles Schenkel ...« Sebastian gab jetzt Befehle, wenn auch in demselben sanften Ton, in dem er Tee anbot – trotz seiner wachsenden Frustration.

Er veränderte ihre Stellungen erneut, immer noch unzufrieden mit der Gesamtkomposition, die er zu gestalten versuchte. Betrachtete sie lange, schnalzte dabei leise mit der Zunge.

Immer noch war er nicht bereit, mit dem Malen zu beginnen.

Er trat vor, umkreiste sie, hielt inne, trat zurück, kam wieder, strich Giselles langes schwarzes Haar zurück, sodass es jetzt teilweise über Beths Nacken drapiert war. Betrachtete das Endresultat seiner Komposition und schüttelte den Kopf.

»An euch beiden hübschen Damen liegt es nicht«, sagte er, Enttäuschung in der Stimme. »Aber ich hatte dieses Bild im Kopf, und es wird einfach nicht lebendig. Es funktioniert nicht.«

Giselle und Beth hielten es für ratsam, den Mund zu halten. Sie hatten beide schon mit Malern oder Fotografen gearbeitet und wussten, wie launisch und unentschlossen sie sich aufführen konnten.

Sebastian entfernte sich, richtete einen der Scheinwerfer aus und begutachtete die Szene von Weitem. Er bat Giselle aufzustehen, ihren Arm zu heben und drohend über Beths ausgestreckten, langgliedrigen Körper zu halten. Dann eine weitere winzige Drehung an der hell leuchtenden Birne, um die Form des Lichtflecks zu verändern, in dessen Mitte sie posierten.

»Sie sind beide wunderschön«, sagte er schließlich. »Aber mein Gefühl sagt mir, dass wir noch etwas mehr brauchen. Ich kenne diesen Sammler; er ist sehr wählerisch und wird sich nicht so einfach abspeisen lassen.« Er überlegte kurz. »Irgendein Kontrast. Etwas Skurriles. Stehen Sie auf, Beth …«

Die beiden jungen Frauen standen nebeneinander, fast in Hab-Acht-Stellung, jede in einem anderen Entkleidungszustand, blond und dunkel, das sanfte Rosa von Beths Warzenhöfen ein Bereich der Wärme in der gleichmäßigen Porzellanlandschaft ihrer Haut, die dunklen, üppigen Locken von Giselles Schamhaaren ein dichter schwarzer Wald vor den wärmeren Tönen ihrer Nacktheit.

Sebastian zögerte noch einen Moment, dann bat er Beth, ihr Trikot herunterzuziehen, das sich um ihre Taille bauschte, wie auch ihren fleischfarbenen Slip. Er betrachtete, was sie enthüllte. Ihr Schamhaar war dünn, äußerst hell, anscheinend von der Sonne noch stärker gebleicht als ihr Kopfhaar, das nun zu dem festen Knoten einer Ballerina aufgesteckt war. Sein Blick wanderte von Beth zu Giselle, deren üppiger, nachtschwarzer Busch sauber gestutzt war, eine Angewohnheit, die noch aus ihrer Zeit in der Ballettschule stammte.

Der Maler betrachtete den Kontrast, stellte Erwägungen an.

»Anders rum?«, schlug Giselle vor und meinte damit, dass sie vielleicht ihre Brüste entblößen sollte, statt den unteren Teil ihres Körpers. Beth schaute schweigend zu.

»Ich hab's!«, rief Sebastian.

Die beiden Frauen warteten auf das Ergebnis seiner Überlegungen.

Unter dem Tisch, auf dem sein Vorrat an Farbtuben, Pinseln und anderen Arbeitsutensilien lag, stand eine breite Holztruhe, die er jetzt herauszog.

»Hier ...« Sebastian hielt Giselle eine Handvoll glitzernder, undurchsichtiger Pailletten und winziger Perlen hin. »Würde es Ihnen etwas ausmachen, die hier irgendwie in Ihrem Schamhaar zu verteilen? Es ist nur so eine verrückte Idee von mir. Ein zusätzlicher Lichtreflex, wie eigenartig sich das auch anhören mag«, fügte er hinzu. »Manchmal sind es solche kleinen Feinheiten, die ein Werk zu etwas Besonderem machen ...«

Giselle war alles andere als verstört über seine Bitte, sie stand nur etwas ratlos da und überlegte, wie es sich machen ließe.

Beth erlöste sie.

»Komm mit«, sagte sie und führte Giselle in den mit Vorhängen abgetrennten Umkleidebereich im hinteren Teil des Ateliers. Sie nahm Giselle die Pailletten und winzigen Schmucksteine ab, betrachtete sie genauer und verzog die Lippen zu einem kecken Lächeln.

Giselle setzte sich auf einen Stuhl und versuchte immer noch, mit Sebastians Konzept klarzukommen.

»Darf ich?«, fragte Beth. Ihre Hand deutete auf Giselles Unterleib.

Mit zwei Fingern tauchte sie in Giselles dichte Locken.

»Gut«, sagte sie.

»Was?«

»Ich dachte zuerst, wir müssten sie einzeln annähen oder, schlimmer noch, ankleben ...« Giselle erschauerte, als Beths Fingernagel ihre Schamlippen streifte und ihre Möse Beths warme, forschende Finger wahrnahm. »Aber deine Locken sind ziemlich lang, und ich glaube, ich kann die Verzierungen auf natürliche Weise befestigen. Bist du damit einverstanden?«

Giselle nickte.

»Das wird einige Zeit dauern«, rief Beth dem Maler zu, der auf der anderen Seite der Vorhänge wartete. »Wir brauchen mindestens eine halbe Stunde, schätze ich ...«

»Ist schon in Ordnung«, rief er zurück. »Aber sorgen Sie dafür, dass es hübsch wird ...«

»Mach ich«, versprach Beth.

Sie hockte sich auf die Fersen, ihre erstaunlich weichen Brüste an Giselles Knie gebettet. »Wird ziemlich mühsam«, warnte sie. »Mach die Beine ein bisschen breiter, damit ich besser rankomme ...« Beth hatte ein seltsames Glitzern in den Augen, und Giselle wurde ganz heiß. Noch nie war sie in einer Situation gewesen, in der ihre Genitalien von einer anderen Frau aus nur ein paar Zentimetern Entfernung beäugt wurden. Vorsichtig ergriff Beth eine einzelne Locke, glättete sie sanft, fädelte sie durch eine Paillette und verdrehte das Ende der Locke, damit sie hielt. Ihre Bewegungen waren gleichmäßig und präzise. Niemand hatte sich Giselles intimstem Bereich bisher so ausführlich und aus solcher Nähe gewidmet, von William einmal abgesehen, wenn er sie leckte.

Giselle ließ die Gedanken schweifen.

»Das macht Spaß«, sagte Beth. »Und es ist witzig, musst du zugeben …«

Giselle schaute hinunter und sah zu, wie die Pailletten allmählich in ihren Schamhaaren verteilt wurden und bei jeder kleinsten Bewegung das Licht auffingen. Ihre Beine waren weit gespreizt, ihre Schenkel hießen Beth willkommen. Das Spektakel war faszinierend. Beth arbeitete mit akribischer Genauigkeit, streute hin und wieder eine Perle zwischen die Pailletten ein; eine wahre Meisterin ihres Fachs.

Die gefährliche Nähe von Beths Gesicht an Giselles Öffnung ließen deren Gedanken in verwirrende Richtungen wandern.

»Ich glaube, das reicht.« Beth erhob sich und blickte bewundernd auf ihr Werk. Giselles dunkles Schamhaar glich nun einem bizarren Sternenhimmel. »Besser krieg ich's nicht hin.« Sie strahlte vor Zufriedenheit.

»Ja, ja, das ist genau richtig. Fantastisch«, rief Sebastian, als die beiden Frauen herauskamen. »Sogar besser, als ich es mir vorgestellt habe.« Er hantierte erneut an den Scheinwerfern, während Giselle und Beth die ihnen nun zugewiesenen Stellungen einnahmen, beide der Staffelei zugewandt, einen Arm um die Taille der anderen gelegt, wie zwei nach einem Auftritt erschöpfte Ballerinen, nach Luft schnappend, die Münder halb geöffnet, ein wenig unsicher und schwankend. Für einen unwissenden Beobachter hätte es aussehen können wie eine verzerrte und leicht obszöne oder provokative Variante eines Degas-Entwurfs, bei dem das Licht, das auf ihre Körper gerichtet war, Beths nun glühende Nippel und das künstliche Feuer auf Giselles Venushügel hervorhob, ihre Gesichter aber eher im Schatten beließ. Sebastians Pinsel raste über die Leinwand, um hastig das Bild festzuhalten, das er endlich komponiert hatte, und für später die Grundzüge in Farbe und Kohle festzuhalten, bevor sie verblassten.

Er arbeitete zügig und konzentriert, nachdem die Anordnung seiner Modelle zu einem *tableau vivant* endlich seinen Vorstellungen entsprach. Als er mit dem Rohentwurf des Bildes fertig war und die Modelle nicht mehr brauchte, war es draußen im Garten und im dichten Wald auf der anderen Seite des Flusses noch hell. Giselle zog sich um und bemerkte bei einem Blick aus dem Fenster in der Ferne ein schwimmendes Paar. Das Wasser im Fluss war grau-grün. Sie hatte Beths Angebot abgelehnt, die Pailletten und Perlen aus ihren Schamhaaren zu entwirren. Jetzt wollte sie nur noch nach Hause zu William, voller Neugier, wie er auf die seltsamen Verzierungen an ihrem Unterleib reagieren würde.

Zu Giselles großer Enttäuschung war William nicht in der Wohnung, als sie eine Stunde später zurückkam. Er hatte ihr eine Notiz hinterlassen, dass er für höchstens drei Tage fort müsse, da ihm aus heiterem Himmel Arbeit von den Organisatoren des Balls angeboten worden sei. Sie bräuchten Skizzen für zukünftige Events, und die Gelegenheit sei zu günstig, um sie sich entgehen zu lassen, entschuldigte er sich. Erst war sie nur überrascht, dann aber verstimmt. War er von der Organisation nach New York geflogen worden, oder hatten sie ihr Hauptquartier anderswo? Sie dachte daran, wie sich andere Frauen in der Villa in den Hamptons um ihn geschart hatten, an das wilde Glitzern in seinen Augen, das sein offensichtliches Interesse verriet und ebenso zu dem Mann in ihm gehörte wie zu dem distanzierten Künstler, als der er sich in Anwesenheit weiblicher Schönheit gab.

Einsam und verlassen in der Wohnung im Quartier Latin, ging Giselle auf, dass sie in ihrer Eile, zu William zu kommen, ganz vergessen hatte, Beth nach ihrer Telefonnummer zu fragen.

Sie knabberte an ein paar Schinkenscheiben aus dem Kühlschrank, machte sich ein Sandwich, griff nach irgendeinem Buch, war aber unfähig, sich darauf zu konzentrieren. In ihrem Kopf herrschte Leere, und ihr fiel ein, dass sie nach dem Modellstehen nicht geduscht hatte. Sie stand auf, ließ das Buch auf derselben Seite geöffnet liegen, über der sie viel zu lange in Tagträumen versunken gewesen war, und ging ins Bad. Nachdem sie sich ausgezogen hatte, betrachtete sie sich in dem hohen Spiegel, musterte die lange, klare Silhouette ihres Körpers, die Trockenheit ihrer vollen Lippen, an denen jetzt kleine Brotkrümel klebten, das schmale, schattenhafte Tal zwischen ihren Brüsten, den unheimlichen Glanz ihrer ebenholzschwarzen Haare, der Männer immer Bemerkungen entlockte, die raue Struktur ihrer Nippel, die konvexe Senke ihres Nabels und deren Spiegelbild, den konkaven Venushügel, jetzt auf verrückte Weise von der Vielzahl der Pailletten und Perlen hervorgehoben, die Beth so gekonnt befestigt hatte. Wie Fühler waren ihre geschickten Finger durch Giselles Busch gekrochen und hatten ihren Intimbereich wie einen Weihnachtsbaum geschmückt. Giselle schaute an ihrem Spiegelbild hinab. Das Badezimmer war ohne Fenster, deshalb gab es kein natürliches Licht, und ohne das Kunstlicht von Sebastians sorgfältig platzierten Atelierscheinwerfern glitzerte der billige Modeschmuck nicht mehr, wirkte jetzt kitschig, wenn nicht sogar lächerlich. Vielleicht war es gut, dass William fort war. Er hätte diesen Anblick bestimmt nicht erregend gefunden, sondern vermutlich darüber gelacht, und Giselle hätte sich eher gedemütigt gefühlt.

Sie beschloss, die Pailletten und Perlen später zu entwirren. Zuerst musste sie dringend duschen, die Eindrücke des Nachmittags und die verstörenden Gefühle abspülen, die Beths Anwesenheit und die anfängliche Wirkung in ihr ausgelöst hatten, ihre Möse in so künstlicher Helligkeit erstrahlen zu sehen.

Erst als das heiße Wasser über ihren Körper strömte und der Strahl sich über ihr Gesicht ergoss, erkannte Giselle ihren Fehler, aber da war es zu spät.

Vergeblich versuchte sie, den Schaden zu beheben, nachdem sie die Duschkabine verlassen hatte und sich hastig abtrocknete, doch das Gewirr aus Haaren und Verzierungen war undurchdringlich geworden und zog ihren Busch nach unten. Jeden Knoten einzeln zu lösen war unmöglich, und all ihre Bemühungen machten es nur noch schlimmer. Verzweifelt setzte sie sich auf den Badewannenrand und spreizte die Beine so weit wie möglich, um sich im Spiegel betrachten zu können, sah jedoch, wie fest sich das Lockengewirr und die jetzt stumpfen Pailletten ineinander verflochten hatten. Sie hätte versuchen sollen, das Durcheinander zu entwirren, bevor sie unter die Dusche ging. Wie hatte sie nur so dumm sein können? William würde sich totlachen, wenn er sie in diesem Zustand sah, vermutete sie.

Da gab es nur eines, was sie tun konnte.

Wenn sie jede einzelne Paillette und Perle sorgfältig mit einer Nagelschere abschnitt, würde ihr Schoß hinterher wie ein schlecht abgeerntetes Feld aussehen, das wusste sie. Die Haare würden mit der Zeit wieder üppig nachwachsen, aber bis dahin wäre der Anblick scheußlich.

Sie musste sie komplett abrasieren.

Eine andere Lösung gab es nicht.

Vermutlich würde sie danach wie ein gerupftes Huhn aussehen, aber vielleicht auch nicht. Im Umkleideraum der Ballettschule hatte sie einen flüchtigen Blick auf die Genitalien einiger ausländischer Mädchen erhascht, die ihren Intimbereich aus praktischen Gründen immer rasierten. Der Anblick war ihr seltsam vorgekommen, verstörend, und sie hatte ihn lange nicht vergessen.

In der zweiten Nacht mit William hatte er seinen Kopf mit einem tiefen Seufzer des Behagens in ihrer Möse vergraben und seine Zunge in ihre Falten gebohrt, hatte ihre Locken beiseitegeschoben, ihre Säfte gekostet wie ein Weinkenner den ersten Schluck eines neuen Nektars und gesagt: »Ich liebe deinen dunklen Wald. Ich könnte darin leben.«

Würde er wütend werden, wenn er sie glatt und enthaart vorfand?

Und, wichtiger noch, wie würde sich seine Wut ausdrücken?

Wie grob würde er mit ihr sein?

Wie kreativ würde sein Unmut ausfallen?

Giselle streckte den Arm nach dem Medizinschränkchen aus, in dem ein paar Einwegrasierer lagen.

Sie holte tief Luft.

Wie würde sie ihm die Verwandlung enthüllen? Sich absichtlich zur Schau stellen oder abwarten, dass er ihren neuen Zustand der Nacktheit zufällig im Bett entdeckte?

Ihre Hand zitterte.

Hitze schoss ihr in die Wangen.

Sie riss sich zusammen, schaute hinab auf das Delta zwischen ihren Schenkeln und begann mit ihrer kniffeligen Aufgabe. Aber sofort empfand sie sie nicht mehr als eine lästige Arbeit, sondern spürte einen Schauer der Erregung im ganzen Körper.

Das erste Gewirr aus Pailletten und dunklen Locken fiel auf den Badezimmerboden.

Geschafft! Und sie glich nicht einem gerupften Huhn, wie sie befürchtet hatte. Bei einem Blick auf ihren nackten Schlitz machte Giselles Herz einen Satz. Sie fuhr mit dem Finger zwischen ihre Falten, staunte über die Glätte der Haut. Beinahe so, als hätte sie ein Kleidungsstück abgelegt. Ohne den Mantel ihrer Schamhaare war ihr Venushügel nackt und einladend, permanent zur Schau gestellt. Sie widerstand dem instinktiven Bedürfnis, sich mit den Händen zu bedecken. Selbst als sie allein durch die Wohnung ging, bemerkte sie die Veränderung in der Körperwahrnehmung.

Sie hatte ein Fenster geöffnet, um den beißenden Geruch von Williams Farben loszuwerden, und ein Windhauch, sanft wie ausgestoßener Atem, strich über ihre nackte Haut, wie die zarte Berührung eines forschenden Fingers.

Sie legte sich aufs Bett und schloss die Augen, verarbeitete die neuen Empfindungen, die sie durchfluteten. Kurz war sie enttäuscht, dass man Beth nicht wieder bitten würde, Giselles Busch zu schmücken, zumindest nicht, bis sie ihn nachwachsen ließ. Sie fragte sich, was ihre Freundin von ihrem neuen Stil halten würde. Ob sie schockiert wäre? Wohl kaum. Beth ließ sich nur durch weniges schockieren. Würde es sie vielleicht sogar erregen? Die Vorstellung, wie ihre Freundin auf Giselles glatte Haut hinunterschauen, die Fingerspitze über die Schamlippen und den Venushügel gleiten lassen würde, um zu prüfen, wie gründlich sie sich enthaart hatte, jagte Giselle heftige Schauer durch den Körper. Vielleicht würde Beth ein verirrtes Haar finden, das Giselle entgangen war, und ihr mit der Handfläche sanft auf die Möse schlagen, um sie für ihre Nachlässigkeit zu bestrafen. Oder sie könnte den Rasierer holen und mit der kühlen Klinge erneut über Giselles Haut fahren. Vielleicht sogar ihren Kopf senken und das verirrte Haar mit den Zähnen abbeißen.

Giselles Puls beschleunigte sich, und sie drehte sich auf den Bauch, bewegte die Hüften, drückte ihre nackte Möse an den steifen Stoff der Bettdecke. Das war ihre bevorzugte Stellung, als sie noch bei ihren Eltern gewohnt und sich gedacht hatte, falls jemand sie dabei stören würde, wie sie sich selbst befriedigte, könnte sie einfach erstarren und so tun, als schliefe sie. Da sie immer noch verärgert war wegen Williams Abwesenheit, zog sie ein wenig Befriedigung daraus, ihre nun feuchte, glatte Möse an seiner cremefarbenen Steppdecke mit den erhabenen Stickmustern zu reiben, die sich so fest unter ihrer Klitoris anfühlten, wenn sie sich im richtigen Winkel dagegendrückte. Ihren Platz in seinem Bett zu markieren.

Sie kam mit Leichtigkeit. Wie immer, wenn sie allein war.

Als William schließlich zurückkehrte, war seine Haut gerötet, und er wirkte fiebrig vor Erregung. In seiner Notiz hatte er erwähnt, er sei von den Organisatoren des Balls aufgefordert worden, an Plänen für zukünftige Events mitzuarbeiten. Giselles Neugier kämpfte gegen ihre anderen Emotionen – ihre Einsamkeit und Verärgerung, dass er sie allein gelassen hatte, und die scharfen Zähne der Eifersucht, die an ihrem Herzen nagten. Die Neugier gewann.

»Erzähl mir mehr vom Ball«, bat sie. »Wie waren die anderen Bälle, an denen du früher teilgenommen hast?«

Sie saßen im Schneidersitz auf derselben Bettdecke, auf der Giselle vor zwei Tagen masturbiert hatte, und verzehrten ein improvisiertes Abendessen aus Brot, Käse und Obst.

»Tut mir leid, mein Liebling«, erwiderte er. »Du weißt, dass ich nicht darüber sprechen darf. Jeder, der mit dem Ball zu tun hat, unterschreibt eine Vereinbarung. Wir dürfen noch nicht mal untereinander darüber reden.« Er schwieg eine Weile. Giselle verstand die Unterbrechung des Gesprächs als Innehalten. Schweigen hat zwischen Liebenden genauso viel Bedeutung wie Worte, und sie merkte an der Art seines Atmens und seiner steifen Haltung, die Hand mit der Traube halb zum Mund erhoben, dass er weitersprechen würde, wenn sie wartete.

»Na ja, ich nehme an, wenn ich nicht zu sehr auf Einzelheiten eingehe …« Er verstummte, steckte die Traube in den Mund und strich mit der Fingerspitze über Giselles Schlüsselbeine. »Sie machen die unglaublichsten Dinge mit Licht. Das ist wie Zauberei. Einem ihrer Kostümbildner ist es gelungen, mit Stoff etwas einzufangen, das ich manchmal mit Farbe zu erreichen versuche. Ich weiß nicht genau, wie ... die Kostüme der Tänzer sind oft aus diesem Zeug gemacht, das aussieht wie vom Nachthimmel geholt. Wie ein Gemälde von van Gogh. Als ob das Licht mit ihnen tanzt. Du würdest wundervoll in so einem Kostüm aussehen. Vielleicht male ich dir so ein Gewand auf den Körper.«

»War es eine Probe? Hast du sie tanzen sehen?«, fragte sie ihn.

»Ich habe sie improvisieren sehen. Gut möglich, dass sie sich noch gar nicht auf den endgültigen Ablauf des Balls geeinigt haben, und alle ernsthaften Proben finden im Geheimen statt. Beinahe so, als ginge es um eine Geheimdienstoperation ...« Er lachte. »Aber ich nehme an, auf diese Weise schaffen sie es, dass alle so begierig darauf sind, daran teilzunehmen. Sie veranstalten diese Feste schon seit Jahrhunderten, weißt du. Selbst die Kostüme wurden mir nur gezeigt, weil ich vielleicht die Kulissen malen soll. Sie wollten, dass ich diesen Stoff sehe, der die Tänzer wie Sterne funkeln lässt ...« Er hatte wieder diesen abwesenden Ausdruck in den Augen, als reiste er in Gedanken immer noch mit dem Ball.

Giselle legte Brot und Käse auf den Teller zurück. Ihr war der Appetit vergangen. Sie sah die Tänzer vor ihrem inneren Auge so deutlich, als träten sie direkt vor ihnen auf. Eine Truppe junger Frauen, alle mit dem ekstatischen Ausdruck, den Giselle auf den Gesichtern der Partygäste in der Villa in den Hamptons gesehen hatte. Alle waren wunderschön, daran zweifelte sie nicht. Die Körper fest und geschmeidig, die Haut schimmernd, die Augen strahlend vor Leidenschaft, die so natürlich in den Menschen aufflammt, wenn sie das tun, was sie lieben, und wissen, dass sie es gut machen. Und unterschwellige Begierde. Giselle vermutete, dass alle, die mit dem Ball zu tun hatten, Erotik zu schätzen wussten, eine natürliche Neigung zum Libidinösen besaßen sowie den Mut, Pfade zu betreten, vor denen andere zurückschreckten.

Die gleichen Gedanken, die sie schon vor Williams Abreise geplagt hatten, kehrten zurück und stoben wild durcheinander. Sie konnte nicht klar denken, kam sich wie besessen vor. Plastische Bilder der Tänzerinnen zogen vor ihrem inneren Auge in Endlosschleife vorbei. Statt ihre Schritte zu verfolgen, ihre in den silbrigen Kleidern schimmernde Gestalt, sah Giselle, wie sie sich entkleideten. Die Frauen drehten Pirouetten, eine nach der anderen, wirbelten immer schneller herum wie Derwische, bis die Röcke von ihren Waden zu den Hüften hochflogen und dann höher, nackte Bäuche, Brüste, bloße Kehlen enthüllten, als die Gewänder in die Luft hinaufschwebten, hoch hinauf und fort, und sie nackt weitertanzten, während William von seinem verborgenen Platz verzückt zuschaute.

»Ist was mit dir, Liebling? Du bist so blass geworden. Möchtest du ein Glas Wasser?«

Giselle blickte auf ihre Hände; sie zitterte.

Sie hatte einen trockenen Hals, brachte kein Wort heraus. Sie nickte.

William stand vom Bett auf und eilte in die Küche. Er füllte ein Glas mit Leitungswasser und reichte es ihr.

Während sie trank, versuchte Giselle, ihre Nerven zu beruhigen, doch es gelang ihr nicht. Sie konnte an nichts anderes als die Tänzerinnen denken. Wie gut sie tanzen, wie schön sie sein mussten. Sie verachtete sich dafür, sie zu hassen. Stets hatte sie geglaubt, Neid und Eifersucht wären Gefühle für Schwache, und nun war sie selbst ganz vergiftet davon.

William setzte sich neben sie und tätschelte ihr den Rücken, als wäre sie ein Kind. Plötzlich wurde ihr bewusst, dass er ihr seit der Heimkehr kaum mehr als einen raschen Kuss auf die Lippen gedrückt hatte. Hier saßen sie nebeneinander im Bett, aßen zusammen Brot und Käse wie ein altes Ehepaar. Hätte sie ihm nicht so sehr fehlen müssen, dass er sie augenblicklich ficken wollte, sobald er zur Tür hereinkam?

Oder hatte er in den letzten paar Tagen schon genug Frauen gehabt? Alle bestimmt viel aufreizender, viel attraktiver als Giselle. Sie wusste zwar nicht, welche sexuellen Tricks sie als Teil ihrer Anstellung beim Ball gelernt haben mochten, doch nach den Aktivitäten zu schließen, die sie beim Ball in Amerika gesehen hatte, konnte sie es sich vorstellen.

»Wie waren sie?«, fragte sie. »Diese Frauen.« Ein säuerlicher Ton hatte sich in ihre Stimme geschlichen, den sie am liebsten unterdrückt hätte, aber es war zu spät, die Worte waren bereits ausgesprochen.

Er starrte sie an. »Sie waren genau das, was man von Tänzerinnen erwarten würde, die für den Ball arbeiten, denke ich.«

»Schön?«, mutmaßte sie. »Die besten Tänzerinnen der Welt, nehme ich an.«

»Nun, ja«, erwiderte er. »Geht es darum? Du weißt, was meine Arbeit beinhaltet. Und ich sehe die Tänzerinnen nicht so … Ich weiß, es ist schwer für dich, das zu verstehen, aber wenn ein Modell vor mir steht, ist es für mich kein Körper im sexuellen Sinn. Es ist ein Medium für Licht, Ausdruck, Kunst.«

»Wie siehst du mich dann? Ich muss das eine oder das andere sein. Bin ich Kunst oder keine Kunst? Nicht schön genug, um mich zu malen, oder zu schön, um mich zu ficken?«

William ging nicht auf ihre Frage ein, was Giselle nur bestätigte, dass sein Argument auf tönernen Füßen stand. Er streckte die Hand zum Nachttisch aus und kramte in der Schublade nach seinen Zigaretten.

»Muss das sein?« Giselle hustete, als er einen Zug nahm und Rauch aufstieg.

Williams Hand erstarrte. Er hatte Asche von seiner Zigarette auf den nun leeren Teller zwischen ihnen schnippen wollen. Giselle hatte sich zuvor nie über sein Rauchen beschwert.

»Ich kann rausgehen, wenn du möchtest«, erwiderte er mit

einem Blick zum Fenster. »Die Nacht ist warm. Ich hätte nichts gegen einen Spaziergang nach dem langen Sitzen.«

Er stemmte sich hoch und griff nach seinem Jackett, dem senffarbenen aus Tweed mit den Lederflecken auf den Ellbogen. Sie konnte es nicht ausstehen.

»Aber du bist doch gerade erst angekommen«, fauchte Giselle.

»Du hast mich gerade gebeten, zu gehen.«

»Ich hab dich nicht gebeten, zu gehen. Ich habe dich nur gebeten, keine Zigarette anzuzünden, weil ich sonst husten muss.«

»Vergiss es«, brüllte William los. »Das hier ist meine Wohnung, verdammt. Ich rauche, wo immer es mir zum Teufel noch mal passt!«

Er nahm den Teller und das Glas und pfefferte sie ins Spülbecken. Dann kam er mit langen Schritten zum Bett zurück, nahm seine Zigarettenschachtel, zog das Jackett über und steckte das Feuerzeug in die Tasche.

»Bis später.«

Sein Ton hatte etwas Endgültiges, das keinen Widerspruch duldete.

Giselle starrte ihn mit offenem Mund an.

William verließ das Zimmer und knallte die Tür so fest hinter sich zu, dass die Fensterscheiben klirrten.

Sie stand auf und öffnete die Küchenschränke, bis sie eine seiner Schnapsflaschen fand. »Remy Martin« stand auf der Flasche, und sie wusste, dass er teuer war, weil William ihn selten trank und immer ein gewisses Ritual dazugehörte. Neben der Flasche stand das Glas, das er bei diesen Gelegenheiten benutzte, ein dickes und schweres aus geschliffenem Kristall. Giselle nahm beides heraus, setzte sich auf den Boden, den Rücken an die Schranktür gelehnt, und schenkte sich großzügig ein. Das Geräusch der in das Glas strömenden Flüssigkeit besänftigte sie, genau wie der Gedanke, dass William sich über sie ärgern könnte, wenn er den Alkohol in ihrem Atem roch. Er wusste, dass sie keine große Trinkerin war und ebenso gut ein Glas von dem Rotwein hätte nehmen können, der bereits offen war, daher konnte ihre Cognactrinkerei nur eine kleinliche Form der Rache sein.

Der Cognac wärmte sie und schmeckte nach Honig. Sie schenkte sich nach.

Ihr Kopf sank zurück gegen die Schranktür, und sie streckte die Beine aus. Aber als sie gerade spürte, wie ihre Wut und Gereiztheit abebbte, versetzte ein anderes Bild von William ihr einen Stich. Seine Hand auf einem unbekannten Schenkel. Seine Zunge, die über einen Nippel glitt, rosa und hart. Seine Hände in einem Schopf blonder Haare vergraben.

Giselles Eifersucht war wie ein Nagelbrett. Ganz gleich, wohin sie ihre Gedanken zu lenken versuchte, immer war da eine Nagelspitze, die sie stach.

Da es ihr nicht gelang, zur Ruhe zu kommen, egal, wie viel Cognac sie auch trank, erhob sie sich und begann die Wohnung nach weiteren Bildern von William zu durchsuchen. Sie hatte sich immer gefragt, warum er so wenige hier in der Wohnung und in seinem Atelier aufbewahrte. Irgendwo musste es mehr geben, nahm sie an, er konnte sie nicht alle verkauft oder eingelagert haben. Vielleicht hatte er sie vor ihr versteckt.

Sie ging auf Hände und Knie und kroch unter das Bett, hob die Matratze an, zog Bettzeug aus dem Wäscheschrank und stöberte zwischen den Handtüchern, schob in der Küche Töpfe und Pfannen beiseite, suchte nach – nach was? Nach Beweisen, dass er sie nicht so sehr liebte, wie er behauptete?

Nachdem sie die ganze Wohnung auf den Kopf gestellt und nichts gefunden hatte, wandte sie sich schließlich der Nachttischschublade auf seiner Seite des Bettes zu, in der er die Zigaretten aufbewahrte. Unter ein paar leeren Feuerzeugen, verstreuten Filtern und Blättchen, einigen Hemdknöpfen fand sie ein Skizzenbuch. Sie zog es heraus, setzte sich aufs Bett und blätterte die Seiten durch.

Fast jedes Bild zeigte Giselle. Er hatte sie in unzähligen verschiedenen Arten gezeichnet. Auf dem ersten war sie nackt und drückte eine dornige Rose an die Brust, ihr Mund schmerzverzerrt. Auf einem anderen war sie der strahlende Mittelpunkt einer Orgie, ihre Miene erhaben wie die einer Madonna im Gebet, während ein gesichtsloser Mann, nur als Körper gezeichnet, sie von hinten bestieg. Es gab eine ganze Serie von ihr als Jeanne, Arme und Beine weit geöffnet und einladend, trotz der fesselnden Ketten. Mehrere zeigten sie, wie sie beim Ball gewesen war, nackt unter ihrem hauchdünnen Gazegewand. Das neueste Bild war noch nicht ganz fertig und musste auf dem Rückflug entstanden sein, während sie geschlafen hatte. Sie befand sich in einer Gruppe von Tänzerinnen, die einzige, die vollständig ausgeführt war. Er hatte sie nackt vor dem Nachthimmel dargestellt, die Arme ausgestreckt, als griffe sie nach den Sternen und könnte sie mit den Händen aufschaufeln. Ihre Lippen waren voll, die Mundwinkel neigten nach oben, ihre Augen waren geschlossen, wie in Erinnerung an einen Kuss.

Schlagartig kehrte sie in die Realität zurück, als sie den Schlüssel im Türschloss hörte. Sie schaute auf das Glas, das jetzt umgekippt neben der noch geöffneten Cognacflasche lag. Die Wohnung sah aus wie nach einem Einbruch. Leintücher lagen aufgehäuft dort, wohin Giselle sie geworfen hatte, Schranktüren standen offen, und die Arbeitsflächen waren bedeckt mit allem, was sie von den Borden gezogen hatte, um dahinter suchen zu können. Jetzt war es zu spät, viel zu spät, das Skizzenbuch in die Schublade zurückzulegen und so zu tun, als hätte sie nicht herumgeschnüffelt.

William hängte sein Jackett an den Haken und setzte sich

neben sie aufs Bett. Er sah sich um. Giselle wartete auf seine Reaktion. Sie hielt das Skizzenbuch umklammert wie ein Dieb seine Beute, völlig erstarrt.

»Du warst fleißig, wie ich sehe«, sagte er schließlich. Mit den Fingerspitzen drehte er ihr Kinn zu sich, küsste sie sanft und nahm ihr das Buch aus den Händen. Er schmeckte nach Zigaretten, aber nicht nach Alkohol. Wo auch immer er in den letzten paar Stunden gewesen war, eine Bar war es nicht.

»Es … es tut mir leid«, sagte sie.

»Da gibt es nichts, was dir leidtun müsste«, erwiderte er. »Ich hätte dir mehr Aufmerksamkeit schenken sollen. Wonach hast du in den Bildern gesucht? Nach dir? Oder nach anderen?«

»Ich weiß nicht.« Giselle hielt inne, dachte nach. »Ich wollte verstehen, wie du mich siehst. Und wie du andere siehst«, gab sie zu. »Die Frauen auf dem Ball. Sie waren so schön.« Sie machte sich von ihm los, beschämt über ihre Unsicherheit. »Ich bin nicht wie sie. Ich meine nicht ihre Schönheit, sondern ihre Ungezwungenheit, die Freude in ihren Gesichtern. Das habe ich nicht. Ich bin verschlossen, irgendwie. Das ist der Grund, warum ich nie besser tanzen konnte, wie sehr ich es auch versucht habe. Ich kann nur arbeiten, aber nicht loslassen. Immer einen Fuß fest auf dem Boden, nie in den Sternen. Die anderen Mädchen – sie flogen.« Sie runzelte die Stirn. Wenn sogar sie ihre Gedanken und Emotionen nicht ganz verstand, wie sollte sie sie dann William erklären?

»Oh, aber du irrst dich, mein Liebling. Schau dich an.« Er blätterte durch die Seiten, zeigte immer wieder auf das Gesicht, das er zu ihrem Körper gezeichnet hatte. Doch Giselle sah den Ausdruck, den William gemalt hatte, nicht als ihren, sie hatte ihn nur an den anderen gesehen. Sie antwortete nicht.

»Würdest du es anders empfinden, wenn es Fotos wären? Statt Zeichnungen?«

»Na ja … vielleicht.«

In Wahrheit war ihr bewusst, dass das Gift, das ihr zusetzte – und ihre Eifersucht kam ihr vor wie ein Gift, das durch ihre Adern rann, glühend heiß, ekelerregend –, viel tiefer ging und sich nicht auf die Oberfläche ihrer äußeren Erscheinung beschränkte. Aber sie hatte Angst, William zu verlieren, und war bereit, allem zuzustimmen, was er vorschlug, um die Dinge wieder ins Lot zu bringen.

»Ich kenne da einen Fotografen. Einen sehr guten. Würdest du für ihn Modell stehen? Vielleicht mit mir? Und dann wirst du sehen, wie ich dich sehe. An einem Foto ist nichts zu deuten.«

Seine Augen glühten, baten um ihre Zustimmung.

»Ja«, sagte sie. »Ja, ich mach's.«

Er zog sie an sich, und sie fielen zusammen aufs Bett zurück. Giselles Gefühle veränderten sich in diesem Moment der Nähe. Was sich als Mischung aus Wut und Schmerz in ihr gewunden hatte wie eine vielköpfige Schlange, wandelte sich zu einem explosiven Cocktail der Erregung. Sie wollte ihn jetzt in sich haben, mehr denn je. Ihr Verlangen ging weit über jedes Bedürfnis hinaus. Sie verzehrte sich nach ihm, brauchte ihn.

Erst als William ihre Jeans aufknöpfte und hinunterzog, fiel Giselle ihre Haarlosigkeit ein. Sie hielt den Atem an, wartete auf seine Reaktion, als er ihren jetzt kahlen Venushügel freilegte.

Einen Moment lang, der Giselle wie eine Ewigkeit vorkam, hielt William inne und schwieg. Dann senkte er den Kopf und leckte sie, langsam, ließ die Zunge zuerst durch ihren Schlitz gleiten und dann über ihre jetzt glatte Haut.

»Gefällt es dir?«, flüsterte Giselle. Sie konnte sein Gesicht nicht sehen, daher kam es ihr seltsam vor, etwas zu sagen, als spräche sie mit sich selbst.

William kam hoch, um sie anzuschauen. Er schloss sie in die Arme, drückte sie fest an sich.

»Ich liebe dich. Alles an dir.« Er küsste sie erneut. »Ich habe deinen dichten Busch geliebt. Aber ich liebe deine Möse auch in dieser Form.« Er fuhr mit den Fingerspitzen über ihren Schoß. »So glatt ... ich kann es kaum erwarten, dich so zu malen. Deine Möse wird das Licht vollkommen anders reflektieren.«

»Wirklich? Ich hatte Angst, du würdest es abstoßend finden.«

»Ich finde nichts an dir abstoßend, Giselle, und das hier am wenigsten.«

Er glitt wieder an ihrem Körper hinunter und liebkoste ihren Schoß mit seinem Mund, erforschte jeden Millimeter von ihr, als liebten sie sich zum ersten Mal.

Mandel, der Fotograf, hatte eine Villa in Deauville, die er für seine kommerziellen Modeaufnahmen nutzte, aber auch als Landhaus, um der Hektik seines Alltags in Paris zu entfliehen.

Mandel sprach in Halbsätzen, stellte Giselle eine Frage und beantwortete sie dann gleich selbst, bevor sie auch nur den Mund aufmachen konnte. Die Bar, hinter der er stand, nahm die ganze Länge des Salons ein, im rechten Winkel zu einer breiten Fensterfront, die auf einen sorgfältig gemähten Rasen und den Pool hinausging.

»Zucker? Nein, ich glaube nicht.«

Giselle saß stumm da und sah zu, wie er Flaschen aus einem Getränkeschrank nahm, sie wie Jonglierstöcke in die Luft warf und wieder auffing, bevor er sie aufschraubte und etwas in den Cocktailshaker goss. Seine Arroganz nervte sie bereits, und doch fand sie ihn unbestreitbar anziehend in seinem weißen Hemd mit offenem Kragen, dem locker gebundenen marineblauen Halstuch und der schmalen marineblauen Hose mit den scharfen Bügelfalten. Er trug dandyhaft spitze beige Schuhe mit weißem Rand und Manschettenknöpfe aus schwerem Silber, die gegen den Cocktailshaker klirrten, während er ihn schüttelnd hob und senkte.

Sie saß in einer Ecke des weißen Ledersofas, das ihr zu sauber und glänzend war, um sich vollkommen entspannen zu können. William war auf die Toilette gegangen und inzwischen seit mehr als einer Viertelstunde verschwunden.

»Wahrscheinlich schaut er sich die Arbeiten für meine Ausstellung an«, erklärte Mandel, als könne er Giselles Gedanken lesen. »Ich habe die Fotos gerade oben aufgehängt.«

Er reichte ihr einen Kaffee in einem Martiniglas, aufgefüllt mit einem Schuss Rum, kunstvoll dekoriert mit einem Klacks Sahne auf einer Seite des Glases. Zwei Kaffeebohnen schwammen obenauf. Ein Minzblatt steckte in der Sahne, über den Rand drapiert wie die Feder an einem Hut.

Giselle hörte Schritte auf der Treppe hinter ihnen.

»Ah, hervorragend! Du hast meine bezaubernde Assistentin schon kennengelernt«, sagte Mandel. »Und, Flick, ich sehe, du hast keine Zeit verschwendet, dich für die Aufnahme fertig zu machen.« Er schaute zu Giselle, deren Blick auf die Frau gerichtet war, die vor William die Treppe hinunterkam. Sie war vollkommen nackt, bis auf ein Paar blau-grüner Highheels und einem Kopfschmuck aus Pfauenfedern, der ihr Gesicht umrahmte und im Stil eines Las-Vegas-Showgirls hoch in die Luft ragte. Giselles Blick wurde unwillkürlich von Flicks Möse angezogen, die genauso nackt war wie ihre.

»Giselle, das ist Flick. Flick, das ist Giselle.« Die Frau stöckelte zum Sofa und streckte ihr die Hand hin. Ihr Auftreten war unverhohlen maskulin, obwohl sie offenkundig weiblich war, der Anatomie, wenn auch nicht dem Selbstverständnis nach. Giselle stand zur Begrüßung instinktiv auf. Sie war mindestens einen Kopf größer als Flick, die in allem winzig wirkte, spindeldürr war, fast ohne Rundungen, beim Gehen aber einen übertrieben weiblichen Hüftschwung zeigte. Flick war die perfekte Mischung aus männlich und weiblich, wie ein Elf, der nach Belieben jedes Geschlecht annehmen und jederzeit zwischen beiden hin und her wechseln konnte. An ihrem kurzen Haar, den hohen Wangenknochen und den vollen Lippen war leicht zu erkennen, warum Mandel sie gern fotografierte.

Giselle hatte jedoch nicht erwartet, dass noch jemand hier sein würde, und war ziemlich verblüfft über die Anwesenheit der anderen Frau.

»Gib dem Mädchen noch was zu trinken«, röhrte Flick mit starkem Südstaatenakzent. »Die ist ja steif wie ein Brett!« Ihre Stimme wirkte viel zu laut für ihren winzigen Körper. Sie nahm Giselle an der Hand und zog sie zur Bar hinüber. »Was hättest du gern?«, fragte sie. »Rum, Tequila? Was Fruchtiges? Was Saures? Mandel, wo ist dieses Beerenzeug zum Mischen?«

»Schau in den Kühlschrank«, erwiderte Mandel. Flick drehte ihm den Rücken zu, um den Kühlschrank zu öffnen, und Mandel starrte unverblümt auf ihren Hintern, der, wie Giselle zugeben musste, erfreulich fest und knackig war.

Flick wuselte hinter der Bar herum, öffnete Flaschen und roch am Inhalt, schob sie beiseite und suchte nach einer anderen. Schließlich drückte sie Giselle einen weiteren Drink in die freie Hand, diesmal in einem hohen, schlanken Glas, gefüllt mit einer knallroten, eiskalten Mixtur.

Sie beugte sich zu Giselle vor und öffnete ihr dreist den obersten Knopf der Bluse. Giselle merkte, dass Flick bereits angetrunken war, und sie begriff schnell, wieso. Das fruchtige Getränk, das sie gemixt hatte, war stark wie Raketentreibstoff.

»Ich hole meine Kamera«, verkündete Mandel und rannte die Treppe hinauf, immer zwei Stufen auf einmal nehmend.

William stand unbehaglich vor dem Sofa und betrachtete die beiden Frauen. »Tut mir leid«, formte er lautlos mit den Lippen an Giselle gewandt, ein verlegenes Lächeln im Gesicht.

Giselle löste sich von Flick und ging zu ihm, wobei sie bemerkte, dass sie bereits unsicher auf den Füßen war.

Er zog sie an sich und küsste sie auf die Wange. »Macht's dir was aus?«, flüsterte er. »Ich wusste nicht, dass sie hier sein würde.«

»Ist schon gut«, erwiderte Giselle. Sie nahm einen weiteren großen Schluck von dem Drink und zuckte zusammen. Die eisige Kälte stach in ihre Nervenenden, als krallte sich Väterchen Frost in ihr Gehirn.

Flick schlenderte auf sie zu. Sie hielt einen Cocktail in jeder Hand und reichte einen an William weiter. »Runter damit, Mister!«, sagte sie, bückte sich, öffnete die Riemchen ihrer Highheels und schleuderte beide von sich. Während sie sich hinabbeugte, kippten ihre kleinen Brüste nach vorn, die Nippel stolz aufgerichtet.

Giselle leerte ihr Glas. Sie hätte gern über Flicks Nippel gestrichen, sie mit den Fingerspitzen gestreift und hart gemacht. Flicks Dreistigkeit, ihre Selbstsicherheit hatten etwas überwältigend Sexuelles.

Mandel kam mit seiner Kamera zurück. »Ich wollte das eigentlich im Studio machen«, sagte er. »Die Aufnahmen von euch als Paar, um die du mich gebeten hast … Aber wenn's dir nichts ausmacht, William, fange ich hier an. Die beiden Mädchen sind so wunderbar, und das Licht durch diese Fenster ist umwerfend.«

Leicht gereizt registrierte Giselle, dass er seine Frage an William gerichtet hatte, als wäre sie nur eine seiner Marionetten und würde jede Haltung einnehmen, die er anordnete, wie jedes andere Modell, obwohl es sich hier im eigentlichen Sinne nicht um bezahltes Modellstehen handelte. Deswegen waren sie nicht hergekommen. Aber die Cocktails hatten zu wirken begonnen, und Mandel hatte eine Platte aufgelegt – sie kannte die Musik nicht, doch der Beat war eindringlich und brachte sie dazu, ihre Sorgen zu vergessen und sich im Rhythmus zu wiegen.

»Lass uns tanzen«, flüsterte Flick Giselle zu, so nahe an deren Ohrläppchen, dass ihr Flüstern auch ein Kuss hätte sein können.

Flick griff nach Giselles Händen und legte sie sich auf Schulter und Taille in Paarstellung, mit Giselle als Führender. Während sie durch den Raum wirbelten, mussten sie beide über die Absurdität ihrer unterschiedlichen Größe lachen. Mandel wieselte geduckt um sie herum und nahm sie aus jedem Blickwinkel auf, kam näher und schoss davon wie eine lästige Mücke. Wenn er nicht so gut aussähe, dachte Giselle, wäre er unerträglich. Andererseits wäre er vielleicht ein sympathischerer Mensch, wenn sein Äußeres weniger ansprechend wäre.

Noch zweimal wirbelten und drehten sie sich durch den riesigen Salon, beobachtet von den Männern, bis Flick sie schließlich zum Sofa zog, auf das sie sich gemeinsam neben William fallen ließen.

»Lieber Himmel«, keuchte Flick. »Du bist fitter als ich.« Giselle wehrte das Kompliment ab, insgeheim aber fühlte sie sich doch geschmeichelt. Sie achtete sehr auf ihren Körper.

Sie wandte sich zu William, doch bevor sie etwas sagen konnte, hockte Flick über ihr und fummelte an den restlichen Knöpfen der halb offenen Bluse herum. »Du hast viel zu viel an, Mädchen«, sagte sie mit dramatischem Schmollen. »Ich komme mir hier ganz fehl am Platz vor.«

Nun ja, es war warm, und sie hatte damit gerechnet, nackt fotografiert zu werden. Giselle schlüpfte aus ihrem Rock und dem Höschen, hob vorsichtig die Hüften an und schob den Stoff unter Flicks Beinen hindurch, die rittlings über ihr aufragte.

»Nein«, unterbrach Mandel, »lass ihre Bluse an. Und William … mach mit, Mann! Oder geh weg. Du kannst nicht einfach nur so neben ihnen sitzen, du wirkst wie ein Fremdkörper.«

William stemmte sich hoch, und Flick hakte ihre Finger in seinen Hosenbund, um ihn wieder hinunterzuziehen.

»Du hast doch nichts dagegen, oder?«, sagte sie zu Giselle, lehnte sich hinüber und drückte ihre Lippen auf Williams, zwang ihn zu einem Kuss. Flick rieb ihre Möse an Giselles, als ritte sie einen Schwanz. Mandel umrundete sie, suchte nach einer Lücke, damit er eine vernünftige Aufnahme machen konnte.

»Könnt ihr nicht rüberrutschen? Näher zu den Fenstern? So krieg ich nichts Ordentliches zustande«, murmelte er. »Flick, nimm sie beide mit dorthin, ja?« Er deutete auf eine Stelle am Boden, auf die gesprenkeltes Sonnenlicht fiel. »Ich fülle inzwischen die Drinks nach.«

Sofort sprang Flick auf und zog ein Schaffell, das über die Sofalehne drapiert war, auf den Boden. Sie nahm ihren Kopfschmuck ab, legte ihn auf den gläsernen Couchtisch und schüttelte ihr kurzes Haar so heftig aus wie ein Hund, der gerade aus dem Wasser sprang.

»Los, ihr beiden«, rief sie. »Lasst uns zur Sache kommen.«

5

EIN KRANZ AUS LICHT

Der Morgen graute.

Giselle öffnete die Augen nur halb und war im ersten Moment völlig orientierungslos, hin und her gerissen zwischen Halbschlaf und der Verheißung des neuen Tages. Sie schwebte. Schwebte?

Das friedliche Plätschern aus dem Swimmingpool drang allmählich in ihr Bewusstsein. Blau überflutete ihre Sinne, als Licht in ihre Augen strömte. Sie lag bäuchlings auf einer grellrosa Luftmatratze und trieb auf dem Wasser, eine zarte Brise liebkoste ihre bloßen Pobacken. Sofort war ihr klar, dass sie bei der kleinsten Bewegung kurzerhand kentern würde. Sie hielt die Luft an, versuchte, ihr unsicheres Gleichgewicht zu halten und sich zu beruhigen.

Wie war sie im Swimmingpool gelandet? Jemand musste sie auf diese wacklige Unterlage befördert und vom Rand abgestoßen haben. Während sie schlief?

Nach und nach kehrten immer deutlichere Erinnerungen an die vergangene Nacht zurück. Eigentlich hätte sie demnach mitten in einem Wirrwarr aus Körpern aufwachen müssen. Aber sie war allein, lag ausgebreitet auf dieser Matratze und dümpelte in der Stille vor sich hin.

Vorsichtig hob sie den Kopf und blickte sich um. Sie konnte gerade eben über die Ränder des Swimmingpools schauen und sah in einiger Entfernung nur ein paar dunkle Büsche und, wenn sie den Kopf drehte, die Pergola aus Glas und Metall, unter der sie zu Anfang, wie ihr jetzt einfiel, Sex mit dem Fotografen gehabt hatte, berauscht von der schieren Wollust des Augenblicks und, gewissermaßen, unter Gruppenzwang.

Neben Flick, die dasselbe mit William gemacht hatte.

Allmählich dämmerte Giselle, wo sie war. Im Landhaus des Fotografen – wie hieß er doch gleich? Ach ja, Mandel ... In Deauville.

Wo um alles in der Welt steckte William?

Hatte er sie etwa im Stich gelassen? Das konnte nicht sein. Das verblüffende Bild, wie sein bärenhafter Körper die dürre Flick umarmte, sie beinahe erdrückte, das Gesicht der kleineren Frau ein Abbild der Lust, während sie ihn anfeuerte, schoss Giselle blitzartig durch den Kopf. Hinzu kam, dass sie, Giselle, nicht protestiert und das sich entfaltende Schauspiel ihres Liebhabers mit einer anderen völlig fasziniert aus den Augenwinkeln beobachtet hatte, während Mandel sie gleich nebenan eifrig beackerte, wobei sie seltsam losgelöst, äußerst neugierig und alles andere als gleichgültig gewesen war.

Bei der Aussicht, allein nach Paris zurückzufahren, überkam Giselle ein Anflug von Panik. Sie hatte sich bereit erklärt, am späten Nachmittag im Blumenladen eine Doppelschicht einzulegen, und war fast ohne Bargeld mit an die Küste gekommen; jedenfalls hatte sie nicht genug für das Zugticket bei sich. Wie hatte er ihr das antun können? Freya würde stinkwütend sein.

Behutsam tauchte sie die Hände ins Wasser und versuchte, so gut es ging, zum Beckenrand zu paddeln, ohne dass die Luftmatratze kippte. Sobald sie dort war, fiel es ihr ebenso schwer, abzusteigen, ohne ins Wasser zu fallen. Sie zog sich hoch und krabbelte auf allen vieren auf festen Boden.

Sie erhob sich und schaute sich am Swimmingpool um. Ihre Kleidung war nirgends zu sehen. Eine kalte Sonne stieg über den Horizont, und Giselle bekam Gänsehaut. Über einem weißen Gartenstuhl lag ein Handtuch, aber es reichte ihr nur bis zur Taille, als sie es sich umband. Auf Zehenspitzen ging sie über einen gewundenen Kiesweg zum Haus zurück. Die Hintertür stand weit offen und führte ins Studio. Dort sah es noch genau so aus, wie sie es in Erinnerung hatte, ein Gewirr aus Requisiten, Kameras und Objektiven, Belichtungsmessern und allem möglichen Kram, endlose zerknitterte, abgerollte Stoffbahnen – oder war es Papier? –, die Mandel als Hintergrund für seine Fotosession verwendet hatte.

Zu Anfang hatte er nur zwanglos mit seiner Kamera und dem nachlassenden Licht gearbeitet, das durch die breite Fensterfront des Salons drang, aber als sie alle drei immer betrunkener und freizügiger wurden, war Mandel wieder ganz zu seiner Professionalität zurückgekehrt. Am Ende war es ihr fast vorgekommen, als wäre sie an einer richtigen Pornoproduktion beteiligt, statt sich lediglich bei einem Dreier zu vergnügen, der zufällig auf Film gebannt wurde.

Nur zögernd ging Giselle die Holztreppe hinauf, aus Angst davor, was sie in den Schlafzimmern im ersten Stock vorfinden könnte. Würde die kleine Flick in Williams Armen schlafen, ihr zierlicher Körper durch seine einladende Massigkeit geschützt, würden sie in Löffelchenstellung daliegen, oder wären ihre Gliedmaßen ineinander verschlungen, so wie sie und William für gewöhnlich den Morgen begrüßten? Ihre Kehle war wie zugeschnürt. Und was war mit Mandel? Ob er wohl im selben Raum oder Bett wäre wie die beiden?

Plötzlich tauchte Olens Gesicht vor ihrem inneren Auge auf, wie er ihrem Blick ausgewichen war, eine Mahnung an frühere Untreue.

Manche Wunden heilen nie.

Zögernd blieb Giselle an der offenen Tür zum ersten Schlafzimmer stehen. Auf dem Bett waren Umrisse von Körpern unter den Decken zu erkennen. Sie gab sich einen Ruck und wollte den dunklen Raum schon betreten, als sie leise Schritte hinter sich hörte und ihr im nächsten Moment ein warmer, feuchter Kuss in den Nacken gedrückt wurde.

Hastig drehte Giselle sich um.

Vor ihr stand William.

Sein Haarschopf war wild und ungebändigt. Er trug nur ein Handtuch, so wie sie, aber er hatte es um die Hüften geschlungen und die behaarte, muskulöse Brust unbedeckt gelassen.

»Guten Morgen«, sagte er leise.

Sie schnappte nach Luft. »Oh, du hast mich erschreckt. Wo kommst du her?«

»Aus dem Bad da drüben.« Er deutete auf eine andere Tür weiter hinten im Flur. Von seiner Nase und seinem Kinn tropfte Wasser. »Hab mich gerade ein bisschen frisch gemacht.«

Giselle war unendlich erleichtert darüber, dass das Paar unter der Bettdecke Mandel und Flick sein mussten.

Mit dem Kinn deutete sie auf die Schlafenden im Halbdunkel des Zimmers.

»Nur das Mädchen und der Fotograf«, bestätigte William. »Ich glaube, die Party ging noch ziemlich lange, kann sogar bis zum frühen Morgen gewesen sein.«

Giselle brannte darauf, ihm die Frage zu stellen, aber er kam ihr zuvor.

»Ich bin am Pool eingeschlafen, nachdem ich die ganze Nacht bei dir Wache gehalten habe.«

»Wie bin ich dort gelandet?«

»Weißt du das nicht mehr?«

»Nicht so richtig«, erwiderte Giselle. »Ich kann mich erinnern, dass wir alle auf dem Schaffell miteinander geschlafen haben, dann im Studio, anschließend unter der Pergola, und viel getrunken haben.«

»Wir haben nicht miteinander geschlafen, nur gefickt ... Aber ich muss gestehen, dass ich dich noch nie so viel habe trinken sehen ...«

»Hab ich das?«

»Und ob. Dann wolltest du unbedingt schwimmen gehen.«

Bruchstückhaft kam alles wieder hoch, vage Bilder, Gedanken, wie eine Welle, die träge an ihr Bewusstsein schwappte.

»Wirklich?«

»Ich habe dir auf die Luftmatratze geholfen, und du bist eingeschlafen. Es erschien mir einigermaßen sicher, deshalb hab ich dich dort gelassen, mich aber an den Rand des Pools gesetzt und zugesehen. Wie gern hätte ich dich dort gemalt. Deine weiße Haut, dein schwarzes, nasses Haar, das dir über den Rücken fiel, dein prächtiger Hintern, das blaugrüne Schimmern des Wassers ...« William seufzte.

Seine Worte waren wie Balsam für sie. Giselle wollte schon etwas sagen, doch William legte ihr die Hand auf den Mund.

»Schh ... sonst wecken wir sie noch.«

Er nahm sie an der Hand und zog sie sanft über den Flur zu einem anderen Zimmer.

Drinnen stellte er sich vor sie, betrachtete verträumt ihren Körper, löste dann abrupt das Handtuch über ihren Brüsten und ließ es auf den Teppich fallen.

Giselle schaute ihm in die Augen und zog das Handtuch von seinen Hüften, als wäre sie wortlos dazu aufgefordert worden.

Sein Schwanz war hart und aufgerichtet.

»Eines Tages wirst du es verstehen«, sagte William. »Eine andere Frau zu ficken, so wie ich es getan habe, führt nur dazu, dass ich dich noch mehr begehre als je zuvor. Auch wenn ich dich mit ihm sehe. Dann wird mir wieder bewusst, was so wunderbar an dir ist. Und dass du vorerst noch mir gehörst.«

Er hob sie mit all seiner sanften Kraft hoch und ließ sie aufs Bett fallen.

Giselle war mehr als bereit.

Zwei Wochen später lag ein an William und Giselle adressierter brauner Briefumschlag in dem Metallbriefkasten hinter der Eingangstür ihres Gebäudes.

Giselle nahm ihn heraus und ging die Treppe hinauf, wenn auch nicht im Laufschritt wie sonst.

»Ich hatte ganz vergessen, wie schwer die Beine werden, wenn man hier hochgeht«, sagte sie zu Beth, die hinter ihr her kam. Sie waren gerade von einem langen Spaziergang am Kanal Saint-Martin zurückgekehrt. Nicht weit von dort hatte Beth hin und wieder an Ballettstunden teilgenommen. Giselle weigerte sich, sie zu begleiten, war aber damit einverstanden gewesen, sie dort abzuholen. Da sie beide pleite waren, hatten sie beschlossen, zu Giselle zu gehen, um etwas zu trinken. William war wieder einmal fort und arbeitete irgendwo für den Ball.

»Na ja, du bist vielleicht aus der Übung, aber noch in Form. Dein Hintern sieht aus diesem Blickwinkel toll aus.«

Giselle blieb stehen und drehte sich zu ihr um. Ein verschmitztes Grinsen lag auf Beths Gesicht.

»Danke«, erwiderte sie. »Die Stufen hier helfen.«

Sie schloss die Wohnungstür auf, trat ein und schaltete den Wasserkocher an.

»Kaffee?«

»Ja, gern«, antwortete Beth. Sie zog das weite Sweatshirt aus, das sie über ihrer Tanzkleidung getragen hatte, und warf es aufs Sofa, als wäre sie zu Hause. »Ich muss schon sagen«, begann sie und schaute sich in der Wohnung um, »nicht gerade das, was ich erwartet hatte. Wonach riecht das hier?« Sie schnüffelte und zuckte dabei mit den Nasenflügeln wie ein Kaninchen. Sie griff sich an den Kopf und zupfte das Haarband ab, das ihre langen blonden Locken während des Unterrichts zusammengehalten hatte. Jetzt rahmten sie ihr Gesicht ein und fielen ihr bis über die Schulterblätter.

»Williams Farben«, erwiderte Giselle. Sie durchquerte den Raum und öffnete ein Fenster, um frische Luft hereinzulassen.

»Riecht wie Kerosin«, stellte Beth fest.

»Man gewöhnt sich dran.«

Beth zuckte mit den Schultern. Sie hockte sich auf die Sofalehne und streckte die Beine von sich. Giselle beobachtete sie aus der Küche. Seit dem Nachmittag, an dem sie für Sebastian Modell gestanden hatten, fühlte sich Giselle von Frauen auf eine Weise angezogen, die ihr bisher nicht bewusst gewesen war. Wenn sie jetzt mit Beth zusammen war, fielen ihr unweigerlich die fließende Anmut und die Länge ihrer Gliedmaßen auf, die Keckheit des Hinterns, der Brüste und der vollen, roten Lippen. Auch andere, kleinere Dinge beflügelten Giselles Fantasie und sorgten dafür, dass ihre Möse leise zu zucken begann. Der Moschusduft von Beths Shampoo. Ihre leicht arrogante Ausstrahlung. Das selbstbewusste Auftreten, das ihre Bewegungen begleitete, als wüsste Beth ganz genau, dass alle sie anschauten.

Das Kaffeewasser kochte.

»Schwarz?«, fragte Giselle.

»Ich hätte gern Sahne, wenn du welche hast«, antwortete Beth.

Giselle durchsuchte den Kühlschrank und fand einen Sahnekarton hinter einem in Papier verpackten Käsestück und einem Glas gemischter Oliven. Zufrieden goss sie eine großzügige Portion dickflüssiger Sahne in die beiden Becher.

Beth nahm Giselle einen davon aus der Hand und fuhr mit der Zunge am inneren Rand entlang, um einen Sahnespritzer abzulecken. Giselle sah ihr zu und stellte sich unwillkürlich vor, wie sich diese Zunge wohl in ihrem Schoß anfühlen würde.

»Und, machst du ihn auf?«, fragte Beth.

»Ihn aufmachen?«, erwiderte Giselle verwirrt.

»Na, den Brief. Den du aus dem Briefkasten geholt hast. Der war an euch beide adressiert.«

Giselle schaute zur Arbeitsplatte in der Küche und sah den dicken braunen Umschlag. »Oh. Nein. Den lasse ich für William liegen.«

Beth runzelte unwillig die Stirn, die Augenbrauen wie dünne bleiche Raupen über ihrem Gesicht. Sie stand auf, ging durch den Raum, kam mit dem Umschlag in der Hand zurück und warf ihn Giselle zu, bevor sie sich wieder setzte.

»Du weißt, dass ich das mit dir und William nicht gut finde. Jedenfalls nicht auf Dauer.«

Giselles Gesicht wurde ausdruckslos, ein sicheres Zeichen dafür, dass sie innerlich abschaltete. Sie hatte nicht damit gerechnet, dass ihre Eltern glücklich darüber wären, hatte aber gehofft, ihre beste Freundin würde sie unterstützen oder zumindest ihre Beziehung nicht rundheraus ablehnen.

»Du hast Olen auch nicht gemocht«, erwiderte sie.

»Weil du dir immer die falschen Männer aussuchst! Wenigstens war Olen in deinem Alter.«

»Alter ist nur eine Zahl.«

»Red nicht so einen Unfug. Er ist fast doppelt so alt wie du. Und da ist noch etwas … er hat was Merkwürdiges an sich.« Beth schaute sich in der Wohnung um, als erwarte sie, einen bislang nicht sichtbaren Beweis für ihre Bemerkung zu entdecken. Da sie nichts fand, richtete sie ihren Blick wieder auf Giselle. »Mir gefällt nicht, wie unterwürfig du dich ihm gegenüber gibst. Er ist nicht dein Vater. Oder Gott.«

»Das habe ich auch nie behauptet.«

»Dann mach den Umschlag auf.«

Mit resigniertem Seufzen gab Giselle nach und fuhr mit dem Daumennagel vorsichtig unter die Umschlagklappe.

Beth schnappte sich den Brief und riss ihn auf.

»So«, sagte sie selbstgefällig und reichte Giselle den Inhalt. »Jetzt kannst du ihn nicht wieder verschließen, damit es für William so aussieht, als hättest du ihn nie berührt.«

Im Umschlag steckte ein dickes Bündel Schwarz-Weiß-Fotos, geschützt durch ein zusammengefaltetes weißes Papierblatt. Eine Notiz lag nicht dabei.

»Verdammte Scheiße«, sagte Beth nach einem flüchtigen Blick auf das erste Foto. Schockiert riss sie die Augen auf. Beth fluchte nur selten. »Was hast du dir denn dabei gedacht?«

»Es war doch nur eine Fotosession«, erwiderte Giselle und schob die Abzüge wieder in den Umschlag. Es waren die Bilder, die Mandel von ihr, Flick und William bei ihrem berauschten Fick gemacht hatte, und sie zu betrachten, würde unweigerlich ihre Verwirrung und Eifersucht wieder an die Oberfläche spülen. Sie wollte nicht riskieren, in Beths Anwesenheit in Tränen auszubrechen, vor allem, da sie wusste, dass ihre Freundin es alles andere als gutheißen würde, wenn sie sähe, wie Giselles Freund es mit einer anderen Frau trieb.

»Keine gewöhnliche Session«, beharrte Beth. »Und ich habe für die Kunst schon weiß Gott Merkwürdiges gemacht, das kannst du mir glauben.« Sie griff nach dem Fotostapel und entriss ihn Giselle. »Bist du dafür bezahlt worden?«, fragte sie und blätterte die Fotos durch.

»Nein«, gestand Giselle. Ihre Wangen glühten.

Beth hielt ein Foto hoch. »Du warst für mich schon immer eine, die nichts anbrennen lässt, meine Liebe, aber ich muss zugeben, mir war nicht klar, dass du so weit gehst.« Das Foto zeigte Giselle und Flick bei einem tiefen Zungenkuss. Giselle hatte die

Hände tief in Flicks Nackenhaaren vergraben. Andere Aufnahmen zeigten aneinandergepresste Körper, aufgerichtete Nippel, nasse Mösen, einen Schwanz, der in einen Anus glitt, Flicks durchgebogenen Rücken, Williams Finger, die durch Giselles Schlitz fuhren. Das Foto von den beiden Frauen war weniger pornografisch, hatte jedoch etwas Rohes an sich. Die Muskeln in Giselles nackten Schultern und in den Fingern waren angespannt, als zöge sie Flick mit aller Kraft an sich. Es hatte absolut nichts Gestelltes an sich, so als hätte Mandel zwei Liebende ohne ihr Wissen in einer leidenschaftlichen Umarmung eingefangen. Ihre Haltung strahlte eine Ernsthaftigkeit aus, die den anderen Fotos fehlte, auf denen lediglich anonyme Körperteile zu sehen waren.

Beth griff nach einem anderen, das die Hand eines Mannes in Nahaufnahme zeigte, die Finger in den knackigen Hintern einer kleinen Frau gekrallt.

»William?«, vermutete Beth. »Und die andere?« Gespannt betrachtete sie Giselles Gesicht. Durch das offene Fenster war der Lärm vorbeifahrender Autos und plaudernder Passanten zu hören. Ein eigenartiges Nebeneinander, dachte Giselle, das normale Leben spielte sich ab, während sie beide hier saßen und diese Nacktfotos betrachteten. Sie fragte sich, ob Kinder unten auf der Straße vorbeigingen, und empfand plötzlich eine – wie sie wusste – irrationale Scham und den Wunsch, aufzustehen und die Vorhänge zuzuziehen.

»Ja«, erwiderte sie schließlich. »Sie heißt Flick.«

Beth war anscheinend darauf aus, jedes kleinste Detail aus ihr herauszukitzeln. Nicht die Einzelheiten darüber, was geschehen war, sondern wie es Giselle damit ging.

»Und?«, drängte Beth. »Wie war es?«

»Um ehrlich zu sein«, erwiderte Giselle, »ich war so betrunken, dass ich mich eigentlich kaum erinnern kann. Wir waren alle betrunken. Ich weiß noch, wie sie mich anbaggerte – uns beide –, im nächsten Moment wurde ich auf einer Luftmatratze mitten im Swimmingpool wach. Aber wenn du wissen willst, wie es mir damit geht, dass William mit anderen Frauen …«

»Ja doch«, sagte Beth ungeduldig, »genau das wollte ich wissen.«

»Na ja, ich bin mir nicht sicher. Der Gedanke daran macht mich eifersüchtig. Rasend. Manchmal ein bisschen verrückt.« Sie dachte an das Durcheinander, das sie angerichtet hatte, als sie Williams Sachen durchsuchte, um die Gemälde zu finden, die er irgendwo einfach haben musste. »Trotzdem ging es mir an dem Abend anders. Ich war neugierig. Beinahe so, als würde ich alles durch einen Tunnel beobachten.« Sie zuckte mit den Schultern. »Jedenfalls, soweit ich mich erinnere. Wir haben jede Menge Cocktails getrunken.«

»Wirst du die Frau wiedersehen?«

»Flick?«

»Ja, die.« Beth zeigte erneut auf das Foto mit Giselle und Flick in inniger Umarmung. »Du scheinst ziemlich auf sie abzufahren. Nicht so, als hättest du dich nur für die Kamera in Szene gesetzt.«

War Beth eifersüchtig?, fragte sich Giselle. Sie war sich bewusst, dass ihre Freundin sie sexuell in gewisser Weise reizte, aber ihr war nie in den Sinn gekommen, dass es Beth genauso gehen könnte. Sie hatte nie ernsthaft überlegt, eine Beziehung mit einer Frau einzugehen, nicht mal eine flüchtige Affäre, aber sollte so etwas einmal vorkommen, hätte sie gedacht, dass Beth eine Nummer zu groß für sie wäre. Ihre Freundin schien unberührbar, von übermenschlicher Schönheit. Giselle konnte sich nicht vorstellen, dass Beth sich zu ihr hingezogen fühlte. Das wäre, als würde man mit einem Filmstar schlafen.

»Ich glaube nicht«, erwiderte Giselle. »Zumindest ist es nicht geplant.«

Beth beugte sich vor, und im ersten Moment dachte Giselle, sie wollte nach den Getränken auf dem Beistelltisch hinter ihr greifen. Stattdessen legte Beth jedoch die Hände auf Giselles Oberarme und zog sie an sich, um sie zu küssen. Ihre Lippen trafen sich. Beths Mund war ungewöhnlich weich, ihr Kuss sanft und bedächtig. Ein feuchter Kuss. Viel mehr als nur flüchtig hingehaucht, und trotzdem kein Zungenkuss. Sie schmeckte ein wenig bitter, nach Kaffee mit Sahne, aber es war keineswegs unangenehm. Beth wich wieder zurück, bevor Giselle sicher sein konnte, ob die Geste sexuell gemeint war oder rein platonisch. Später würde sie sich fragen, ob sie sich das Ganze nur eingebildet hatte.

»Ich möchte nur, dass du glücklich bist«, sagte Beth leise.

Kurz darauf musste sie zu ihrem Job als Kellnerin bei einer exklusiven Cateringfirma aufbrechen, die Canapés und gelegentlich auch eine Frau an reiche Geschäftsleute lieferte, die unweigerlich Beths Hintern begrapschten, wenn sie sich nicht wehren konnte aus Angst, eine Silberplatte mit Hummerhäppchen fallen zu lassen. »Das macht mir nichts aus«, sagte sie, »die geben gutes Trinkgeld.«

Nachdem sie fort war, brachte Giselle die Kaffeebecher in die Küche. Sie hatten so viel geredet, dass sie kaum etwas getrunken hatten und der Kaffee kalt geworden war. Eine Fettschicht von der Sahne hatte sich darüber gelegt.

Bin ich glücklich?

Das war eine Frage, über die sie bislang nicht viel nachgedacht hatte. Die Antwort musste wohl Ja lauten.

Sie war glücklich, ja. Aber sie war auch einsam.

Wenn William für den Ball unterwegs war, hielt er kaum Kontakt zu Giselle, und sie fühlte sich allein gelassen. Nie kam ein Brief oder ein Anruf, nur hin und wieder eine Postkarte mit den Worten »Ich wünschte, Du wärst hier« oder etwas ähnlich Harmlosem aus exotischen oder sogar unbekannten Orten, die Giselle teilweise im Atlas suchen musste, um eine Ahnung zu bekommen, wo er sich befand. Nur zu oft kam die Karte erst an, nachdem er bereits zurückgekehrt war. Manchmal brachte er ihr ein Souvenir mit, eine Schneekugel, ein Schmuckstück, einmal ein goldenes Fußkettchen, das sie nicht tragen wollte und meistens in ihrem Nachttisch aufhob.

Die Tage bekam sie ganz gut hin, es gab immer etwas zu tun: Vorlesungen besuchen, im Blumenladen arbeiten, für von Émile Saffy in Auftrag gegebene Bilder Modell stehen – die meisten davon inzwischen moralisch einwandfrei –, Bücher lesen, ins Kino gehen, tagträumen. Nur einmal hatte Mandel, der Fotograf, wegen eines Angebots Kontakt mit ihr aufgenommen, doch sie lehnte unter einem Vorwand höflich ab, zu feige, ihm rundheraus eine Abfuhr zu erteilen und ihn darüber in Kenntnis zu setzen, dass sie nie wieder für ihn posieren werde.

Die Nächte aber waren hart. Giselle war es nicht mehr gewohnt, allein zu schlafen, getrennt von Williams beruhigender Massigkeit und der vertrauten Wärme seiner Gegenwart. Sie kam sich vor wie ein leerer Brunnen, unvollständig, und sogar die Erleichterung, sich selbst zu berühren und ihre körperlichen Sinne zu wecken, wenn ihr alles zu viel wurde, war unbefriedigend.

Wie schnell sie doch von diesem Mann abhängig geworden war.

Was sie wütend machte. Ihr Innerstes sträubte sich gegen den Verlust der Unabhängigkeit.

Eines Abends, als er nach einem Anruf von den Organisatoren des Balls hastig seine Sachen packte und auf das Taxi wartete, das ihn möglichst schnell zum Flughafen bringen sollte, war ihm die stille Verzweiflung aufgefallen, die sich in ihrem Gesicht abzeichnete. »Du weißt ... wenn ich fort bin ...«, hatte er gesagt und gezögert. »Mir würde es nichts ausmachen, wenn du dich mit anderen triffst, Männern, Frauen, egal. Mir ist klar, dass du Bedürfnisse hast …«

Beinahe hätte sie zu weinen angefangen, doch der Gedanke hatte sie nicht mehr losgelassen.

Bei einer anderen Gelegenheit, als er ihre unterschwellige Traurigkeit bemerkte, hatte er unbeholfen versucht, sich deutlicher auszudrücken.

»Wir sind es uns schuldig, Lust zu erleben. Das ist alles, was wir haben. Probier alles, genieße das Leben auf sinnliche Art. Das soll nicht heißen, dass ich dich nicht liebe oder du mich nicht liebst. Weit entfernt. Erfahrungen bereichern uns, erneuern uns.«

Giselle hatte ihre Zweifel unumwunden zum Ausdruck gebracht.

»Du bist noch jung, Giselle, eines Tages wird dir klar werden, dass ich recht habe …«

Paris bei Nacht bot unbegrenzte Möglichkeiten, jede einzelne reizvoller als die Aussicht, sich schlaflos im Bett zu wälzen, unfähig, sich auf ein Buch oder die schattenhaften Formen zu konzentrieren, die das Mondlicht an die Decke warf.

Hinunter an den Fluss zu gehen, vorbei an den schließenden Bars und Restaurants, den flackernden Lichtern von Schaufenstern und Kunstgalerien, an den von Graffiti übersäten Mauern der École des Beaux Arts entlangzuschlendern, am Pont des Arts in die Dunkelheit einzutauchen, die helle Silhouette des Louvre auf der anderen Seite der Seine. Giselle hatte kein bestimmtes Ziel vor Augen.

Es gab nur sie und die Nacht.

Sie überquerte eine Brücke, die zur Rive Droite führte, und ging dann auf Höhe des Samaritaine wieder auf die andere Seite. Der Fluss bildete eine Grenze, die Paris in zwei völlig getrennte

Bereiche trennte. Als Kind hatte sie vor allem den nördlichen Teil gekannt, in dem ihre Eltern lebten, wo sie aufgewachsen war und die Vorschule, die Grundschule und dann das Gymnasium besucht hatte. Die Büsche und Grünanlagen des Jardin des Plantes mit seinem kleinen Zoo und den botanischen Gärten waren ihr vertraut, die steilen Hänge des Arrondissement de Ménilmontant und die am Abend düsteren Gegenden um die Bahnhöfe und weiter draußen das wimmelnde Labyrinth des Marché aux Puces, den sie nie allein aufsuchen durfte. Damals hatte sie sich eigentlich nie weiter in den Süden vorgewagt, nur bis Châtelet, hin und wieder war sie auf die Île de la Cité und ihren bunt zusammengewürfelten Blumen- und Vogelmarkt vorgedrungen, überragt von der gotischen Wucht Notre-Dames. Die Rive Gauche war in unerreichbaren Glanz gehüllt, ein Ort der Universitäten, der Mode und, wie sie glaubte, der Straßenkämpfe. Dort hatten die legendären Unruhen vom Mai 1968 stattgefunden, eine Zeit, die sie um eine Generation verpasst hatte. Inzwischen hieß es, das linke Seineufer habe viel von seinem Flair eingebüßt und sei von Modegeschäften überschwemmt, wo früher Buchhandlungen vorherrschten, und in den billigeren Gegenden breiteten sich jetzt Couscous-Buden, Kebabläden und Schnellimbisse aus wie eine unliebsame Epidemie.

Giselle wünschte, sie hätte dort vor zehn Jahren oder noch früher leben können, aber noch immer war das Gebiet ein Irrgarten voller Entdeckungen. Schmale Straßen mit uneinheitlicher Beleuchtung, luftige Boulevards, vom Neonlicht der Kinofassaden erhellt, unaufdringliche Backsteingebäude, die weitab von den Hauptstraßen aufragten und Innenhöfe abschirmten, Privatvillen mit uneinsehbaren Gärten, bewohnt von Aristokraten und Großbürgerfamilien, deren verborgenes Leben sie nur erahnen konnte.

Und natürlich die vielen Bistros, die bis spät in die Nacht geöffnet hatten, in denen sie vor der winterlichen Kälte Schutz suchen, einen Kaffee trinken und endlos in einer Ecke sitzen konnte, ohne behelligt zu werden, oder die sie tagsüber auf ein Glas Wein aufsuchen konnte, ohne missbilligende Blicke in Kauf nehmen zu müssen.

Das wurde ihr Paris.

Nach Überquerung einer weiteren Brücke erreichte sie die teilweise verborgenen schmalen Treppen zwischen hohen Mauern, die zur Spitze der Insel hinunterführten. Vorsichtig setzte sie in der Dunkelheit einen Fuß vor den anderen, kein Ort, an den man sich nachts vorwagte, noch weniger, wenn man ohne Begleitung war. Sie tauchte in das matte Licht des Flusses, in dem sich der wolkenverhangene, pockennarbige Mond spiegelte. Die schmalen Pfade, die zu dieser späten Stunde von den schwappenden Wellen des Flusses fast nicht zu unterscheiden waren, der kleine Garten in der Mitte der kurzen Landspitze. Giselle ging den Pfad entlang, den Kopf gedankenleer. Zu ihrer Linken ein Flüstern, eine Bewegung. Zwei Gestalten neben einem Baum, ein Mann auf den Knien, das Gesicht im Dunkeln, der einem anderen Mann einen blies. Giselle ging weiter, obwohl sie eigentlich gern zugesehen hätte. Sie kam an die Spitze der Insel, der Blick auf den Fluss weitete sich wieder, erstreckte sich durch die Nacht bis hin zum Eiffelturm und zu den westlichen Stadtteilen.

Sie stand am Rand, genoss die Stille und die Leere unter sich, nahm begierig die Nacht in sich auf. Eine kühle Brise wehte ihr flüsternd durchs Haar, und Giselle stellte sich vor, sie stünde am Bug eines Schiffes.

Undeutliche Laute hinter ihr. Ihr blieb fast das Herz stehen. Rasch drehte sie sich um, kniff die Augen zusammen. Allmählich gewöhnten sie sich an die Dunkelheit. Der unterdrückte Schrei einer Frau. Da, auf dem spärlichen Rasen, Gestalten im Schatten eines kahlen Baumes, ein fickendes Paar. Vollständig bekleidet, nur seine bleichen Arschbacken entblößt, stieß er auf eine formlose Gestalt ein, von der jetzt erkennbare, abgehackte Lustschreie kamen. Giselle wurde rot. Wieder war sie versucht, näher heranzugehen und zuzuschauen, aber da wäre nur wenig zu sehen, und sie wusste, die Liebenden hätten höchstwahrscheinlich etwas gegen ihre Anwesenheit. Sie trat zurück, lief zu der Treppe, die zur Brücke führte, und eilte in die Wohnung. Nach ihrem ziellosen Spaziergang und den zufälligen Begegnungen schlief sie auch nicht besser.

Sie schwor sich, nicht wieder an die Spitze der Île de la Cité zu gehen, falls William ihr in den nächsten vierundzwanzig Stunden ein Lebenszeichen zukommen ließ. Aber das geschah nicht.

Um zwei Uhr in der nächsten Nacht fiel ein leichter Nieselregen, und sie war plötzlich wieder auf der Insel, streifte kurz die Schuhe ab, ließ die Beine ins Wasser baumeln, betrachtete die Lastkähne, die hin und wieder an der Landzunge vorbeiglitten und von der Dunkelheit des Flusses verschluckt wurden. Vorerst war sie die Einzige auf dieser Seite der Brücke. Doch ihre Intuition warnte sie, es könnte nicht so bleiben.

Sie schloss die Augen und zog sich den Kragen gegen die kriechende Kälte eng um den Hals.

In diesem Augenblick, so stellte sie sich vor, war William irgendwo an einem exotischen Ort, eingetaucht in ein Leben voller satter Farben, intensiver Empfindungen und umgeben von Bildern der Schönheit. Während sie hier zurückblieb und sich nach Unausgesprochenem sehnte, allein, schaudernd, meilenweit entfernt, Opfer all ihrer Unsicherheiten und Ängste. Dachte er überhaupt an sie?

Giselle zog die Füße aus dem Wasser, trocknete sie mit dem ausgefransten Imitat eines Burberry-Schals ab, zog die Schuhe wieder an, blieb jedoch am Rand des halb überspülten Kais sitzen. Gedämpfte Laute – die zunehmende Brise? Vorsichtige

Schritte? – drangen von dem lang gestreckten, schmalen Park zu ihr, der sich über die Mitte der Inselspitze zog. Vielleicht Nachtgeschöpfe, die zum Spielen herauskamen? Giselle schloss die Augen.

Unruhe in der Luft wie beim Umblättern einer Seite, eine schwache Wärmequelle hinter ihrem Rücken, ein Murmeln, Ausatmen. Sie war wie eine lebende Statue, ihr Rücken eine Wand vor dem Fremden. Das Geräusch von Schritten erstarb im Kies. Fremde.

Giselle rührte sich nicht.

Eine Hand auf ihrer Schulter. Eine fragende Berührung.

Sie reagierte nicht, saß wie erstarrt. Die Kälte der Kaimauer, auf der sie saß, drang durch ihre Jeans.

Ermutigt durch ihre passive Reaktion, fuhr die Hand nach unten.

Finger kratzten über ihren Nacken. Streiften über ihre Haare, zwickten in ein Ohrläppchen, testeten ihre Reaktionen. Giselle biss die Zähne zusammen. Ihr Herz schlug schneller.

Hinter geschlossenen Lidern spürte sie, wie sich die zuvor von der ruhigen, fließenden Weite des Flusses erfüllte Dunkelheit veränderte und nun von festeren Formen überschattet wurde, die sich vor den kupferfarbenen Himmel schoben. Ein Hauch von billigem Rasierwasser und starkem Kaffee.

Die erste Hand war noch in ihren Haaren, bahnte sich einen Weg durch ihre glatten Strähnen, kämmte sie förmlich, liebkoste ihren Glanz, dann ergriff eine andere, diesmal mit Handschuh, Giselles Hand, zog sie gebieterisch von ihrem Schoß zu einem Körper hin, den Giselle immer noch nicht sehen wollte. Die Robustheit eines Ledergürtels. Ihre Finger schraken vor der Kälte der Metallschnalle zurück.

Noch immer absichtlich blind, gelang es ihr, den Gürtel zu lösen, den Reißverschluss zu finden. Sie zog ihn hinunter. Holte den schweren Penis heraus, dessen erdige Wärme in starkem Kontrast zur Gürtelschnalle stand, mit der sie gerade gespielt hatte.

Der Mann stöhnte.

Als sie den Schwanz zwischen die Finger nahm, ließ der andere Mann, der hinter ihr stand, endlich ihre Haare los, kam um sie herum und stellte sich vor sie. Er nahm ihre freie Hand und zog sie nach oben, bis sie spürte, dass auch er seinen bereits entblößten Penis darbot. Sein Schwanz fühlte sich noch heißer an als der des anderen, stellte sie fest.

Die Männer schwiegen.

Giselle auch.

Als wäre es ein Ritual im Dunkeln, dessen Ausgang in der Nacht geschrieben stand und Worte daher unnötig waren.

Die Schwänze der beiden Fremden pochten in Giselles Händen, die seidige Haut der Schäfte wie ein beruhigender Talisman, den man ihr zur Huldigung anvertraut hatte. Sie umfasste sie, zog, drückte, passte ihre Bewegungen präzise dem elektrischen Pulsschlag an, der sie ihrer Vorstellung nach durchströmte, um den Rausch ihrer Erektion aufrechtzuerhalten.

Einer der Männer war still, atmete nur in hastigen Zügen, zögernd, begierig.

Der andere Mann fluchte leise, undeutliche Obszönitäten, entweder um sie in ihrem Tun anzufeuern oder um seine innere Wut zu besänftigen.

Giselle, die Arme angehoben, balancierte die beiden Schwänze zwischen den Händen, dirigierte die Lust der Männer und erforschte den Rhythmus. Sie hatte sich unter Kontrolle und war überraschend klar. Sie wusste, dass sie etwas gesucht hatte, als sie in den dunkelsten Stunden der Nacht an die Spitze der Insel gekommen war, obwohl sie nicht ganz sicher war, ob dieses heikle Abenteuer der Anfang oder das Ende eines unterschwelligen Verlangens war oder nur eine verzerrte Reaktion auf Williams Abwesenheit und sein Verhalten in letzter Zeit.

Der Mann zu ihrer Linken, der stille, erschauderte, sein ganzer Körper erbebte plötzlich mit beinahe epileptischer Wucht, ein tiefes Dröhnen in seiner Kehle erstarb, und sie spürte sein heißes Sperma über ihre Hand fließen. Der andere Mann war immer noch steinhart, die Haut seines Schafts glitt unter Giselles stetiger Bewegung auf und ab, als wollte er seinen Orgasmus ewig hinauszögern. Giselle verspürte den Drang, auf die Knie zu gehen und seinen Schwanz in den Mund zu nehmen, aber ihr war, als hielte seine steinerne Steifheit sie an ihre energische Handarbeit gebunden. Schließlich kam er, ein dünner Strom Ejakulat rann über ihre Hand und den erhobenen Arm.

»*Putain*«, zischte er.

Die beiden Fremden waren jetzt befriedigt, ihre Schwänze, die Giselle immer noch umfasst hielt, wurden schlaffer. Der eine zog sich zurück, kurz darauf der andere.

Wo soll ich mir die Hände abwischen?, überlegte Giselle und hielt die Augen absichtlich weiterhin geschlossen. Jetzt wollte sie, dass die Männer einfach verschwanden, damit sie ihre Gesichter nicht zu sehen bekam. Denn sie wusste, wenn sie einen Blick auf sie warf, würden sie menschlich, nicht nur körperlose Schwänze, und sie würde am Ende unweigerlich ihren eigenen Begierden und den mächtigen Rufen der Lust erliegen. Würde sie in den Mund nehmen wollen – oder den eines anderen, der neu hinzukam, zweifellos angezogen durch den Geruch ihrer Erregung, die Aura des Kontrollverlusts, die sie jetzt ausströmte. Oder sie würde die Beine für sie spreizen. Etwas, von dem sie sicher wusste, dass sie dazu noch nicht bereit war.

Als könnten sie Giselles Gedanken lesen, traten die beiden Fremden zurück und verschmolzen schweigend mit der Dunkelheit, und wieder wurde sie sich der Kälte bewusst. Zehn Minuten später, als sie sicher sein konnte, dass die beiden Männer nicht mehr auf der Insel waren, öffnete sie schließlich die Augen und stand unsicher auf. Ihre steifen Glieder fühlten sich taub an. Sie machte sich auf den Rückweg zur Wohnung und schlief sofort ein.

Als sie aufwachte, umfing sie der beißende Geruch der Männer, der ihren Händen immer noch anhaftete. Giselle würgte und beeilte sich, alles abzuwaschen. Aber am Abend, als noch immer keine Nachricht von Williams Rückkehr eingetroffen war, wanderte sie wieder durch die Straßen von Paris, durch die häufig unbefahrenen Wege und Alleen. Mit raschen Schritten umkreiste sie den Louvre, verlor sich in den schmalen Straßen in der Umgebung der Métro-Station Montparnasse, warf an jeder Ecke im Geiste eine Münze und landete am Ende irgendwie immer am Boulevard Raspail, wie eine Touristin. Im Slalom ging sie um die Säulen des Odéon-Theaters herum, tauchte zwischen den Lichtkreisen ab. Ihr Blick schweifte über die leere Schräge des Platzes, dann umkreiste sie wie ein Geist den Jardin du Luxembourg, vorbei am beeindruckenden Senatsgebäude, ohne auch nur den Wunsch zu verspüren, den menschenleeren Garten zu betreten.

Sie glich einem Schatten, der über die Steinmauern der Pfarrkirche Saint-Sulpice huschte, bevor sie den Rückweg antrat und den Fluss zum Viertel Marais überquerte, wo Gelächter zwischen Fenstern im ersten Stock und unterirdischen Kellern hin und her flog und ihr ins Gedächtnis rief, dass sie nicht die einzige Bewohnerin dieser Geisterstadt war, die sie mit ihren Rundgängen erkundete. Doch sie blieb nicht ein einziges Mal stehen, als würde sie sonst die falsche Aufmerksamkeit auf sich lenken. Oder wäre es die richtige Aufmerksamkeit, um zweifelhaften Trost bei Fremden zu finden?

Giselle wanderte durch die Nacht und schlief dann den ganzen Tag. Sie ignorierte Nachrichten von den wenigen Freunden, die sie hier kennengelernt hatte, und vergaß, Beth zurückzurufen. Erst später fand sie heraus, dass ihre Freundin aus der Ballettschule inzwischen nach London zurückgekehrt war.

Dadurch wurde sie daran erinnert, wie sehr ihr das Tanzen gefallen hatte. Fast zwei Jahre war es nun her, seit sie zum letzten Mal getanzt hatte, ob nur zum Spaß oder um ihren Körper zu trainieren.

Es fehlte ihr.

Giselle erwachte endlich aus den Tiefen ihrer Verzweiflung, die sie dazu geführt hatte, Trost in den Armen der Nacht zu suchen. Erinnerungen an Musik und Bewegung zogen sie wieder auf die Straßen der Stadt, aber diesmal nicht, um mit Sex der Realität zu entfliehen. Sie wollte tanzen, das Feuer in ihrer Seele spüren, das sie bei so vielen anderen gesehen hatte. Warum nicht auch sie? Sie wollte sich fallen, von der Musik davontragen lassen. Daher stand sie am späten Nachmittag auf, schob Williams Hemden beiseite und kramte in den Tiefen des Schranks, bis sie etwas Geeignetes fand, ein leichtes Sommerkleid aus dünner weißer Baumwolle mit Flügelärmeln und U-Boot-Ausschnitt, das ihr bis knapp über die Knie reichte. Ein Taillenband betonte ihre Rundungen, und obwohl das Kleid absolut schlicht geschnitten war, verliehen der fast durchsichtige Stoff und der mädchenhafte Stil ihm ein sexy Aussehen, weshalb Giselle es bisher eher nicht hatte anziehen wollen. Beth hatte es ihr beim gemeinsamen Einkaufen aufgedrängt, doch am Ende war es ungetragen weit hinten im Schrank verschwunden.

Giselle streifte das Kleid über den Kopf, ohne sich um BH oder Slip zu scheren. Sie wollte sich durch nichts einengen lassen. Ein Paar schlichte goldene Sandalen mit niedrigem Keilabsatz, hellroter Lippenstift und ein Spritzer Parfüm waren alles, was sie noch hinzufügte. Bevor sie ging, warf sie noch einen Blick in den Spiegel und beschloss im letzten Moment, ihre Haare aus dem strengen Knoten zu lösen und die Locken auf die Schultern fallen zu lassen. Im Lauf der vergangenen Monate hatte sie gewagtere Kleidung getragen als diese, dennoch erblickte sie jetzt etwas in ihrem Spiegelbild, das zuvor nicht sichtbar gewesen war. Ihre Augen funkelten, und in ihr brodelte eine eiserne Entschlossenheit, die in ihren gestrafften Schultern und dem vorgereckten Kinn zum Ausdruck kam. Eine neue Giselle sollte geboren werden.

Ein leichter Regen fiel, und hätte Giselle etwas anderes als Weiß getragen, hätte sie bestimmt nicht darauf geachtet. Anstand und der Gedanke daran, wie ihr helles, durchsichtiges Kleid an ihr kleben würde, sobald sie durchnässt war, veranlasste sie, atemlos wieder die Treppe hinaufzuhasten, um den Taschenschirm zu holen, der direkt hinter der Wohnungstür lag. Dort zögerte sie einen Augenblick, überlegte, ob sie ihren Mantel suchen sollte, entschied sich aber dagegen. Sie fürchtete, wenn sie die Wohnung wieder richtig betreten würde, könnte sie den Mut verlieren und am Ende den ganzen Abend zu Hause bleiben.

Unterwegs wurde der Regen stärker, Windstöße aus allen Richtungen wehten die Tropfen schräg und horizontal unter ihren Regenschirm, und sie wurde trotzdem nass. Sie drückte sich an eine Mauer und schaute sich um, versuchte, sich zu orientieren und einen Club oder eine Bar in der Nähe zu entdecken, wo es dunkel und anonym war und sie unbemerkt im Halbdunkel tanzen konnte. Giselle hatte sich ohne bestimmtes Ziel auf den Weg gemacht, war nur ihrem Gefühl und dem Gewirr aus Lichtern und Lärm gefolgt, die sie, so hoffte sie, zu einer Party führen würden, aber da das Wetter so rasch umgeschlagen hatte, wäre sie bei ihrer Ankunft dort völlig durchnässt, wenn sie jetzt nicht rasch irgendwo unterschlüpfte.

Sie war nur einen Häuserblock entfernt von der Rue Saint-

André des Arts, in der sie bestimmt auf Menschen, Cafés und Restaurants stoßen würde, also eilte sie weiter. In der Ferne grollte Donner. Ihre Füße rutschten in den Sandalen, ihre Sohlen glitten auf dem unebenen Pflaster aus. Ein Blitz zuckte über den Himmel, gerade als sie in die für gewöhnlich geschäftige Straße einbog, die sie jedoch leer vorfand, da offensichtlich alle Bewohner der Rive Gauche bereits drinnen Schutz gesucht hatten. Sie huschte in die erste Tür, die sie entdeckte, grün gestrichen mit einem Messingklopfer darauf. Durch das Fenster waren eine Lampe und Barhocker zu sehen.

Es war ein Café, wenn auch fast leer. Giselle ging an die Theke und bestellte sich eine heiße Schokolade.

»Da drüben ist eine Heizung. Stellen Sie sich davor, damit Sie trocken werden«, sagte die Wirtin hinter der Zinktheke, deutete auf einen Heizkörper und sammelte die Münzen ein, die Giselle ihr hingelegt hatte. »Ich bring Ihnen das Getränk rüber.«

Giselle stellte sich wie angewiesen an die Wand und ließ sich von der Wärme trocknen. Sie zog ihre Sandalen aus. Der Linoleumboden war angenehm unter ihren bloßen Füßen, an denen die glitschigen Sohlen allmählich gescheuert hatten. Die Ausstattung des Cafés war abgenutzt, als hätte dem Besitzer zwanzig Jahre lang das Geld für die Renovierung gefehlt. Die Theke hatte ein schwarz-weißes Schachbrettmuster, davor standen Barhocker mit Metallbeinen und Polstern aus schwarzem und rotem Vinyl. Die Wände waren weiß gestrichen, an manchen Stellen blätterte der Putz ab. Lampenfassungen hingen niedrig an verschlissenen Stromkabeln herab, die einer Brandschutzprüfung wahrscheinlich nicht standhalten würden. Die Karte bot neben der typischen Auswahl an Omeletts Milchshakes und Gebäck an. Das Lokal war eher amerikanisch als französisch und erinnerte Giselle an das Diner in Notting Hill, in dem sie einen letzten Espresso mit Olen getrunken hatte.

Zwei gut aussehende junge Männer ungefähr Anfang zwanzig lehnten am anderen Ende der Theke und schlürften aus hohen Gläsern schaumige Mixgetränke. Sie beobachteten Giselle. Der eine war dunkelhaarig, der andere blond, doch in mancher Hinsicht hätten sie Brüder sein können, von Größe und Statur ähnlich, mit denselben vollen Lippen und hellblauen Augen. Der Brünette war schlank und langgliedrig, der Rotblonde breit und muskulös.

Am Fenster saßen drei Frauen in mittlerem Alter an einem kleinen Tisch. Sie hatten ihre Stühle so gerückt, dachte Giselle, dass sie einen ungestörten Blick auf die knackigen Hinterteile der jungen Männer hatten. Die Frauen tranken etwas Honigfarbenes, wahrscheinlich Schnaps oder Calvados. Zwei von ihnen spielten Karten. Alle drei hatten einen Kurzhaarschnitt, waren elegant gekleidet und hatten sich die Lippen rot geschminkt. Die Frau, die Giselle am nächsten saß, trug schwarze Markenslipper. Sie hatte die Beine unter dem Tisch übereinandergeschlagen und ließ einen der Schuhe locker an ihren Zehen baumeln.

Eine kalte Brise strich über Giselles Haut, als die Tür aufging und ein weiterer Gast eintrat. Der Mann trug einen Nadelstreifenanzug. Auf dem Kopf hatte er einen beigefarbenen Filzhut, aber keinen Schirm dabei, weshalb er nun ebenfalls völlig durchnässt war.

Giselle entfernte sich langsam vom Heizkörper, damit der Mann ihren Platz einnehmen konnte, denn sie war inzwischen trocken und hatte ihre Schokolade ausgetrunken. Sie bückte sich, um ihre Sandalen aufzuheben, und in dem Moment setzte Musik ein. Sie schaute auf – die Frau mit den schwarzen Slippern hatte ein paar Münzen in die rot-silberne Jukebox gesteckt. Der Song war »Hit the Road Jack«, wenn auch nicht in der Originalversion von Ray Charles, sondern von Frauen geschmettert. Den

Namen der Gruppe kannte sie nicht. Ohne nachzudenken begann Giselle sich in den Hüften zu wiegen und setzte dann ihre Beine in Bewegung.

»Weiter so, Mädchen, du kannst es«, sagte die Frau, die den Song ausgesucht hatte. Sie schnippte im Takt mit den Fingern und klapperte mit den Absätzen auf dem Boden.

Giselle reagierte auf das Kompliment und schwang die Hüften noch mehr, wobei sie ihren Rock hob, um ihre Schenkel zu entblößen. Die beiden Frauen, die noch saßen, legten ihre Karten beiseite und klatschten anfeuernd. Die Männer blieben still, aber Giselle war sich bewusst, dass sie zusahen. Sie spürte ihre Blicke auf ihren langen Beinen, wahrscheinlich fragten sie sich, ob sie etwas unter ihrem Kleid trug, da kein Saum zu sehen war. Ihre Nippel waren hart und zeichneten sich zweifellos deutlich durch den Stoff ihres Kleides ab.

Der Song war nicht allzu lang, dennoch begann Giselle sich darin zu verlieren. In ihr verschob sich etwas, als wäre ihr eine Last von den Schultern genommen worden, und sie kümmerte sich nicht mehr darum, was andere von ihr dachten. Weder ihre Eltern noch ihre Lehrer, nicht einmal William, der neuerdings ohnehin kaum da war, erst recht nicht diese Fremden. Sie tanzte völlig selbstvergessen, und als sie aufhörte, jubelten die wenigen Gäste in dem Café ihr begeistert zu. Sogar der Geschäftsmann im Anzug applaudierte.

»Danke«, sagte Giselle stolz und verneigte sich, bevor sie ihre Sachen nahm und hinaus auf die Straße trat. Der Sturm draußen war vorbei, aber in Giselle tobte ein anderer, und sie brauchte mehr. Mehr Musik, mehr Tanz. Sie klappte ihren Regenschirm zu und lief barfuß durch die Rue Saint-André des Arts auf der Suche nach einer größeren Party.

Wieder hatte Giselle die Nacht durchgemacht, aber als sie diesmal in der bleichen Morgendämmerung im Zickzack zwischen Straßenreinigern und Müllabfuhren den Boulevard Saint-Germain überquerte, war sie fest entschlossen, den Schlafmangel nicht damit auszugleichen, den bevorstehenden Tag im Bett zu vergeuden. Sie wollte sich unbedingt erkundigen, wo und wie sie wieder Ballettunterricht nehmen konnte. Ihre Gedanken rasten, ihr Körper war wie elektrisiert, irgendwo zwischen Euphorie und Verlangen.

Als sie in die Wohnung kam, sprang ihr im Flur sofort Williams Koffer ins Auge.

Ihr Herz setzte einen Schlag aus.

Dann lief sie ins Schlafzimmer, da sie ihn dort wähnte, wie ein träger Seestern ausgestreckt auf dem Bett, um sich von der vermutlich langen Reise zu erholen, die ihn endlich nach Hause geführt hatte.

Das Zimmer war leer. Keine Bettdecke, kein Laken war verrutscht, alles lag noch genauso da, wie sie es am Abend zuvor hinterlassen hatte. Nicht einmal die Sachen, die er unterwegs getragen hatte, hingen über einem Stuhl oder waren um den Wäschekorb verstreut.

Der Rest der Wohnung war ebenfalls leer, nur der einsame Koffer zeugte davon, dass William hier gewesen sein musste.

Also konnte er nur in sein Atelier gegangen sein, schätzte Giselle. Vielleicht war ihm auf der Rückreise nach Paris wie aus heiterem Himmel eine Idee gekommen. Sie konnte sich nicht vorstellen, wohin er sonst so spontan hätte gehen sollen.

Auf dem Weg hinaus erhaschte Giselle einen kurzen Blick auf ihr Gesicht im Spiegel. Sie sah abgespannt aus, um die Augen zeichneten sich dunkle Ringen ab. Sie wirkte gehetzt. Sie bedauerte, dass er sie nach ein paar Wochen Abwesenheit so sehen würde, aber es war nicht zu ändern; die schlaflosen Nächte waren nun einmal nicht mehr ungeschehen zu machen.

Die Stadt erwachte zum Leben, während sie das Quartier Latin durchquerte.

Von innerer Unruhe erfüllt ging sie die Treppe hinauf, ihren Ersatzschlüssel für Williams Atelier fest in der Hand. Vor der Tür blieb sie stehen. Kein Laut drang heraus.

Der Schlüssel glitt ins Schloss, und sie schob die Tür langsam auf.

Das größere Oberlicht stand weit offen, ein Kegel grellen Lichts tauchte den riesigen Raum in ein unheimliches, unnatürliches Leuchten. Die Kaffeemaschine blubberte in einer Ecke, während sich Flick auf dem Sofa räkelte, als wäre sie hier zu Hause. Sie hatte Giselle den Rücken zugewandt. William war nirgendwo zu sehen.

Giselle wollte sich schon bei dem jungen Modell bemerkbar machen und sie fragen, was sie im Atelier zu suchen habe, da stürmte William aus dem Umkleidebereich hervor. Er trug kein Hemd, seine breite Brust war noch nass, die üppige Behaarung klebte an der Haut, er war ungekämmt und zerzaust. Hatte er gerade geduscht? Hatte er mit Flick geschlafen? Unzählige Fragen schossen Giselle durch den Kopf.

William bemerkte sie zunächst gar nicht. Flick trug samtene Hotpants und ein schwarzes T-Shirt. Sie hatten doch bestimmt noch nicht gefickt?

Giselle blieb wie angewurzelt an der Tür stehen.

Eine halb gerauchte Zigarette hing in Williams Mundwinkel, und er hatte ein Handtuch in der Hand.

Er blieb abrupt stehen.

»Giselle!« Er strahlte.

Flick wandte den Kopf in ihre Richtung. Wurde rot.

Giselles Lippen waren trocken und klebten zusammen.

Er breitete die Arme nach ihr aus.

»Komm her.«

Dann las er die Verunsicherung in ihren Augen.

»Du warst nicht zu Hause, und mir sprudelten noch so viele Ideen durch den Kopf. Musste einfach herkommen. Nachdem ich tagelang nur Skizzen gemacht hatte, wollte ich so viel malen. Mir hat der Geruch gefehlt, das Gefühl von Farben und Leinwand unter meinen Fingern. Ich bin so froh, wieder hier zu sein.«

»Du hättest warten können.« Giselle deutete auf Flick.

»Ich brauchte ein Modell. Und du warst nicht da …«

»Jetzt bin ich da. Schick sie weg.«

»Aber …«

Flick spürte die Anspannung zwischen den beiden, stand vom Sofa auf und bot an, zu gehen.

»Ist schon okay«, sagte sie. »Wenn du mich nicht länger brauchst …«

»Nein«, zischte William. »Das ist nicht nötig. Ich möchte mit euch beiden arbeiten.«

Giselle passte das gar nicht, war aber zu befangen, um eine Szene zu machen. Unwillkürlich musste sie daran denken, was passiert war, als sie zu dritt für Mandel Modell gestanden hatten, an den unvermeidlichen Ausgang, angeheizt durch Alkohol, Begierde und den Anblick von Flicks kleiner Gestalt unter Williams massigem Körper; sie erinnerte sich, wie sie vor Erregung laut gestöhnt hatte, als er in Flick eingedrungen war, nur wenige Meter von Giselle entfernt; dachte an den Fotografen, dessen Umarmung und Schwanz sie nicht hatte widerstehen können.

Giselle hatte nicht vor, noch einmal derart schwach zu werden.

Flick setzte sich wieder aufs Sofa.

Giselle blieb stehen.

»Und, was machen wir jetzt?«, fragte Flick.

»Ich werde improvisieren«, erwiderte William. »Aber zuerst muss ich meine Farben mischen, sie vorbereiten. Ich brauche neue.«

Er warf Giselle einen gereizten Blick zu, denn er war sich ihrer Eifersucht durchaus bewusst. Sie starrte ihn finster an, unfähig, ihre Wut zu zügeln.

Sie war auf ihn ebenso wütend wie auf sich. Bisher hatte sie sich nicht für besitzergreifend gehalten. Ja, sie hatte Sehnsüchte, die zuweilen ihre Gedanken beherrschten, aber ihr Verstand sagte ihr, dass es sich dabei eher um ein körperliches Bedürfnis handelte, nicht um etwas, was mit Gefühlen zu tun hatte. Doch seit William sie so oft allein ließ, hatte sich alles geändert. Das sollte also Liebe sein? Sie war ganz und war nicht gewillt, ihn zu teilen. Irgendwo hatte sie gelesen, dass Liebe etwas mit Schmerz zu tun habe, nicht nur mit Freude. Das am eigenen Leib zu erfahren, gefiel ihr gar nicht.

O William, wie kannst du mir das antun?

Asche hing von der Zigarette in seinem Mundwinkel, und er warf Giselle einen weiteren verärgerten Blick zu. Keinen schuldbewussten. Er trat hinter den Wandteppich und die ausgefransten Gardinen, mit denen sein Vorbereitungsbereich vom Hauptteil des Ateliers abgetrennt war. Die beiden Frauen schauten sich an. Flick versuchte ein Lächeln. Sie strahlte Unschuld und eine gewisse Verschmitztheit aus. Vielleicht lag es an ihrer Zierlichkeit und der raffinierten Art ihrer Frisur. Eine Verführerin im Taschenformat. Aber gerade jetzt war Giselle ganz und gar nicht in Versuchung und eher geneigt, Flick mit einem Tritt in den Hintern aus dem Atelier zu befördern.

Eisiges Schweigen machte sich breit.

»Ich helfe ihm«, meinte Giselle und ging hinter die Vorhänge zu William. Er nahm ihre Anwesenheit mit einem Grunzlaut zur Kenntnis, leerte eifrig Beutel mit Pigmenten und goss Wasser und Öl in verschiedene Keramikschalen. Giselle hob an, etwas zu sagen.

»Jetzt nicht«, flüsterte er.

»Ich hab dich vermisst«, sagte sie trotzdem, ein schwaches Friedensangebot.

»Warum hast du mich dann da draußen so böse angeschaut?«

»Ich war überrascht, sie hier zu sehen.«

»Flick?«

»Ja.«

»Na und?«

Er mischte die Materialien, die er in einen Mörser gegeben hatte, und zermahlte sie vorsichtig mit einem Stößel. Dann tauchte er einen Finger hinein, um die Konsistenz zu prüfen.

»Hör zu, lass uns später darüber reden, ja?«, murmelte er.

Giselle war hypnotisiert von der klebrigen Feuchtigkeit an seiner Fingerkuppe. Unwillkürlich schoss ihr eine wahre Sturzflut obszöner Bilder durch den Kopf, die als Auftakt für das Bild hätten dienen können und Flick und ihre Avancen mit einbezogen. Ihr Atem ging schwer.

William zog den Finger aus der Schale und wischte ihn an seiner Kordhose ab, wobei eine dünne Spur leuchtend blauer Pigmente auf dem hellbraunen Stoff zurückblieb.

»Zu dick«, bemerkte er. »Kannst du mir das Wasser geben?«

Noch immer bemüht, sich von dem roten Nebel zu befreien, der ihren Verstand umwölkte, schaute Giselle auf die Arbeitsfläche neben sich, beladen mit Pinseln, Flaschen, Tuben und Pulvertütchen. Dabei fiel ihr Blick auf die erste von ungefähr einem Dutzend Flaschen in unterschiedlichen Grüntönen, die bis an den Rand mit Flüssigkeit gefüllt waren. Ohne nachzudenken griff sie danach und reichte sie William. Er war noch immer damit beschäftigt, Materialien in verschiedene Schalen zu rühren. Ohne zu ihr aufzublicken, nahm er die Flasche und goss die Flüssigkeit automatisch in die erste Schale, in der ihm die Konsistenz nicht gefallen hatte.

Er schnüffelte. Hörte auf zu gießen. Hielt die Flasche an die Nase. Fluchte leise. Wandte sich zu Giselle.

»Verdammt, du hast mir Lösungsmittel gegeben. Das ist das Falsche. Du solltest doch inzwischen wissen, dass wir das Wasser in den hellgrünen Flaschen aufbewahren. So war es schon immer … verdammt, verdammt, verdammt …«

Durch seine ruckartige Bewegung löste sich in diesem Augenblick die Asche von der halb gerauchten Zigarette, schwebte hinunter und verstreute sich über die raue Oberfläche der trüben blauen Mischung.

Die Welt drehte sich langsamer.

Als die Asche auf den noch unfertigen Farbschlamm und die feuchte Lösungsmittelschicht rieselte, flackerte etwas auf, und eine Flamme schoss empor.

Ein lauter Schrei ertönte. Giselle merkte nicht einmal, dass sie ihn ausgestoßen hatte.

Die Flamme, dünn und boshaft, züngelte über Williams nackte Brust, wurde schnell breiter, fraß sich dabei selbst, drang aber weiter vor.

»SCHEISSE!« William schlug mit den Händen gegen die Brust, um das kleine Feuer, das inzwischen seine üppige Behaarung erfasst hatte, zu ersticken. »Giselle … Wasser … schnell … hol Wasser. Ich …«

Giselle stand der Arbeitsplatte am nächsten, griff blind nach einer anderen Flasche und schüttete den Inhalt auf William, so schnell und kräftig sie konnte. Erst als die Flüssigkeit an seine Brust spritzte, merkte sie zu ihrem Entsetzen, dass sie in ihrer Panik wieder eine falsche Flasche erwischt hatte. Ihr blieb das Herz stehen.

Das zusätzliche Lösungsmittel platschte auf Williams Körper, nährte das Feuer, die Flammen stiegen jetzt bis in sein Gesicht. Flick, von dem Tumult alarmiert, kam angelaufen und schrie auf.

Inzwischen hatte die tödliche Flüssigkeit, die von seiner Brust rann, das schwelende Feuer in der Schale weiter angefacht und sich über den Arbeitsbereich ausgebreitet. Die Ecke eines Vorhangs stand bereits in Flammen.

Giselle hatte das Gefühl, durch Treibsand zu stapfen. Die Verbindung zwischen ihren Händen und ihrem Verstand schien durchtrennt, sie wusste nicht, was sie machen sollte, obwohl ihr klar war, dass die Lage mit jeder Sekunde verzweifelter wurde. Flammen züngelten um Williams Kopf wie ein Kranz aus Licht; sein wilder Schopf glich einer explodierenden Sonne, seine Schreie waren ohrenbetäubend.

Giselles Blick fiel auf die anderen Flaschen. Hellgrün. Größer. Ganz anders als die beiden kleineren, dunklen mit dem Lösungsmittel, nach denen sie versehentlich gegriffen hatte. Sie nahm eine und schüttete William den Inhalt über den Kopf. Mittlerweile war er zu Boden geglitten, lag auf den Knien, fuchtelte mit den Armen, als wehrte er einen Bienenschwarm ab. Dann die nächste Flasche. Noch eine. Und noch eine.

Flick half jetzt mit, goss Wasser aus den restlichen Wasserflaschen über Williams zusammengesunkene, schluchzende Gestalt und die anderen Brandherde.

Zehn Flaschen Wasser und nur zwei mit Lösungsmittel hatten dort gestanden. Dennoch hatte sie zunächst nach dem Lösungsmittel gegriffen. Wie konnte das sein? Der Geruch nach versengtem Fleisch und der beißende Gestank brennender organischer Materie überfluteten ihre Sinne. Das Feuer war gelöscht. William lag bäuchlings auf dem Boden, seine Löwenmähne jetzt eine hässliche Wüste aus roter, verbrannter Haut und vereinzelten Stellen angesengter Locken. Die Haut in seinem Nacken warf bereits Blasen.

Als ihr Tränen in die Augen traten und Schmerz in ihr aufstieg, spürte Giselle, dass die Zeit wieder normal ablief.

Flick stand wie gelähmt da, fassungsloses Entsetzen im Gesicht.

»Soll ich einen Krankenwagen rufen?«, brachte sie mühsam hervor.

»Ja, bitte.« Giselles ruhiger Ton wirkte unpassend, war ihrer angeborenen Höflichkeit geschuldet, obwohl eine Woge der Verzweiflung und schieren Panik über ihr zusammenschlug.

6

DIE SCHATTEN DER DUNKELHEIT

»Komm näher«, bat William.

Der frisch gemähte Rasen hinter ihm dehnte sich endlos aus, darüber erstreckte sich ein Panorama schneebedeckter Gipfel, die über dem Tal aufragten. Giselle war mit dem Zug zur Reha-Klinik gefahren und hatte am Bahnhof in Genf das bereits gebuchte Taxi genommen. Die Weiterfahrt hatte nur knapp eine Stunde gedauert, über leere, sich bergauf, bergab windende Straßen mit scharfen Kurven, schließlich durch den dunklen Schlund des Tunnels unter dem Montblanc.

An diesem schönen Tag war William nicht in seinem Zimmer gewesen. Die Pflegerin hatte Giselle in den Gemeinschaftsraum und durch die Schiebetüren geführt, die in den Garten hinausgingen.

»Wenn das Wetter es erlaubt, sitzt er dort gern eine halbe Ewigkeit.«

Der Himmel war tiefblau, wolkenlos, die Luft frisch und rein. William saß im Schatten einer hohen, ausladenden Eiche, den Bergen zugewandt und offensichtlich tief in Gedanken versunken. Er trug eine dunkle Brille. Seine Haare waren nachgewachsen, dicht, lockig und wirr, und er hatte jetzt einen mit Weiß durchsetzten Vollbart, der ihn zwar älter machte, aber die Brandnarben verdeckte. Sein Hemd war bis zum Kragen zugeknöpft, daher konnte man nicht sehen, welche Brandmale auf seiner Brust zurückgeblieben waren. Fast hätte man meinen können, es wäre nichts Schlimmes passiert.

Das weiche Gras dämpfte ihre Schritte.

Seine Begrüßung war warmherzig und milderte sofort die zahllosen Ängste, die sie während der gesamten Zugfahrt gequält hatten. Er klang weder anklagend noch zornig.

Sie kam näher. Holte tief Luft. Stellte sich neben ihn.

»Du riechst gut«, sagte William.

Bevor der Zug im Bahnhof eingetroffen war, hatte Giselle sich ein wenig Wasser ins Gesicht gespritzt und danach noch Parfüm hinter die Ohren getupft. Chanel No. 5. Er hatte ihr den teuren Duft zum letzten Geburtstag geschenkt. Sie hatte eingewandt, das Parfüm sei vielleicht etwas zu damenhaft für sie, inzwischen aber hatte sie sich daran gewöhnt. »Aber du bist doch jetzt eine Frau«, hatte er verkündet.

Sein Geruchssinn war anscheinend noch so gut, dass er ihren charakteristischen Duft durch die verschiedenen Gerüche um sie herausfiltern konnte: das frisch gemähte Gras, die kristallklare Bergluft, ihre Angst, die ihr aus allen Poren drang. Irgendwo hatte sie gelesen, dass andere Sinne sich häufig stärker herausbilden, um Blindheit zu kompensieren.

»Das ist das Parfüm, das du mir geschenkt hast.«

»Ich weiß.«

Er drehte sich nicht zu ihr um.

»Es tut mir so entsetzlich leid«, sagte Giselle.

Er streckte die Hand nach ihr aus.

»Das gehört der Vergangenheit an«, erwiderte er.

Sie schluckte ihre Tränen hinunter und versuchte, sich ihm gegenüber unbeschwert zu geben, doch es war unmöglich.

Schließlich war sie dafür mitverantwortlich, dass William bei dem Unfall sein Augenlicht verloren hatte.

Weil sie eifersüchtig, gedankenlos und ungeschickt gewesen war.

In den vergangenen Monaten hatte sie immer wieder an den

entsetzlichen Tag gedacht und was sie hätte anders machen können. Hätte er sich so schnell in seinen Arbeitsbereich verzogen, wenn sie an dem Morgen wegen Flicks Anwesenheit nicht so eifersüchtig und distanziert gewesen wäre? Hatte sie William absichtlich die falschen Flaschen gereicht, war es ihre unbewusste wütende Reaktion auf die Situation gewesen, oder doch nur ein schrecklicher Irrtum? Die Schuldgefühle lasteten schwer auf ihr.

»Ich weiß, wie du dich fühlst«, sagte William. »Aber du darfst dir davon nicht das Leben zerstören lassen und ...«

»Wie kannst du das sagen? Durch meine Schuld kannst du nicht mehr malen. Ich habe dein Leben zerstört.«

»Es ist passiert. Wir müssen einen Strich darunter ziehen. Nichts wird sich jetzt ändern. Ich werde einen anderen Weg finden, mich durch Kunst auszudrücken. Davon bin ich felsenfest überzeugt«, sagte William mit Nachdruck.

Eine leichte Brise wehte von den Berggipfeln herab durch das Tal. William fröstelte. Er trug ein kariertes Hemd und seine übliche braune Kordhose.

»Es kühlt ab«, sagte er. »Wollen wir reingehen?«

Sie nahm seine Hand, half ihm aus dem Stuhl und führte ihn über den Rasen in die Wärme der Klinik und sein Zimmer, das sie mit einem schmalen, klapprigen Aufzug erreichten.

Er hatte ein Einzelzimmer, das eine weiße Kälte ausstrahlte, einen Mangel an Farbe, trotz der obligatorischen Krankenhausbilder, Drucke von Landschaften und Blumen, die an der gegenüberliegenden Wand und über dem Bett hingen. Bei ihrem Anblick wurde Giselle nur wieder bewusst, dass es William jetzt egal sein konnte. Er war nicht mehr in der Lage, die öden Bilder zu betrachten.

Giselle wollte ihn fragen, wie lange er bleiben wolle, um sich zu erholen, und wie teuer es letztendlich sei, aber er kam ihr zuvor.

»Die Leute vom Ball waren so freundlich, das Zimmer zu bezahlen. Sie waren wirklich gut zu mir«, sagte er. »Wir haben vereinbart, dass es mir nach meinem Aufenthalt hier freisteht, mich ihnen auf Dauer anzuschließen und eine Weile für sie zu arbeiten. Meine Erblindung sollte kein Rückschlag sein, sagen sie. Man werde Wege finden, mein Talent zu nutzen. Oh, Giselle, wenn du nur wüsstest ... Seit der erste Schock darüber nachgelassen hat, dass ich für immer in dieser Dunkelheit werde leben müssen, kommt mir eine gute Idee nach der anderen in den Sinn. Irgendwie habe ich das Gefühl, kreativer denn je zu sein. Ich kann es kaum erwarten, wieder anzufangen. Das ist ein so unglaubliches Gefühl ...«

Eine Krankenschwester brachte ihnen Teller mit Rührei, Aufschnitt und Obst, und sie aßen zusammen in Williams Zimmer, während draußen vor dem Fenster langsam der Mond hinter der gezackten Bergkette aufging. Jedes Mal, wenn Giselle die wilde Schönheit der Landschaft ins Auge fiel, wurde ihr das Herz schwer, weil sie daran erinnert wurde, dass William so etwas jetzt nicht mehr mit ihr teilen konnte. Das Essen blieb ihr im Hals stecken, vergiftet durch die Galle ihrer Schuld. Giselle entging nicht, wie verhalten seine Bewegungen waren, wie unbeholfen er das Essen vom Teller löffelte, eher hoffend als zuversichtlich, einen Bissen zum Mund zu bekommen. Obwohl sie nach ihrer Zugfahrt Hunger hatte, aß sie absichtlich langsamer, damit William mit ihr Schritt halten konnte. Er aß nicht viel. Er wirkte auch dünner.

»Bleibst du über Nacht?«, fragte William.

Seine Bitte überraschte sie.

»Haben sie denn nichts dagegen?« Sie dachte an die eventuellen Regeln der Klinik.

»Natürlich nicht.«

Ein dünner Streifen Mondlicht erhellte den Raum nur schwach

und wurde immer dann unterbrochen, wenn eine Wolke sich vor den Mond schob. William bat Giselle, sich in der flackernden Dunkelheit vor ihn zu stellen.

Ihr war mulmig zumute. Schon als Kind hatte die Anwesenheit Blinder sie nervös gemacht. Jetzt, da es ein Mann war, der sie auf so intime Weise kannte, war das Gefühl umso verstörender. Als wäre das nicht mehr derselbe Mann, der sie in den Armen gehalten hatte, der in sie eingedrungen war, sondern sein Phantom, ein Geist, dessen Gedanken sie nicht mehr lesen konnte, auf Distanz gehalten von einem unsichtbaren Vorhang, der nun für immer Licht von Dunkelheit trennte.

»Das wird unsere letzte Nacht sein, Giselle. Ich gebe dich frei …«

Diese Ankündigung kam nicht überraschend, traf sie aber trotzdem wie ein Schlag in den Magen. Doch Giselle konnte weder protestieren noch ihn anflehen, seine Entscheidung noch einmal zu überdenken.

»Ich verstehe.«

»Sollten wir gemeinsam nach Paris zurückkehren, wenn meine Verletzungen verheilt sind, würdest du tagtäglich an deinen Kummer erinnert, und ich möchte weder dein Leben zerstören noch eine Last für dich sein. Du bist noch so herrlich jung, und du hast so viel vor dir. Ich wäre nur ein Hemmnis für dich. Besser, wir ziehen einen klaren Schlussstrich.«

Sie hätte ihn bitten können, ein gemeinsames Leben wenigstens zu versuchen, aber im Grunde ihres Herzens wusste Giselle, dass er recht hatte.

Sein Zimmer im Sanatorium lag im obersten Stock mit Blick auf eine Holzmühle im Tal, abgewandt von der Via Roma, der Hauptstraße der Stadt mit ihren für die Skiurlauber gedachten unzähligen Bars, Pizzerias und luxuriösen Souvenirläden.

William suchte ihre Hand, fand sie und führte Giselle an die

Balkontür. Er machte sie leise auf, und sie traten hinaus. Sollte sie nicht eigentlich ihn führen?

Die Nacht war kühl, ein leichter Wind wehte. Tiefe Stille herrschte, hier war es so ganz anders als in der hektischen Stadt.

»Zieh dich aus«, befahl William.

Sie trug ein schlichtes, altmodisches Sommerkleid mit Blumenmuster auf weißem Untergrund. Es war ausgestellt und reichte ihr bis an die Knie. Hätte sie darin getanzt, wäre es von selbst hochgeflogen und hätte ihre Oberschenkel bis zum weißen Baumwollslip entblößt. Eine zitronengelbe Strickjacke bedeckte ihre nackten Schultern und die schmalen Träger des Kleides.

Sie knöpfte die Jacke auf.

William stand vor ihr. Wartete.

Als sie die schwere Strickjacke auf die Holzdielen des Balkons fallen ließ, spürte sie, wie ihr die Kälte über den Körper kroch, sie einhüllte in Nacht und Unbehagen.

Sie zögerte.

William stand immer noch still da, auf seinem Gesicht lag gespannte Aufmerksamkeit.

»Ich weiß, es ist kalt, Giselle. Aber ich will dich nackt. Vollkommen nackt.«

Woran sollte ein Blinder überhaupt den Unterschied erkennen, ohne sie zu berühren? Irgendwie wusste sie, er würde es merken, wenn sie sich nicht ganz entkleidete.

Sie legte die Hände an die Träger, zog das Kleid über den Kopf und stand nur noch in Unterwäsche da. Rasch hakte sie ihren BH auf und streifte den Slip ab.

Sie fröstelte.

William regte sich immer noch nicht.

Sie wusste natürlich, dass er sie nicht sehen konnte, fragte sich aber, ob ihr charakteristischer Körpergeruch ihn jetzt durch die kalte Luft erreichte, ihre speziellen Düfte und die Wärme, die sie ausstrahlte.

Sie trat von einem Fuß auf den anderen, um die Kälte in Schach zu halten, und bemerkte, dass sie immer noch ihre flachen Schuhe trug.

»Komm zu mir«, sagte William.

Sie trat näher.

Seine Hand strich ihr über die Stirn, dann fuhren seine Finger langsam durch ihre Haare. Sie holte tief Luft, denn der Kontakt, die raue Berührung seiner Fingerkuppen, traf sie wie ein Stromschlag, und unendliches Verlangen tat sich in ihr auf. Sie erinnerte sich, wie er sie im Bett zu berühren pflegte, die Zärtlichkeit, mit der diese großen Künstlerhände sie immer geöffnet, gefüllt, ihr gehuldigt hatten, wie ihr Körper unweigerlich reagiert und ihn immer wieder aufs Neue empfangen hatte.

Giselle schloss die Augen. Sie stellte sich vor, mit ihm in der Dunkelheit zu sein, zwei Reisende, die gemeinsam durch die Nacht schwebten. Sie vergaß die Kälte.

Seine Hand strich über ihre Schulter, zog eine Bahn zwischen ihren Brüsten, schoss seitwärts, umfasste ihre Hügel, ein Finger, dann ein Nagel, der über ihre Brustwarze kratzte und sie in einen harten Knubbel verwandelte. Mit der anderen Hand tanzte er nun über ihren Bauch, ein verwaister Finger erkundete die winzige Vertiefung ihres Nabels und verschwand dann hinunter zu ihrer Möse. Inzwischen war sie dort wieder ganz stoppelig, da sie sich seit dem Unfall nicht mehr die Mühe gemacht hatte, sich zu rasieren. Sie war den unvermeidlichen Ausschlag leid gewesen, den die dicken, durch ihre zarte Haut dringenden Follikel verursachten. Jetzt aber hatte sie ein schlechtes Gewissen wegen der Ungepflegtheit und der rauen Landschaft, über die Williams Finger strichen. Ein kurzes Eintauchen, um ihre Feuchtigkeit zu prüfen. Ein Finger zog sich zurück, und William kostete ihre Säfte mit seinen Lippen. Ein Seufzer gieriger Huldigung. Beide Hände tanzten nun über ihren Körper. Hier, dort, überall. Wogen das Gewicht und die Festigkeit ihrer Pobacken, manövrierten zwischen ihnen, kartografierten ihre äußere Geografie wie ein begieriger Landvermesser. Streiften über ihr Kreuz, die äußerst empfindsame Innenseite ihrer Schenkel, umkreisten ihre Fußgelenke, kamen wieder hoch und schwenkten sie mit einem zarten Stups an ihre Schultern und ihre Hüfte herum. Berührten, erforschten, würdigten.

Jetzt begriff sie, was er machte.

Er prägte sich jede Einzelheit ihres Körpers ein, verarbeitete ihr Wesen durch Berührung, archivierte die Gefühle, die Erinnerungen, damit sie ihm nach ihrer Trennung für immer erhalten blieben.

Mit diesem fest in seinem Gedächtnis verankerten Material wäre William dann nächste Woche, nächstes Jahr oder sogar in zehn Jahren in der Lage, sie in der Luft zu modellieren, ihre Gestalt wiederaufleben zu lassen, sie wie aus dem Nichts heraus zu spüren, sie neu zu erschaffen.

Der Gedanke brachte ihr Herz zum Schmelzen.

Die Zeit raste dahin.

Ihr Körper glühte, als sie sich vorstellte, dass sie erforscht, durchleuchtet, für die Ewigkeit festgehalten wurde.

Sie stieß einen endlosen Seufzer aus.

Schließlich ließen seine Hände von ihr ab, zogen sich zurück, und sie fühlte sich zurückgewiesen. Leer. Unerfüllt.

Sie gingen ins Zimmer zurück und schlossen die Balkontür.

William tastete sich mit den Händen zum Bett hinüber und legte sich hin, vollständig bekleidet.

Giselle tat es ihm nach und schmiegte sich an ihn.

»Ich werde dich immer sehen können«, sagte er.

Sie hatten keinen Sex und schliefen rasch ein. Bevor sie endgültig in den Schlaf sank, hoffte Giselle noch, dass er sie am Morgen, wenn sie zusammen wach wurden, in einem letzten Augenblick der Leidenschaft ficken würde, doch als sie die Augen öffnete und Licht den Raum durchflutete, sich über die Berggipfel ergoss und ihren bleichen, nackten Körper mit seinem feurigen Schein einfing, war sie allein.

Sie stand auf und schaute vom Balkon hinab. Traurigkeit lastete schwer auf ihr. William saß im Garten am selben Platz im Schatten der Eiche, als betrachtete er die gezackten Alpengipfel vor dem hellen Himmel.

Er konnte die Berge nicht sehen, das war ihr klar, aber sie hoffte, dass er sie, Giselle, in diesem Moment sehen konnte, irgendwo im Inneren seines Kopfes.

»*Vergiss mich nicht.*«

Sie verabschiedete sich nicht und nahm den Zug am Mittag.

Ihre Schicht im Blumenladen war zu Ende. Freya hatte an diesem Tag zur selben Zeit gearbeitet.

»Ich gehe heute Abend tanzen«, sagte ihre Arbeitskollegin. »Komm doch mit. Ich glaube, du brauchst ein bisschen Aufmunterung.«

»Na gut«, erwiderte Giselle. »Ich komme mit.« Warum auch nicht? Wochenlang hatte sie nur Trübsal geblasen. Sich eine eigene Wohnung zu suchen und aus Williams auszuziehen hatte sie eine Weile abgelenkt. Die Möbel gehörten nicht ihr, und außer ihrer Kleidung hatte sie nur wenige Habseligkeiten angesammelt. Sie hatte nie einen Vorteil aus seinem höheren Einkommen ziehen wollen und absichtlich mit knappem Budget gelebt, hatte so viel wie möglich zu den Haushaltskosten beigetragen, woraufhin ihr nur noch wenig für sich blieb. Demzufolge füllten ihre Schuhe, Handtaschen und Toilettensachen kaum eine Reisetasche. Ihre Bücher, die sie in einen großen Karton gepackt hatte, waren das

Schwerste, was sie zu tragen hatte, doch sie konnte alles im Kofferraum eines Taxis unterbringen, dessen Fahrer ihr sofort seine Hilfe anbot, als er sah, wie schwer sie zu schleppen hatte.

Das Zimmer, das sie bezogen hatte, war heruntergekommen, klein und deprimierend. Aber gerade weil es ihre Stimmung perfekt widerspiegelte, hatte Giselle es genommen. Der Häuserblock in der Nähe der Bastille war in viele winzige Räume umgebaut worden, jeweils mit einem Einzelbett, einem Kleiderschrank, der notgedrungen so nah am Bett stand, dass die Tür sich nur ein Stück weit öffnen ließ. Ein kleines Spülbecken aus Edelstahl, ein Kühlschrank, der ihr nur bis an die Knie reichte, und eine einzelne Kochplatte darauf dienten als Küche. Das Bad, das sie sich mit den anderen Mietern teilte, lag auf dem Flur schräg gegenüber. Die anderen Bewohner waren entweder Studenten, die meisten aus dem Ausland, oder eine Mischung aus Pennern, die sich eben aus einer noch schlimmeren Lage zu befreien versuchten oder deren Absturz gerade erst begonnen hatte. Hin und wieder begegnete Giselle einem ihrer Nachbarn auf dem düsteren, blau-grün gestrichenen Flur, doch sie wechselten nie mehr als ein Nicken oder einen kurzen, gemurmelten Gruß. Gerade so, als schämten sich alle Bewohner, hier zu sein.

Giselle hatte mit Freyas Erlaubnis ein paar Sachen im Blumenladen gelagert, teils weil sie trotz ihrer wenigen Besitztümer immer noch Probleme hatte, alles in dem zur Verfügung stehenden Raum unterzubringen, teils weil sie nicht gern in ihr vollgestopftes Zimmer mit dem kleinen Fenster, den feuchten Wänden und der überall spürbaren Hoffnungslosigkeit zurückkehrte. Sie hatte alle Schichten übernommen, die Freya ihr anbieten konnte, und daher viel Zeit im Laden verbracht. In dem kleinen Hinterzimmer, das als Pausenraum und Büro gleichermaßen diente, hatte Freya einen Kleiderständer aufgestellt, an den Giselle ein paar Sachen hängte. Darunter standen einige Schuhe.

Sie holten das Schild herein und schlossen den Laden zehn Minuten früher.

»Heute war den ganzen Tag nichts los«, murmelte Freya vor sich hin. »Das merkt keiner.« Wäre Giselle die Geschäftsführerin gewesen, hätte sie nicht im Traum daran gedacht, früher zu schließen, aber Freya hatte eine andere Arbeitsmoral. Glücklicherweise, denn das bedeutete, dass die Norwegerin in vielen anderen Dingen ebenfalls entspannter war, was ihr, Giselle, das Leben um einiges erleichterte. So hatte sie zum Beispiel in den vergangenen Wochen immer ein Auge zugedrückt, wenn Giselle wieder einmal zu spät gekommen war, was ihr gar nicht ähnlich sah, und wenn sie mit verquollenen Augen aufgetaucht war, da sie nach Williams Unfall nicht hatte aufhören können zu weinen.

»Hättest du was dagegen, wenn ich mir ein Kleid von dir borge?«, fragte Freya. »Dann können wir uns beide hier umziehen und unterwegs einen Happen essen.«

Im Stillen konnte Giselle sich nicht vorstellen, wie Freya ihre Kleidergröße passen sollte, stimmte aber höflich zu, und irgendwie gelang es Freya, sich in ein geblümtes, weit ausgestelltes Kleid von Giselle zu zwängen, obwohl sich der Reißverschluss am Rücken nur mit Müh und Not schließen ließ. Der Stoff spannte über Freyas großen Brüsten und warf unschöne Falten, die deutlich machten, dass ihr das Kleid zu eng war, und Giselle befürchtete schon, es könnte reißen.

Sie selbst trug eine Hose, die eher einer Leggings glich, und ein enges Top mit einem Einsteckkragen aus steifer Spitze. Sie strich ihre Haare so fest zurück, wie es ihr ohne Glätteisen möglich war, und schminkte sich die Lippen leuchtend rot. Sie sah anders aus als sonst, und wäre ihr Busen nicht so auffallend gewesen, hätte sie ziemlich maskulin gewirkt. Bei ihrer Größe und mit Freya, einer breiteren Ausgabe von Marilyn Monroe, an ihrer

Seite, hätten sie von hinten glatt als Freund und Freundin durchgehen können.

Sie genehmigten sich einen Crêpe und ein Glas Wein in einem kleinen Café ein paar Straßen vom Blumenladen entfernt, dessen Besitzer sie kannte und daher ihre Gläser großzügiger füllte, als es aus der Rechnung hervorging. Er war ein stämmiger Italiener mit stark behaarten Armen, der schlecht Französisch und nur wenig Englisch sprach und sie immer mit einem überschwänglichen »Ciao, Bella!« begrüßte. Er hatte andere Kellner, die an den Tischen und an der Bar bedienten, aber zu ihnen kam er immer persönlich. Giselle vermutete, dass er auf Freya stand oder wenigstens die Größe und Fülle ihrer von dem zu kleinen Kleid kaum verhüllten Brüste bewunderte, von denen er den Blick nicht lassen konnte.

Nachdem sie gegessen hatten, verließen sie das Stadtzentrum und gelangten in einen Bezirk in der Nähe der Porte de Versailles, den Giselle für gewöhnlich nicht aufsuchte. Von hier aus gelangte man zu den Vororten im Süden mit den hohen Häuserblocks, in denen zunehmend Immigranten lebten. Die Straßen waren schlecht beleuchtet und ohne die für einen Freitagabend übliche Menschenmenge, nur hin und wieder kamen ein Betrunkener oder ein ängstlicher Passant vorbei.

»Bist du sicher, dass wir hier richtig sind, Freya?«, fragte Giselle. Vielleicht war es nur ein Zeichen für ihre Depression, dass ihr eigener Schatten sie kopfscheu machte, aber ihr gefiel die Gegend nicht. In der Dunkelheit der Mauern, die überall aufragten, hing etwas Morbides, als hätte sich in diesen Straßen seit langer Zeit kein Luftzug mehr geregt.

»Ja, bin ich«, erwiderte sie. »Vertrau mir. Das ist ein kleiner Laden, nicht sehr bekannt, aber freitags immer voll. Da kann man gut tanzen. Die Leute, die hierherkommen, sind nicht von der üblichen Sorte. Es wird dir gefallen.«

Danach schwieg Giselle, bis sie eintrafen. Sie brauchte ihre ganze Kraft, um ihr Leben in den Griff zu bekommen; für Diskussionen fühlte sie sich zu schwach.

Freya blieb plötzlich vor ein paar Betonstufen stehen, die vom Bürgersteig nach unten führten. Ein schwacher Lichtschein beleuchtete die Eisenstangen, die als Geländer dienten, aber fast wie ein Gefängnisgitter wirkten. An der Mauer unten war ein Schild angebracht, das allerdings so verblasst war, dass man es nicht mehr entziffern konnte, nur ein verschwommenes, abgeblättertes Durcheinander aus einst leuchtend purpurroten und pinkfarbenen Buchstaben war noch zu erkennen.

Vor dem Eingang stand eine Türsteherin. Sie war so groß wie Giselle, kräftig und in voller Ledermontur. Die Haare waren an den Seiten raspelkurz geschnitten, nur oben hatte sie sie lang gelassen und zu einer hohen blondierten Tolle gekämmt. Mit einem Nicken Richtung Freya gab sie zu verstehen, dass sie sich kannten, dann winkte sie die beiden durch.

Sie kamen durch einen dunkelrot gestrichenen Flur. Lauter, aggressiver Punk mit einem Bass, der die Wände wackeln ließ – so schien es Giselle zumindest. Die Bar erreichte man durch eine Seitentür am Ende, und Freya hatte recht, hier war wirklich viel los. Eine Tanzfläche war nicht abgegrenzt, überall wirbelten die Leute herum, manche im Takt der Musik, andere in einem abweichenden Rhythmus, als spielte in ihrem Kopf eine unsichtbare Band. Um die Tanzenden drängten sich weitere Gäste, plauderten, tranken oder sahen denen zu, die sich allein krümmten und wanden. Parfümgeruch mischte sich mit dem Gestank von Schweiß, verschütteten Getränken und Zigarettenrauch.

»Was zu trinken?«, fragte Freya.

»Klar«, antwortete Giselle. »Ich nehme das, was du trinkst.« Tatsächlich hatte sie seit der Fotosession mit William und Flick nichts mehr getrunken. Alkohol erinnerte sie an jene Nacht, und jene Nacht erinnerte sie an Flick, was wiederum dazu führte, dass sie an Williams Unfall denken musste. Daher hatte sie seitdem keinen Tropfen angerührt. Insgeheim befürchtete sie außerdem, sie könnte zu den Leuten gehören, die es mit dem Trinken übertrieben. Sie war ein leidenschaftlicher Mensch, vom Typ alles oder nichts, jemand, der sich nicht mit Maßhalten zufriedengab.

An diesem Abend aber wollte sie alle Sorgen hinter sich lassen und die Stunden vertanzen, und wenn ein Drink ihr helfen würde, die Grenze zum Vergessen zu überschreiten, würde sie einen nehmen – oder zwei, oder so viele, wie eben nötig waren.

Freya wurde rasch bedient, da sie sich nach vorn drängelte, und sie kam mit zwei viereckigen Gläsern zurück, gefüllt mit einer klaren Flüssigkeit, in der eine Zitronenscheibe schwamm und Eiswürfel klingelten.

»Gin Tonic«, sagte Freya. »Happy Hour ist noch eine Dreiviertelstunde, also trink schnell.«

Giselle gehorchte und leerte das Glas in wenigen Zügen, obwohl der bittere Chiningeschmack und die Säure der Zitrone sie zusammenzucken ließen. Sobald sie ausgetrunken hatte, nahm Freya ihr das Glas aus der Hand und stellte es irgendwo ab. Dann zog sie Giselle von der Bar weg in eine Schar Tänzer, die sich aneinanderdrängten, als wären sie bei einer Orgie, wenn auch vollständig bekleidet. Freya hob die Arme über den Kopf und schwang ihre breiten Hüften, woraufhin ihr Kleid so hoch rutschte, dass hin und wieder ihr minzgrüner, gekräuselter Slip darunter hervorblitzte.

»Freya«, zischte Giselle ihrer Freundin ins Ohr und versuchte, diskret zu sein, obwohl sie die Musik übertönen musste, »ist das hier eine Lesbenbar? Ich sehe keinen einzigen Mann.«

Freya zuckte mit den Schultern. »Hier komm ich her, wenn ich einfach nur tanzen will«, erwiderte sie, schloss die Augen und fuhr fort, sich zu winden, ihre Hüften zu schwingen und wie ein Go-go-Girl zu twisten.

Giselle spürte, wie sich zwei Hände auf ihre Hüften legten und ein Körper leicht an ihr entlangstreifte, ohne sich an sie zu drücken. Die Berührung war zaghaft, fragend. Sie erstarrte zunächst, entspannte sich aber gleich wieder und begann, sich im Rhythmus ihrer mysteriösen Tanzpartnerin zu bewegen. Der Druck wurde fester, und die unbekannten Hände strichen über ihre bedeckten Oberschenkel, während sie sich mit ihrer Begleiterin wiegte und drehte, als wären sie eins. Giselle ließ sich von der anderen Frau führen. Fingerspitzen hoben ihr Top an und zogen ein schwaches Muster über ihren Oberkörper, bevor sie über ihre Brüste fuhren, dann über ihre Oberarme, wobei sie Giselles Hände nach oben lenkten.

Sie hatte das Gefühl, als würde sie fliegen, frei auf den Schwingen des lauten Punk schweben, der aus den Lautsprechern dröhnte. Ihr Herz schlug im Gleichklang mit dem Bass, ihre Muskeln waren untrennbar mit dem Rhythmus verbunden. Ihr Körper lediglich die Hülle, um die herum die Musik vibrierte. Giselle fühlte sich vollständig, als hätte sie endlich den Riss in sich gefunden und schließen können. Sie hatte eine neue Lebenskraft entdeckt.

Ihr war nicht einmal aufgefallen, dass ihre Tanzpartnerin in den Schatten verschwunden war und sie allein gelassen hatte, um sich zu einer anderen zu gesellen. Giselle war derart verzaubert von ihrem eigenen Körper und ihren Gefühlen, dass sie für die Verführungskünste anderer völlig unempfänglich war und keinen Gedanken mehr daran verschwendete, sich an die Bar zu stellen und im Alkohol ihren Kummer zu ertränken.

Zum ersten Mal im Leben war sie wirklich mit sich im Reinen. Die Sehnsucht nach William und der gemeinsamen Zeit hatte sie immer noch im Griff, aber als sie die Bar mit Freya verließ, hielt sie sich an der leisen Hoffnung fest, auch ohne William wieder glücklich zu werden, egal, wie sehr er ihr fehlte. Und sie dachte an ihre alte Freundin Beth, die ihr wochenlang bunte, fröhliche Postkarten an die Adresse des Blumenladens geschickt hatte, seit sie – vermutlich durch Kontakte in der Kunstwelt – von Williams Unfall erfahren hatte. Giselle hatte kaum einen Blick auf die Karten geworfen, geschweige denn geantwortet. Sie hatte mit ihrem Kummer allein sein wollen, doch jetzt spürte sie ganz plötzlich, dass sich die Wolke verzogen hatte und einen hellen Lichtstrahl durchließ, wo zuvor nur Dunkelheit gewesen war.

Giselle war fest entschlossen, wieder Ballettstunden zu nehmen. Diesmal aus Spaß. Sie würde tanzen, weil es ihr gefiel, und ihr war egal, ob jemand sie für gut genug hielt oder nicht.

Der Brief traf Giselle völlig unerwartet. Auf den ersten Blick erkannte sie Williams Krakelschrift. Das W begann schmal und ging in weite, geschwungene Schlaufen über, die sie immer an die Pobacken einer gewichtigen Frau erinnert hatten.

Sie bekam einen Kloß im Hals. Mehr als das – das Atmen fiel ihr schwer, weil die starken Gefühle, die in ihr aufwallten, sie schier zu überwältigen drohten. Giselle holte tief Luft und trank ihren Espresso, um sich zu beruhigen. Die kleine Porzellantasse klapperte auf der Untertasse, als Giselle sie absetzte, ihre Hände zitterten so stark, dass sie den Kaffee beinahe verschüttet hätte.

Giselle saß draußen vor einem Café am Fuß des Montmartre. Ihr gefielen das Labyrinth gewundener Pflasterstraßen und der steile Anstieg des Hügels, auf dem das imposante Bauwerk von Sacré-Cœur thronte, hoch über dem Dorf innerhalb der Stadt. Die Kirche hatte eine große, majestätische Ausstrahlung. Giselle hatte sich nie zur Religion hingezogen gefühlt, wusste aber die Erhabenheit solcher Monumente zu schätzen und fand oft Frieden in ihrer Nähe, besonders an ruhigen, stillen Tagen wie diesem. Es war noch früh, der Morgen kühl. Bisher war sie der einzige Gast.

Der Kellner war freundlich und betrachtete sie neugierig, wahrscheinlich um abzuschätzen, warum eine attraktive junge Frau in zitronengelber Strickjacke und ordentlich gebügeltem cremefarbenem Rock so früh an einem Sonntagmorgen ohne Mantel allein unterwegs war. Er brachte ihr Butterkekse in Sternform, die sie nicht bestellt hatte. Giselle spürte, wie sein Blick unweigerlich zu ihrem Ausschnitt wanderte, als er den Teller abstellte.

Der Brief war noch verschlossen. Sie hatte ihn nicht unter Freyas bohrenden Blicken öffnen wollen oder in ihrem düsteren möblierten Zimmer, wo eine so deprimierende Atmosphäre herrschte. Seit über einer Woche trug sie ihn ungeöffnet in ihrer Handtasche mit sich herum. Mehr als ein Mal hätte sie ihn beinahe ungelesen weggeworfen, wie sie es mit Olens Briefen gemacht hatte, da sie die Erinnerung an ihre gemeinsame Zeit nicht entweihen oder alte Wunden wieder aufreißen wollte. Aber jedes Mal hatte sie sich anders besonnen. Ihre Finger hatten das schlichte weiße Papier umklammert, als wäre es aus Gold, viel zu kostbar, um es in den Müll zu werfen.

Schließlich fuhr sie mit dem Daumen unter die Verschlussklappe des Briefumschlags, öffnete ihn vorsichtig und zog den zusammengefalteten Bogen heraus. Nur ein einzelnes Blatt unliniertes Zeichenpapier aus einem seiner Skizzenblöcke. Er hatte beide Seiten beschrieben, und die Buchstaben waren so tief eingeritzt, dass der Kugelschreiber das Papier durchstochen hatte. Giselle stellte sich vor, wie er geschrieben hatte, wie er so heftig auf den Kuli gedrückt hatte, dass es sich jetzt wie Blindenschrift anfühlte, als sie mit den Fingerspitzen über das Papier strich. Sie konnte die Wörter nicht ertasten, wohl aber die Angespanntheit, mit der er sie niederschrieben hatte.

Liebste Giselle, begann der Brief. Sie hatten nie zu den Paaren gehört, die sich mit Kosenamen anredeten oder zärtliche Worte austauschten. Sie war immer Giselle gewesen und er William. Sogar ihre Namen passten gut zueinander, hatte sie einmal gedacht, obwohl sie den Gedanken rasch als eine Dummheit verworfen hatte, wie Schulmädchen sie sich auf dem Schulhof ausdenken. Ihre Namen spielten nicht die geringste Rolle.

Wie Du Dir bestimmt gut vorstellen kannst, habe ich lange gezögert, bevor ich Dir das hier schreibe. Du weißt, wie sehr ich mich gegen den Gedanken gesträubt habe, dass wir zusammen bleiben. Ich, der ich jeden Tag älter werde, während Du so jung und schön bist und so viel Leben in Dir hast. Mehr, als ich je hatte.

Ich wollte Dich freigeben.

Aber ich kann es nicht. Ich bleibe Dein Gefangener. Wir sind durch unsere Seelen einander angetraut, wenn auch nicht vor dem Gesetz. Ich gehöre zu Dir.

Bin ich deshalb ein schlechter Mensch? Oder bloß ein dummer alter Mann? Ich weiß es nicht. Ich weiß nur, dass ich Dich von Tag zu Tag mehr liebe. Und eigenartigerweise habe ich den Eindruck, als lernte ich Dich besser kennen, auch wenn uns vielleicht – so oft mein Gefühl – Welten voneinander trennen.

Kannst Du Dich noch an den Ball erinnern, an dem wir in dieser merkwürdigen Gegend hinter Long Island teilnahmen, von der ich nie gedacht hätte, dass sie überhaupt auf einer Landkarte zu finden ist? Natürlich kannst du dich erinnern, obwohl ich Dir nicht genau gesagt hatte, was es war. Ich hätte Dir so vieles sagen sollen. Irgendwie wollte ich Deine Unschuld bewahren. Ich hätte allerdings wissen müssen, dass Dein guter Kern nie zu verderben ist, ganz gleich, welchen Perversionen ich Deinen Körper aussetzte.

Giselle hielt inne. O ja, ich erinnere mich, dachte sie bitter. An jeden einzelnen Moment, den sie zusammen verbracht hatten, als hätte sie ihre Beziehung gewissermaßen aufgezeichnet und könnte sie im Gedächtnis in Farbe und dreidimensionalem Cinemascope wieder abspielen.

Ein afrikanischer Blumenverkäufer ging auf der Straße vorbei, erpicht, sich an ahnungslose Touristen heranzumachen und ihnen Rosen zu überzogenen Preisen anzudrehen. Er blieb stehen und bot ihr eine an. Sie nahm die Rose und bezahlte ihm, was er verlangte, nur damit sie die Dornen und die seidigen Blätter an ihrer Haut spüren konnte. Sie brauchte etwas Vertrautes, etwas, das sie nicht nur mit William in Verbindung brachte, um wieder in die Gegenwart zurückzukehren. Nachdem sie gerade erst ihr inneres Gleichgewicht wiedergefunden hatte, weigerte sie sich, es erneut zu verlieren. Sie steckte ein Stück Butterkeks in den Mund und las weiter. Der süße Geschmack und die knackigen Pistazienstücke im Keks riefen ihr ins Gedächtnis, dass sie hier war, in Montmartre, und nicht irgendwo in den Hamptons, während flüchtige Erinnerungen an den Ball vor ihrem geistigen Auge vorbeizogen. Sie brauchte nur einen Moment lang die Augen zu schließen, und schon sah sie William vor sich, als wäre er wirklich da.

Sie riss die Augen auf und las weiter.

Wir standen neben einer Skulptur, einem Springbrunnen, auf dem Parkplatz. Ein Mann und eine Frau, die sich umarmten. Eng umschlungen. So wie ich Dich jetzt gern festhalten würde. Und Du hast mich gefragt, ob ich mir schon einmal überlegt hätte, mich als Bildhauer zu betätigen. Ich verneinte mit dem Argument, ich würde Farbe als Medium vorziehen und meine Objekte gern von Licht umhüllt darstellen, nicht aus Stein gemeißelt. Hart, kalt. Wenigstens dachte ich das damals. Ich irrte mich.

Du wirst es kaum glauben, Giselle, aber beim Ball gibt es noch einen Blinden. Er heißt Walter. Wir sind zu zweit! Was auch erklärt, warum der Ball so entgegenkommend war und so erpicht darauf, mich weiter zu beschäftigen, obwohl ich doch jetzt als Künst-

ler nahezu nutzlos bin. Er ist Bildhauer. Und er unterweist mich. Ich habe bisher noch keinen Ton oder anderes Material angerührt. Noch bittet er mich lediglich, mich zu ihm zu setzen, ein Bild in meinem Kopf entstehen zu lassen und es bis auf den letzten Millimeter zu sezieren. Oberflächenstruktur, Geschmack, Farbe, die genaue Beschaffenheit jeder Rundung. Sie mit den Händen in der Luft zu formen.

Natürlich lasse ich mich von Dir inspirieren. Du, die Du für immer in meinem Kopf bist. Ich hoffe, Du hast nichts dagegen, mein Liebling, auf diese Weise benutzt zu werden. Du bist die einzige, noch so lebendige Erinnerung, die mir für diese Aufgabe präsent ist. Alle anderen Erinnerungen sind verblasst und haben ihren Glanz verloren. Ich sehe jetzt nur noch Dich vor meinem geistigen Auge. Also sitze ich Tag für Tag da und meißle Dich in meiner Vorstellung aus Stein.

Eines Tages werde ich Dich zum Leben erwecken, hoffe ich, obwohl ich Dir niemals gerecht werden kann. Ich bin dankbar, dass ich dann wenigstens nicht mit ansehen muss, wie schlecht ich Dich mit meinen Händen dargestellt habe!

Die letzte Zeile brachte Giselle zum Weinen. Sie erkannte auf den ersten Blick seinen typischen schwarzen Humor und seinen Optimismus, da er sich jetzt selbst über seinen Zustand lustig machte, als könnte es je etwas Positives an seiner Erblindung geben. *Daran, dass sie ihn aus Versehen geblendet hatte.* Der Gedanke fraß immer wieder an ihr, und sie versuchte verzweifelt, ihn zu verdrängen. Ganz sicher würde William es nicht gutheißen, wenn sie so dachte, und ihm zuliebe wollte sie sich davon nicht überwältigen lassen.

Sie wischte sich die Tränen aus den Augen. Ihr Kaffee war kalt, sie bestellte einen neuen.

»Kann ich Ihnen noch etwas bringen, Mademoiselle? Ein Papiertuch, ein Glas Wasser?«, fragte der Kellner sie, und in seinem Blick vermischte sich Besorgnis mit Begehren. Giselle hatte diesen Gesichtsausdruck schon bei vielen Männern gesehen, sodass sie Bescheid wusste. Sie schüttelte den Kopf. »Nein, danke.«

Sie war unten auf der Seite angekommen und wollte den Brief schon wieder weglegen. Noch einmal innehalten und später weiterlesen, damit es länger dauerte. Während sie seine Worte las, hörte sie im Geist Williams Stimme. Sie sah sein Gesicht vor sich, spürte seinen rauen Bart an ihrer Wange, während er sie küsste. Sie würde jetzt alles dafür geben, ihn in sich zu spüren. Sich von ihm vögeln, sich von ihm fesseln zu lassen, wie er es einmal getan hatte, als sie unbedingt seine Jeanne d'Arc sein wollte.

Aber es sollte nicht sein, das war ihr klar. Giselle war pragmatisch. Eine Realistin. Im Grunde ihres Herzens wusste sie, dass dies ungeachtet des Schmerzes nicht ewig anhalten konnte. Seine Erinnerung an sie würde verblassen. Ebenso ihre an ihn. Oder doch nicht?

Du bist das Einzige, was ich sehe.

Ich werde Dich für immer im Herzen und im Gedächtnis behalten.

Ich liebe Dich.

Dein William.

Selbst nachdem sie den Brief gelesen hatte, brachte sie es nicht über sich, ihn wegzuwerfen. Wenigstens hatte sie sich so weit im Griff, ihn nicht immer wieder aufs Neue zu lesen. Ansonsten würde sie darüber verrückt werden, das wusste sie. Aber ihre Disziplin hielt sie nicht davon ab, wenigstens an den Brief zu denken, der fein säuberlich gefaltet in seinem ursprünglichen Umschlag in einem ihrer Lieblingsbücher steckte. Sie hatte ihn in *Der große Gatsby* gelegt, denn seit der Party in den Hamptons, bei der niemand den Gastgeber kannte, hatte dieses Buch sie an William erinnert.

Bald würde sie eine ganze Sammlung haben, denn das sollte nicht sein letzter Brief an sie sein.

Nie stand ein Absender auf dem Umschlag, daher hätte sie

nicht gewusst, wohin sie eine Antwort schicken sollte, selbst wenn sie es gewollt hätte.

Obwohl Wörter nicht viel ausrichten konnten, ihr Gewissen und ihr Verlustgefühl zu besänftigen, halfen Williams kurze Mitteilungen aus Übersee doch ein wenig. Aber schon bald kamen sie seltener. Mal ein paar ausführlichere Zeilen, höchstens zweimal im Jahr, hin und wieder eine Ansichtskarte mit einem exotischen Stempel aus einer entlegenen Gegend, vermutlich je nachdem, wo der Ball seine Zelte aufgeschlagen hatte. Die Abstände wurden immer größer, was es Giselle erleichterte, den durch Trennung und Leere verursachten Schmerz mit Hilfe der Zeit zu verwinden.

Irgendwann ließ Giselle eine Vorlesung an der Uni aus, dann noch eine und noch eine, da sie am Morgen viel zu erschöpft war, um aus den Federn zu kriechen – nach den Nächten frenetischen Tanzens und überdrehter Geselligkeit in Nachtclubs auf den Boulevards zwischen Neuilly und dem Montparnasse, nach ihrem besinnungslosen Eintauchen in eine Welt flackernder Stroboskoplichter, in wilde Neonkönigreiche und das Gebrüll berauschter Menschenmengen. Bald waren Monate vergangen, und Giselle wurde sich bewusst, dass sie ihr Studium längst aufgegeben hatte. Es war keine bewusste Entscheidung gewesen, sondern hatte sich einfach so ergeben. Aber die Vorlesungen fehlten ihr nicht mehr. Ihr Hunger nach dem Leben, das in Büchern existierte, hatte nachgelassen.

Auch der Aushilfsjob im Blumenladen fand ein Ende infolge eines Streits mit Freya über einen Typen, den Giselle in einem Club aufgerissen hatte. Woher hätte sie denn wissen sollen, dass Freya in den Mann verknallt war? Sie waren alle ziemlich betrunken gewesen, und Giselle hatte das Gefühl gehabt, ihre Freundin wäre in diesen durchzechten Nächten mit Tanz und Fröhlichkeit für alles offen. Nach einer Woche hatte sie den Namen des Typen bereits vergessen, wusste nicht einmal mehr, ob er sie gekonnt bestiegen hatte oder nicht. Doch Freyas gekränkte Blicke trafen sie weiterhin, und die Zusammenarbeit wurde demzufolge immer angespannter.

Giselles Vater war gestorben, nur ein paar Tage nach Williams Unfall, und hatte ihr eine kleine Geldsumme hinterlassen, die sie damit aufbesserte, für Maler, Fotografen oder den Kunstunterricht an der École des Beaux Arts Modell zu stehen. Die Trauer über seinen Tod hatte sich in gewisser Weise mit dem Verlust Williams vermischt. Ohnehin hatte sie ihrem Vater nie sonderlich nahegestanden. Sie wusste, sie sollte mehr Zeit mit ihrer Mutter verbringen, nachdem diese nun allein war, doch Giselle konnte das Gefühl der Abwesenheit nicht ertragen, das schwer auf ihrem Zuhause lastete; als hätte der Tod ihres Vaters ein Loch direkt ins Wohnzimmer gerissen. Sie hielt sich fern.

Es gab Männer.

Ein Lehrer an der Kunstschule, der sie gebeten hatte, privat für ihn Modell zu stehen. Er war in Williams Alter, vielleicht sogar noch älter, aber das absolute Gegenteil: klein, drahtig, makellos gekämmtes Haar, die Kleidung stets sauber und sorgfältig gebügelt. Zunächst hatte sie angenommen, Stéphane wäre schwul, doch der Glanz in seinen Augen, als er nach ihrer ersten Sitzung mit ihr ausgegangen war, hatte sie rasch eines Besseren belehrt. Er schaute sie an wie ein Mann, der sie begehrte, nicht mit dem distanzierten Blick eines bewundernden Künstlers. Sie hatte sich nicht lange geziert, bis sie seine Geliebte wurde. Nebenbei war er auch noch verheiratet. Er war ein aufmerksamer, wenn auch fantasieloser Liebhaber. Obwohl ihr Herz zu ihrer Verwirrung immer noch den Erinnerungen an William und seine raue, hemmungslose Art nachhing, sehnte sie sich im Stillen doch nach einer normalen Beziehung, einer Situation, in der sie zu jeder

Tages- und Nachtzeit einen Freund anrufen und vorschlagen konnte, sich auf einen Kaffee in einem Bistro zu treffen, zusammen ins Kino oder tanzen zu gehen oder über das Wochenende an die Küste zu fahren, um zu flirten und sich zu entspannen. Verheiratete Männer standen nicht auf Abruf bereit. Daher ließ sie sich nebenher auf eine Affäre mit Robert ein, einen Studenten von Stéphane. Wieder einer, der jede Kontur ihres Körpers, die Geometrie ihrer Rundungen und die Schattierungen ihrer Blässe schon längst kannte, bevor sie mit ihm ins Bett ging, da er sie des Öfteren in verschiedenen hell erleuchteten Zeichensälen der Kunstschule skizziert, gezeichnet und gemalt hatte, zusammen mit ein paar Dutzend anderen Kunststudenten im zweiten Studienjahr. Im Bett war er fantasielos wie Stéphane und wurde manchmal rot, wenn Giselle auf der Suche nach Befriedigung die Führung übernahm, ihn von seinen Missionarsstellungen abbrachte und gewagtere Varianten in ihr Liebesspiel einführte. Obwohl sie nur fünf Jahre älter war als er, kam sie sich vor wie seine Mutter oder wie ein verruchtes Frauenzimmer, das einen Jungen mit unsäglichen Bedürfnissen und der Gier nach extremen, köstlichen Sexpraktiken verdarb, auf deren Geschmack William sie gebracht hatte.

Stéphane wusste von Robert und hatte anscheinend nichts dagegen. Verheiratete Männer wissen, dass sie kein Recht auf Besitzansprüche haben. In den Monaten, in denen sie abwechselnd mit beiden Männern schlief, stellte Giselle sich oft vor, sie beide zu sich unter die Bettdecke zu holen für eine besondere Gelegenheit, eine Meisterleistung zu inszenieren, und sei es nur, um sich zu bestätigen, dass sie nicht mehr auf Romanzen aus war, lediglich auf fleischliche Gelüste. Und Vergnügen. Sowohl egoistisch als auch lohnend.

Doch dazu kam es nie.

Und die Zeit verging.

Robert zog weiter. Zweifellos zu einer Frau in seinem Alter, die vielleicht weniger anspruchsvoll und kaltherzig war. Er ging nicht mehr ans Telefon, wenn Giselle anrief. Sie verstand ihn.

Dann verließ Stéphane Paris, um eine Gastprofessur in der Villa Medici in Rom anzutreten. Er versprach, Kontakt mit ihr aufzunehmen, sobald er sich eingerichtet hatte, und Giselle sollte dann für ein oder zwei Wochen zu ihm fliegen, damit sie gemeinsam durch das Latium reisen könnten. Ein Vorgänger in der Villa hatte ihm den Tipp gegeben, nördlich der Stadt gebe es einen See, der ideal für ein Rendezvous sei. Lago di Bracciano. Mit einer Burg oberhalb. Angeblich hatte Tom Cruise in der Nähe geheiratet. Dann sei da noch die mittelalterliche Stadt Calcata, die in eine Künstlerkolonie umgewandelt werde, und man könne für ein Wochenende ein abgeschiedenes Haus mieten. Giselle suchte die Orte auf der Landkarte, doch der Anruf von Stéphane kam nie. Zweifellos waren italienische Modelle eine neue Attraktion, exotischer und verfügbarer.

Mehr Männer.

Noch während sie mit Stéphane und Robert schlief. Zwischendurch. Danach.

Namenlose Männer, die sie in lauten Clubs oder in Bars aufgabelte. Auf der Tanzfläche oder unter dem Tisch in einem teuren Restaurant, dem Procope oder einem Feinschmeckerlokal auf den Champs-Élysées, glitten deren robuste, teilweise verschwitzte Hände hektisch über ihre Schultern oder den dünnen Stoff ihres Rocks bis über den Rand ihrer Strümpfe.

Sie ließ sich von ihnen in Toiletten ficken, in Autos oder in der dunklen, geschützten Sicherheit des Bois de Boulogne. Oder sie nahmen Giselle mit in billige Absteigen in der Nähe eines Bahnhofs, wo sie für den Nachmittag ein Zimmer mieteten. Allerdings nahm sie niemals Männer mit in ihr kleines Zimmer in der Nähe der Bastille.

Manche waren gesprächig, andere wiederum schweigsam. Giselle bevorzugte Männer, die nicht viel redeten. Die sie herumkommandierten, sobald sie allein waren, manchmal an die Grenzen der Grobheit gingen und Giselles Furcht in eine gewisse Erregung verwandelten.

Tage wurden zu Wochen, Wochen zu Monaten, Monate zu Jahren, die in Untätigkeit dahinflossen.

Ein Fotograf namens David nahm sie mit nach Bali, wo sie zum ersten Mal an einem Strand Sex hatte. Der Sand an allen möglichen Körperstellen verursachte eine unangenehme Reizung, die sie vorher nicht bedacht hatte.

Ein Pilot, den sie in einer Hotelbar kennengelernt hatte, nahm sie mit nach Tokio, wo sie sich den Bauch mit Sashimi und Miso-Suppe vollschlug. Sie blieb noch, als es an der Zeit war, nach Paris zurückzukehren, und fand ein kurzes Engagement als Hostess in einer Bar, in der ortsansässige Gäste ein Vermögen dafür ausgaben, von Ausländerinnen umschmeichelt zu werden, und nie Sex verlangten. In einem Tanzclub in Shinjuku sah sie Tänzerinnen in Käfigen, die durch das Stroboskoplicht in zuckende Skelette verwandelt wurden, und beobachtete später am selben Abend völlig fasziniert eine Bondage-Vorführung, geleitet von einem kleinen Mann mit Kahlkopf und fließendem Rauschebart, der sie an Don Quichotte erinnerte. Eine Woche danach kam sie wieder und fragte ihn rundheraus, ob er bereit sei, sie auch zu fesseln. Ein paar Stunden später verließ sie sein Studio in Hochstimmung, der ganze Körper noch summend nach der Begegnung mit dem Seil, sie selbst begierig darauf, gezähmt zu werden, vervollständigt. Schnurstracks suchte sie die nächstbeste Bar auf und verführte einen angesäuselten Manager, der sein Glück nicht fassen konnte und sie in ein Stundenhotel in der Nähe mitnahm. Sein Körper war vollkommen unbehaart. Nach dem Sex ließ er sie in dem Zimmer zurück, während sie noch unter der Dusche stand, als wäre ihm das Ganze peinlich, und legte eine Handvoll Geldscheine auf die Frisierkommode.

Sie kehrte nach Europa zurück, nahm ihre Arbeit als Modell wieder auf, ging mindestens zweimal die Woche tanzen, um Dampf abzulassen, sammelte Männer wie Schmetterlinge. Flüchtige Begegnungen, unsichtbare Körper, Männer mit Schwänzen, Stimmen mit Händen und netten Worten und manchmal schlechtem Atem.

Die Aufträge als Modell wurden seltener, auch wenn das nicht von heute auf morgen geschah. Maler und Fotografen gingen mit der Zeit zu anderen Modellen über, neuen Gesichtern und Körpern, weil sie vielleicht die Möglichkeiten, die Träume, die Giselle zu bieten hatte, ausgeschöpft hatten und neue Inspiration suchten. In Wirklichkeit wusste Giselle, dass sie seit einiger Zeit nicht mehr mit dem Herzen dabei war. Sie stand in Ateliers, vor Kulissen und in Bereichen, die zwischen den vergangenen und zukünftigen Welten hingen; sie fühlte sich gleichgültig, ziellos, was die Künstler zweifellos spürten. Nur William hatte sie vollends in eine Muse verwandelt.

Das Geld wurde knapp, sogar die Miete musste sie mühsam zusammenkratzen.

Dann kam der Anruf.

Sie hatte seit einiger Zeit mit dem Gedanken gespielt, sich vielleicht bei einer Agentur anzumelden, um zusätzliche Arbeit als Modell zu finden, da sie sich bisher nur auf Empfehlungen potenzieller Kunden verlassen hatte, sowie auf ein paar wenige Kunstschulen aus der Zeit, als sie für William Modell gestanden und sein Bekanntenkreis sie zur Kenntnis genommen hatte.

Die Kontaktaufnahme durch die Talentvermittlung – einer, von der sie noch nie gehört hatte – kam gerade zur rechten Zeit. Giselle hatte das Gefühl, als kümmerte sich jemand aus der Ferne um sie und wäre sich ihrer veränderten Lebensumständen bewusst. Die Agentur hieß *L'Or du Temps*, das Gold der Zeit. Der Name hatte ihr auf Anhieb zugesagt.

Die Büros befanden sich im ersten Stock eines Stadthauses in der Rue de Verneuil; überall polierte Spiegel, dunkle Holzbeschläge und dezente Möblierung. Die Frau, die sie angerufen hatte, wirkte äußerst distinguiert. Sie hatte ihr sonnengebleichtes kastanienbraunes Haar zu einem festen Knoten gebunden und trug einen grauen Hosenanzug, eine weiße Bluse und eine Perlenkette. Sie hieß Madame Fur.

»Wir haben nur Gutes über Sie gehört«, sagte sie. »Sie wurden uns wärmstens empfohlen ...«

»Darf ich fragen, wer Sie auf mich aufmerksam gemacht hat?«, erkundigte sich Giselle.

Die Frau überging ihre Frage.

»Ich nehme an, Sie haben Erfahrung im Tanz?«

»Ja, aber es ist eine Weile her, seit ich richtig trainiert habe«, erwiderte Giselle.

»Verstehe.«

Giselle hatte das Gefühl, dass diese Frau viel mehr über sie wusste, als sie zugab; dass sie darüber Bescheid wusste, wie oft sie wilde Nächte in Clubs verbrachte; dass sie es allein tat und häufig ohne Tanzpartner, schwebend in der Musik und in ihrer eigenen Welt, dabei die Aufmerksamkeit aller auf der überfüllten Tanzfläche auf sich zog. Auch dass sie dort Männer traf und zu ihrem Vergnügen herumhurte; dass sie Giselles geheimes Leben kannte, in dem ihre Einsamkeit im Mittelpunkt stand.

Die Augen der Frau waren grün und stählern. Sie hielt Giselles Blick stand.

»Wir können Ihnen Arbeit anbieten. Gut bezahlt. Regelmäßig.«

»Als Modell?«

»Manchmal.«

»Ich bin keine Hostess, falls Sie das im Sinn haben.«

»Absolut nicht«, sagte Madame Fur. »Sie haben Erfahrung als Künstlermodell, und Sie haben Erfahrung im Tanz. Das wissen wir.«

»Und was noch?«

»Es hätte auch mit Tanzen zu tun. Einer bestimmten Art«, fügte die Frau mit immer noch undurchdringlicher Miene hinzu.

»Ich möchte keine Stripperin werden«, beharrte Giselle.

»Schon klar. Uns interessiert auch mehr der künstlerische Aspekt.«

Giselle war neugierig und fragte nach weiteren Einzelheiten.

»Nach einer angemessenen Ausbildungszeit müssten Sie in die Vereinigten Staaten ziehen«, teilte die Frau ihr mit. Die letzte Ansichtskarte mit an Belanglosigkeit grenzenden Geburtstagsgrüßen, die sie vor ein paar Jahren von William bekommen hatte, war in San Francisco aufgegeben worden. Madame Fur hatte jetzt Giselles volle Aufmerksamkeit.

Da sie das spürte, entspannte sich Madame Fur sichtlich, bot ihr Kaffee an und schlug vor, sie sollten doch auf das weiße Ledersofa umziehen, statt sich wie bei einem förmlichen Vorstellungsgespräch am Schreibtisch gegenüberzusitzen.

L'Or du Temps sei die Pariser Niederlassung einer großen internationalen Organisation, die ihre Finger in vielen Bereichen der Unterhaltung und Kunstwelt habe, erklärte sie. Sie würden sich hinsichtlich der zuweilen speziellen, wenn auch nie illegalen Art der von ihnen organisierten Aktivitäten sehr bedeckt halten.

Das schockierende, wenn auch faszinierende Spektakel, das sie beim Ball in den Hamptons miterlebt hatte, kam Giselle in den Sinn, und sie musste ihre Gesprächspartnerin einfach danach fragen.

»Diese große, wilde Party vor vielen Jahren außerhalb von New York, hatten Sie damit etwas zu tun?«

»Der Ball?«

»Ja, so wurde es genannt. Ein guter Freund von mir hat später dafür gearbeitet. Für Sie?«

»Nicht für mich persönlich, aber ja, wir stehen in Verbindung. Wir werden bei vielem hinzugezogen.«

»Es war nicht zufällig William, der Sie auf mich aufmerksam gemacht hat?«

»Und wenn es so wäre?«

Giselle überlegte. Nein, es würde keine Rolle spielen. Dennoch war die Verbindung zwischen *L'Or du Temps* und William und dem Ball mehr als bloßer Zufall. Für sie schloss sich ein Kreis, als ginge ein weiteres Kapitel ihres Lebens zu Ende, und sie würde sich auf etwas Neues und Unvermeidliches einlassen.

»Ich bin einverstanden«, sagte sie. »Mit der Ausbildung, die Sie erwähnten, mit der Arbeit ...«

Madame Fur lächelte hintergründig, und in ihrem distanzierten Blick lag etwas, als hätte sie mit dieser Antwort gerechnet.

»Ich habe Ihnen noch nicht viele Einzelheiten genannt ...«

»Egal«, erwiderte Giselle. »Ich mache alles. Ich bin dabei. Auf jeden Fall.«

7

TANZ AM MISSISSIPPI

Knapp zwanzig Jahre später führte Giselle ein Bewerbungsgespräch mit einer neuen Tänzerin in ihrem Büro im Club, der, diskret hinter hohen Mauern versteckt, in einem nach Magnolien duftenden Garten am östlichen Rand der Bourbon Street und der Esplanade Avenue stand.

Morgens hatte sie gut eine Stunde an ihrer Frisierkommode gesessen und ihr Spiegelbild betrachtet. Es war nicht über Nacht passiert, sondern ein fortschreitender Prozess gewesen, bei dem man die Veränderungen nicht von einem Tag auf den anderen feststellt, aber ganz plötzlich war sie nun mit dem unumstößlichen Beweis konfrontiert: Ihre Haare waren grau geworden. Dank stundenlangem Bürsten und intensiver Pflege waren sie immer noch lang und seidig, doch die hellen Strähnen waren trotzdem nicht zu übersehen.

Giselle hatte es mit stiller Resignation zur Kenntnis genommen.

Solange sie denken konnte, hatte ihre Mutter ebenfalls graue Haare gehabt, selbst in den längst vergangenen Tagen in Orléans. Doch obwohl sie es auch lang getragen hatte, war das Haar ihrer Mutter nicht so dunkel wie Giselles und die Wirkung nicht so verblüffend gewesen. Jetzt war Giselle an der Reihe, ihr genetisches Erbe anzutreten.

Zwei Dinge würde sie ganz bestimmt nicht tun: Sie wollte weder die Haare kurz schneiden noch färben, um ihren ursprünglichen schwarzen Farbton wiederherzustellen oder sich irgendeinen anderen zuzulegen. Schönheitstricks waren nie ihre Sache gewesen.

An diesem Abend würde sie, nachdem der Club geschlossen hatte, ausgehen und durch die Straßen des Vieux Carré streifen, Richtung Jackson Square, und wenn sie bis dahin keine Aufmerksamkeit auf sich gezogen hatte, würde sie schließlich ins Café du Monde gehen. Dort würde eine einsame Frau, die im Dunkel der Nacht an einem Ecktisch mit Blick auf die Decatur Street saß, ihren Kaffee trank und dabei eine gewisse Erwartung und Verfügbarkeit ausstrahlte, leicht einen Mann kennenlernen können. Sie würde lächeln, hoffen, dass der Fremde einen Funken Verstand und keine Fahne hätte, und ihm dann in sein Hotelzimmer folgen und mit ihm schlafen. Sich ficken lassen. Und sich in der Morgendämmerung davonschleichen und in die Friedlichkeit ihres eigenen Bettes ein paar Straßen entfernt zurückkehren, in der sicheren Erkenntnis, dass sie immer noch attraktiv und verführerisch war.

Sie wohnte in einem kleinen, einstöckigen Haus, das einst als Sklavenquartier gedient hatte, aber längst renoviert und auf den neuesten Stand gebracht worden war, versteckt unter der üppigen Vegetation des Clubgeländes. Nie hatte sie einen Mann mit dorthin genommen. Viele hatten darum gebeten, aber sie hatte immer klargestellt, dass es gegen die Abmachung sei und nie geschehen werde. Sie hatten sich rasch geschlagen gegeben.

Die neue Bewerberin war Giselle vom Netzwerk empfohlen worden, daher wusste sie, dass die junge Frau angesichts einiger Aspekte des Jobs nicht gleich aus allen Wolken fallen würde. Giselle musste kein Blatt vor den Mund nehmen, wenn sie erläuterte, was die Auftritte gelegentlich beinhalteten. Absolute Neulinge schraken manchmal überrascht zurück und wollten gehen, woraufhin Giselle sie an die Vertraulichkeitsvereinbarung erinnerte, die sie vor dem Bewerbungsgespräch unterschrieben hatten.

Die Organisation wollte kein unerwünschtes Aufsehen erregen.

»Woher kommen Sie?«

»Aus Portland in Oregon.«

Giselle zog es vor, Tänzerinnen und Darsteller aus dem Ausland einzustellen, besonders aus Europa oder Osteuropa. Die waren in gewisser Weise weltlicher. Amerikanerinnen mangelte es häufig an einem Gefühl für »Poesie«, wie sie es gern nannte, auch wenn ihre Figur umwerfend und ihre Haut makellos war, wobei sich manche als herausragend, wunderbar schamlos und kenntnisreich erwiesen hatten, was bei Ausländerinnen, denen die nötige Arglist fehlte, häufig nicht der Fall war. Gebürtige Amerikanerinnen lernten die ungewöhnlicheren Abläufe anscheinend schneller und leichter, obwohl ihre Darbietungen auch ein wenig mechanischer und emotionsloser waren, wohingegen Ausländerinnen nicht nur mit ihrem Körper, sondern auch mit dem Herzen bei der Sache waren.

Giselle schaute auf die erste Seite der Mappe, die die Tänzerin zum Bewerbungsgespräch mitgebracht hatte.

»Deborah?«

»Die meisten nennen mich Debb …«

Die junge Frau wirkte nervös.

Wie viel hatte man ihr gesagt? Was erwartete sie?

Als Giselle sich vor vielen Jahren in derselben Lage befunden hatte, wie lange hatte sie da gezögert, nachdem man ihr alles erklärt hatte? War sie überrascht gewesen? Oder geschockt? Oder hatte sie es fatalistisch hingenommen? Sich an ihre damalige Gemütsverfassung zu erinnern, fiel ihr nicht leicht. Seither war so viel geschehen.

Ihre tänzerischen Fähigkeiten, ihre körperliche Fitness und

ihr allgemeiner Gesundheitszustand waren ausgiebig geprüft worden, danach folgten mehrere Sitzungen bei einem Psychologen, dem sie ihre sexuellen Vorlieben und Eigenheiten offenbaren musste. Der Mann hatte tief nachgebohrt und dabei ihre verstörende Fixiertheit auf Jeanne d'Arc enthüllt, auf ihren verborgenen Hang zum Masochismus und wie er sich Männern gegenüber äußerte und dass ihre exhibitionistische Veranlagung – gegen die sie sich nach wie vor sträubte – nur hauchdünn unter der Oberfläche ihrer Persönlichkeit lauerte.

Doch diese Enthüllungen schienen ihre potenziellen neuen Arbeitgeber nicht zu stören, denn schon bald hatte sie alle Tests erfolgreich bestanden, und die Flut an Fragen hatte aufgehört.

»Und Sie haben kein Problem damit, nackt aufzutreten?«, fragte sie jetzt die junge Frau.

»Überhaupt nicht«, antwortete Debb. Mit einem Kopfnicken deutete sie auf die Mappe, die Giselle immer noch in Händen hielt. »Als Studentin habe ich ein bisschen Striptease und Lapdance gemacht. Aber das waren sehr seriöse Bars. Alles war legal, irgendwelche krummen Sachen waren nicht erlaubt.«

»Und wie ging es Ihnen damit?«, fragte Giselle.

»Anfangs war es mir ein bisschen peinlich, aber ich habe mich schnell dran gewöhnt. Und ...«, sie hielt kurz inne, »... irgendwann habe ich mich auf diese Abende wirklich gefreut. Es hat mich sexuell erregt. Die Macht, die ich damit über die männlichen Zuschauer gewann. Diejenige zu sein, die die Kontrolle hat.«

»Gut«, sagte Giselle.

Nachdem das Pariser Büro des Netzwerks mit ihr zufrieden gewesen war, hatte man Giselle nach New York geflogen. Dort bezog sie eine kleine Wohnung in einem Haus ohne Fahrstuhl an der Upper West Side, mit zwei anderen Neulingen, einer Frau und einem unglaublich gut aussehenden, wenn auch etwas beschränkten Mann namens Pietr, der aus Lettland kam und, wie sie wusste, als Sexprotz in den speziellen Veranstaltungen fungieren würde, bei denen sie eines Tages aufzutreten hatte. Er war ein richtiges Prachtexemplar von einem Mann und wusste das auch. Ständig marschierte er nackt durch die kleine gemeinsame Wohnung, wenn es nicht gerade zu kalt war, wobei seine Erektion selten nachließ. Sein Englisch war noch stockend, daher war jeder weitergehende soziale Umgang mit ihm ziemlich mühsam. Giselle und die andere Tänzerin, die das zweite Schlafzimmer mit ihr teilte, eine Australierin namens Joy, bemühten sich, ihn zu ignorieren, obwohl sie, wenn sie wieder in ihrem Zimmer waren, ihr Gelächter unterdrücken mussten, während sie Vermutungen darüber anstellten, wie viel ihm seine Schönheit noch nützte, wenn es beim Sex ans Eingemachte ging. Nie ließ er eine Gelegenheit aus, sich selbstherrlich in einem der Spiegel in der Wohnung zu betrachten, den Bizeps anzuspannen, den Bauch einzuziehen oder auch lässig über seinen harten Penis zu streichen, als wollte er dessen nie nachlassende Festigkeit prüfen, ohne sich darum zu scheren, wer gerade anwesend war.

»Und Sie mögen Männer?«, fragte Giselle die junge Frau.

»Na ja, schon«, erwiderte Debb. »Natürlich. Aber ich stehe Frauen nicht ablehnend gegenüber, ich vermute, das geht aus meinen Unterlagen hervor. Bisexuell, würde man wohl sagen.« Sie warf Giselle einen fragenden Blick zu, als versuchte sie, deren persönliche Vorlieben herauszufinden.

Tatsächlich hatte sich Giselle, obwohl sie Frauen offen und mit Wertschätzung begegnete, nur gelegentlich zu ihresgleichen hingezogen gefühlt. Da war Beth, ihre Freundin aus der Ballettschule, mit der sie bis vor Kurzem jahrelang korrespondiert hatte. Flick, die sie zusammen mit William einst vor der Kamera gefickt hatte. Sie hatte mit einigen anderen auf der Bühne Sex gehabt, war aber nur mit wenigen freiwillig ins Bett gegangen. Ihre Lust wurde dabei einfach nicht in dem Maße geweckt, wie es bei Männern der Fall war.

»Gut«, stellte Giselle abschließend fest.

In New York war sie in einem Privatclub der Organisation angestellt gewesen, in der Nähe des Columbus Circle. Dort tanzte sie viermal die Woche. Diskret in einer Querstraße verborgen, glich das Stadthaus einem ganz normalen Wohngebäude. Die Aktivitäten, an denen sich die Tänzer beteiligten, fanden im Erdgeschoss statt, oben waren Büros untergebracht, die sie nie betrat. Der Club hatte keinen Namen, was, wie sie im Lauf der Jahre erfahren sollte, eine Angewohnheit des Netzwerks war. Er war lediglich als Nummer bekannt, in diesem Fall die Nummer 19. Die Mitgliedschaft war sehr exklusiv, und man kam nur mit Einladung hinein.

Für schlichte Gemüter war es vielleicht ein Striplokal, wenn auch ein erstklassiges. Doch Giselle wusste, dass es viel mehr war. Als sie in Paris noch im Training war, um ihre Tanzkunst zu verfeinern, hatte man sie, weil es zur Ausbildung des Netzwerks gehörte, in verschiedene Etablissements geführt, angefangen bei einem einfachen Striplokal an der Place Pigalle, das vor Verruchtheit und dem ungesunden Gestank nach käuflichem Sex nur so triefte, bis hin zu einem vornehmen Lokal, in dem die Sitze sauberer und die Tänzerinnen hübscher und weniger verbraucht waren, die Augen nicht vollkommen leer und abwesend, und dann ins Crazy Horse und einen anderen, angesagteren Club, der direkt dem Netzwerk unterstand. Das hatte ihr vor Augen geführt, in welchem Maße sich ein reiner Stripschuppen von einem exklusiven Club unterschied.

Trotzdem hatte sie zunächst ihren Widerwillen nicht ganz unterdrücken können, als man sie darüber in Kenntnis setzte, dass sie nackt vor zahlender Kundschaft tanzen würde.

»Stellen Sie sich vor, Sie tanzen in der Abgeschiedenheit Ihres Schlafzimmers für einen Mann, den Sie begehren und der Sie haben will«, hatte ihr Ausbilder vorgeschlagen. »Das ist eine ganz andere Erfahrung …«

»Aber …?«

»Denken Sie nicht an das damit verbundene Geld. Darum geht es nicht. Denken Sie an den Ball, an dem Sie teilgenommen haben, an die Schönheit des Tanzens, die Nacktheit, die reine Freude an allem. Sie bereiten visuelles Vergnügen und empfinden selbst Vergnügen dabei. Das spielt sich im Geist ebenso wie im Körper ab. Sehen Sie es nicht als eine finanzielle Transaktion.«

Nach dem Besuch der verschiedenen Clubs hatte sie ihrem Ausbilder recht geben müssen. Sie hatte äußerst fasziniert beobachtet, dass nackt zu tanzen durchaus etwas Schönes sein konnte und wie damit zugleich alle widersprüchlichen Emotionen miteinander versöhnt wurden.

»Sind Sie je wissentlich von Fremden beim Sex beobachtet worden?«, wollte Giselle von Debb wissen.

Die junge Frau wurde rot.

»Ja«, flüsterte sie, als wäre es so vertraulicher.

»Erzählen Sie mir davon.«

Eine lange Pause trat ein, während Debb ihre Gedanken sammelte. Giselle war schon oft in dieser Lage gewesen. Sie gedachte nicht, die Lücke in der Unterhaltung mit eigenen Worten zu füllen oder das Thema zu wechseln, um es der Bewerberin leichter zu machen. Sie wusste, wenn sie nur lange genug wartete, würde Debb reden.

»Ich war in der Karibik mit zwei Freundinnen in Urlaub. Wir hatten diese beiden Typen in einer Disco kennengelernt, ein bisschen rumgeknutscht, gefummelt und uns für den nächsten Tag mit ihnen an einem anderen Strand in der Nähe verabredet. Wir wohnten in einem Ferienpark und waren allmählich frustriert, auf dem Gelände eingepfercht zu sein, und wir wollten die Insel näher erkunden. Wir gingen eine knappe Stunde und kamen an einen schmalen Strand, der von Felsen eingeschlossen war. Man konnte ihn nur erreichen, wenn man bis zur Hüfte ins Wasser und um die Felsen herum ging. Der Strand wirkte idyllisch, und obwohl es noch früh am Morgen war, lagen schon jede Menge Menschen im Sand. Alle splitternackt. Wir zogen uns auch aus. Das ist so ein tolles Gefühl, nackt an einem Strand zu sein, umgeben von anderen, nicht wahr ...?« Debb lächelte jetzt, während sie ihren Erinnerungen nachhing. »Um es kurz zu machen, ich döste schnell ein, total verschwitzt vom Spaziergang an der Küste. Als ich halb wach wurde und verschlafen die Augen aufmachte, sah ich, dass der Strand jetzt noch voller war. Einer der Männer vom Abend zuvor lag auf dem Rücken nur wenige Zentimeter von mir entfernt und hatte eine Riesenlatte, die meine Freundin streichelte. Zuerst war ich entsetzt, aber dann fiel mir auf, dass sich überall am Strand ähnliche Szenen abspielten. Und niemanden schien es zu stören. Es wirkte alles ziemlich unschuldig. Dann begann der Typ, mit dem ich in der Disco rumgemacht hatte, meine Brüste zu streicheln. Ich hatte in der Nacht zuvor nicht mit ihm geschlafen, weil ich ein wenig betrunken war und es mir immer zur Regel gemacht habe, Sex und Alkohol nie zu vermischen. Seine Berührung war träge, als wäre ich nur ein beiläufiger Anreiz für ihn, abgeschwächt durch die Hitze und die Sonne, die auf uns niederbrannte. Ich weiß noch, wie ich mich wand, und ...«

Hingerissen betrachtete Giselle das Gesicht der jungen Frau, sah, wie die erwachende Lust sich unter den scharfen Konturen ihrer Wangenknochen zu regen begann, wie sich ihr Blick umwölkte. Sie wusste aus Erfahrung, wonach sie in ihren Tänzerinnen suchen musste. Wer aus dem Netzwerk Debb nach New Orleans geschickt hatte, hatte eine gute Wahl getroffen.

»... ihn ermunterte, die Hände weiter nach unten zu bewegen und mich zu streicheln. Scheiß darauf, dass wir nicht allein waren. Das passierte alles wie in einem Nebel. Er zog mich auf die Beine, und um uns öffnete sich ein Kreis, als andere Platz machten und zusahen, wie ich auf alle viere ging und er mich vor aller Augen fickte. Es war wie im Traum. Ich stand in Flammen, und je mehr Augenpaare sich auf mich richteten, desto erregter wurde ich. Später, auf dem Rückweg in den Ferienpark, sprachen meine Freundinnen beide nicht mit mir ...«

Giselle stellte der Form halber noch ein paar weitere Fragen, aber sie hatte sich bereits entschieden: Debb wäre bestimmt eine hervorragende Ergänzung für ihr Team.

In Nummer 19 hatte Giselle damals ihre Tanzkünste perfektioniert. Festgestellt, wie jede neue Variante sich auf die Reaktion der Gäste im spärlichen Publikum auswirkte. Dass es nicht aufreizender und mutwilliger Provokation bedurfte, damit ihre Kunst die meiste Anerkennung fand. Sie beobachtete die anderen Tänzerinnen, mit denen sie gemeinsam ihre Schicht absolvierte, lernte, was sie nicht tun sollte, was nicht zu ihr passte und was doch. Schon bald bekam sie die größten Blumensträuße in die gemeinsame Garderobe geschickt oder Flaschen mit Jahrgangs-Champagner und Cognac, Umschläge mit höflichen Einladungen zum Dinner oder noch mehr, was sie zu ignorieren hatte, wie ihr beigebracht worden war. Sie wollte die Beste sein. Lebte ganz für ihre Zeit auf der kleinen Bühne.

Bis zu dem Tag, an dem Rosalia nach New York kam. Ihr Ruhm ging ihr voraus: Giselle wusste, dass sie früher einmal eine gefeierte Choreografin für klassisches Ballett gewesen war und sowohl bei Sadler's Wells als auch an der Mailänder Scala gearbeitet hatte. Rosalia war winzig. Zu klein für eine richtige Ballerina, dachte Giselle. Sie meinte sich daran zu erinnern, irgendwo gelesen zu haben, dass Rosalias öffentliche Karriere unter dubiosen Umständen ein jähes Ende gefunden hatte. Eine Art Sexskandal, in den Politiker verwickelt waren. Allem Anschein nach war sie jetzt auch beim Netzwerk angestellt.

»Mir wurde gesagt, dass Sie gut sind«, hatte die ältere, ganz in Schwarz gekleidete Frau mit deutlich italienischem Akzent gesagt.

Giselle hatte ein paar Worte des Danks gemurmelt, was die Choreografin schlichtweg überging.

»Morgen früh im Übungsstudio. Früh«, hatte Rosalia befohlen. »Sehen Sie zu, dass Sie genug schlafen. Sie werden Ihre ganze Kraft benötigen, junge Dame. Wir haben nur zwei Wochen Zeit, um das Programm einzustudieren, das Sie beim nächsten Ball aufführen werden.«

Giselle hatte die Luft angehalten. Endlich würde sie wieder an einem Ball teilnehmen. Vielleicht William wiedersehen?

Was sie in jener Nacht der hundert Träume nicht wusste: Bei dem Tanz, der Rosalia vorschwebte, sollte sie mit Pietr tanzen und am Ende von ihm bestiegen werden. Es war ein Tanz über Sex. Eindeutig, bis ins Letzte choreografiert, äußerst präzise und lustvoll. Das würde die erste von mehreren Nummern sein, die sie mit dem ausdauernden Letten aufführen sollte, zuerst auf dem Ball, dann auf Privatpartys rund um den Globus, organisiert vom Netzwerk für jene, die sich den Eintritt leisten konnten. Anfangs stand Giselle dieser neuen, absolut perversen Richtung ihres Tanzes zwiespältig gegenüber, fand aber schon bald Gefallen daran, wenn auch nur an der Lust, die es anderen bereitete sowie der Erhabenheit, die sie spürte, wenn alles genau richtig zusammenkam. Wenn Tanz und Musik, Musik und Sex, Körper und Offenbarungen, Verstand, Seele und Möse sich in perfektem Einklang befanden, was ihrem unsichtbaren, schweigenden Publikum den Atem raubte.

Debb hüstelte, und die Vergangenheit trat wieder in den Hintergrund. Giselle schaute die junge Frau auf dem Sofa an. Ihr Blick war fragend, unsicher, was Giselles langes, von Erinnerungen ausgelöstes Schweigen zu bedeuten hatte.

»Wie schon gesagt«, bemerkte Giselle.

Doch ihre Gedanken wanderten immer wieder in die Vergangenheit und zu ihren Erinnerungen zurück.

Wenn sie bei Partys auftrat, die das Netzwerk veranstaltete, oder auf einem der viel größeren Bälle, die in unregelmäßigen Abständen alle ein, zwei Jahre stattfanden, hatte Giselle nur selten die Chance, sich unter die Gäste zu mischen. Teilweise lag das daran, dass die Organisatoren es so wünschten, und je erfahrener Giselle wurde, desto mehr wusste sie es zu schätzen. Man brachte ihr bei, dass die Darsteller wie Geister zu sein hatten, die sich nach ihrer Zeit im Rampenlicht wieder in den Schatten zurückzogen. Das half ihnen, eine gewisse Distanz zu wahren. Man konnte sie anstarren und bewundern, aber nicht berühren – wie Sterne. Würden sie sich unter die Gäste mischen, würden sie ihren Glanz ebenso wie ihre Rätselhaftigkeit verlieren.

Wenn sie tanzte, dachte sie immer an William. Nahm er an den Veranstaltungen teil? Er konnte die Aufführungen nicht sehen, deshalb konnte sie sich nicht vorstellen, warum er im Publikum sitzen sollte. Er war nie ein großer Fan von Musik nur um ihrer selbst willen gewesen. Viel wahrscheinlicher war, dass er direkt mit dem Netzwerk hinter den Kulissen mit den anderen Künstlern arbeitete, die den Bühnenaufbau zusammenstellten, die kunstvollen, oft bizarren Kostüme und Requisiten entwarfen, passend zu den Themen der Veranstaltungen, die Monate oder Jahre im Voraus geplant wurden. Das Ganze war ein riesiges Unternehmen und musste Hunderte zur Verfügung haben, die im Hintergrund schufteten, um alles immer so bezaubernd und perfekt aussehen zu lassen. Und so atemberaubend erotisch.

Gerüchte über Walter kamen ihr zu Ohren, den Mann, der ihres Wissens nach zumindest eine Zeit lang Williams Mentor gewesen war. Der andere Blinde, der beim Ball arbeitete und offensichtlich dennoch »sehen« konnte. Man hatte ihr von skurrilen Spektakeln erzählt, die er inszenierte, Tänze, die er choreografierte, bei denen die Darsteller aneinandergekettet oder gepierct waren, Anlässe, bei denen er anscheinend ihre Bewegungen mit einer Art Hexerei lenkte wie ein übernatürlicher Marionettenspieler. Giselle hatte sich inzwischen an die Arbeitsweise des Netzwerks gewöhnt und begriffen, dass man praktisch jede Illusion mit Raffinesse und genügend Geld erzeugen konnte. Doch dass einer der Männer hinter allem tatsächlich blind war, entging ihr nicht, und sie konnte sich des Gedankens nicht erwehren, dass Walters Methoden und seine offensichtlichen Talente nicht nur ein Trick waren und dass er seine Fähigkeit, »blind zu sehen«, an William weitergegeben hatte.

Giselle machte es sich zur Gewohnheit, sich eilig die Haare zu richten, sich zu schminken und das ihr zugewiesene Kostüm überzustreifen, früh in die Seitenkulisse zu schleichen und sich einen Platz zu suchen, von wo aus sie die Menge überblicken konnte. Während sie dort auf ihren Einsatz wartete, ließ sie den Blick über jeden einzelnen Gast schweifen in der Hoffnung, William zu sehen. Diese Momente waren immer begleitet von einer quälenden Angst, was sie entdecken könnte. Ob er seine bärenhafte Gestalt zurückgewonnen hatte? Seinen zerzausten dunklen Haarschopf wieder hatte wachsen lassen? Oder war er durch seine Behinderung früh gealtert und gebrechlich geworden? Ob sie ihn überhaupt noch erkennen würde? Der Gedanke, dass es nicht so sein könnte, war für Giselle kaum zu ertragen. Sie war regelrecht besessen von der Sorge, dass sie ihn nicht lieben könnte, wenn sie ihn jetzt sähe. Nicht so wie früher, als sie beide zusammen waren, jung und schön.

Einmal war sie in Nummer 19 in der Garderobe gewesen, als ein Barkeeper hereinplatzte und ihr zurief, sie solle ins Büro ans Telefon kommen. Giselle war so daran gewöhnt, nackt zu sein, dass sie nur im goldenen Stringtanga hinüberlief, ohne sich die Mühe zu machen, einen Morgenrock überzuziehen. Sie war barfuß, denn sobald ihr Auftritt beendet war, zog sie als Erstes immer ihre Schuhe aus. An dem Abend hatte sie hochhackige, glitzernde Riemchensandalen getragen, die ihr furchtbar in die Haut geschnitten hatten, und es war eine große Erleichterung gewesen, sie abzustreifen, als der Vorhang fiel. Gladys, die für die Abendschicht zuständige Managerin, eine stämmige Frau in den Fünfzigern, saß an einem mit Papieren und Quittungsblöcken übersäten Schreibtisch und reichte Giselle den Hörer. Das Telefon stand am anderen Ende des Tisches, und die Schnur war so kurz, dass Giselle sich gezwungen sah, sich dichter neben Gladys zu stellen, als es für sie in ihrem nackten Zustand angenehm war, denn die ältere Frau starrte schamlos auf ihre Brüste. Ob lüstern oder neidisch, konnte Giselle nicht sagen.

Rosalia war am Apparat. »Sie wollen Sie für ein Solostück«, sagte sie mit schwerem italienischem Akzent, der die Wörter so undeutlich machte, dass Giselle eine Weile brauchte, um zu verstehen. »Der nächste Ball. Sie werden sich selbst choreografieren.« Das war eine große Ehre.

»Wie lautet das Thema?«, flüsterte Giselle.

»Die Sinne. Alles außer Sehen. Es wird großartig sein, ungewöhnlich, anders, nur Hören und Fühlen und Riechen – planen Sie etwas Wunderbares. Ich weiß, dass Sie es können.« Rosalia war ihre Aufregung deutlich anzuhören, und die Worte sprudelten nur so aus ihr heraus.

»Ja«, sagte Giselle, »ja, ich mache es.« Gladys nahm ihr den Hörer aus der Hand und legte ihn rasch auf, bevor Giselle ihn fallen ließ.

Sie lief zurück in die Garderobe, in der jetzt zwei andere Tänzerinnen nach ihrem Auftritt vor dem Spiegel standen, Glitter von der Haut bürsteten oder schabten, Brustschmuck entfernten und sich abschminkten. Für gewöhnlich wäre Giselle noch geblieben und hätte mit ihnen geplaudert. An diesem Abend jedoch schlüpfte sie in ihre Jeans und die Jacke, stopfte ihre wenigen Utensilien für die Bühne in den Rucksack und machte sich direkt auf den Weg zur U-Bahn nach Hause, ohne ein Wort mit jemandem zu wechseln.

Giselle hatte die Erfahrung gemacht, dass ihre Arbeit seltsamerweise einsam war. Obwohl sie sich Fremden in unbestreitbar intimster Weise öffnete, wenn sie ihre Haut zur Schau stellte und die Illusion vermittelte, da wäre noch mehr, bildete die Bühne eine undurchdringliche Wand. Ihre Rolle als Unterhaltungskünstlerin gestattete es ihr nicht, eine echte Beziehung zu den Menschen im Publikum aufzubauen, und nur wenige, die mit ihrem Metier nichts zu tun hatten, konnten die Schönheit und die Zartheit einer solchen Aufführung, wie sie sie bot, erkennen. Sie hatten keine Ahnung davon, was es mit der Seele eines Menschen anstellte, sich jeden Abend auf diese Weise zu entblößen. Es war harte Arbeit, ermüdend für Körper und Geist, dennoch nährte sie Giselle genauso, wie sie an ihren Kräften zehrte.

Ihrer Mitbewohnerin Joy erzählte sie nichts von dem Auftrag, denn sie wollte nicht deren Neid oder unangenehme Fragen riskieren. Danach war Giselle nur noch mit der Planung ihres Auftritts beim Ball der Sinne beschäftigt. Sie wusste, dass Walter oder William oder auch beide dahinterstecken mussten. Vielleicht hatte William inzwischen gelernt, mit seinen Fingerspitzen zu sehen, die Form eines Körpers in einem Raum zu erschließen, wenn er den Luftstrom um eine Gestalt wahrnahm, einen Dufthauch oder eine andere undefinierbare Eigenschaft eines anwesenden Menschen, die sich nicht erklären ließ. Vielleicht wäre William endlich in der Lage, sie wieder zu sehen. Würde er sie jetzt erkennen? Einige Jahre waren vergangen, und sie hatte sich zweifellos verändert. Jenseits der Fünfundzwanzig hatte die Straffheit ihrer Haut ein wenig nachgelassen, und bedauerlicherweise konnte sie nicht mehr alles essen, was sie wollte, ohne sich darüber Gedanken zu machen. Selbst bei einem so rigorosen Zeitplan wie ihrem musste sie jetzt daran arbeiten, ihren Bauch straff und ihre langen Beine geschmeidig zu halten. Die Zeit war nicht aufzuhalten, selbst für jemanden, der relativ jung und durchtrainiert war wie Giselle.

Dann überfielen sie Bedenken, eine Zuschauermenge mit einem Tanz im Dunkeln zu unterhalten. War das zu schaffen? Natürlich. Das Netzwerk hatte eine Kunst daraus gemacht, und sie hatte noch nie erlebt, dass es künstlerisch versagt hätte.

Als sie am Abend ihrer Aufführung zur Bühne kam, war sie dermaßen überdreht, dass sie sich kaum auf ihre Umgebung konzentrieren konnte. Das Netzwerk hatte Wort gehalten. Kein Licht brannte, stattdessen verließen sich Darsteller und Gäste auf zahlreiche Sehbehinderte, die jeden Quadratzentimeter des Grundrisses kannten und eine Art sechsten Sinn besaßen, der sie in die Lage versetzte, jeden der sehenden Gäste sicher an seinen Platz zu führen. Sobald sie sich darauf eingestellt hatte, merkte Giselle, dass sie ohne Hilfe von der Bar zur Garderobe und zur Bühne finden konnte, da ihr Gehör und ihr Tastsinn geschärft waren. Allerdings hatte das auch zur Folge, dass jede Faser ihres Körpers bis aufs Äußerste gespannt war, dass jedes Geräusch, jeder Geruch sie schier zu überwältigen drohte. Nur die Gewissheit, dass sie ihre Choreografie vollkommen verinnerlicht hatte, verschaffte ihr ein wenig Sicherheit. Sie konnte ihre Gedanken ausschalten und in ihrer Darbietung Frieden finden.

Aber William konnte sie nicht finden.

Im Schutz der Dunkelheit hatte sie sich anonym gefühlt und

daher frei, alle und jeden zu fragen, ob sie etwas von William wussten. Doch niemand konnte ihr eine Antwort geben. Sie vermochte ihn nur als einen Mann zu beschreiben, der sein Augenlicht bei einem Unfall verloren hatte, ein Maler, Künstler. Aber immer wieder bekam sie zu hören: »Meinen Sie Walter?« Selbst diesen Namen kannten nur wenige. Die Gäste nahmen gar nicht wahr, was hinter den Kulissen ablief, und das blinde Personal war über einen Vermittler des Balls eingestellt worden, ebenso wie Giselle. Die Identität aller, die ständig beim Netzwerk arbeiteten, wurde streng geschützt.

Ihr blieb nur, alles in ihren Tanz zu legen. Nachdem sie mit dem Gedanken gespielt hatte, jede Bewegung auf einen anderen Ton abzustimmen und somit eine Art Orchestertanz zu schaffen, hatte sie beschlossen, sich nicht von Klängen begleiten zu lassen. Stattdessen bat sie das Publikum, absolute Stille zu wahren. Kaum ein Atemzug außer ihrem eigenen war zu hören. Und sie führte den dynamischsten Tanz auf, den sie je choreografiert hatte, wobei das Publikum ihre Schritte nur über das Stampfen und Gleiten ihrer Füße »sah«, das Geräusch ihres Atems, das Wispern ihres offenen Haars, wenn sie sprang.

Und da war noch etwas: die überwältigende Präsenz ihres Verlangens. Giselles verzweifeltes Bedürfnis, William irgendwo in der Menge zu finden, und ihre Enttäuschung, als sie erkennen musste, dass es unmöglich war, strömten ihr förmlich aus jeder Pore.

Als sie schließlich am Ende ihrer Darbietung angelangt war und reglos stehen blieb, brach das Publikum in tosenden Beifall aus. Nach der vorangegangenen Stille war der Lärm ohrenbetäubend, aber Giselle wartete höflich das Ende ab, bevor sie hinter dem Vorhang verschwand und sich in die Garderobe flüchtete. Tränen rannen ihr übers Gesicht. In ihrer Hast wurde sie unaufmerksam und achtete nicht weiter auf den Weg. Als sie mit dem

Fuß hart gegen einen freistehenden Spiegel stieß, fluchte sie laut. Sie fluchte auf die Dunkelheit, den Ball, darauf, dass noch immer ein dummer, masochistischer Teil in ihr nach einem Mann suchte, den sie nicht einmal mehr kannte. Und der sie wahrscheinlich längst vergessen hatte.

Doch ganz gleich, wie viel Zeit auch verging, sie konnte ihn nicht vergessen.

Nachdem Debb gegangen und der erforderliche Papierkram erledigt war – das Netzwerk war in bürokratischen Dingen äußerst pingelig –, begab sich Giselle in den Garten. Sie schlenderte zwischen Sträuchern und Blumenbeeten zu ihrer Lieblingsbank aus weißem, vom Alter gebleichtem Holz.

Die Nachmittagswärme des Frühlings war mild und von schwerer Feuchtigkeit durchsetzt, die mit der Brise vom nahen Mississippi durch die Straßen der Stadt wehte. Zahlreiche Düfte stiegen vom Boden auf, eine Mischung aus vermodernden Blättern, Magnolienblüten in voller Pracht, Louisiana-Iris, Bougainvillea und dem wildem Hibiskus, der sich hemmungslos ausbreitete.

Sie setzte sich und zog einen zart bestickten Seidenfächer aus der tiefen Tasche ihres fließenden Samtkleides, den sie vor etwa zehn Jahren in Spanien bekommen hatte. Don Gerard war ein katalanischer Grande, sein weißes Haar wirr, sein Körper ausgezehrt, seine Haltung gebeugt, das Gespenst des Mannes, der er einmal war, aber trotz seines Alter immer noch gut aussehend. Er hatte ihr beim Ball in Segovia beharrlich den Hof gemacht und ihre gewagte Darbietung, zu der man sie ermutigt hatte, in den höchsten Tönen gelobt. Bei früheren Anlässen hatten andere die Choreografie geschrieben, und sie hielt es für eine Anerkennung ihres Rangs und, wie sie hoffte, ihres Talents, dass man ihr schließlich erlaubt hatte, der Lüsternheit der Feiern nach Mitternacht ihren eigenen Anstrich zu geben. Gerards altmodischer Charme war anspruchsvoll, aber liebenswert. Offensichtlich würde er nicht mehr lange zu leben haben. Gerard suchte kein Mitleid und stellte klar, dass er sein Leben in vollen Zügen genossen habe und ihm jetzt nur noch kleine Offenbarungen blieben, die er ohne Vorbehalt feiern wolle. Und eine solche Offenbarung sei Giselle. Unter normalen Umständen wäre er viel zu alt gewesen, um ihr Liebhaber zu sein, doch sie brachte es nicht über sich, ihm einen Korb zu geben. Jemanden aufgrund seines Alters oder einer körperlichen Schwäche abzulehnen, erinnerte sie nur an William und daran, wie sie zugelassen hatte, dass er einseitig ihre Beziehung beendete, um sie freizugeben. Das würde ihr nie wieder passieren. Gerard war ein guter Mann, und sie spielte gern seine Kurtisane. Er hatte sie zum Essen in ein Restaurant ausgeführt, das hoch oben auf einer Klippe über dem tiefgrünen Meer stand. Dabei hatte er mit schiefem Lächeln zugesehen, wie sie sich mit Meeresfrüchten und dem besten Weißwein den Bauch vollschlug, während er so unverschämt mit ihr flirtete, als stünde er immer noch in der Blüte seiner Jahre und wäre darauf aus, sie mit seinem Witz und seinem Wohlstand zu verführen.

Giselle hätte sich ihm bereitwillig zur Verfügung gestellt, aber ihr wurde klar, dass sogar Sex seine Möglichkeiten inzwischen überstieg. Seine Gebrechlichkeit war nur allzu offensichtlich. Überraschenderweise lud er sie in seine Hotelsuite ein, wo sie für ihn tanzte. Ihr wurde schwer ums Herz, als er sich verstohlen eine Träne wegwischte, während er ihre sinnlichen Bewegungen beobachtete.

»Ich kann nicht …«, sagte Gerard.

»Ich weiß.« Giselle sah ihm sein Bedauern an. Sein Verlangen zerriss ihn, und er wehrte sich mit aller Macht gegen seine körperlichen Unzulänglichkeiten.

»Kommst du morgen wieder?«, fragte er sie, nachdem er

einen Wagen für sie bestellt hatte. Giselle stimmte zu. Sie war noch ein paar Tage in der Stadt, obwohl sie bezweifelte, dass der alte Mann seine Schwäche jemals überwinden würde, selbst mit medizinischen Hilfsmitteln und schon gar nicht bis zum nächsten Abend.

Don Gerards Suite war in gedämpftes rotes Licht getaucht, der Tisch beladen mit Austern, fleischigen Scheidenmuscheln in geschmolzener Butter und Knoblauchjus neben einer Etagere mit weiteren Meeresköstlichkeiten. In einer Ecke des Raums hatte ein Gitarrist einen klagenden Flamenco angestimmt. Der Musiker trug eine feste, schwarze Augenbinde, damit er weder sie noch etwas anderes sehen konnte.

»Tanz noch einmal für mich«, bat sie der alte Mann, sobald sie zu Ende gegessen hatten. »So wie beim Ball. Nur für mich.«

Giselle entkleidete sich.

Don Gerard saß die ganze Zeit reglos da, den Blick fest auf sie gerichtet, während sie sich sehr lasziv und verführerisch zu den Klängen bewegte, die der Gitarrist mit den verbundenen Augen seinem Instrument entlockte.

Sie tanzte ewig, und die Gitarre wurde nicht müde, ihre melancholische Klage anzustimmen. Schließlich war Giselle schweißüberströmt, ihre Haut leuchtete hell, und sie musste aufhören. Als spürte er, dass sie in ihren Bewegungen nachließ, spielte auch der Gitarrenspieler nicht weiter.

»Das war wunderschön«, bemerkte Don Gerard, einen Hauch Sehnsucht in der Stimme.

Giselle versuchte, wieder zu Atem zu kommen.

»Noch etwas ...«, sagte er.

»Ja?«

»Würdest du ...?«

»Alles, Gerard ...«

Er kam auf Giselle zu, nahm sie an der Hand und führte sie zu dem Gitarrenspieler, der jetzt reglos wie eine Statue dasaß. Don Gerard flüsterte ihm etwas auf Spanisch ins Ohr. Der Mann stellte sein Instrument ab.

Giselle begriff.

Sie knöpfte das enge weiße Seidenhemd des Musikers auf, öffnete seinen Kummerbund und befreite seine Männlichkeit. Sie kniete nieder. Don Gerard führte die Hände des Gitarristen an ihre Brüste.

»Schlaf mit ihr«, befahl er leise.

Er wollte nur zusehen. Stellte er sich vor, dass er sie berührte, ihre Beine spreizte und sie fickte, und nicht dieser Fremde mit den verbundenen Augen, der nie erfahren würde, wie sie aussah, und kurzerhand aus dem Raum entlassen würde, sobald er seinen Spaß gehabt hatte? Während der jüngere Mann mit aller Kraft in sie eindrang, konnte Giselle den Blick nicht von Gerards Gesicht abwenden, der auf das Schauspiel hinabblickte, das er inszeniert hatte; sein Ausdruck war dabei rätselhaft, unzählige Gedanken und Gefühle blieben dahinter verborgen. Sie wollte wissen, was in ihm vorging, aber es gelang ihr nicht – abgelenkt von der unvermeidlichen Erregung, die langsam in ihr zu ranken begann.

Sah William sie jetzt so, dachte er so an sie, eingeschlossen in seiner Finsternis? Wusste er noch, wie sie sich anfühlte, ihre Haut, ihr vor Freude und Qual stockender Atem, wenn sie miteinander vögelten?

Am nächsten Morgen hatte Don Gerard zerbrechlicher als je zuvor gewirkt. Als Abschiedsgeschenk hatte er ihr den Fächer überreicht, eine meisterhafte Handarbeit, die Stäbe aus Elfenbein geschnitzt, die Seide sinnlich, wenn man sie berührte.

Beim nächsten Ball, ein Jahr später auf einem anderen Kontinent, war sie Don Gerard nicht mehr begegnet. Ihr war klar, dass er gestorben sein musste.

Kurz danach bot man ihr die Chance, das Tanzen aufzugeben und in New Orleans die Leitung des Clubs *The Place* zu übernehmen, der dem Netzwerk gehörte. Sie sah es als Wink des Schicksals, endlich im French Quarter zu landen, nach all ihren Jugendträumen, als wäre die Stadt ihre Bestimmung, der Ort, an dem sie leben sollte. Innerhalb weniger Monate hatte sie sich bis über beide Ohren in die Stadt verliebt.

Am späten Nachmittag drehte der Wind, die feuchte Luft wehte nun zum Pontchartrain-See, fort vom schlammigen Fluss in der Nähe. Giselle fuhr nachdenklich über die zarten Elfenbeinschnitzereien des Fächers.

Die Temperatur sank plötzlich um einige Grad, als die Sonne hinter einer grauen Wolkenwand verschwand. Vielleicht würde es regnen, häufig ein tropischer Sturzbach von biblischen Ausmaßen, bei dem das Wasser gegen Mauern platschte, über Straßen und Bürgersteige spülte, nur um von einer Minute auf die andere wieder zu versickern; ein Phänomen, dessen sie nie überdrüssig wurde. Hier hatte die Natur ihre eigenen Gesetze. So wie in diesem Garten, den sie im Lauf der Jahre innerhalb der Mauern des Clubgeländes angelegt hatte. Ihr floristisches Wissen speiste sich aus der kurzen Zeit, in der sie im Pariser Laden in der Rue de Buci gearbeitet hatte. Es gelang ihr, wahllos, wild, experimentell Blumen und Pflanzen in ihrem Garten nebeneinander gedeihen zu lassen, die theoretisch niemals zusammenstehen sollten. Mal üppig, mal sparsam wie in einem japanischen Garten, Samen, die sie von ihren Reisen mitgebracht hatte, vom Blumenmarkt am größten Kanal in Amsterdam, über Kakteen, die sie in letzter Minute auf dem Flughafen von Phoenix in Arizona am Rand der Wüste gekauft hatte, bis hin zu vielfältigen einheimischen Sorten, aus Stecklingen gezogen, die sie hinter Mauern und Zäunen im Garden District stibitzt hatte, aus den Wäldern in der Nähe von Metairie, von gespenstischen Friedhöfen oder den

Gärten alter Südstaatenvillen in den Vororten, wenn sie mit dem Wagen hinaus in die Bayous oder aufs Land fuhr.

An diesem Ort hatte sie ihren Frieden gefunden.

Sie prüfte die neuen Tänzerinnen, beaufsichtigte ihre Arbeit, organisierte ihre Reisen und Engagements, half manchmal, neue Choreografien entweder für den Club oder die geheimen Veranstaltungen zusammenzustellen, die das Netzwerk ihr zukommen ließ. Es war ein geordnetes Leben geworden, ein anspruchsloses, in dem nur die fleischlichen Gelüste zuweilen den ruhigen Strom ihrer Tage unterbrachen. Vor Kurzem hatte sie die Fünfzig überschritten und endlich einen Grad der Seriosität erreicht, den sie nie für möglich gehalten hätte. Geblieben war nur die Reue, die natürlich nie vergehen würde.

Aber anonymer Sex half. Keine Bedingungen, keine Namen, Leidenschaft im Schutz der Dunkelheit. Den Hunger stillen, nicht mehr und nicht weniger.

Ja, heute Abend würde sie umherstreifen. Ein weiterer hoffnungsloser Versuch, die Geister der Vergangenheit zu bannen. William. Je öfter sie sich auf andere Männer einließ, desto klarer wurde ihr, wie viel er ihr bedeutet hatte. Ihr erster Lehrer und echter Liebhaber, der wilde Mann, der ihre Seele zu dem geformt hatte, was sie jetzt war.

Giselle verließ den Garten und ging in ihr Zimmer. Was sollte sie heute Abend anziehen?

Die Rolle der Geschäftsführerin fiel Giselle leicht. Ihre Größe und das ruhige, bestimmte Auftreten verliehen ihr eine gewisse Imposanz. Um die Wirkung noch zu verstärken, trug sie förmliche, bodenlange Samtkleider, die ihre gute Figur betonten und auf den ersten Blick verdeutlichten, dass sie im *The Place* mehr war als eine Tänzerin oder Barkeeperin.

Giselle war fest entschlossen, dass der Club unter ihrer Führung aufblühen und als Kleinod unter den Tanzclubs gelten würde, sowohl seine Exklusivität beibehalten, aber auch Gewinn erwirtschaften sollte, ohne auf billige Tricks zurückzugreifen oder Massen ungehobelter Männer zu ermuntern, die die Atmosphäre nur ruinieren würden, auch wenn ihre Dollars ebenso gut waren wie die anderer. Wenn *The Place* weiterhin hohen Ansprüchen genügte, könnte sie eine ausgesuchte Klientel heranziehen, die mehr für das Privileg zahlen würde, und einen deftigen Eintritt verlangen, der die relativ niedrigen Preise an der Bar auffangen würde.

Alles aber hing von ihrer Wahl der richtigen Mädchen ab.

Im Moment hatte sie eine ganz akzeptable Crew. Sofia war nicht schlecht, und dann war da noch Pinnie, klein und üppig, ungewöhnliche Eigenschaften für eine Tänzerin – viele waren heutzutage groß und dürr, häufig zum Nachteil ihrer Brüste. Pinnie war noch ungewöhnlicher als die meisten anderen, da sie das große Muttermal mitten auf ihrer Stirn nicht verdeckte, sondern im Gegenteil ihren Pony so kurz schnitt, dass er darüber aufhörte und den Makel besonders zur Geltung brachte.

»Wenn man die Schönheit nicht in sich selbst finden kann, sollte man es auch nicht von anderen erwarten. Jedenfalls ist das meine Meinung, Madame«, hatte Pinnie bei ihrem Bewerbungsgespräch zu ihr gesagt, als Giselle sie nach dem Grund fragte, warum sie den Pony nicht ein bisschen länger wachsen ließ. Giselle hatte sie vom Fleck weg engagiert.

Ja, die Mädchen waren gut. Aber Giselle hatte seit einiger Zeit das Gefühl, dass *The Place* etwas mehr brauchte. Noch jemanden. Einen Star. Früher war sie die Tänzerin gewesen, die das gewisse Etwas besaß, das den anderen Mädchen fehlte. Eine undefinierbare Eigenschaft, über die man verfügte, wenn sich das Leben einem nicht nur von der Sonnenseite gezeigt hatte. Giselle brauchte jemanden, der am Boden gelegen und wieder aufgestanden war, um sich neu zu erfinden. Sie suchte nach dem ungeschliffenen Diamanten, und dafür konnte sie keine Anzeige aufgeben. Daher machte sie es sich stattdessen zur Routine, auf den Straßen danach Ausschau zu halten, hin und wieder in den Zirkus zu gehen, in Striptease-Lokale und sogar zu Schönheitswettbewerben in dem Glauben, dass das, was sie suchte, überall sein könnte.

Giselle wusste es nicht, aber unter den Darstellern wurde sie so etwas wie eine Legende, diese Frau in ihrem bodenlangen Samtkleid, die wie ein Geist in eine Show hinein- und wieder hinausschwebte, immer ohne Begleitung.

Kalifornien stand auf ihrer Liste der zu besuchenden Orte ganz unten, und wäre das Unwetter nicht gewesen, das sie auf dem Flughafen von Los Angeles festhielt, wäre sie nie über die Biker-Kneipe gestolpert, die im Industriegelände der Stadt in der Nähe ihres Hotels lag. Da sie nichts Besseres zu tun hatte, nahm Giselle auf einem der hohen Hocker Platz, trank zur Abwechslung einen Bourbon und fragte sich, was sie sich überhaupt dabei gedacht hatte, so weit zu reisen, um die Tänzerinnen von Beverly Hills und Hollywood in Augenschein zu nehmen, auf ihren Highheels, mit Silikonbrüsten und größtenteils absolut fantasielos. Mädchen, die versuchten, sich aus Orange County hinauszuwühlen, mit ihren falschen Fingernägeln, lang wie Krallen, und in deren Shimmy ein Hauch von Verzweiflung lag.

Sie schaute nicht einmal zur Bühne, als sie die leise Stimme der Russin aus dem Lautsprecher hörte. Ohne sich zu ihr umzudrehen, wusste Giselle, dass sie gefunden hatte, wonach sie suchte.

»Ich heiße Luba.«

Eine lange Pause entstand, dann drangen die verzerrten Töne eines Debussy-Stücks aus der Anlage, provozierend und vollkommen fehl am Platz in dieser heruntergekommenen Kneipe, die nur zur Hälfte gefüllt war von älteren Surfern, abgehalfterten Geschäftsleuten und Bikern.

Giselle hatte schon von diesem Mädchen gehört. Dunkel konnte sie sich an eine Begebenheit erinnern. Bianca, die einen Club des Netzwerks in New York führte, hatte einmal eine Frau erwähnt, die nur zu klassischer Musik tanzen wollte. »Ätherisch« hatte Bianca sie beschrieben, blond, aber weder in der für gebürtige Amerikanerinnen typischen Art noch im faden Stil, den die Mädchen aus L.A. bevorzugten.

Luba wirkte wie eine Surferin, als sie zwanzig Minuten später in abgeschnittener Jeans und einem alten T-Shirt auftauchte, einen Rucksack über der Schulter. Giselle machte sich für die Anwerbung bereit. Erste Regel im Umgang mit Tänzerinnen: Zeige nie deine Schwäche. Gib nicht zu viel von dir preis. Also behauptete sie stets, eine Cajun in der fünften Generation zu sein, eine echte Madame aus New Orleans. Die französische ehemalige Tänzerin mit gebrochenem Herzen durfte nur an die Oberfläche gelangen, wenn Giselle allein war.

Giselle straffte die Schultern und reckte das Kinn.

»Hallo«, rief sie.

Das Mädchen drehte sich um.

»Sie sind Luba«, fuhr Giselle fort, ohne auch nur die Spur eines Lächelns zu zeigen. Innerlich jedoch frohlockte sie.

Die Russin war perfekt.

Giselle war zufrieden. So wie seit Ewigkeiten nicht mehr. Sie fühlte sich jetzt in New Orleans zu Hause. Sie hatte sogar Bäume in ihren privaten Garten auf dem Grundstück des Clubs gepflanzt und spürte, wie sie mit ihnen gemeinsam Wurzeln schlug. Sie dachte immer noch an William, doch der damit verbundene Schmerz hatte in letzter Zeit viel von seiner Bitterkeit verloren.

Dennoch, als ein Paket ohne jegliches Begleitschreiben eintraf, dachte sie sofort an ihn.

Eric, ein gut aussehender Japaner, der kaum den Kinderschuhen entwachsen schien und seit Kurzem das Barpersonal ergänzte, hatte gerade die Gläser poliert und *The Place* für die erste Vorstellung des Abends vorbereitet, als ein Kurier das Paket geliefert hatte. Giselle bedankte sich höflich bei ihm, als er es ihr brachte. Sie nahm sich vor, ihn zu ermutigen, die Tattoos offen zu zeigen, die er bei der Arbeit für gewöhnlich bedeckt hielt. Ein stilisierter Drache in schillernden Farben zog sich vom Handgelenk bis zur Schulter über seinen linken Arm.

Sie war in ihrem Büro, kümmerte sich um die Personalliste und die monatlichen Zahlungen. Anfangs hatte sie den mit der Führung eines Betriebs verbundenen Papierkram als lästige Pflicht empfunden, aber mit der Zeit hatte sie die Ordnung schätzen gelernt, die er in ihr Arbeitsleben brachte. Außerdem zeigten die Bilanzen zu ihrer Freude den stetig steigenden Gewinn, den der Club abwarf.

Giselle spürte Lubas Blick auf sich, während sie das Paket in den Händen wog und den mit Schreibmaschine ausgefüllten Adressaufkleber las, der keinerlei Rückschlüsse auf die Identität des Absenders zuließ. Die Russin hatte an Giselles Erfolg mit *The Place* einen wesentlichen Anteil. Sie hatte nicht viel Aufhebens darum gemacht, da Giselle Gerede über Geld für vulgär hielt. Aber die Einnahmen hatten sich unleugbar verdoppelt, seit Luba mit ihrer geisterhaften Nummer zu Debussys Musik aufgetaucht war. Nach wie vor bestand die Russin auf das Abspielen der Ansage, mit der ihr Auftritt angekündigt wurde. Sie war einsame Klasse, was Giselle ihr gegenüber nie herausließ, damit Lubas Ego nicht zu groß wurde und ihr Wissen um die eigene Beliebtheit die anderen Tänzerinnen nicht gegen sie aufbrachte. Menschen zu führen war ein anstrengendes Geschäft und erforderte das Fingerspitzengefühl eines erfahrenen Politikers, damit es hinter den Kulissen keinen Ärger gab.

Trotzdem hatte Giselle einen Narren an dem hochgewachsenen osteuropäischen Mädchen gefressen, und irgendwann hatte sie es zugelassen, dass Luba sich regelmäßig ins Büro setzte, um hier in Ruhe ihren Eistee zu trinken, weg vom Geplapper der anderen Tänzerinnen in der Garderobe. Sie zollten sich gegenseitig stillschweigende Anerkennung, die ältere und die jüngere Frau, die zwei Jahrzehnte trennten und die sich dennoch in gewisser Weise als Seelenverwandte fühlten.

Giselle schlitzte die Verpackung mit dem Brieföffner auf, holte die darin befindliche Schachtel heraus und legte sie auf einen Stapel Lohnabrechnungen. Sie fuhr mit ihrer Arbeit fort, als hätte sie nicht fieberhaft überlegt, was wohl in der Schachtel war oder wer sie ihr geschickt hatte. Der Inhalt war schwer. Was auch immer es sein mochte, es war eher ein Briefbeschwerer als ein Kleidungs- oder Schmuckstück. Während sie die sonstigen Ausgaben der letzten Woche addierte und die Quittungen beiseitelegte, versuchte sie sich an eine Internetbestellung zu erinnern, die sie aufgegeben, aber offensichtlich wieder vergessen hatte. Oder stammte das Paket von einer ihrer letzten Eroberungen, die Giselle trotz ihrer Verschwiegenheit ausfindig gemacht hatte und ihr nun ein Geschenk schickte?

Aber sie konnte nur an William und seine Post ohne Absender denken.

Unter dem Vorwand, Kopfschmerzen zu haben, bat sie Pinnie, an diesem Abend etwas länger zu bleiben und das Hauptgebäude abzuschließen, in dem der Club untergebracht war. Zum ersten Mal, seitdem sie *The Place* führte, hatte sie früher aufgehört, und ihre Abwesenheit blieb nicht unbemerkt, obwohl ihr Personal zu höflich und gut erzogen war, um sich darüber auszulassen.

Sie nahm den schmalen Pfad über das Grundstück, der sich zwischen den wild wachsenden Pflanzen hindurch zu ihrem Domizil schlängelte. Sie blickte auf.

Es war Vollmond, und in den Straßen von New Orleans

herrschte das rege Treiben der unzähligen Vergnügungssüchtigen. Giselle fragte sich, welche unbekannten Sünden ringsum begangen wurden, in den Gassen, hinter den geschlossenen Türen von Bars und Häusern und unten am Ufer des Mississippi, der im Halbdunkel einer hellen Nacht weiterhin glitzerte. Sie liebte diese Stadt mit ihrem blühenden Zauber und ihrer lustvollen Seele, die sich hinter einem unvollkommenen Äußeren verbarg, Gossen voller Bier und Abfall und einer Luft, die nach Fisch und Schweiß und Gewürzen roch.

Oft unternahm sie einen Spaziergang, um vor und nach der Arbeit einen klaren Kopf zu bekommen. Mit der schweren Schachtel in den Händen wusste sie, dass sie es an diesem Tag unterlassen würde.

Sobald sie in ihrer Küche war, stellte sie den Wasserkocher an und öffnete die breiten Glastüren, die in den Garten führten, um die noch immer warme Nachtluft hereinzulassen. Sie machte kein Licht, zog sich aus, streifte den Slip ab und warf ihn in den Wäschekorb, legte ihren BH über die Türklinke im Schlafzimmer, bürstete vorsichtig ihr Samtkleid aus und hängte es auf einen Kleiderbügel im Schrank. Nachdem diese kleinen Routinehandgriffe beendet waren, tapste sie, immer noch nackt, in die Küche, machte sich einen heißen Kakao, nahm die Schachtel vom Beistelltisch und trug beides hinaus in den Garten. Dort setzte sie sich mit dem bloßen Po auf die glatte Holzbank, die gegenüber ihren Blumentöpfen stand. Fast war es zu dunkel, um etwas sehen zu können. Sie öffnete eine Seite der Schachtel und ließ den Inhalt behutsam in ihre Handfläche gleiten.

Der Gegenstand war schwer und kühl, selbst durch die dünne Schicht Seidenpapier, in die er gewickelt war. Sie schälte das Papier ab und fuhr langsam mit den Fingerkuppen über die Oberfläche des Geschenks. Eine Art Stein, schätzte sie, aber so glatt poliert, dass er sich beinahe wie Glas anfühlte. Der Stein war zylindrisch und füllte ihre Handfläche vom Gelenk bis zur Spitze des Mittelfingers. Er war etwas dicker als das Loch, das entstand, wenn sie Zeigefinger und Daumen aneinanderlegte. Das Ende war leicht gewölbt und mündete in einer Verdickung.

Jemand hatte ihr einen Dildo geschickt. Der Gedanke, dass ein anonymer Gönner ihr per Post Sexobjekte schickte, ließ sogleich den Fluss der Lust anschwellen, der tief durch Giselles Wesen strömte. Der Dildo war wirklich auserlesen, das dunkelgrüne Material zunächst kalt, wenn man es berührte, doch sobald ihre Finger über die vollkommen glatte Oberfläche streiften, schien er sofort ihre Körperwärme anzunehmen. Er war handwerklich äußerst fein und raffiniert gearbeitet. Ein Kunstobjekt, eher dazu gedacht, in einer Galerie ausgestellt zu werden, als Hilfestellung beim Sex zu leisten. Ihre Nippel wurden hart, liebkost von den zarten Windstößen, die hin und wieder über sie hinwegstrichen. Sie spreizte die Beine, hob die Fersen an, woraufhin ihre Füße auf den Zehenspitzen balancierten, und drückte den Rücken durch, um ihr Becken höher zu schieben. Nässe machte sich in ihrer Möse breit, ihre Schamlippen wurden glitschig vor Erregung. Das flache Ende des Steindildos glitt leicht zwischen ihre Falten, aber Giselle hatte es nicht eilig, ihre Lust zu entfachen, sondern wollte den Genuss in die Länge ziehen. Sie ließ den glatten Penis immer wieder durch ihre Vagina gleiten, immer schneller, bis sie tropfte und sich danach verzehrte, den festen Stein in sich zu spüren, ihr Loch zu füllen. Schließlich führte sie ihn in ihre Öffnung ein und stieß fest zu, schrie beinahe auf, so wunderbar war das Gefühl. Der Dildo passte ihr wie angegossen, als wäre er genau auf ihre Maße und ihren Geschmack zugeschnitten. Die Verdickung presste sich an ihren G-Punkt, wenn sie auch nur den leisesten Druck ausübte.

Giselle kam dort draußen in ihrem Garten und schauderte, als die Wogen ihres Orgasmus sie durchströmten. Sie dachte an William und stellte sich vor, dass sein Penis in ihr war, statt eines glatt polierten Steins.

Sie wünschte, sie könnte sicher sein, dass er ihr die Skulptur geschickt hatte, und einen Weg finden, sich bei ihm für ihre Lust zu bedanken, die er ihr nach den vielen Jahren bereitet hatte.

In jener Nacht träumte Giselle von ihm, und als sie aufwachte, fühlte sie sich leer und einsam.

8

EIN NEUES BLATT

Die Zeit lässt sich nicht anhalten.

Giselle hatte sogar oft das Gefühl, als wiederhole sich die Zeit ständig, wenn sie jeden Morgen vom vertrauten Zwitschern der in den Bäumen herumhüpfenden Vögel geweckt wurde, vom Kreischen der über dem Fluss in der Nähe segelnden Möwen. Das Verstreichen der Jahre, untermalt vom beruhigenden Lied der Vögel und dem langsamen, unaufhaltsamen Wachstum der Vegetation vor ihrem Fenster.

Oder jedes verschwommene Gesicht, jeder neue Körper eines fremden Mannes, jeder Atemzug eine weitere Seite, die umgeschlagen wird, ein neues Blatt, ein neuer Tag, der das Buch ihres Lebens mit weiteren Satzzeichen versah.

Wie hatten die Jahre so langsam vergehen können? Oder war es zu schnell gewesen? Manchmal bekam sie den Begriff »Zeit« nicht richtig zu fassen. Nur wenn sie nackt am frühen Morgen vor dem Spiegel stand, erschöpft und ausgelaugt, wurde ihr die verstrichene Zeit an den neuen Falten an ihrem Körper bewusst, die nahezu unmerkliche Erschlaffung der Haut, der nachlassende Glanz ihrer Haare, die Mattheit in der Tiefe ihrer Augen, die weniger deutlichen Rundungen ihrer Brüste oder Hüften. Wenn sie damals allen Widrigkeiten zum Trotz bei William und im Dunstkreis seiner Liebe geblieben wäre – ob dann die Attacken durch die Zeit, die verheerenden Auswirkungen der Jahre milder ausgefallen wären?

Sie hatte nie etwas für Tagebücher übriggehabt. Sie brauchte weder Stift noch Papier, um die Männer aufzulisten, die sie nach William kennengelernt hatte, die kleinen, aber flüchtigen Offenbarungen, die sie ihr boten; oder die Tänzerinnen, die sie trainiert und auf ihren Weg gebracht hatte; die ausgefallenen, komplizierten Aufteilungen, die sie zwischen Haut, Musik und pornografischen Bewegungen für die Aufführungen im Club vorgenommen hatte, bei hoch bezahlten auswärtigen Engagements für ihre Arbeitgeber und jedes Jahr für den Ball.

Früher hatte sie zu den Tänzerinnen gehört, jetzt war sie die Zeremonienmeisterin, sonnte sich im Spektakel der Schönheit aufkeimender Lust, während ihre geschmeidigen, feurigen Schützlinge tanzten und fickten, ihre öffentlichen, aber dennoch intimen Zeremonien des Fleisches ein prächtiges Fest, das Giselle noch immer zu Herzen ging, sie tief erregte und Erinnerungen an ihre Vergangenheit und die Intensität körperlicher Liebe wachrief.

Und sie immer noch zu ihren zahlreichen nächtlichen Begegnungen anspornte.

Im oberen Stockwerk des Backsteingebäudes Lower Pontalba an der Ecke St. Ann Street und Jackson Square, stand sie an eine Wand gelehnt, jeder Stoß des Spaniers aus Gijon durchbohrte sie tief, während seine Hand ihre Kehle umfasste und sie nach Luft schnappte, ihr schwarz vor Augen wurde und dann die schmerzhafte Erleichterung sie durchflutete, die sich in einem atemlosen Orgasmus und einem lauten Schrei Bahn brach.

In einer Karnevalsnacht, in einer dunklen Allee im Vieux Carré, betrunkenes Gelächter, das in ihrem Kopf widerhallte, vornübergebeugt, Ketten aus bunten Bändern um ihren Hals, schwankend unter der Wucht schwerer Eier, die gegen ihren nackten Hintern klatschten, Hände, die grausam in ihre harten Brustwarzen zwickten, andere, die ihr auf die Arschbacken schlugen, begleitet von geflüsterten Obszönitäten, wobei sie sich bewusst war, dass mehrere Männer sich abwechselnd an ihr abarbeiteten und den Exzess genossen.

In der Dunkelheit von Audubon Park an einen Baum gefesselt, mit ihrem eigenen Schal als Knebel, die Zunge eines Fremden, die beharrlich zwischen ihren Schenkeln forschte, leckte, biss, quälte, grub. Diese innere Woge, die sich aufbaute. Sie war außer Kontrolle und flehte im Stillen den Mann an, sie doch zu ficken. Aber er verwehrte es ihr, am Ende ihres Treffens zufrieden damit, sich über ihrem Gesicht zu ergießen, verspätet auf ihr dünnes, cremefarbenes Baumwollkleid zu tropfen, ein Fleck, den sie später nicht wieder rausbekam.

Hotels.

Balkone.

Straßen.

In Algiers, am Flussufer, teilte sich ein Paar aus der New Yorker Upper East Side Giselle. Er in ihr, dick, brutal, heftig; sie, mit samtenen Lippen, besänftigte Giselles Sinne, streichelte ihre Brüste, fuhr mit den Fingern wie mit einem Kamm durch ihr seidiges langes Haar.

In einem winzigen Hinterzimmer eines heruntergekommenen Hauses im Garden District, die russischen Zwillinge mit unklaren Verbindungen zur Mafia, sie alle drei high, auf einer Welle vorübergehenden Deliriums dahingleitend.

Auf dem Stahlbalkon einer zweistöckigen Unterkunft am unmodernen Ende der Royal Street ritt sie einen langhaarigen Teenager, nur halb so alt wie sie, und spießte sich an seiner jugendlichen Härte auf. Er hatte ihr sogar Blumen gekauft und sie zuerst zu einem teuren Essen bei Tujague's eingeladen, in dem überflüssigen Versuch, sie zu verführen.

Auf den hinteren Sitzen einer Straßenbahn der Linie St. Charles Avenue befingerte sie ein Football-Spieler aus Cedar Rapids am Abend des Sugar Bowl.

Einheimische. Besucher. Touristen. Einwanderer. Herumtreiber. Sogar Penner, ungewaschen und wild. Männer. Frauen. Giselle hatte bereitwillig die gesamte Palette an Köstlichkeiten ausprobiert, welche die Crescent City zu bieten hatte.

Aber wenn sie die bleiche, nackte Haut betrachtete, die ihr an diesem Tag aus dem Spiegel entgegensah, verschwamm alles in einem dichten Nebel.

Giselle seufzte.

Ein Klopfen an der Tür.

»Ja, bitte?«

»Ich bin's, Luba …«

»Komm rein, die Tür ist nicht abgeschlossen.«

Giselle nahm einen Überwurf vom Stuhl an der Frisierkommode. Sie schämte sich ihrer Nacktheit nicht, andererseits aber war Luba selbst bis ins kleinste Detail perfekt und von klassischer Schönheit, sodass sie es vorzog, einen Vergleich zu vermeiden.

Die große russische Tänzerin betrat den Raum. Sie trug Hotpants aus Jeansstoff, die geschickt ihre braun gebrannten, endlos langen Beine zur Geltung brachten, und ein enges weißes T-Shirt. Sie war wie immer ohne BH, ihre vorstehenden Nippel zeichneten sich gut sichtbar unter dem eng anliegenden Stoff ab. Ihre goldenen Sandalen bildeten im diffusen Licht des frühen Morgens einen hellen Lichtfleck.

»Willkommen zu Hause«, begrüßte Giselle sie und zog den breiten Gürtel ihres Kimono-Überwurfs fester.

Luba kam von einer privaten Veranstaltung in Seattle zurück. Das war ihr erster Auftritt außerhalb von New Orleans gewesen, seitdem sie zu Giselles Team gehörte. Außerdem hatte sie zum ersten Mal in einer öffentlichen Darbietung einen Partner gehabt; in New Orleans beschränkte sich das Angebot des Clubs aus naheliegenden Gründen auf Nackttanz, nie war richtiger Sex mit einbezogen.

Ihr Partner war ein kleiner spanischer Tänzer, mit dem sie einen sorgfältig choreografierten Tango einstudiert hatte, dessen kunstvoller Höhepunkt die sexuelle Vereinigung sein sollte. Anfangs hatte Giselle gezögert, sie nach Oregon zu schicken, weil sie sich nicht sicher war, ob Luba tatsächlich bereit für diesen unausweichlichen nächsten Schritt in ihrer Karriere bei der Organisation sein würde. Allerdings war es Luba selbst gewesen, die sich unzufrieden darüber geäußert hatte, ausschließlich im *The Place* zu tanzen. Viel lieber wolle sie eigenständiger werden und ihr Repertoire erweitern, hatte sie gesagt. Sie war nicht nur Giselles Liebling und eine sehr fähige Tänzerin, sondern auch so etwas wie ein Neuling und nach wie vor nervös, was diesen besonderen Aspekt des Jobs betraf. Wenn auch erfahren in sexuellen Künsten, stand Luba immer noch im Bann einer unglücklichen Liebesaffäre, über die sie mit Giselle nicht sprechen wollte. Die ältere Frau konnte es ihr nachempfinden: Auch sie zog sich hinter Mauern des Schweigens zurück, um ihre Geheimnisse, ihre Verletzlichkeit zu schützen.

»Du warst toll in Portland«, sagte Giselle. Sie hatte einen äußerst positiven Bericht über Lubas Darbietung erhalten.

Luba riss die Augen auf, und ein hintergründiges Lächeln huschte über ihre Lippen.

»Ich freue mich, wenn wir den Gästen gefallen haben.«

»Ja, das habt ihr. Ich hoffe, es ging dir gut damit.«

Luba nickte unmerklich, ein Zeichen dafür, dass sie sich mit dieser speziellen Seite ihres Job immer noch nicht so recht anfreunden konnte. Giselle wusste, dass es Mädchen gab, die sich zwar ohne Hemmungen darboten, wenn sie auf privaten Veranstaltungen tanzten und auftraten, dabei aber zugleich eine unterschwellige Traurigkeit erkennen ließen. Luba war eine von ihnen, und Giselle wusste, dass es bei ihr früher auch so gewesen war. Der Körper tat sich hervor, doch Herz und Verstand zogen sich an einen geheimen Ort zurück. Das sorgte für eine Form von Schmerzlichkeit, die von den meisten Gästen wahrgenommen und geschätzt, fälschlicherweise aber als Unerreichbarkeit ausgelegt wurde, was sie das Objekt ihrer Blicke noch viel stärker begehren ließ.

Die beiden Frauen tranken zusammen Tee, bevor sie auf den umgebauten Dachboden mit dem lackierten Holzschwingboden gingen, der sich im Hauptgebäude befand und als Proberaum diente. Er verfügte an drei Seiten über Spiegel und Ballettstangen, war schallisoliert und hell erleuchtet.

Giselle machte die Fenster weit auf, damit die vielfältigen Morgendüfte von New Orleans hereinströmen und sich im Raum ausbreiten konnten. Der September ging dem Ende entgegen, und bald wäre es zu kalt, um den Raum auf diese Weise zu lüften. Dunkle, schwere Düfte süßer, halb verwelkter Blumen und Gewächse, würzige Gerüche aus den schmalen Straßen des Stadtteils, in dessen Restaurants Langusten in Bottichen kochten, Gumbo in Töpfen siedete, dazu köstliche Soßen – all die unterschiedlichen Duftnoten vermischten sich zu einem unsichtbaren Puzzle und drangen in den Raum, vertrieben seine Sterilität und erweckten ihn zum Leben.

Andere Tänzerinnen gesellten sich zu ihnen.

Die Tangonummer, die Luba und ihr Partner aufgeführt hatten, gehörte zu einer von Giselles frühesten Choreografien, und die hoch aufgeschossene russische Tänzerin war nicht die Erste aus ihrer zusammengewürfelten Truppe, der sie die fließende Komplexität beigebracht hatte. Inspirieren lassen hatte sie sich dazu von einem ihrer Ballbesuche, nur wenige Jahre nach ihrer Trennung von William.

Der Ball war ungewöhnlich gewesen und hatte in einem alten Palast in Mondello nicht weit von Palermo stattgefunden. Im Gegensatz zu anderen Bällen, an denen sie teilgenommen oder von denen sie gehört hatte, war es ein schmuckloser Ball gewesen: leere, unmöblierte Räume, keinerlei Dekoration oder Beleuchtung, nackte Terracotta-Wände mit abblätterndem Putz, verwilderte Gärten mit spärlicher Vegetation. Auch den Gästen waren weder Kostüme erlaubt noch Körperfarbe, Glitter oder blitzende Edelsteine. Die strenge, erzwungene Nacktheit schien zunächst von der angespannten, sexuellen Atmosphäre unter den Teilnehmern eher abzulenken, doch schon bald hatte die zunehmende Anhäufung unverhüllter Körper in all ihrer natürlichen Pracht und Unzulänglichkeit das allgemeine Verlangen gesteigert, während Hände über fremde Haut, über Körperteile Unbekannter wanderten, Finger die geometrische Ausrichtung feiner Muskeln, die Weichheit befreiter Rundungen nachzeichneten, und ein langsamer Tanz hatte in teilweiser Dunkelheit begonnen, Münder, Zungen waren sich begegnet, eine heikle Balance aus Lust und Stille. Aus den unsichtbaren Lautsprechern war klassische Musik ertönt, und ganz plötzlich, aus einem Teil ihrer Erinnerungen, die Giselle längst begraben hatte, erkannte sie die Melodien aus Tschaikowskys *Schwanensee,* ein Repertoirestück, mit dem sie damals in ihrer Jugend an der Londoner Ballettschule immer Schwierigkeiten gehabt hatte. Die Musik und die Art und Weise, wie die minimalistische Kulisse die sirrende Lust noch hervorhob, die beim Ball die Luft erfüllte, hatte Giselle nie vergessen können.

Jetzt wollte sie einen neuen Tanz entwickeln, der dann von Luba aufgeführt werden könnte, entweder bei einer Veranstaltung vor kleinem Publikum oder sogar irgendwann einmal beim Ball. Luba war eine so anmutige Tänzerin, ihr Solo zu den phosphoreszierenden Klängen von Debussys *La Mer* war einfach nur schön, und Giselle hatte das Gefühl, dass sie etwas Spektakuläres verdiente.

Teils als Erinnerungssplitter, teils als gestaltlose Traumfäden ihrer unruhigen Nächte hatte das Tschaikowsky-Ballett zunehmend ihre Gedanken beherrscht, und in den vergangenen Tagen hatte Giselle fieberhaft Ideen, Schrittfolgen, Bewegungen skizziert.

In ihrer Vorstellung wäre Luba der weiße Schwan, der mit Hingabe und Anmut Pirouetten dreht, hingezogen zur dunklen Sphäre des schwarzen Schwans. In New Orleans hatte sie keinen Partner zur Verfügung – die Männer, die ihren Tänzerinnen für ihre speziellen Auftritte zur Seite gestellt wurden, standen beim Netzwerk unter Vertrag und wurden zum Training und zu den Proben erst eingeflogen, wenn der Tanz vollständig choreografiert war – daher würde vorerst eine andere Tänzerin des Clubs einspringen müssen. Giselles Blick war immer wieder von dem Steinspielzeug angezogen worden, das sie nach wie vor auf ihrem Schreibtisch liegen hatte, und sie hatte sich abermals gefragt, wer es ihr geschickt hatte und welche Gründe hinter der Anonymität steckten.

Der Höhepunkt des Tanzes, so Giselles Überlegungen, wäre erreicht, wenn der weiße Schwan sich den männlichen Stößen des schwarzen Schwans unterwarf, sobald sein Geschlecht auf spektakuläre Weise bloßgelegt war. Luba war groß, und sie brauchte einen Partner beim Todestanz, der ein ganzes Stück größer war als sie.

»Luba«, rief sie. »Kannst du dir ein weißes Trikot suchen? Mir schwebt da etwas vor, das du probieren solltest.«

Sie wählte Maria aus, eine ihrer erfahrensten Tänzerinnen und eine ebenso amazonenhafte Darstellerin, die hinter den Kulissen einen definitiven Hang zu Unfug hatte, und schlug vor, sie sollte Schwarz tragen. Die anderen beiden Tänzerinnen schickte sie weg. Zu dritt begannen sie die Schritte und Bewegungen zu proben, nachdem sie die Orchestermusik eingeschaltet hatten, Glissandi und Pizzikati zu mitreißenden, melancholischen Melodien. Giselle wusste, dass es Monate dauern würde, um den Auftritt zu perfektionieren. Ihr würde also viel Zeit bleiben, um sich die Kostüme zu überlegen. Jetzt wies sie Luba an, sich mit dem Gesicht nach unten am einen Ende des Raumes auszustrecken, während Maria sie drohend umkreisen sollte. Ein Versuch, die Visionen, die sie mit sich herumtrug, zum Leben zu erwecken. Eine reine Vorstellung Realität werden zu lassen.

Zunächst müssten die beiden jungen Frauen die vorgeschlagenen technischen Aspekte des Tanzes beherrschen; Leidenschaft und Sex würden später hinzukommen, häufig aus eigenem Antrieb.

Nach einer Stunde waren alle erschöpft und einigten sich auf eine Pause. Doch Giselle hatte immerhin im Ansatz erkannt, was erreicht werden könnte. Jetzt musste sie sich um dringende Angelegenheiten für die eher weltlichen Darbietungen an diesem Abend im Club kümmern. Eine Stunde am Tag wurde für das Projekt angesetzt, womit die beiden Tänzerinnen einverstanden waren.

Die Ausarbeitung der Choreografie würde viel Zeit beanspruchen, sich aber allemal lohnen.

Die zweite Skulptur, die geliefert wurde, war aus Holz und in Form eines Bären geschnitzt, obwohl natürlich länger, zylindrisch und so entworfen, dass sie in Giselles Öffnung passte. Die Figur war etwas größer als die erste und raubte Giselle schier den Atem, als sie sich damit befriedigte, diesmal im schützenden Dunkel von Pirate's Aller neben dem Faulkner House, wo sie sich verbarg und darauf wartete, dass ein kurzer Regenguss aufhörte, nachdem sie den Tag im Club verbracht hatte.

Sobald sie zu Hause war, schaltete sie die Lampe in ihrem Schlafzimmer an und betrachtete den Gegenstand. Sie bewunderte die Form, die sie so geschickt erregt hatte, gleichzeitig so detailgetreu gearbeitet war und so große Lebendigkeit ausstrahlte. Die Schulterpartie des Bären ließ auf Anspannung und eine unterschwellige Gewaltbereitschaft schließen, so wie die Form seines Kopfes und die tiefen Rillen im Gesicht des Geschöpfs, das Giselle gerade zum Orgasmus gebracht hatte, als sie mit gespreizten Beinen, den Rock angehoben und den Rücken an eine Mauer gedrückt, dort gestanden und verzweifelt versucht hatte, den vom Boden aufsteigenden Gestank nach Urin zu verdrängen.

Zunächst hatte sie die Vorstellung, sich mit dem Abbild eines Tieres zu penetrieren, eigenartig gefunden, aber der Augenblick verging schnell. Jetzt dachte sie nicht an das Tier, sondern an die Eigenschaften der Skulptur. Die andere, die sie im Büro perverserweise oft als Briefbeschwerer benutzte, hatte die Gestalt eines Vogels. An dem Abend, als sie ihn in der relativen Abgeschiedenheit des Gartens in ihre Möse eingeführt hatte, war es ihr nicht gleich aufgefallen. Erst am nächsten Tag, als sie ihn genauer betrachtete, hatte sie die schraffierte, dunkelgrüne Jade mit dem abgeflachten Schnabel am Ende und den sauber in den Kopf eingemeißelten mandelförmigen Vogelaugen erkannt.

Die eine Figur erinnerte sie an Freiheit, die andere an die Art von rasender Lust, nach der sie sich so sehnte und die sie nur selten erlebte. Sie hatte gehofft, dieses Gefühl, von einem Liebhaber fast zerrissen zu werden, in den zufälligen Begegnungen zu finden, die sie im Dunkel des French Quarter suchte, wenn sie durch die Straßen der Stadt und die Bars streifte und nach jemandem Ausschau hielt, der sie befriedigen könnte. Doch schließlich war ihr klar geworden, dass das, was sie wollte, nur von jemandem zu haben war, den sie liebte und der sie liebte.

Sie schlief unruhig.

Unter solchen Träumen hatte sie nicht mehr gelitten, seit sie

William begegnet war und er sie gefragt hatte, ob sie seine Jeanne d'Arc sein wolle. Damals war sie bis zu dem Tag, an dem er sie angekettet hatte, von nächtlichen Visionen ihrer Folter regelrecht besessen gewesen. Jetzt wurde sie abwechselnd von ebenso lebhaften, wenn auch thematisch anders gelagerten Bildern heimgesucht. In einigen wurde sie von Tieren penetriert oder verwandelte sich selbst in ein Tier, eine Art übernatürliches Ungeheuer, das auf allen vieren durch das Viertel strich auf der Suche nach Sex, ein von Voodoo infiziertes Geschöpf, knurrend und fauchend, bis es befriedigt war. Aber Giselle war nie befriedigt. Dann wieder träumte sie von William, der blind eine Skulptur von ihr meißelte.

In ihren Träumen stand sie ihm in einem riesigen, mit Holzdielen ausgelegten Raum Modell, der leer war bis auf sie beide und ein weißes Bettlaken, das sie vor sich hielt, bis er es ihr entwand.

»Aber du kannst mich doch gar nicht sehen«, flüsterte ihr Traum-Ich ihm zu.

»Doch«, erwiderte er.

Dann sah sie ihm zu, wie seine Hände über ein Stück Marmor flogen und ihn bearbeiteten, als wäre es Ton, und aus dem toten Steinblock erschien ihr Ebenbild, so schnell wie ein Sonnenaufgang am dunklen Himmel, gerade noch ein unstetes Licht, dann schon heller Morgen. Wenn sie ihre Doppelgängerin berührte, war der Marmor warm und weich wie ihr eigenes Fleisch und offenbarte ihre Makel ebenso wie ihre Vollkommenheit. Ihren langen, schlanken Hals. Ihre vollen Brüste, jetzt noch schwerer als früher. Ihre noch immer festen Schenkel. Die Rundung ihres Bauches. Die ebenmäßige Kontur ihrer Wangenknochen, ihre schräg stehenden Augen. Ihre typischen, zusammengepressten Lippen, wenn sie über einen Scherz lächelte, der nur für sie und William eine Bedeutung hatte.

Wenn sie wach wurde, waren ihre Wangen unweigerlich nass von Tränen.

Oh, wie sehr er ihr fehlte.

Es war diese eigenartige Zeitspanne zwischen Weihnachten und Silvester, eingeklemmt zwischen den Feiertagen. Ein beständiges Summen lag in der Luft, kündete vom Nachlassen der Exzesse, das sich mit der Vorfreude auf weitere Feiern die Waage hielt.

Man konnte nicht einfach durch die Straßen wandern und in den Club gehen, da dieser für die Öffentlichkeit nicht zugänglich war. Man musste nicht nur von seiner Existenz und seiner Lage Kenntnis haben, sondern brauchte auch eine Art Empfehlung. Für viele war der Club so etwas wie eine Legende.

Menschen, die an einem der Bälle teilgenommen oder Verbindungen zum Netzwerk hatten, erwähnten den Club vielleicht anderen gegenüber hinter vorgehaltener Hand, und die zuverlässigen Portiers der erstklassigen Hotels an der Canal Street und im Quarter waren darauf angesetzt, die Neugierigen zu prüfen, und irgendwie funktionierte das System.

Die meisten Tänzerinnen hatten Urlaub und waren nach Hause gefahren, und Giselle war nicht sicher gewesen, ob sie den Club in dieser Zeit öffnen sollte. Nur Luba und eine andere Tänzerin standen zur Verfügung, aber eine Gruppe wohlhabender Industrieller, die im Vorfeld des großen Baseballspiels Anfang Januar im Superdome hier waren, hatten im Voraus gebucht, obwohl sie gerade jetzt eher aufs Trinken aus waren, als sich eine Darbietung anzusehen.

Giselle war in ihrem Büro, als es an der Eingangstür klingelte. Sie hatte niemanden erwartet. Ihr Kontakt im Hotel Sonesta hatte den Club einem Touristenpaar empfohlen, das den vorgegebenen Kriterien entsprach, das wusste sie, aber sie hatten noch nicht angerufen, um zu reservieren. Das mussten sie sein. Ihr glatzköpfiger, in einen Smoking gekleideter Türsteher führte die Neuankömmlinge herein. Wie sich herausstellte, waren es Engländer. Er servierte ihnen Champagner und wartete auf Giselles Anweisungen. Sie hätte ihn bitten können, sie direkt an einen Tisch vor der kleinen Bühne zu führen, war aber neugierig. Sie streifte ihre weiße Karnevalsmaske über. Das gehörte zum Ritual. An diesem Abend trug sie ein klassisches rotes Samtkleid, das sie vor Jahren in einem inzwischen längst geschlossenen Geschäft am French Market gefunden hatte. Zum ersten Mal hatte sie an diesem Morgen die Haare getönt und fühlte sich geradezu beschwingt. Der Vorsatz, ihr Aussehen nicht künstlich zu verbessern, war viel leichter einzuhalten gewesen, als sie noch jung genug war und es nicht brauchte.

Sie ging hinunter in den Salon.

»Ich bin heute Abend Ihre Directrice. Hier entlang, bitte«, stellte sie sich vor und führte das Paar nach oben.

Irgendetwas an ihnen war ungewöhnlich.

Der lässig gekleidete Mann hatte eine dunkle, fiebrige Intensität an sich. Er war Ende dreißig, vermutete Giselle, trug eine schwarze, hüftlange dünne Lederjacke, ein hellblaues Buttondown-Hemd und Designerjeans, dazu gut geputzte Schuhe. Seine Augen waren dunkelbraun, genau wie sein etwas wirres Haar. Er war Brillenträger. Sein Englisch war akzentfrei, ohne jegliche regionale Färbung, die Art, die sie noch aus ihrer Zeit in London kannte, eine Radiostimme mit sinnlicher Wärme. Er strahlte eine spürbare Form von Gefahr aus, merkte Giselle. Aber er hatte nur Augen für die Frau, die ihn begleitete.

Auch sie war bemerkenswert. Etwas jünger als der Mann, von mittlerer Größe und mit durchschnittlichen Rundungen. Rote Medusa-Locken fielen ihr bis auf die Schultern. Sie wirkte resolut, ein lebhaftes Feuer brannte tief in ihren Augen. Ein Ausdruck, der Giselle nur allzu vertraut war und der die Frau als eine Besessene zu erkennen gab, als jemanden, der ein Doppelleben führte: nach außen hin ganz normal, ja sogar gutbürgerlich, im Innern aber brodelte ein Kessel voller Begierden und Sehnsüchte. Früher war Giselle genauso gewesen. Sie war immer noch so, doch ihr Feuer war unter dem Mantel der fortschreitenden Jahre besser verborgen.

Die rothaarige Frau trug ein Kostüm aus dünnem, cremefarbenem Leinen und goldene Sandalen mit dünnen Sohlen. Das Jackett war über ihrer schmalen Taille eng zugeknöpft und zwängte ihre eher bescheidene Oberweite fest ein, der dazu passende Rock reichte ihr bis knapp über die Knie. Außer dem auffallend roten Lippenstift hatte sie kein Make-up aufgetragen. Sobald sie den Hauptraum des Clubs betraten, schoss der Blick der jungen Frau neugierig und hungrig hin und her, während sie die Hand ihres Begleiters umklammerte. Eine fieberhafte Lust strahlte von ihr aus.

Giselle führte das Paar gerade rechtzeitig an einen Tisch, bevor das Licht gedimmt wurde und die ersten Klänge des Debussy-Stücks ertönten, die Begleitung zu Lubas bestem Tanz.

»Ich heiße Luba.« Die flüsternde, aufreizende Stimme der Russin kam über die Lautsprecher und ließ die theatralische Note ihrer Darbietung erahnen.

Während des Auftritts der Russin musste Giselle die ganze Zeit zu dem Tisch hinüberschauen, an dem das englische Paar saß, fasziniert von den Reaktionen und der Körpersprache der jungen Rothaarigen. Wobei Giselle ihre Fantasie spielen ließ, was sie wohl machte, was sie im Leben suchte und womit sie sich bisher beschäftigt hatte. Sie vermutete, dass es viele Geschichten über die junge Frau zu erzählen gab, und spürte eine gewisse Vertrautheit, die sie mit dieser ungewöhnlich schönen Fremden verband.

Der Glanz ihrer vollen, geschminkten Lippen, in dem sich das abgeschwächte Kulissenlicht nur schwach widerspiegelte, das Beben ihrer Schultern, die Art und Weise, wie sie hin und wieder ihre Nägel in den Schenkel ihres Begleiters grub, die Nervosität, mit der sie Lubas einstudiertes und dramatisches Entkleiden vor dem impressionistischen Hintergrund der klassischen Musik beobachtete, als identifizierte sie sich mit der großartigen Darstellerin, als wollte sie sogar mit ihr auf der Bühne stehen.

Sie hieß Summer, das wusste Giselle. Der Türsteher hatte mitbekommen, wie der Mann sie mit diesem Namen anredete, als er die beiden einließ.

Giselles Aufmerksamkeit war wieder einmal hin und her gerissen zwischen dem fesselnden Spektakel von Lubas aufreizendem Tanz und dem Sturm der Gefühle, der sich in den Gesichtszügen der jungen, zuschauenden Frau abzeichnete. Ihr Begleiter hingegen war eher teilnahmslos, hatte den Blick fest auf Luba gerichtet, und nur hin und wieder umspielte eine Andeutung von Lächeln seine Lippen.

»Bitte zeigen Sie Luba Ihre Wertschätzung ...« Der Auftritt ging langsam dem Ende entgegen, und die Beleuchtung veränderte sich. Giselle sah, dass Summer tief Luft holte, als fiele ihr erst jetzt wieder ein, zu atmen.

Giselle begab sich an den Tisch, um das Paar zu fragen, ob ihnen die Show gefallen habe. Aus den Lautsprechern ertönte Ravels *Bolero*.

Es hatte ihnen gefallen. »Toll«, sagte Summer, die noch immer wie gebannt auf ihrem Stuhl saß. Ohne seine Partnerin anzuschauen, erkundigte sich der Mann, ob der Club auch privat zu mieten sei. Die anderen Gäste brachen allmählich auf. Der Engländer strahlte eine gewisse ruhige Autorität aus.

Giselle überlegte. Sie hatten für Silvester ein Dinner geplant, nur sie und ihr Personal, eine alte Tradition. Er schien enttäuscht. Nach dem Dinner, schlug sie dem Mann dann vor. So gegen ein Uhr nachts? Sie nahm an, dass er um Lubas Teilnahme bitten würde, aber das war nicht der Fall. Er beabsichtigte, Summer stattdessen tanzen zu lassen. Für ihn oder ausgesuchtes Publikum, das Giselle vielleicht einladen wollte. Seine Begleiterin wich Giselles Blick aus und rutschte auf ihrem Platz hin und her, während er seinen Plan erörterte. Eine zarte Röte zog sich über ihr blasses Gesicht, als er erwähnte, dass sie womöglich mehr als nur tanzen würde, die Zustimmung in ihren Augen eine Mischung aus nervöser Erwartung und Herausforderung.

Sie einigten sich rasch. Der Club würde ein geeignetes Kostüm für Summer stellen, und die Musik für den Anlass wurde ausgesucht: Vivaldis *Vier Jahreszeiten*. Er hatte noch eine weitere, ziemlich spezielle Bedingung, die er Giselle wohlweislich vortrug, während Summer zur Toilette gegangen war. Giselle war verblüfft, aber begeistert von der Vorstellungskraft des Mannes. Der wie ein Professor wirkende Engländer reichte ihr seine Kreditkarte, um die Buchung abzusichern, und kurz darauf verließ das Paar Hand in Hand den Club. Schwer zu sagen, wer wen führte.

Giselles Schlaf in dieser Nacht war erfüllt von verstörenden Träumen.

In ihren Visionen tanzte sie unter der sengenden Hitze eines Scheinwerfers vor einem surrealen Publikum aus langschnäbeligen Vögeln mit Sonnenbrillen und trug nur Schmuckstücke, grausam an ihren Nippeln und Schamlippen befestigt, stählerne Stigmata, die einen Strudel angenehmer Schmerzen hervorriefen. Sie kreiste über den lackierten Boden wie ein Spinnrad, bis ihr Verstand in einem Meer des Verlangens ertrank. Danach wurde es dunkel, und sie blickte plötzlich aus einer furchtbaren, schwindelerregenden Höhe auf die Szene herab und merkte, dass nicht mehr sie die Tänzerin war, sondern auf der Bühne von der

Rothaarigen ersetzt worden war, die am nächsten Tag nach Mitternacht zurückkehren würde.

Giselle schrak aus dem Schlaf hoch. Es war noch zu früh, um aufzustehen, das Fenster zum wilden Garten war geöffnet, das Stampfen von Raddampfern verklang in der Ferne. Die letzte Forderung des Mannes fiel ihr ein.

Im Dunkeln ging sie auf Zehenspitzen zu ihrer Frisierkommode und nahm noch einmal die Tierskulpturen in die Hand, spürte ihre berauschende Glätte unter den Fingerkuppen, zog Pfade über die Oberflächen; versuchte ihre Bedeutung zu entziffern, als würde der Kontakt, den sie jetzt herstellte, ihre Gedanken, ihre Worte auf wundersame Weise dem mysteriösen Absender übermitteln. Inzwischen war ihr ein halbes Dutzend Päckchen mit Skulpturen zugestellt worden: Vögel, Tiere, Hörner, Penisse, Spielzeuge, Fetische. Alle perfekt geformt. Für sie. Nur bei Dunkelheit benutzte Giselle sie zu dem Zweck, zu dem sie erschaffen worden waren.

Spreizte die Beine weit.

Führte den Jadevogel ein.

Entspannte vorsichtig ihren Schließmuskel und vollzog die doppelte Penetration. Das glatte, warme Holz des geschnitzten Bären dehnte ihr Loch. Füllte sie aus.

Jetzt mischten sich die Gerüche der Nacht auf unbeschreibliche Weise mit den starken, moschusartigen Düften ihrer Säfte. Giselle spürte, wie sie schläfrig wurde. Sie legte sich hin, hielt die beiden Phallusobjekte zwischen ihren Öffnungen fest. Und sank in einen friedvollen Schlaf.

In der folgenden Nacht kam das Paar wieder zum Club.

Summer war sichtlich nervös, aber auch eine Spur trotzig. Sie zögerte erst, das freizügige Kleid anzuziehen, das Giselle herausgelegt hatte. Vielleicht hatte sie das Gefühl, nackt zu tanzen wäre natürlicher, als sich durch einen Striptease vor einem sicherlich sehr ausgewählten Publikum zu erniedrigen. Doch ihr Gönner hatte keinen Zweifel an seinen Absichten und Vorstellungen gelassen, und stattdessen klemmte Giselle als eine Form auserlesener Bestrafung, die er ihr vorgeschlagen hatte, zwei Brustwarzenringe, an denen schwere, rostrote Edelsteine baumelten, an ihre kleinen, aber festen Brüste und dazu passende, ins Fleisch schneidende Klammern an ihre äußeren Schamlippen. Summer zuckte zusammen. Giselle vervollständigte die süße Qual, führte einen Analstöpsel aus Glas in die junge Frau ein und geleitete sie dann an den Samtvorhängen vorbei durch den Club zur Bühne, auf der sie tanzen sollte. Luba, die in der schwach beleuchteten Garderobe in einem von der Decke herabhängenden Vogelkäfig hockte, ganz in Weiß mit einer Maske vor dem Gesicht, hatte die ganze Zeit zugeschaut und den Vorbereitungen etwas verstörend Bizarres verliehen, was die junge Frau noch mehr verunsicherte.

Summer kam bei absoluter Dunkelheit auf die Bühne. Als Giselle die Beleuchtung einschaltete, wusste sie, dass die junge Frau zunächst geblendet und benommen sein würde.

Die Musik setzte ein, und Summer stand wie gebannt, sichtlich hin und her gerissen zwischen der Demütigung, sich nicht zu regen, oder sich zu bewegen und ihre absolute Nacktheit und Verwundbarkeit durch die ersten Bewegungen eines langsamen Tanzes noch stärker hervorzuheben. Giselle lehnte an der Bar auf der anderen Seite des intimen Salons und beobachtete sie, wobei ihr eine Flut von Bildern durch den Kopf schoss, wie sie zum ersten Mal ähnlich nackt für andere getanzt hatte, ohne die Sicherheit eines Proberaums oder ihres eigenen Zimmers, wo es ihr irgendwie natürlicher vorgekommen war. Oder ganz zu Anfang, als sie völlig nackt Modell gestanden hatte, das Feuer der Begierde in sich, und zaghaft versuchte, ein unsicheres Gleichgewicht zwischen ihrer aufkeimenden Sexualität und der unleugbaren Sehnsucht herzustellen, gefallen zu wollen.

Sie schauderte.

Die Falten, die sie vor einiger Zeit in ihrem Gesicht bemerkt hatte, fielen ihr ein, die Fältchen im Mundwinkel, die grauen Haare, die sie seitdem kaschierte. Sie wünschte sich, noch einmal jung und begehrenswert zu sein, um zu tun, was Summer jetzt tun würde, sich so vollständig darzubieten, nur weil ein Mann es befohlen hatte.

Mit einem angenehmen Fremden zu schlafen, anonym und unverbindlich im Dunkeln zu ficken, war etwas, dem jede Frau nachgeben konnte. Eine Woge tiefster Traurigkeit überflutete Giselle, als sie sich fragte, ob sie jemals wieder den Willen, den Antrieb, die Gelegenheit haben würde, sich so offen darzubieten, wie sie es einst getan hatte und wie Summer es jetzt machte. Mittlerweile war sie eine Kupplerin, die das Verlangen anderer stillte; die Herrin über eine Truppe ausgesuchter sinnlicher Tänzerinnen, an deren Aktivitäten sie nicht besonderen Gefallen fand, lediglich die Zufriedenheit, ihren Job gut gemacht zu haben. Eine distanzierte Zeremonienmeisterin. Wie war sie so geworden? Hatte sie ihr Feuer verloren? Ihre Seele abgetötet?

Schließlich begann Summer zu tanzen.

Zunächst war sie unbeholfen, dann glitt sie rasch in das Auf und Ab der Melodie, ihre nackte Haut leuchtete unter dem Scheinwerfer auf, eine zarte Schweißschicht hob ihre Nacktheit noch hervor. Sie hatte offensichtlich keine Übung im Tanzen, aber die Art, wie sie die Musik verstand, hatte etwas Organisches, selbst die krausen Locken ihrer roten Haare bewegten sich zu dem Innenleben der tosenden Violinen, wie Blätter an einem Baum bei starkem Wind.

Als der kurze Tanz zu Ende war, hatte Summer sich verwandelt. Sie war geschmeidiger geworden, wagemutiger, schamloser, hatte ihre verborgenen Gelüste offen dargelegt, ihre innere Lust, auf eine Weise, die Giselle wiedererkannte; die Sprache des Sex, die hier leidenschaftlich zum Ausdruck gebracht wurde. Giselle suchte im spärlichen Publikum nach dem Mann, der Summer hierhergeführt und die Zurschaustellung organisiert hatte. Sie stellte sich vor, wie er sie später in ihrem Hotelzimmer ficken, sie zähmen, sie auf die zärtlichste Art verwüsten würde, um ein weiteres unvergessliches Band zwischen ihnen zu schmieden.

Die Vorstellung war vorbei, das Paar war gegangen, und Giselle fiel die Aufgabe zu, die Lichter zu löschen, aufzuräumen und den Club nach der privaten Veranstaltung zu schließen. Der Türsteher hatte den Abend frei gehabt, und Luba schlief in einem Zimmer im oberen Flügel.

Wer waren diese beiden?

Der Mann, den Summer nur einmal als Dominik angesprochen hatte, war Engländer, aber die junge Rothaarige stammte nicht aus England, obwohl Giselle ihren Akzent nicht einordnen konnte. Jedenfalls sprach sie Englisch.

Sie stellte sich vor, wie sie irgendwo in einem Hotelzimmer in der Nähe die Verrücktheit dieser Nacht auf weitere Ebenen der Lust ausdehnten. Summer hatte noch die Anhänger getragen, als sie gingen – er hatte darauf bestanden (und dafür gezahlt). Die kalten Metallklemmen quetschten jetzt ihr zartes Fleisch, hinterließen Male tief in ihrer Haut, und er würde sie wahrscheinlich noch weiter damit quälen, an ihnen drehen, beißen, damit spielen, wobei er ihr mit seinen vorsätzlichen Angriffen jeden Grad des Schmerzes und der Lust entlocken würde.

Giselle seufzte. Wie lange war es her, seit ein Mann sie zum Stöhnen gebracht hatte, erst recht zum Weinen?

Und morgen würden die beiden New Orleans zweifellos verlassen. Man würde sie nie wiedersehen oder von ihnen hören.

Giselle schnürte es die Kehle zu, ein gewaltiges Gefühl der

Sehnsucht stieg in ihr auf. Was würde mit dem Paar geschehen? Summer und Dominik? Würde sie je wieder etwas über sie und ihr Leben erfahren?

Oder waren sie wie flüchtige Gesichter in der Nacht, wie Figuren in einem Buch, das man nicht zu Ende lesen darf, nur dazu da, in ihren Träumen und schlaflosen Nächten herumzuspuken? Wie so viele andere: William, Beth, Olen, Flick … Auch deren Bücher wurden nicht zu Ende gelesen, sie hatte sie zwischen den Seiten verloren.

Sie zog den Reißverschluss ihres schweren Samtkleides auf und ließ es zu Boden gleiten. Legte sich aufs Bett, und endlich kamen die Tränen, ausgiebig, im Überfluss, warm. Sie weinte um alle, die sie auf ihrem Weg verloren hatte.

Als sie aufwachte, hatte Giselle einen Entschluss gefasst. Sie würde sich vom Club beurlauben lassen. Pinnie kam gut ohne sie klar und war ehrgeizig genug, ihre Chance wahrzunehmen. Die üppige Brünette mit dem frechen Pony, den schweren Brüsten und den großen Nippeln war schlau, dabei aber ehrlich, und würde sich eine finanziell lohnende Gelegenheit nicht entgehen lassen. Giselle würde einen Makler anheuern und ihre Privaträume vermieten. Immer wieder mal fragten Touristen an, die etwas Gemütlicheres als ein Hotel suchten.

Sie schlug die Bettdecke zurück, ging unter die Dusche und machte sich einen Espresso, den sie trank, während sie nackt durch das Haus ging und die Sachen zusammensuchte, die sie für ihre Reise brauchte. Ihr Koffer war noch derselbe wie seit Jahren. William hatte ihn ihr gekauft, als sie ihre erste gemeinsame Auslandsreise planten, das Wochenende in den Hamptons, das inzwischen eine Ewigkeit her zu sein schien. Der Koffer war als Handgepäck gedacht und hatte nur Platz für ein paar Kleidungsstücke zum Wechseln und ein oder zwei Paar Schuhe, aber das reichte Giselle. Sie hatte schon immer leichtes Gepäck bevorzugt und belastete sich ungern mit Besitztümern. Sie steckte ihren Pass ein, nur für alle Fälle, obwohl sie in den Vereinigten Staaten bleiben wollte.

Die Karte war weiß, darauf Name und Telefonnummer in schlichter schwarzer Schrift. Sie lag in der Schublade ihrer Frisierkommode, seit Giselle in New Orleans lebte, und war ihr lange davor schon in die Tasche gesteckt worden.

Giselle nahm sie heraus, strich über das glatte Papier und die verblassende Schrift und dachte an ihre letzten Tage in Paris, aber nur für einen Moment. Die Zeit, um in Erinnerungen zu schwelgen, war vorbei. Jetzt war sie bereit zu handeln.

Sie wählte die Nummer. Hätte die Nummer zu einer Organisation außerhalb des Netzwerks gehört, hätte Giselle mit einem Störzeichen gerechnet, aber natürlich klingelte es durch, und nach ein paar Sekunden nahm eine Frau ab.

»Madame Fur?«, fragte Giselle.

»Ja?«

»Ich brauche Ihre Hilfe«, sagte Giselle. Ihr versagte die Stimme. Jahrelang hatte sie kein Französisch gesprochen, und die Wörter fielen ihr erst allmählich wieder ein. Cajun wurde heutzutage in New Orleans nur noch selten gesprochen, und selbst dann glich es nicht ihrer Muttersprache.

Madame Fur gluckste, als Giselle ihre Situation schilderte. »Oh, ich mache mich nicht lustig über Sie, meine Liebe«, sagte sie. »Alle Straßen, die zum Netzwerk führen, sind mit gebrochenen Herzen gepflastert. Wir alle haben eine ähnliche Geschichte wie die Ihre zu erzählen.«

Giselle beugte sich vor, zog den Rollladen hoch und schob das Fenster auf. Draußen krächzte ein Grackel, vielleicht aber auch ein Star. Giselle hatte Pflanzen immer Tieren vorgezogen und sich mit der einheimischen Vogelwelt nie ganz vertraut gemacht oder herausgefunden, wie man allein anhand ihrer Laute eine Art von der anderen unterscheiden konnte.

Schließlich fuhr Madame Fur fort. Giselle musste im Stillen lächeln. Ein Schweigen auszudehnen war eine kunstvolle Form des Verhandelns, die oft unterschätzt und nur selten angewandt wurde. Giselle hatte unendlich viele Auseinandersetzungen gewonnen, weil sie einfach gewartet hatte, bis ihr Gesprächspartner eine bedeutungsschwangere Pause füllte.

»Meine Antwort lautet Ja. Ich werde Ihnen helfen. Lassen Sie mich ein paar Anrufe tätigen, dann melde ich mich wieder.«

Giselle diktierte ihre Nummer, wiederholte sie zweimal und legte dann auf. In Gedanken rechnete sie nach und kam zu dem Schluss, dass Madame Fur wohl in den Siebzigern sein musste, wenngleich es schwierig war, ihr Alter zu schätzen, da sie bei ihrer ersten Begegnung so elegant gekleidet und zurechtgemacht war. Sie fragte sich, ob Madame Fur immer noch die Pariser Filiale des *L'Or du Temps* führte und ob sie noch hübsche und emotional zerbrechliche junge Männer und Frauen anwarb, die für das Netzwerk auftreten sollten. Giselle wusste jedoch, dass ihr kein Urteil zustand. Sie hatte ihren Lebensunterhalt mit derselben Tätigkeit verdient. Außerdem war sie überzeugt, dass Frauen wie Luba und Pinnie mit ihrer Arbeit im Club viel besser gestellt waren als in den heruntergekommenen Striplokalen, wo Giselle sie entdeckt hatte. Die Mädchen, die für Giselle arbeiteten, waren für das Royal Ballet geschaffen, und keine von ihnen hatte den Wunsch geäußert, als Juristin, Bankangestellte oder Sekretärin zu arbeiten statt als erotische Tänzerin.

Nein, *The Place* und auch das Netzwerk hatten ihre Berechtigung, und Giselle bereute nichts. Sie hatte Freude an ihrer Tätigkeit gehabt und genug beiseitegelegt, um viele Monate ohne Arbeit auszukommen, wenn sie sparsam lebte.

Ihr finanzielles Polster war hauptsächlich unbeabsichtigt zustande gekommen. Sie brauchte einfach nicht viel, daher hatte sie den Großteil ihres Einkommens zur Seite legen können, das dank ihres klugen Managements des Clubs in letzter Zeit stetig angestiegen war.

Giselle hatte immer gut abschalten, einen Strich zwischen einem Leben und dem nächsten ziehen können. Sie traf rasch Entscheidungen und bereute diese nur selten, da sie sich in der Regel auf ihre Intuition verlassen konnte. Bis sie ihren kleinen Koffer gefüllt und sich angezogen hatte, war ihre Wohnung in New Orleans schon nicht mehr ihr Zuhause. Es berührte sie kaum, als sie die Fenstertüren zum Garten schloss und den Schlüssel umdrehte. Aller Wahrscheinlichkeit nach würde sie früher oder später zurückkehren, und auf jeden Fall würde sie Pinnie empfehlen, Mieter mit einem grünen Daumen zu suchen, die sich in ihrer Abwesenheit um die Pflanzen kümmerten.

Ihre Samtkleider hatte sie in Schutzhüllen gesteckt und im Club eingelagert, in der großen Garderobe hinter den Kulissen, in der bereits zahllose Kostüme hingen. Für die Reise wählte sie einen Hosenanzug aus Leinen, den sie seit Ewigkeiten nicht getragen hatte, und freute sich, dass er ihr noch passte.

Als sie in den Spiegel schaute, war sie keine Madame mehr, sondern eine schlanke, kultivierte Frau, bereit, sich in ein neues Abenteuer zu stürzen. Die Haare zurückgebunden, ein Paar goldene Ohrstecker als Schmuck sowie flache Pantoletten an den Füßen, und schon war sie eine ganz andere Giselle.

Gerade als ihr einfiel, dass Madame Fur nicht gesagt hatte, ob sie noch am Morgen zurückrufen würde oder erst im Lauf der Woche, klingelte das Telefon.

»Er ist in Portland«, sagte sie. »Oregon.«

»Oh«, erwiderte Giselle. »Danke.« Sie hatte eigentlich nie Vermutungen über Williams Aufenthaltsort anstellen wollen, aber wenn, dann wäre ihr wahrscheinlich etwas Romantischeres als Portland eingefallen. Obwohl es Sinn ergab. Der Ball hatte dort ein großes Büro, in dem Luba noch vor Kurzem gewesen war, und Giselle vermutete, dass William noch immer diskret für die Organisation arbeitete.

»Darf ich Ihnen noch einen Rat geben?«, fragte Madame Fur.

»Natürlich.«

»Dinge verändern sich. Menschen verändern sich. Er ist nicht der Mann, den Sie kannten, und auch Sie sind nicht die Frau von damals. Die Zeit hinterlässt ihre Spuren auf allem, besonders auf früheren Liebhabern.« Diesmal klang ihr Lachen eher wie das einer Hexe.

»Ich weiß«, erwiderte Giselle. »Aber ich muss nach ihm suchen. Sonst werde ich mich bis an mein Lebensende fragen müssen, was hätte sein können.«

Im letzten Moment packte Giselle noch zwei ihrer Spielzeuge ein, die ersten beiden, die man ihr geschickt hatte. Die, die ihr am liebsten waren. Die anderen kamen in einen Karton mit persönlichen Dingen, den sie im Club lassen würde. Sie konnte ihren Koffer immer noch einchecken, um das Risiko zu umgehen, dass die Sicherheitskräfte am Flughafen sie bei der Durchleuchtung des Handgepäcks abwiesen, wenn sie die phallischen Gegenstände entdeckten, die bestimmt schwer genug waren, um als Waffe zu dienen.

Sie erreichte Portland an einem sonnigen, klaren Tag, der ihre nervöse Anspannung Lügen strafte, die sie bei der Ankündigung der bevorstehenden Landung befallen hatte. Wäre das wahre Leben so etwas wie ein Roman, überlegte Giselle, als sie ihre Jacke auszog und die warme Brise über ihre Haut streichen ließ, würde es jetzt regnen. Sie stieg in ein Taxi und wies den Fahrer an, sie zu dem preiswerten Kettenhotel zu bringen, das sie im Internet gebucht hatte. Angeblich lag es in Gehnähe zum Stadtzentrum. Von dort war es auch nicht weit bis zu Powell's, einer Buchhandlung, die sie immer schon hatte aufsuchen wollen.

Madame Fur war mit ihren Nachforschungen ebenso gründlich wie schnell gewesen und hatte entdeckt, dass William jetzt im Nordosten wohnte und arbeitete. In der Alberta Street gehörte ihm eine kleine Galerie, über die er eine ansehnliche Anhängerschaft für seine Arbeit hatte aufbauen können. Er war nach wie vor beim Netzwerk angestellt, verkaufte seine Objekte aber auch öffentlich und veranstaltete Workshops. Bewaffnet mit ihrem Laptop und dem Namen von Williams Laden, *L'Art des Sens,* Die Kunst der Sinne, hatte Giselle herausgefunden, dass er die Vernissage für seine Ausstellung bereits geplant hatte. Daraufhin hatte sie ihren Flug so gebucht, dass sie teilnehmen konnte. Bisher hatte sie es immer vermieden, ihn ausfindig zu machen, da sie vermutete, sie würde von da an ihm und seiner künstlerischen Entwicklung wie besessen folgen – etwas, von dem sie wusste, dass es ihr nicht guttun würde. Jetzt, da sie hier war und ihm im echten Leben folgte, erschien es ihr durchaus sinnvoll, seinen Namen bei Google einzugeben.

Sie fand nicht viel mehr als den Namen und die Adresse seiner Galerie sowie eine Handvoll Rezensionen. Seine Behinderung hatte ebenso Aufmerksamkeit erregt wie die Erotik in seinen Arbeiten. Giselle war sicher, was immer er ausstellte, wäre nichts im Vergleich zu den perversen Dingen, die er sich für das Netzwerk ausdachte. Plötzlich fragte sie sich, ob er Dildos für andere herstellte oder ob ihre die einzigen dieser Art waren. Sein Unterricht war beliebt, und alle angebotenen Kurse waren bereits für den Rest des Jahres ausgebucht. Die Angaben zu den Kursen waren kurz, aber Kommentare von früheren Schülern ließen darauf schließen, dass den Teilnehmern mehr als nur eine Menge über Kunst vermittelt wurde. »Anders sehen lernen«, lautete der Werbetext.

Giselle reckte sich auf dem kleinen Doppelbett. Sie hatte so lange dort gelegen und Williams Namen in Suchmaschinen eingegeben, dass die Nacht unbemerkt hereingebrochen war. Giselle war völlig verspannt, und ihr knurrte der Magen. Sie klappte den Laptop zu und legte ihn sorgsam in den Safe des Hotelzimmers, nicht so sehr aus Sicherheitsgründen, sondern damit sie nicht in Versuchung geriet, die ganze Nacht hindurch nach Informationen über ihren früheren Liebhaber zu forschen.

Auf den Straßen von Portland war alles zu sehen, stellte Giselle auf dem Weg in die Innenstadt fest, wo sie etwas essen wollte. Sie kam an Jugendlichen mit Stachelfrisuren, Shorts und Skateboards vorbei, an Frauen vom mütterlichen Typ, zugeknöpft in Pastelltönen, an Rastas mit Dreadlocks in langen, bunten Sarongs, an Geschäftsleuten, denen der Arbeitsstress auch an diesem Sonntagabend deutlich ins Gesicht geschrieben stand. Giselle hatte einen Schirm eingepackt, brauchte ihn aber nicht, und ihr war immer noch warm, obwohl ihre Beine in dem knielangen weißen Kleid mit U-Ausschnitt unbedeckt waren. Darüber trug sie die zitronengelbe Strickjacke aus ihrer längst vergangenen Pariser Zeit. Schließlich kaufte sie sich ein Stück Pizza bei einem Straßenhändler und aß es auf dem Weg zurück ins Hotel, wobei sie dem Drang widerstand, sich irgendwo eine Bar zu suchen, einen Mann aufzugabeln und ihn zu ficken, um die dunkle Einsamkeit zu vertreiben.

Die Vernissage fand am nächsten Nachmittag statt und beinhaltete auch einen Workshop, damit potenzielle Käufer reichlich Zeit hatten, durch die Galerie zu streifen, und hoffentlich den Entschluss fassten, sich von einem größeren Geldbetrag für eins der Ausstellungsstücke zu trennen. An keinem der Objekte war ein Preis ausgewiesen, was nach Giselles Erfahrung bedeutete, dass sie teuer waren. Sie war etwa eine Stunde nach Beginn der Veranstaltung eingetroffen, teils um sicherzugehen, dass sie sich unbemerkt unter die Menge mischen konnte, die sich hoffentlich einfinden würde, teils weil sie lange gebraucht hatte, um sich herzurichten. Sie hatte eine Kette angelegt und wieder abgenommen, die Haare hochgebunden, dann offen gelassen, mehrfach die Schuhe gewechselt, bis ihr schließlich doch aufging, wie albern sie sich benahm. William war blind. Er würde nicht einmal wissen, dass sie da war, und erst recht ihrer Kleidung keine Aufmerksamkeit schenken.

Ein Kellner mit einer Platte Canapés blieb stehen und bot ihr ein schmales Stück Sauerteigbrot an, mit einer Scheibe Lachs und einem noch kleineren Klecks saurer Sahne darauf, und sie steckte es in den Mund. Sie stand vor einer Vitrine, in der ein paar gemeißelte Vulven ausgestellt waren, alle so unglaublich naturgetreu, dass sie mit Sicherheit nicht der Fantasie entsprungen waren. Frauen mussten dafür Modell gestanden haben. Die Stücke waren aus Marmor, daher mussten die Einzelheiten mit Hand herausgearbeitet worden sein, nicht in eine Form gegossen. Giselle stellte sich vor, wie William sorgfältig – beinahe medizinisch –, die Vagina zahlreicher Frauen untersuchte, um sie in Stein neu erstehen zu lassen, und spürte, wie sie bei dem Gedanken feucht wurde. Sie trat ein paar Schritte zurück, um die Kunststücke aus einem anderen Blickwinkel zu betrachten. Vor ihr lag ein in Glas gefasster Rosengarten mit unendlich verschiedenen Blütenblättern. Vom plötzlichen Wunsch übermannt, ein weiteres Kunstobjekt von William zu besitzen, gab Giselle einem Mitarbeiter ein Zeichen. Als er ihr den Preis der von ihr ausgewählten Skulptur nannte, blieb ihr fast die Luft weg, doch sie händigte ihre Kreditkarte aus und steckte das Päckchen in ihre Schultertasche. Ob William ihre Geschlechtsteile wohl aus dem Gedächtnis geformt hatte?, fragte sie sich. Vielleicht lagen in den Häusern von Kunstliebhabern überall Teile von ihr. Ein eigenartiger Gedanke. Konnte man einen Menschen auf sein Abbild reduzieren?

Konnte ein Abbild großartiger sein als der Mensch, der dazu die Inspiration geliefert hatte?

Während sie weiter philosophische Betrachtungen zur Kunst anstellte, machte sie sich auf zu einem erneuten Rundgang durch die Galerie, nahm möglichst viele Einzelheiten in sich auf, versuchte, durch seine Werke Rückschlüsse auf den Mann zu ziehen. An einer anderen Wand waren Penisse ausgestellt, und Giselle konnte deren Realismus bestätigen, hatte sie doch selbst die Freuden so vieler verschiedener Formen und Größen erfahren. Von den surrealen Elementen der Dildos, die sie per Post erhalten hatte, konnte sie jedoch nichts entdecken, und das gefiel ihr. Vielleicht hatte er diese Skulpturen speziell für sie angefertigt. Oder vielleicht war er gar nicht für ihre anonymen Phallusgeschenke verantwortlich. Ein merkwürdiger Zufall zwar, aber so etwas konnte innerhalb des Netzwerks durchaus passieren. Womöglich beruhte das Ganze auf einem internen Schreiben der Organisation, in dem daran erinnert wurde, dass diejenigen, die anderen Lust verschafften, regelmäßig selbst Lust erfahren sollten – so wie die Angestellten anderer Unternehmen vielleicht eine Dankeskarte oder eine Hammelkeule zu Weihnachten bekamen.

In der Ausstellung waren weder Arbeiten von ganzen Körpern noch Darstellungen einer Penetration zu sehen. Solche Werke, vermutete Giselle, würden viele Stunden in Anspruch nehmen, vielleicht sogar Jahre, und könnten demzufolge nur Auftragsarbeiten sein. Sie hatte keine Ahnung, was die Materialien kosteten, die er jetzt verwendete, wusste jedoch noch, dass seine Leinwände, Pinsel und Farben teuer gewesen waren. Sie zuckte zusammen, als sie sich daran erinnerte, wie William seine Farben angerührt hatte.

Wenn nur …

Wenn sie nur nicht … wenn sie nur … Giselle hatte aufgehört zu zählen, wie oft sie einen Gedanken mit diesen Worten angefangen hatte. Aber Gedanken konnten die Vergangenheit nicht ändern. Sie seufzte. Verscheuchte die Gefühle von Reue. Schlängelte sich vom ersten Raum der Galerie, in dem Williams Arbeiten zum Verkauf ausgestellt waren, in den hinteren Raum, in dem eine Vorführung stattfand. Sie achtete sorgfältig darauf, in der hinteren Reihe der Besuchergruppe zu bleiben. Dabei wurde sie das Gefühl nicht los, dass er sie irgendwie erkennen könnte. Vielleicht an ihrem Geruch. Sie benutzte immer noch das gleiche Parfüm, das er ihr damals geschenkt hatte. Ihre Hände zitterten, sie atmete schneller. Sie hatte ihren Job auf Eis gelegt, Pinnie angewiesen, das Haus zu vermieten, war von New Orleans nach Portland geflogen und ertrug es trotzdem nicht, sich ihm zu offenbaren. Nicht vor so vielen Fremden. Nicht, während er arbeitete.

Stattdessen stand sie da und sah zu, weit außerhalb seiner Blickrichtung, auch wenn er sie hätte sehen können. Sie war tatsächlich derart hinter der Wand aus interessierten Zuschauern verborgen, dass sie ihn nicht sehen konnte. Allerdings hörte sie ihn. Die Gruppe war vollkommen still und lauschte aufmerksam seiner Stimme, tief und klangvoll, die an Giselles Ohr drang, als spräche er nur mit ihr.

»Vergessen Sie für einen Moment das Sehen«, wies er die Zuschauer an, »und denken Sie an die Wahrnehmung. Sie nehmen viel weniger Informationen mit den Augen auf, als Sie meinen. Denken Sie darüber nach, die Welt zu erfahren, statt sie zu betrachten. Werden Sie ein Teil von ihr. Benutzen Sie Ihre Zunge und Ihre Hände, um die Person vor Ihnen zu erkunden.«

Giselle wurde klar, warum seine regelmäßigen Kurse so beliebt waren. In seinen Worten lag etwas Hypnotisches. William vermittelte seinen Schülern mehr als nur das Know-how der Bildhauerei. Er wies Liebende an, die anatomischen Landschaften des anderen außerhalb der Sichtgrenzen zu erforschen.

Der Vortrag sollte noch eine Viertelstunde dauern, danach hätte das Publikum die Gelegenheit, William bei der Arbeit mit einem Modell zuzuschauen. Giselle brachte es nicht über sich, zu bleiben. Sie hatte vorerst genug gesehen und erfahren. Seine Stimme zu hören, ihn bei der Arbeit zu beobachten konnte sie kaum ertragen, ohne in Tränen auszubrechen und Aufmerksamkeit auf sich zu ziehen, für die sie noch nicht bereit war. Nach all der Zeit war sie hier in einem Raum mit William, und sie fühlte sich wie eine Drogensüchtige, der man eine winzige Kostprobe einer verbotenen Substanz anbot. Wenn sie auch nur einen Augenblick länger bliebe, befürchtete sie, schreien zu müssen oder durch die Menge zu stürmen und sich auf ihn zu stürzen.

Sie ging zu Fuß zurück, obwohl das Hotel meilenweit entfernt war und es zweifellos sicherer und schneller gewesen wäre, ein Taxi zu nehmen. Es war dunkel, aber noch nicht sehr spät. Die kühle Nachtluft besänftigte sie, holte sie aus dem Tief, in das sie gesunken war, und sie konnte wieder klarer denken. Was sollte sie jetzt tun? Wahrscheinlich könnte sie auf der Stelle zurück nach New Orleans fliegen und genau da weitermachen, wo sie aufgehört hatte. Sie war erst seit ein paar Tagen fort. Höchst unwahrscheinlich, dass schon neue Mieter für ihr Haus gefunden waren. Pinnie wäre enttäuscht, aus ihrer neuen Position wieder verdrängt zu werden, aber sie würde schnell darüber hinwegkommen, und Giselle würde sich etwas ausdenken, um ihr die Sache zu versüßen. Aber sie konnte sich nicht vorstellen, tatsächlich in ihr altes Leben zurückzukehren, nachdem sie sich entschieden hatte, ihre Zelte abzubrechen und etwas Neues zu probieren.

Vielleicht würde sie reisen, und diesmal richtig. Giselle war fast überall in Amerika gewesen, aber kaum darüber hinaus, und diese Reisen hatten beinahe ausnahmslos mit ihren eigenen Tanzdarbietungen oder mit Angelegenheiten des Netzwerks zu tun gehabt, daher hatte sie mehr Striplokale als Sehenswürdigkeiten gesehen. Die meiste Zeit war sie unterwegs gewesen, um sich darzubieten oder andere zu engagieren.

Giselle hatte sich fast entschlossen, alle Vorsicht in den Wind zu schießen, um die Welt zu reisen und sich ins Unbekannte zu stürzen, als sie wieder ins Hotel kam und man ihr mitteilte, eine Nachricht sei für sie abgegeben worden.

Die Nachricht kam von Madame Fur. Wie um alles in der Welt hatte sie Giselle in diesem Hotel aufgespürt? Und warum? Wollte sie sich etwa an Giselles gebrochenem Herzen laben?

Als sie die ältere Frau jedoch zurückrief, wurde ihre überstürzte Abreise aus New Orleans und ihr Wunsch, eine alte Liebesaffäre wiederaufleben zu lassen, mit keiner Silbe erwähnt.

»Ich habe einen Vorschlag für Sie«, sagte Madame Fur stattdessen. »Bleiben Sie in Portland. In Kürze haben wir dort eine Veranstaltung geplant. Natürlich in sehr privatem Rahmen, noch dazu eine, zu der Ihre besondere Erfahrung passen würde. Darüber hinaus könnten wir auch Ihre unschätzbaren Talente gebrauchen, da unser nächster Ball bevorsteht. Ein Trupp neuer Tänzerinnen, die noch zu formen sind.«

»Falls Sie für die Veranstaltung, die Sie erwähnt haben, eine Tänzerin brauchen, darüber bin ich längst hinaus«, erwiderte Giselle amüsiert.

»Wir brauchen keine Tänzerin. Doch selbst wenn, meine Liebe, darf ich vielleicht hinzufügen, dass niemand je über das Tanzen hinaus ist. Tanz ist Leben ... aber ich schweife ab. Wir brauchen eine Choreografin. Eine, die etwas ... Spektakuläres einübt.«

»Was schwebt Ihnen da vor? Sie müssen doch bereits Spezialisten für den Ball haben, die mit den Tänzerinnen auf Ihrer Liste vertrauter sind. Jemand, mit dem Sie regelmäßig arbeiten.«

»Na ja, das schon, aber das ist nicht für den Ball. Es ist noch exklusiver. Eine Geburtstagsparty. Eine Feier, für die wir das

Catering übernehmen sollen, und die betreffende Person hat Ansprüche, die jenseits der Vorstellungskraft unserer üblichen Choreografen liegen. Außerdem möchten wir, dass diese Veranstaltung vollkommen vertraulich bleibt. Unsere Darsteller sind natürlich alle diskret, aber wir halten es für klug, bestimmte Veranstaltungen gesondert zu organisieren. Sie verstehen sicher, was ich meine.«

Giselle nickte, obwohl niemand sie sehen konnte und sich Madame Fur am anderen Ende der Leitung weiß der Himmel wo auf der Welt aufhielt. Vielleicht befand sie sich inzwischen in den Staaten.

Madame Fur fuhr fort.

»Natürlich werden Sie dafür bezahlt. Ihre Ausgaben werden übernommen. Und Sie bekommen ein Honorar für die Arbeit selbst, das Sie bestimmt großzügig finden werden.«

»Was für eine Show haben Sie denn im Sinn?«

»Das am Telefon zu erklären, ist ein wenig heikel. Aber da ein Ozean zwischen uns liegt und unsere Zeit begrenzt ist, müssen wir es auf diese Weise erledigen. Ich hoffe, Sie verzeihen mir meine Zudringlichkeit, doch bei meinen Nachforschungen zu Ihrem William habe ich einige seiner früheren Kunstwerke ausgegraben.«

Der Begriff »Ihr William« hallte noch in Giselles Ohren wider, daher ahnte sie nicht, worauf Madame Fur hinauswollte, bis sie es aussprach.

»Die Gemälde sind wunderschön. Sie waren wunderschön darauf. Leuchtend.«

»Danke«, murmelte Giselle höflich, wenngleich sie wusste, dass die Schönheit nur im Auge des Künstlers lag, der das Bild eingefangen hatte.

»Besonders haben mir die Gemälde gefallen, auf denen Sie als Jeanne d'Arc dargestellt sind.«

Giselle ließ beinahe den Hörer fallen, als die Erinnerungen daran über sie hereinbrachen, so lebhaft, als wäre es erst gestern gewesen.

Aber sie war einverstanden.

»Ja«, sagte sie. »Ich mache es.«

Ein Ballett über Jeanne d'Arc …

9

TANZ NOCH EINMAL MIT MIR

Giselle hatte nur einen Monat Zeit, das Jeanne d'Arc-Ballett zu vervollkommnen, einschließlich der Auswahl der Tänzer und der Proben. Ihr Vertrag legte fest, dass die Darsteller weder mit dem Ball noch mit einem Club oder sonstigen Veranstaltungen des Netzwerks in Verbindung standen.

»Das ist unmöglich«, flüsterte sie, bleich geworden, als sie mit Madame Fur die Organisation besprach. Die ältere Frau war von Paris nach Portland geflogen, um die Vorbereitungen zu verfolgen. Sie hatte sich auf einem ausladenden hellrosa Sessel niedergelassen und schaute mit schwerem, gleichmütigem Blick quer durch das Hotelzimmer zu Giselle. Ihre Haare waren kurz geschnitten und mitternachtsblau gefärbt, eine ironische Verzerrung der blasslila Haartönungen, die von Älteren oft bevorzugt wurden. Sie trug einen taillierten schwarzen Hosenanzug und hohe Lacklederpumps, hatte die Beine übereinandergeschlagen und das Kinn auf die verschränkten Finger gestützt.

Giselle war wie hypnotisiert von Madame Furs Fingernägeln, die spitz zuliefen wie Krallen und ebenso blau gefärbt waren wie ihre Haare. Am Hals hing ein großer Onyx an einer engen Kette. Madame Fur war noch schlank, aber ihre Haut hing in tiefen Falten herab wie bei einem Truthahn.

»Unmöglich gibt es nicht, wenn es ums Tanzen geht«, erwiderte Madame Fur. »Sie müssen einfach kreativer sein. Sie geben sich nur nicht genug Mühe.«

Madame Fur verabschiedete sich kurz darauf wieder, ohne

Giselle noch weitere Anweisungen zu geben oder auch nur irgendwelche Ratschläge. Offensichtlich war sie nach Portland gekommen, um das Endergebnis im Auge zu behalten, bevor es dem Kunden vorgeführt wurde, hatte aber nicht vor, während der gesamten kreativen Entwicklung, die ausschließlich Giselle oblag, ihre Hilfe anzubieten.

Das Netzwerk hatte Giselle ins Hotel *Nines* umquartiert, in ein Zimmer im vorletzten Stock mit Blick über die weite städtische Landschaft des Pioneer Place. Man versorgte sie mit allem Komfort. Das Bett war riesig und die Bettwäsche luxuriös.

Dennoch fand Giselle keinen Schlaf. Ihre Gedanken kreisten ununterbrochen um das unangenehme Nebeneinander von Banalem und Göttlichem, sie durchlebte alle Einzelheiten ihrer größten und brutalsten Fantasie, und doch wurde von ihr verlangt, bei dem ebenso schönen und zugleich ermüdenden Vortanzen zugegen zu sein, Spitzenschuhe zu bestellen, Werkzeugläden aufzusuchen und Kettenstücke zu besorgen, die zugeschnitten und für fünf Dollar neunundneunzig pro Meter in die Kasse eingegeben wurden. Sie durchlitt die zermürbende Qual des Künstlers, etwas zu erschaffen, das er unter Mühen seinem Herzen und seiner Seele abringt, dabei aber das distanzierte, kritische Auge des unbeteiligten Zuschauers walten lassen muss, als wären es nicht sein Leben und seine Träume, die er ausschlachtete, sondern die eines ganz anderen Menschen.

Ihre Träume auf die Bühne zu übertragen, schien zunächst der einfache Teil zu sein, war aber in der Umsetzung wesentlich schwieriger, als sie gedacht hatte. Die Choreografie des Balletts selbst hatte sie für eine einfache Aufgabe gehalten, da sie sich die Geschichte der Jeanne d'Arc in filmhaften Einzelheiten von Kindheit an immer wieder vorgestellt hatte. Doch als sie die Schritte vor dem großen Hotelspiegel genau so ausführte, wie sie sie in ihrer Fantasie vor sich gesehen hatte, fehlten den Bewegungen Tiefgang und Detailgenauigkeit. Sie musste sich wohl oder übel damit abfinden, dass durch die Lupe der Realität alles anders aussah als durch das Fernglas der Fantasie.

Sie grübelte immer wieder darüber nach, was sie von Williams kurzem Vortrag über Wahrnehmung und »Sehen« mitbekommen hatte, davon überzeugt, dass sich die Lösung irgendwo dort verbarg, und wenn sie nur in der Lage wäre, sie zu finden, könnte sie eine Brücke schlagen zwischen ihren Visionen und der Bühne, auf der sie aufgeführt und zum Leben erweckt werden sollten.

Wiederholt suchte sie in den folgenden Wochen Williams Galerie auf, aber nicht ohne sich mit einem Blick durchs Schaufenster zu vergewissern, dass er nicht im Verkaufsraum war. Dann erst trat sie ein. Dabei schlug ihr stets das Herz bis zum Hals. Sie erwarb immer mehr seiner Kunstwerke und gab dafür den großzügigen Vorschuss aus, den Madame Fur ihr überwiesen hatte. Ihr Hotelzimmer war inzwischen voll mit seinen Arbeiten.

Er hatte eine Reihe halb mystischer Kreaturen geschaffen. Ein Seepferd mit dem Rüssel und den Ohren eines Elefanten. Einen Hasen mit den langen schlanken Beinen einer Giraffe. Ein Eichhörnchen mit dem Kopf eines Fuchses. Sie waren unwirklich und zugleich äußerst real, Belege eines Geistes, der die Welt jetzt auf andere Weise wahrnahm, aber dennoch eine visuelle Wirklichkeit für andere schaffen konnte, eine, die sowohl Herz als auch Auge berührte.

Da war noch ein Ausstellungsstück, von dem Giselle sich bei jedem Galeriebesuch kaum losreißen konnte, auch wenn sie es nicht über sich brachte, das Kunstwerk zu kaufen. Gesichtshälften, gespalten von der Stirn durch die Nase bis zum Kinn, die sich wie Dalís Uhren mit Gebilden vermischten, zu verschwommen, um sie erkennen zu können, und doch unleugbar menschlich und männlich. Dabei musste Giselle immer an den furchtbaren Tag denken, als William in Flammen stand, und an die

Narben, die er davongetragen hatte. Sah er sich selbst so – William nach dem Feuer? Und war der Mann, der er gewesen war, jetzt so weit entfernt, dass er gänzlich vergessen, abgeschnitten war, sich einfach in Luft aufgelöst hatte?

Giselle wollte es nicht gelingen, das Ballett zusammenzustellen, ohne an William zu denken. Das eine ging nicht ohne das andere. Sie fühlte sich gleichzeitig zu Tode betrübt und himmelhoch jauchzend, und sie konnte nichts dagegen tun, außer sich Schritt für Schritt dem Termin zu nähern in der Hoffnung, wie durch ein Wunder etwas Schönes aus den Scherben ihrer Vergangenheit erschaffen, ihr Verlangen nach dem Mann, den sie noch immer liebte, mit dem Gewirr ihrer dunkelsten Träume verweben und vor den Augen der Öffentlichkeit Gedanken auf die Bühne bringen zu können, die sie bisher nur ihm offenbart hatte.

Sie wusste nicht einmal, wer ihr Publikum sein würde. Madame Fur weigerte sich, es ihr zu sagen, und Giselle drängte nicht weiter in sie. Sie hatte lange genug für das Netzwerk gearbeitet, um zu wissen, dass sie lediglich ein weiteres Rädchen im Getriebe war und man sich ihre Talente zunutze machte, sie ordentlich entlohnte, aber sie nie mit weiteren Informationen versorgte, die sie in die Lage versetzen würden, sich auf eigene Füße zu stellen. Das Netzwerk hatte die finanzielle Kontrolle und die Macht, doch Giselle wusste auch, dass der Nebel der Unwissenheit, in dem sie arbeitete, dem Tanz noch etwas hinzufügen würde. Zwischen dem Publikum und den Darstellern entstand ein unausgesprochener, aber allgegenwärtiger Zustand der Erregung, der verloren ginge, sobald der Schleier der Anonymität gelüftet würde.

Sie ließ sich Zeit, ihre Tänzer auszuwählen. In den ersten Tagen ihres Auftrags hatte sie alle Ballettschulen, Striplokale und Clubs in der Innenstadt und im näheren Umland aufgesucht, diesen Weg jedoch bald verworfen. Am liebsten hätte sie entgegen den Vertragsbedingungen Pinnie oder Luba einfliegen lassen oder sich eine Empfehlung von Bianca im Grand geholt, die das russische Mädchen entdeckt hatte. Ihr kam sogar in den Sinn, mit ihrer alten Freundin Beth aus der Zeit in der Londoner Ballettschule Kontakt aufzunehmen. Doch auch diese Gedanken ließ sie fallen.

Hier war mehr vonnöten als Talent oder die Fähigkeit, eine Geste, eine bestimmte Position mit Leben und Emotion zu erfüllen. Sie war nur noch nicht darauf gekommen, was es war. Aber sie vertraute darauf, dass es sich einstellen würde, auch wenn diese Zuversicht mit der quälenden Panik einherging, dass sie sich irrte, dass ihre Fähigkeiten sie eines schrecklichen Tages im Stich lassen würden und ihr absolut nichts mehr einfiele.

Ihre erste Anwerbung war ein junger Italiener namens Antonio, ein Medizinstudent, der im Hotel arbeitete. Sie hatte ihn in einem der langen Flure entdeckt, als er einen Wäschewagen mit hoch aufgetürmten, flauschig weißen Badetüchern vor sich herschob. Sein Hüftschwung hatte etwas an sich, das sie innehalten ließ, und sie war ihm den ganzen Flur entlang gefolgt, bevor sie ihn einlud, ihr etwas vorzutanzen. Zunächst vermutete sie, dass er sie für verrückt hielt und wahrscheinlich glaubte, ihre Einladung, als Tänzer zu arbeiten, wäre eine nette Umschreibung für einen ganz anderen Job, den er gern ausgeführt hätte, doch er nahm ihr Angebot trotzdem an.

Bald darauf stellte sie eine Kassiererin aus einem kleinen Modegeschäft in der Nähe von Williams Galerie ein. Sie war klein, Anfang dreißig und hatte enorme Brüste, eine in jeder Hinsicht untypische Tänzerin. Auf ihrem Namensschild stand »Lacey«, und Giselle fand den Namen absolut unpassend. Dennoch ließen die hochgezogenen Brauen und das spöttische Glitzern in Laceys Augen, als sie die Kundenschlange an der Kasse abfertigte, auf ihr rebellisches Wesen schließen. Giselle bat sie absichtlich, ihr ein rotes Kleid zu reichen, das an einem Haken auf halber Höhe an der Wand hing, damit sie sehen konnte, wie Lacey sich bewegte, wenn sie sich mit einer langen Hakenstange zu dem Bügel hinaufreckte, um das Kleid herunterzuholen. Ja, sie wäre geeignet.

Antonio schlug seine Freundin Celia für die Rolle der Jeanne vor, eine stämmige Kanadierin. Sie war Ruderin und hatte daher breite Schultern und feste Beine, die sich sehen lassen konnten. Sie war stolz, hielt sich aufrecht, mit gerecktem Kinn, fast schon arrogant, doch mit einer inneren Verletzlichkeit, die zutage trat, wenn sie neben Antonio stand und ihm widersprach. Ihrer Beziehung lag ein Feuer zugrunde, das Giselle auf den ersten Blick erkannte. Für die aufmerksame und geschulte Beobachterin lagen die Anzeichen auf der Hand. Wie er instinktiv einen leichten Druck auf ihren Ellbogen ausübte, um sie zu lenken. Wie sie ganz leicht den Kopf einzog, wenn sie ihn ansah. Wie das Timbre ihrer Stimmen sich veränderte, wenn sie miteinander sprachen. Seine wurde tiefer, sie gurrte.

Die Art der Aufführung, für die Giselle sie erwärmen wollte, beunruhigte einige zunächst wegen der Unzweideutigkeit und der Entblößungen, doch das angebotene Geld ließ rasch alle Skrupel vergessen.

Giselle überfiel brennende Eifersucht, wenn sie Antonio und Celia zusammen beobachtete. Nicht weil sie einen von ihnen begehrte, sondern weil sie haben wollte, was sie miteinander teilten – was sie einst mit William hatte. Ihr fehlte dieser gegenseitig Austausch von Macht, und sie wusste, wie viel Zeit es dafür brauchte. Und selbst dann geschah es nur unter ganz besonderen Umständen, wenn zwei Menschen sich begegneten und ihre Sterne sich aneinander ausrichteten. Es konnte weder vorgetäuscht, gekauft oder verkauft werden, noch war es an einer Bar oder in einem dunklen Clubraum zu finden.

Aber je mehr es Giselle schmerzte, ihnen zuzusehen, desto

überzeugter war sie, dass die beiden für den Job die Richtigen waren. Je heftiger das Feuer in ihrem Herzen loderte, je schärfer das Messer war, das sich während ihrer schöpferischen Arbeit in sie bohrte, desto besser würde ihre Kunst. Daher hielt sie durch.

Es gab noch andere. Lediglich eine Handvoll, das war klar. Ihnen nur die grundlegenden Kenntnisse beizubringen, diejenigen anzuwerben, die dieselben inneren Dämonen trieben wie sie, war das Beste, das Einzige, was Giselle machen konnte. Vielleicht hatte es nicht den letzten Schliff, aber es wäre echt. Mehr stand nicht in ihrer Macht.

Jeanne d'Arc zum Leben zu erwecken, war für Giselle mehr als nur ein Job; sie war regelrecht besessen davon. Zweifellos hatte Madame Fur sie aus diesem Grund als Choreografin engagiert. Die Leute, die es sich leisten konnten, Veranstaltungen vom Netzwerk ausrichten zu lassen, waren rar. Sie waren wohlhabend und anspruchsvoll, und sollten sie am Ende fasziniert, entzückt und beeindruckt sein, statt einfach nur zufrieden, konnte man sich für gewöhnlich darauf verlassen, dass sie weitere Anfragen stellten und der bereits astronomischen Veranstaltungsgebühr häufig noch reichlich Trinkgeld hinzufügten. Der Ruf des Netzwerks beruhte auf Legenden, die sich um behutsam enthüllte Wahrheiten rankten, und die oberen Ränge ihrer Kundschaft mit kleinen, speziellen Bestellungen wie dieser zufriedenzustellen, war das, was den regulären Ball über eine normale Clubnacht erhob.

Giselle erwog eine lautlose Darbietung in völliger Dunkelheit, ähnlich der, die sie vor vielen Jahren auf dem Ball inszeniert hatte. Ihr damaliger Auftritt war legendär. Am Ende jedoch hatte sie das Gefühl, dass sie Musik brauchten. Giselle lud Tausende von Songs herunter und hörte sie sich an. Nachts wanderte sie mit aufgesetzten Kopfhörern durch die Straßen der Stadt und versuchte genau die richtige Mischung aus tragender und leichter Instrumentierung zu finden. Schließlich stieß sie darauf, nicht im Internet, sondern auf einer Single-CD in einem der wenigen unabhängigen Musikläden, die noch überlebt hatten. Ein Geigensolo, düster und bewegend, aber mit einem unterschwelligen Refrain der Hoffnung, der nach den abschließenden Akkorden nachklang. Die Künstlerin hieß Summer Zahova, und auf dem Cover war der Oberkörper einer jungen Frau abgebildet, teilweise von ihrer Violine verdeckt. Flammend rote Haare wallten ihr über die Schultern.

Madame Fur war bei der letzten Kostümprobe zugegen und nahm das Stück ohne weiteren Kommentar ab, obwohl Giselle einen Schimmer der Zufriedenheit in den Augen der älteren Frau zu erkennen glaubte. Zweifellos hätte Madame Fur ihr Missfallen schonungslos zum Ausdruck gebracht, wenn ihr das Ergebnis nicht gefallen hätte.

Die Vorführung selbst fand in einer kleinen Kapelle statt, die zu einer vornehmen Villa in Irvington gehörte. Allen außer Madame Fur waren wenige Häuserblocks vor ihrem Ziel die Augen verbunden worden, daher war Giselle sich der genauen Adresse nicht sicher, aber sie erkannte den Stil des Hauses an den Stufen, über die sie hinaufgeführt wurden, und den großen Räumen, durch die sie kamen, bevor sie die Kapelle erreichten und die Augenbinden abnehmen konnten.

Acht Gäste waren anwesend, vier Männer und vier Frauen, die vorn nebeneinander saßen wie eine Reihe Krähen auf einer Stromleitung. Sie trugen Masken, daher bekam Giselle von ihrem Aussehen nicht viel mit, bis auf den Wohlstand, der am Schnitt ihrer Kleidung und dem dezenten Stil ihrer Armbanduhren und ihres Schmucks abzulesen war.

»Geldadel«, flüsterte Madame Fur ihr zu, als sie zusammengedrängt im Seitengang standen. Giselle nickte. Unübersehbar gehörten die Zuschauer zur privilegierten Schicht. Die Frauen saßen so kerzengerade da, dass ihr Rücken die Holzlehne der Bank nicht berührte. Die Männer hatten die selbstsichere, offene Haltung gut genährter junger Löwen, die ihre Machtposition kannten und sie sichtlich genossen.

Unwillkürlich strich Giselle glättend über ihren Rock. Plötzlich wurde ihr der Unterschied ihrer gesellschaftlichen Stellung bewusst; etwas, wozu sie nur selten Anlass hatte.

Sie hatte eines ihrer alten Samtkleider angezogen, das Madame Fur ihr hatte schicken lassen. Das dunkelgrüne Kleid mit dem Spitzenkragen reichte bis auf den Boden, war schmal geschnitten mit tiefem Dekolleté, das ihren Brustansatz betonte. Sie wirkte darin wie eine Regentin aus dem neunzehnten Jahrhundert.

Das Licht wurde gedimmt, und die ersten klagenden Töne des Geigensolos begannen, Celias Stichwort, die Bühne zu betreten. Giselle kam in den Sinn, dass auch andere mit einbezogen sein mussten, die sie nicht einmal kennengelernt hatte. Techniker für Beleuchtung und Ton. Requisiteure. Sie ließ den Gedanken fallen.

Von ihrem Platz im Seitengang aus war ihr Blick beschränkt, und sie bekam nur Bruchstücke des Geschehens mit. Ein Aufblitzen von Celias nackter Wade, ihr Schenkel, die Rundungen ihrer Pobacken. Giselle schloss die Augen und stellte es sich vor. Sie wusste, dass Celia nackt und schon mit dunkelroter Farbe beschmiert war, um Blut anzudeuten, ihre Haare verfilzt, die Augen vor Entsetzen weit aufgerissen. Das Publikum schnappte hörbar nach Luft. Das beinahe lautlose Keuchen, als Celia und die anderen Tänzer, die jetzt auf der Bühne waren, sich allmählich intensiver bewegten und den Kampf, die Gefangennahme darstellten.

In Giselles Vorstellung war sie es, die an den provisorisch aufgerichteten Holzpfahl im Hintergrund der Bühne gebunden wurde. Aber sie sollte nicht von Soldaten, sondern von William geschändet werden. Sie stellte sich das Zerren langer Ketten an ihrer Haut vor, die zwischen ihren Schenkeln hindurchliefen und sich tief in ihr Fleisch schnitten.

Giselle wurde schwindlig und stützte sich hilfesuchend an der Wand ab. Da spürte sie plötzlich die sanfte Berührung von Madame Furs Hand auf ihrer Schulter, eine ungewöhnliche Geste der Bestätigung, aber es reichte nicht, um sie von ihren Fantasien zu befreien. Der Sog aus Erinnerung und Vorstellung im Verbund mit der Realität war einfach zu stark. Giselle begann darin zu ertrinken.

Ihr Atem ging schneller. Ihre Hände zitterten und waren schweißnass. Die Wände gerieten ins Wanken, der Boden schien unter ihr nachzugeben, die Bilder in ihrem Kopf gewannen die Oberhand, untermalt von den Klängen der Visionen, die sie mit ihrer Choreografie heraufbeschworen hatte und nun von anderen dargeboten wurden.

Vergangenheit und Gegenwart, Verlangen und Scham, in Schritte und Musik umgesetzt und dargestellt, während sie lauschte und sich daran erinnerte, wie William ihr dasselbe angetan hatte, ihr Liebhaber, ihre Liebe, wenn sie sich ihm bereitwillig hingab.

Beinahe wäre sie ohnmächtig geworden.

Die letzten zarten Töne von Summer Zahovas Bogen auf den Saiten verklangen.

Madame Fur drückte ihr die Hand.

Es war vorbei.

Warmer Atem an ihrer Wange. Haut wie Papier strich darüber.

»Das war wunderschön«, flüsterte ihr Madame Fur ins Ohr. »Und hier ist noch jemand, meine Liebe, der Sie gern als Jeanne hätte.«

Giselle konnte kaum sprechen. »Mich?«, brachte sie mühsam heraus.

»Ja. Jetzt. Machen Sie es?«

Sie nickte. Was blieb ihr anderes übrig?

Sie hielt die Augen geschlossen und wurde durch weitere Flure geführt, eine Treppe hinunter in einen anderen großen Raum. Sie schmeckte eine Spur Staub in der Luft, als wäre länger nicht gelüftet worden. Erneut tippte Madame Fur ihr auf den Arm, um anzuzeigen, dass sie Giselle jetzt allein ließ, dann das Klicken und Kratzen ihrer Absätze, ein sanftes Rauschen von Stoff, als sie sich umdrehte und ging. Eine Tür fiel ins Schloss.

Giselle war nicht allein. Sie hörte leise, leichte Schritte, die langsam und zielbewusst auf sie zukamen. Der Gang war vertraut, aber anders, wie das ferne Echo eines Klangs, den sie schon einmal auf einem anderen Instrument gehört hatte. Den Geruch kannte sie, wusste ihn aber nicht einzuordnen. Eine Berührung an ihrer Wange, zärtlich. Ein Finger, der forschend über ihre Kinnpartie fuhr.

Eine Hand, die ihre Lippen liebkoste, sich dann über ihren Mund legte und sie damit kurz am Atmen hinderte.

Sie seufzte und spürte, wie ihre Schultern sich lockerten. Die Anspannung der Muskeln ließ nach. Giselle hatte das Gefühl, nach langer Abwesenheit endlich wieder zu Hause angekommen zu sein.

Die Finger, die zu großen, starken Händen gehörten, strichen ihr über den Nacken. Kühle Luft besänftigte ihre Haut, als ihr das Kleid ausgezogen wurde und raschelnd zu Boden fiel. Sie spürte einen Luftzug, als jemand sich bückte, das Kleid aufhob und sich entfernte, vielleicht um es aufzuhängen, dann wieder zurückkehrte und rasch ihren Slip herunterriss, einen mit Spitze besetzten, dunkelgrünen aus Satin, passend zu ihrem Kleid. Die Hand, die an dem Stoff zog, prallte zunächst gegen die Rundung ihrer Taille, bevor sie etwas tiefer das elastische Band fand, das niedrig auf ihren Hüften saß.

Ihre Fußgelenke wurden auseinandergezogen, und sie stolperte beinahe, als sie aus dem Slip stieg. Eine Hand legte sich um ihren Ellbogen und hielt sie aufrecht. Sobald sie ihr Gleichgewicht wiedergefunden hatte, wurde sie erneut nach unten gedrückt. Gerade als sie dachte, sie würde hintenüber fallen, kratzte Holz an ihren Pobacken. Ein Pfahl. Ungehobelt, rau an ihrer Haut. Ihre Handgelenke wurden gepackt, über ihren Kopf gehoben und festgebunden.

Eine Stimme flüsterte »Meine Jeanne«, tief und heiser, und ihre Erinnerungen blühten wieder in lebhaften Farbtönen auf, eine Verbindung von Gedanken und Emotionen, die alle ihre sexuellen Schalter gleichzeitig umlegten, wie ein Funke, der in ein Fass mit Feuerwerkskörpern fällt und alle gemeinsam zum Explodieren bringt.

Ihr Körper zitterte unkontrolliert, ihre Nervenenden zuckten. Ihre Sinne waren beinahe überwältigt von der Stärke ihrer körperlichen Reaktion auf Reize, die vergangen und zugleich gegenwärtig waren, physisch und mental.

Unmittelbares Verlangen mischte sich mit Sehnsucht und etwas, das näher an Raserei als an Erregung war.

Giselle träumte noch immer, doch ihr Traum wurde lebendig, passierte ihr. Realität und Fantasie tanzten zusammen in ihrem Geist.

Instinktiv hielt sie die Augen weiter geschlossen, öffnete sie nicht einmal, als die Fesseln um ihre Hand- und Fußgelenke fester angezogen wurden, auch nicht, als warme Lippen über ihre Nippel streiften oder scharfe Zähne sich an ihrer Haut rieben. Die Säfte ihrer Lust sprudelten über und nässten die Innenseite ihrer Schenkel. Hände packten ihre Beine, schoben sie auseinander, und eine Zunge leckte an den Tropfen, die aus ihrer Öffnung rannen, wie eine Biene, die sich an Nektar labt.

Finger erkundeten die Konturen ihres Körpers, als würde jeder Zentimeter kartografiert und erforscht wie unbekanntes

Land, das zum ersten Mal durchquert wird. Die Berührung war sanft und langsam, doch Giselle sah sich in ihrer Vorstellung ausgepeitscht und geknebelt von ihren Häschern, was den Druck jeder sanften Liebkosung um ein Hundertfaches verstärkte, das Streichen einer Fingerkuppe wandelte sich zu einem vernichtenden Schlag.

Sie wollte sich winden, doch dazu war sie zu eng an den Pfahl gefesselt.

»Jeanne«, sagte die Stimme noch einmal, eine Stimme, die Giselle durch und durch kannte. Es war die Stimme ihrer Vergangenheit und ihrer Zukunft, die Stimme ihrer Verzweiflung und ihrer Hoffnung, die Stimme ihrer Träume und ihrer Realität.

Sie kam.

Ihr Orgasmus baute sich aus ihren Tiefen auf, ein Funke zunächst, der in ihren Lenden glomm, sich dann wie ein wildes Feuer durch ihr gesamtes Sein ausbreitete, ein den ganzen Körper erfassender Höhepunkt, der ihr Herz und ihren Verstand ebenso verzehrte wie ihr Fleisch.

Allmählich kamen ihre zuckenden Gliedmaßen zur Ruhe. Die alles mit sich fortreißenden Visionen ebbten ab. Und sie wusste, dass die Feuersbrunst, die über sie hinweggefegt war, sie nicht zerstört, sondern ihr neues Leben geschenkt hatte, bereit für neue Triebe, die aus der Asche wuchsen.

Ihre Fesseln wurden gelöst.

Giselle öffnete die Augen, und die Nacht, in die sie sich bereitwillig geworfen hatte, wich zurück.

Ein fahles Licht erhellte den Raum. Er schien sich endlos auszudehnen, während sich ihre Augen an die neue Umgebung gewöhnten, einen Raum, der so weit reichte, wie sie sehen konnte, und eher einer Bühne oder gar einer Höhle glich.

Ihr Atem kam immer noch in kurzen, gierigen Stößen.

Ihr Körper taumelte gefährlich an der Grenze, balancierte zwischen Schüben von Schmerz, Lust und Entsetzen. In ihrem Kopf herrschte ein Durcheinander aus Gedanken und Panik.

Sie blinzelte.

Tauchte empor.

Und da war er.

William.

Er saß in einem schwachen Lichtstrahl, ihr gegenüber, nur ein paar Schritte entfernt, seine Gesichtszüge verschwanden in der angrenzenden Dunkelheit.

Nicht mehr in ihren Träumen. Hier, im wahren Leben.

Sie war nackt, unangenehm verschwitzt, ihr Haar zerzaust, aber das spielte keine Rolle. Schließlich war das hier der Mann, der ihr zuerst beigebracht hatte, wie sie nackt und unschuldig zugleich sein konnte, stolz auf ihren Körper, wie sie den Ruf ihrer Sinne ganz annehmen und sich der Welt präsentieren sollte.

Er lächelte, zugleich schimmerten Tränen in seinen Augen.

Da erst fiel Giselle ein, dass er sie nicht sehen konnte. Er war blind. Es geschahen keine Wunder, selbst in der traumhaften Welt des Balls nicht. Es versetzte ihr einen Stich.

Als spürte er, dass sie sich nun seiner Gegenwart bewusst war, ergriff er das Wort.

»Giselle.«

Seine Stimme hatte die Beschaffenheit von Samt, warm, bekümmert, melancholisch.

»Bist du es?«

»Ja. Hattest du einen anderen erwartet?« Ein Hauch Spott in seinen Worten.

»Nein.« Selbst als sie noch ganz entrückt, fern jeglicher Realität war, hatte sie intuitiv gewusst, dass nur William ihre Ekstase bewirkt haben konnte. Niemand sonst besaß diese Macht. Oder hatte sie je besessen.

»Ich möchte dich berühren«, sagte er, erhob sich, ohne ihre Antwort abzuwarten, und kam mit festen Schritten auf sie zu. Trotz seiner Blindheit wusste er genau, wo sie stand, konnte spüren, dass sie sich nicht bewegt hatte.

»Aber das hast du doch schon«, erwiderte sie und sah sich unwillkürlich um, ob auch niemand sonst zugegen war.

»Ja«, erwiderte er. »Ich möchte dich als Giselle berühren, nicht als Jeanne.«

Langsam kam Giselle wieder zu sich, konzentrierte sich auf sein Gesicht.

Seine Haare standen immer noch in dichten zerzausten Locken in alle Richtungen ab, wenn sie auch inzwischen vollkommen grau waren. Auch in seinen Gesichtszügen waren die Spuren des Alters nicht zu übersehen, tiefe Falten furchten seine Stirn, ein Spinnennetz aus Fältchen hatte sich in seinen Augenwinkeln eingenistet. Sein Bart hatte jetzt dieselbe Farbe wie sein Haar und verdeckte die Narben auf seinen Wangen. Ein Schatten verlief über seinen Nasenrücken. Doch er strahlte immer noch dieselbe animalische Energie aus, die jede Form des Widerstands zum Erliegen brachte.

Als er näher kam, ragte er einen ganzen Kopf über ihr auf und war so nah, dass sie seinen Atem hörte und seine Wärme im Gesicht spürte. Sie bekam weiche Knie, als sie seinen besonderen Geruch erkannte.

»Darf ich?«, fragte er.

Sie wusste nicht genau, worum er bat. Nervös fuhr sie sich mit der Zunge über die Lippen.

Seine erloschenen Augen schauten auf sie herab, und sie hätte schwören können, dass er jedes Detail ihres Gesichts sehen konnte, das Beben entzifferte, das über ihre feuchte Haut lief, die Furcht und Erwartung in ihrem Blick las, die unsichtbaren Narben verfolgte, welche die Jahre ohne ihn in ihre Haut geprägt hatten.

William hob die Hände an ihr Gesicht.

Die Zeit blieb stehen.

Er streichelte ihre Wange, harte Schwielen fuhren sinnlich über ihre Haut, förderten so viele Erinnerungen zutage, ohne die Geister ihrer Fantasien heraufzubeschwören. Seine Finger folgten der Neigung ihrer Wangenknochen, zeichneten den Nasenrücken nach, Fingerkuppen erkundeten die lüstern geschwollenen Lippen, glitten mit gebieterischer Trägheit weiter, modellierten ihre Konturen bis ins kleinste Detail, lernten, sie neu zu deuten.

Giselle stand reglos wie eine Statue, während William sie umkreiste, sich wieder mit ihren weichen Linien vertraut machte, in seiner ganz besonderen Art die Vergangenheit neu erfand und zum Leben erweckte. Sie war nicht mehr seine Jeanne, sondern seine Giselle.

Hände glitten nach unten, strichen über einen Nippel, wogen eine Brust mit der Präzision eines Juweliers, der einen seltenen Diamanten taxiert, zogen eine Linie über das schmale Tal, das ihre Pobacken teilte, tauchten in die wogende Nässe zwischen ihren Schenkeln. Er hob den feuchten Finger wieder an die Lippen und leckte gierig daran, seufzte zufrieden, anscheinend beruhigt, dass sie immer noch so schmeckte wie früher. Eine vertraute Begrüßungszeremonie in der Stille des riesigen Raums.

Jede Geste und jede Bewegung war erfüllt von einer Zärtlichkeit und Feierlichkeit, die sie bislang nicht gekannt hatte. Giselle versuchte, ihren Kopf von überflüssigen Gedanken zu befreien, sehnte sich danach, nur in diesem einzigartigen Moment der Vereinigung zu leben.

Mit zwei Fingern drückte William ihre Klitoris, Giselle schwankte und grub ihre Fingernägel in seinen Rücken.

»Ja«, seufzte er, zog seine Finger aus ihrer bebenden Möse und packte Giselle um die Taille, hob sie sanft hoch und legte sie auf den Boden.

Dann fickten sie.

Und es war, als wären die Jahrzehnte dazwischen nie gewesen.

Weggespült in diesem leidenschaftlichen Akt.

Sie wurden langsamer.

Dann liebten sie sich. Gingen in ein gemächlicheres Tempo über, nachdem sie ihre Gier gestillt hatten. Mit der Leichtigkeit der Vertrautheit, der im Einklang schlagenden Herzen. William biss sanft in ihr Ohrläppchen und schlängelte dann mit der Zunge über die Falte zwischen ihrem Ohr und ihrem Hals, was Giselle dahinschmelzen ließ. Sie erinnerte sich daran, dass er sich stets verzückt wand, wenn sie einen Finger tief in seinen Anus steckte, während er in der Missionarsstellung in sie stieß, und sie spürte das Beben, das ihre vereinigten Körper daraufhin erfasste.

Sie keuchten.

Stöhnten.

Und fickten noch einmal.

Körper, die kämpften, sich abmühten, ein Ballett entfesselter Begierde tanzten, Haut an Haut, Säfte, die sich vermischten, wunderbare Cocktails aus Sperma, Schweiß, Speichel und intimen Sekreten, Spiele der Macht und Beherrschung, der Unterwerfung und Anerkennung; Körper, die flirteten mit dem Abgrund und der ewigen Suche nach Nirwana und Frieden. Schutz suchten im Sturm.

Sich liebten.

Küssten.

Liebkosten.

Sie fickten, bis sie wund waren, ihre Körper und Emotionen kompliziert ineinander verwoben, zusammengeschweißt, verschmolzen in ihrer Vertrautheit.

Später, in Giselles komfortablem Hotelzimmer.

»Du warst es, nicht wahr?«

»Ich?«

»Die Skulpturen. In der Post.«

»Ja.«

»Das dachte ich mir, war mir aber nie sicher. Du hättest ein paar Zeilen dazu schreiben können. Eine Erklärung.«

Er schob die Bettdecke mit dem Bein fort und legte Giselles Oberkörper frei. Unwillkürlich zog sie die Decke wieder hoch. Seit Ewigkeiten hatte sie nicht mehr mit einem Mann im Bett geschlafen und war nicht mehr daran gewöhnt, Laken oder Decken zu teilen, sondern pflegte sich eher ungehindert über die weiche Matratze auszubreiten.

»Hätte ich«, sagte er und versank wieder in Schweigen.

»Sie sind schön. Du warst immer wunderbar mit deinen Händen.«

»Die sind jetzt alles, was ich noch habe. Ich muss die Welt durch Berührung entziffern. Aber das ist okay, ich habe es zu schätzen gelernt, wie Gegenstände und Menschen sich unter meinen Fingern anfühlen. Wusstest du zum Beispiel, dass die meisten Dinge und Menschen vibrieren? Das ist eigenartig. Wenn man im Dunkeln lebt, wird so vieles andere verstärkt. Man manövriert zwischen Geräuschen und Gerüchen, verstehst du.«

»Warum hast du mir nicht mehr geschrieben? Mir nie die Möglichkeit gegeben, dir zu antworten, weil immer der Absender fehlte?«

»Einerseits hatte ich das Gefühl, es wäre falsch. Ich wollte, dass du ein neues Leben hast, unbelastet von meiner Anwesenheit. Ich wollte nicht, dass du von einem Invaliden abhängig wirst, der zufällig auch noch ein älterer Mann ist …«

»Alter hat nie eine Rolle gespielt, auch vor dem …« Giselle zögerte.

»Dem Unfall?«

»Ja.«

»Ich weiß, aber eines Tages wäre ich so viel älter gewesen – so wie jetzt –, und du wärst immer noch so viel jünger.«

»Mir ergeht es nicht anders als dir. Ich habe jetzt auch graue Haare.«

»Wenn du es sagst. Ich kann es nur erahnen. Aber es gefällt mir, dass du sie noch lang trägst. Allein als ich vorhin mit den Fingern hindurchgefahren bin, habe ich einen Ständer bekommen, Giselle …«

»Verführerisch mit Worten wie eh und je.«

»Im Übrigen, selbst wenn ich eine Adresse angegeben hätte, du hättest nie auf meine frühen Briefe geantwortet.«

»Ich weiß.«

Weil sie zu schuldbewusst, verloren und wütend gewesen war.

Ihre Hand bewegte sich zwischen den Laken und strich über seinen schlafenden Penis, der unter ihrer Berührung schauderte, als wäre er ein lebendiges Wesen. Williams Herzschlag pulsierte in den vorstehenden Adern. Sie umfasste den Schwanz. Spürte, wie er fester wurde. Wieder.

»Fast so, als hätte sich nichts verändert, oder?«

»Ich habe die Jahre gezählt«, sagte William.

»Ich auch. Du hast mir jeden einzelnen Tag gefehlt.«

»Ich habe mich dagegen gewehrt, aber ich musste einfach an dich denken. Ständig. Ich habe mir oft vorgestellt, ein Fremder zu sein, der dir zum ersten Mal begegnet, dir einen Kuss stiehlt, dich zum ersten Mal berührt, dich entkleidet, und wie es sich wohl anfühlen würde, ein neuer Mann für dich zu sein. Mir ist klar, dass du in dieser langen Zeit andere Männer kennengelernt haben musst. Ich hätte es auch nicht anders gewollt, aber ich war eifersüchtig auf jeden einzelnen, wie sie aussahen oder wie sie mit dir umgingen. Ich wollte sie sein. In dir sein, von deinem Feuer verbrannt werden. Deshalb habe ich schließlich die Spielzeuge geformt, aus Holz und Stein, sie mit Wut im Bauch poliert, ihre Länge und ihren Umfang bemessen, sie gewogen, bis ich wusste, dass sie genau richtig waren, und mir sicher sein konnte, dass sie dich füllen und dir perfekt passen würden. Meine Art, dich durch einen Stellvertreter neu kennenzulernen …«

Giselle seufzte. Am liebsten hätte sie ihm gesagt, dass sie sich jetzt nicht mehr an diese Männer erinnerte, an ihre Namen, wie sie aussahen oder lächelten, kaum noch an die unterschiedlichen Bilder ihrer steifen Schwänze, die über eine ferne, belanglose Leinwand in ihrem Hinterkopf flimmerten. Gern hätte sie ihm erklärt, dass jeder Einzelne von ihnen nur Mittel zum Zweck gewesen war, ein Werkzeug, um ihre Leere zu füllen. Sie war kurz versucht, William nach den Frauen zu fragen, die er in derselben langen Zeitspanne kennengelernt hatte, doch dann wurde ihr klar, dass sie gar nichts über sie erfahren wollte und auch nicht im Geringsten eifersüchtig war.

Sie schloss die Augen. Sie wusste nicht mehr, ob draußen Tag oder Nacht war. Sie waren schon so lange hier. Die Zeit war stehen geblieben, war verbannt worden, während sie sich in den Armen lagen.

»Erzähl mir von New Orleans«, bat William. »Wo du lebst.«

Giselle wollte ihm die Stadt beschreiben, ihren Charme und die Atmosphäre, doch ihr fehlten die Worte, und sie wusste, dass alles, was sie sagte, prosaisch und einfallslos sein würde. Sie fühlte sich außerstande, das Wesen der Stadt einzufangen. Sie hätte ihm davon erzählen können, wie sie oft in den frühen Morgenstunden zum Club zurückgekehrt war nach einem sinnlosen Fick oder einer Verabredung mit einem weiteren Phantomliebhaber und sich auf dem Rückweg vorgestellt hatte, dass William auf den Stufen vor dem Tor sitzen und auf sie warten würde, mit zärtlichen Worten der Vergebung, sogar mit wiederhergestelltem

Augenlicht, seine Gegenwart ein Quell des Friedens. Aber dort hatte nie jemand gesessen. Das war nur einer dieser immer wiederkehrenden Tagträume, mit denen sie sich gequält hatte.

»Ich glaube, es würde dir gefallen«, sagte sie. »New Orleans ist ein sehr sinnlicher Ort.« Sie wollte schon die vielfältigen Farben erwähnen, doch ihr fiel ein, dass er diese Wahrnehmung nicht mehr besaß und wie unerträglich das für einen Maler sein musste.

William spürte ihr Unbehagen, schmiegte sich an sie, umschloss sie mit seinen kräftigen Armen. Seine tröstende Wärme durchströmte sie.

»Komm«, bat er. Und Giselle legte ihren Kopf auf seine Brust.

Einen Augenblick lang fragte sie sich, ob er sie in seiner ständigen Dunkelheit immer noch vor sich sah, wie sie war, als sie sich kennenlernten, jung, ein unbeschriebenes Blatt, oder ob seine Hände und Finger jetzt erkannten, während sie über sie strichen, wie sie sich verändert hatte, gealtert war. Vermutlich von beidem etwas.

Erschöpft und müde schliefen sie schließlich eng umschlungen ein.

Am nächsten Morgen hatten sie beide keine Verpflichtungen für den Ball, und William bat Giselle, ihn an die Küste zu fahren, die nur etwa eine Stunde entfernt war. Einer der Arbeiter des Balls würde ihnen bestimmt seinen Wagen leihen, sagte er.

»Ich möchte das Meer riechen.« Er hatte die Fahrt schon seit Ewigkeiten machen wollen, aber nie Gelegenheit dazu gehabt.

Vor gut einem Jahrhundert hatten sich zahlreiche skandinavische Einwanderer in Oregon niedergelassen. Die Küste nördlich von Portland war zerklüftet und felsig, mit tiefen, pittoresken Fjorden, die weit ins Land einschnitten, und einem wilden, schäumenden Meer, von dem Nebel aufstiegen. Ein Anblick der ungezähmten Landschaft, die nach dem legendären Goldrausch so viele Einwanderer angezogen hatte. Die meisten hatten sich als Holzfäller verdingt, während andere Wein im Willamette Valley angebaut hatten. Die Straße führte an den Weinbergen vorbei und wand sich durch dichte Kiefernwälder, die zur Küste führten. William saß auf dem Beifahrersitz, teilnahmslos, unempfänglich für die herbstlichen Schattierungen, die an seinem Fenster vorüberzogen. Als sie sich der Küste näherten, öffnete er das Fenster und atmete tief ein.

Giselle geleitete William vom Parkplatz an die Landspitze über dem tosenden Meer. Sie hielt seine Hand, unsicher, ob sie fest zupacken oder ihn nur beiläufig über den Pfad führen sollte, der in Schlangenlinien zur Klippe lief. Wenn William sich in einer Umgebung bewegte, die er gut kannte, konnte er seine Blindheit vollkommen verdrängen und sich mit überraschender Leichtigkeit zurechtfinden, aber an einem neuen Ort, der ihm nicht vertraut war, brauchte er Hilfe. Er weigerte sich, einen Stock zu benutzen. Das war mehr als eine Frage des Prinzips, hier ging es um trotzigen Stolz.

Sie setzten sich auf eine Holzbank. Die Aussicht war spektakulär. Donnernd brachen sich Wellen am Fuß der Felsen, am Horizont türmten sich graue Wolken.

Giselle wollte William beschreiben, was sie durch die Nebelwand sah, doch sobald sie den Mund aufmachte, spürte er es, tätschelte ihren Unterarm und brachte sie damit zum Schweigen.

Giselle hatte keine wärmere Kleidung mitgenommen und begann zu frösteln. Sie legte den Kopf an Williams Schulter, suchte seine Wärme. Er trug eine ausgebeulte Jeans und ein dickes T-Shirt. Sie roch Farbe, Tabak und trockenen Schweiß. Sein ganz eigener Geruch.

Wieder wollte sie etwas sagen, doch William hinderte sie daran.

»Sag nichts, was du bereuen könntest«, riet er ihr. »Der Augenblick ist wunderschön, aber er wird vergehen. Kein Grund, über Liebe zu sprechen, schon gar nicht über das Morgen, Giselle.«

Sie lauschten dem Meer.

Die Nacht verbrachten sie wieder in dem Zimmer, das Giselle vom Netzwerk zugewiesen worden war. William hatte nur wenig Zeit gehabt, sich mit den Abmessungen vertraut zu machen, und so geriet er auf dem Rückweg vom Bad ins Stolpern und stieß sich das Knie an einem Bettpfosten. Er hatte noch nicht angeboten, sie in seine Wohnung mitzunehmen, die direkt neben der Galerie lag. Er meinte, es wäre doch albern, sich in ein kleines Zimmer zu zwängen, solange sie diesen ganzen Luxus zur Verfügung habe.

Verärgert wehrte er ihre Hilfe ab, als er sich wieder aufrichtete.

»Hör zu«, sagte er, »du willst doch nicht meine Pflegerin werden, oder? Du hast was Besseres zu tun.«

Anderen Frauen die raffinierte Kunst der Verführung und des Tanzes beibringen? Sie zu unmoralischen Aufführungen schicken, bei denen sie unter dem Vorwand künstlerischen Schaffens in aller Öffentlichkeit fickten, um reichen Voyeuren Genuss zu verschaffen? Ihren Garten pflegen? Die nächtliche Leere mit dem Trost durch Fremde unterbrechen, solange sie noch genügend Attraktivität besaß? Konnte sie jetzt in dieses Leben zurückkehren, nachdem sie William wiedergefunden hatte und unter seiner Berührung erbebte, erfüllt von seiner Macht und Verzweiflung? Wie sinnlos ihr das erschien.

Madame Fur hatte ihr mehr Arbeit beim nächsten Ball angeboten, der irgendwo hoch oben im Norden stattfinden sollte. Eine aufwendige Vorstellung war geplant, Tänzer auf dem Eis, die wie Meeresvögel über gigantische, gefrorene Flächen glitten.

Auch William war immer willkommen. Viele Objekte, Requisiten und Bühnen mussten so gestaltet und ausgestattet werden, dass sie schön anzusehen waren und zugleich auch ihre Funktion erfüllten.

Es war verlockend. Aber alles wie gehabt. Sie hätten beide einen Platz innerhalb des Netzwerks, versicherte Madame Fur ihnen, wohin sie auch gehen wollten. Das müsse jetzt nicht entschieden werden. Sie könnten sich Zeit lassen.

Sie fanden ihren Frieden miteinander.

Lernten von Neuem, wieder ein Paar zu sein und die Jahre der Trennung hinter sich zu lassen.

Das war alles andere als leicht.

Sie vermieden jegliche Diskussion über die Zukunft, tauschten sich nie darüber aus, was sie als Nächstes vorhatten.

Drei Uhr morgens; William in den Fängen eines schlechten Traums. Das Feuer oder eine andere vergrabene Erinnerung aus der Zeit, bevor er Giselle kannte? Er krallte sich in die Laken, fiebrig, verwundbar. Giselle schmiegte sich voller Sorge an ihn, nahm seine Hand, besänftigte ihn, war wieder einmal von Schuldgefühlen getrieben wegen der Dunkelheit, die ihn umgab. Haut legte sich vertraut an Haut, reizte das Verlangen, Haut rieb sich an Haut, zunächst langsam, dann immer heftiger, Feuchtigkeit entstand, Körperteile fügten sich ineinander, der vertraute, beglückende Tanz des Sex.

Eine andere Nacht; Schweigen tiefer als ein Ozean. Giselle im Netz ihres Wahns gefangen, war wieder Jeanne, stellte sich den Schmerz vor, sehnte sich entgegen jeglicher Vernunft danach, ein Bataillon gesichtsloser Mönche, die sie auseinanderrissen, sie in einer Beichtzeremonie auf das Rad streckten, Nippel, die von scharfen Klingen und abscheulichen Gerätschaften gefoltert wurden, ihre Kehle zugeschnürt unter dem Druck eines erstickenden Seils. Williams Lippen strichen über ihre Wangen, leckten ihre Tränen ab. Er zog sie in die Arme, beschützte sie, und dann sein massiger Körper, der unter der Bettdecke verschwand, seine Zunge, die ihre Klitoris tröstete und meisterhaft den aufkommenden Pfad ihrer Lust lenkte. Später, sein Schwanz in ihrem Mund, samtig glatt und hart in seiner erlesenen Weichheit. Nährte, befriedigte sie.

Die Nächte.

EPILOG

Silvester.

Menschenmengen drängten sich rund um den Jackson Square, auf dem eine provisorische Bühne für die Auftritte von Blues- und Jazzbands errichtet worden war. Sie hatten für 22 Uhr einen Tisch bei Tujague's an der Decatur Street reserviert, gegenüber vom Café du Monde, vor dem lange Reihen Feiernder für Beignets und Kaffee Schlange standen, während Straßenkünstler Ballons in immer seltsamere und oft obszöne Formen knoteten und Bluessänger ihre selbst aufgenommenen CDs aus offenen Gitarrenkästen zum Verkauf anboten.

Um Mitternacht würden die Gäste auf den Balkon treten, um zuzuschauen, wie der funkensprühende Glitzerball an der Fassade der alten Jax-Brauerei hinabglitt und das Feuerwerk begann, abgefeuert von den im Mississippi verankerten Lastkähnen.

William hatte Giselle im Vorfeld darum gebeten, ihm das Feuerwerk zu beschreiben. Sie hatte zurückhaltend reagiert.

»Wie zum Teufel soll ich es denn beschreiben, William?«, hatte sie protestiert. »Das sind nur Farben und Lichter und Oohs und Aahs, weißt du …« Obwohl sie für ähnliche Bitten Verständnis hatte, wollte sie ihm klarmachen, dass sie sich eher auf Emotionen verstand, nicht auf Worte.

Stattdessen würden sie drinnen bleiben, beschlossen sie, und den ausgezeichneten Cognac zum Kaffee genießen, den köstlichen Käsekuchen und den Bananenbrotpudding, während die anderen Silvestergäste draußen zuschauten. Tujague's war eines ihrer Lieblingsrestaurants, und William schwor auf die traditionelle Rinderbrust, die zarteste, die er je gegessen habe, wie er behauptete.

Innerhalb weniger Wochen, nachdem sie gemeinsam mit William nach New Orleans zurückgekehrt war, hatte er sich in die kreolische Küche und sonstigen kulinarischen Köstlichkeiten verliebt, welche die Stadt zu bieten hatte. Giselle war nie eine große Köchin gewesen, doch sie hatte sich eine Reihe von Kochbüchern zugelegt und verbesserte allmählich ihre Künste, in der Absicht, seinen gesunden Appetit zufriedenzustellen. Nie hätte sie gedacht, dass sie einmal so häuslich werden würde. Und so im Frieden mit sich. Besonders stolz war sie auf ihr Meeresfrüchte-Gumbo.

Manchmal, wenn sie ausgingen, verbrachten sie fast die ganze Mahlzeit ohne viel miteinander zu reden, genossen das Essen und ihr gemeinsames Schweigen. Wie ein altes Ehepaar, dachte Giselle. Sie hielten sich auf der Straße sogar an der Hand, als hätten sie ihr ganzes Leben miteinander verbracht. William benutzte nach wie vor keinen Stock, trug lediglich eine dunkle Brille, und seine Schritte waren unter ihrer unmerklichen Führung so sicher, dass nur wenige Passanten seine Blindheit bemerkten.

Die anderen Gäste begaben sich auf den Balkon, um sich an den Feierlichkeiten zu erfreuen. Giselle und William blieben sitzen.

Die junge Kellnerin in der strengen schwarz-weißen Uniform kam, um ihnen Kaffee nachzuschenken. Sie hatte lange, wohlgeformte Beine in ihrem engen Bleistiftrock, dessen Stoff sich über ihrem festen Hintern spannte. Das kastanienbraune Haar war zu einem Chignon aufgesteckt. Ihre Bewegungen waren anmutig, und Giselle nahm sich vor, sie später zu fragen, ob sie je getanzt habe. Die junge Frau hatte beneidenswerte Wangenknochen, und am Hals war ein kleiner blauer Stern eintätowiert. Giselle hatte die Geschäftsleitung von *The Place* abgegeben, war aber mit dem Club und dem Netzwerk in Verbindung geblieben und hielt stets Ausschau nach möglichen neuen Talenten.

»Woran denkst du?«, fragte William, dem die subtile Veränderung in ihrem Schweigen nicht entgangen war.

»Das erzähl ich dir später«, erwiderte Giselle, während die Kellnerin den heißen Kaffee aus der Glaskanne einschenkte, den anderen Arm in der traditionellen Bedienungshaltung hinter dem Rücken. Dabei hielt sie Giselles Blick fest.

Definitiv eine Möglichkeit, dachte Giselle. Dieses leicht Trotzige würde gut passen, falls das Mädchen Gefallen am Tanz hatte. Oder auch am Sex, was offensichtlich der Fall war, wie ihre Haltung und der Glanz in ihren Augen verrieten. In diesen Dingen war Giselle nach wie vor Expertin.

William hob den Kopf, spürte die Anwesenheit der Kellnerin und deren wortlosen Austausch mit Giselle. Seine fragende Miene verzog sich zu einem schwachen Lächeln.

Von draußen ertönten lauter Applaus und Rufe.

»Alles Gute zum neuen Jahr«, sagte die Kellnerin.

Gleich darauf folgten gedämpfte Explosionen, als das Feuerwerk gezündet wurde.

William hauchte Giselle über den Tisch und das Durcheinander leerer Teller und Gläser einen Kuss zu. Sie griff nach seiner Hand. Die Kellnerin verschwand, bevor Giselle ihr eine Visitenkarte zustecken konnte.

Heitere Gelassenheit erfüllte Giselle, als sie das dünne Spinnennetz der tief in Williams Gesicht eingeprägten Falten betrachtete. Während ihres Aufenthalts in Paris vor ein paar Wochen hatte er seinen Bart gestutzt, was ihn irgendwie jünger aussehen ließ, weniger wild und zerzaust. Sein Verlangen hatte einer sanften Hinnahme, einer Akzeptanz Platz gemacht – ein Gefühl, das sie jetzt mit ihm teilte. Sie hatten die Vergangenheit begraben und gingen in das neue Jahr in einem Zustand seelischer Nacktheit, waren wie wiedergeboren. Gemeinsam.

Sie hatten beschlossen, dem Ball nicht in den hohen Norden zu folgen und sich vorübergehend eine Pause von den Exzessen des Netzwerks zu gönnen. William hatte darum gebeten, für kurze Zeit nach Paris zurückzukehren, bevor sie sich in New Orleans niederließen, wie sie vorgeschlagen hatte. Ein letzter Spaziergang an der Seine, durch die schmalen Straßen und über die geschäftigen Boulevards, geschmorte Rindermarkknochen und Knoblauchschnecken in den Restaurants mit den karierten Decken an der Rue Guisarde, in denen sie einst Stammgäste gewesen waren, die Düfte auf dem Blumenmarkt im Schatten von Notre-Dame. Es kam ihm, wie er sagte, richtig vor, das zu tun, bevor sie sich kopfüber in ein neues Leben stürzten; eine letzte Verbeugung vor der Vergangenheit, deren Freuden und Tragödien, eine Art Exorzismus. Giselle hatte zunächst Bedenken gehabt, doch er hatte sie rasch überredet. Von Portland oder Seattle gab es keine Direktflüge über den Atlantik, daher hatte William einen Flug mit Zwischenstopp in Montreal gefunden und Giselle gebeten, dort einen zweitägigen Aufenthalt einzulegen. Denn seine Geburtsstadt Montreal war ein weiterer Ort, von dem er sich verabschieden wollte, um das Grab seiner Eltern zu besuchen, ein letztes Mal auf die steilen Hügel der Stadt zu steigen, Giselle mit seiner Vergangenheit vertraut zu machen, von der sie nur wenig wusste.

Sie hatte zugestimmt. »*Oui, Monsieur Tremblay.*«

Ein Lächeln hatte sich über Williams Gesicht gebreitet. »*Merci, Mademoiselle Denoux.*« Es klang so seltsam, wieder Mademoiselle genannt zu werden. Alle Tänzerinnen aus dem Club hatten sie über die Jahre stets mit »Madame« angesprochen! Sie hatte das immer ihrer Rolle als Geschäftsführerin zugeschrieben, doch es war mehr als das. Es lag auch an ihrer persönlichen Ausstrahlung.

Zu Giselles Überraschung hatte sie das in der Provinz Quebec gesprochene Französisch kaum verstehen können, diese seltsame Mischung aus Patois und gutturalen Akzenten, kombiniert mit archaischen Ausdrücken und Redewendungen. Sie war sich wie eine Fremde in einem fremden Land vorgekommen, nicht mehr Williams unentbehrliche Führerin, sondern eine Mitreisende, für die er übersetzen musste. Am letzten Morgen ihres Zwischenstopps hatte er sie in ein kleines Museum auf dem Mount Royal mitgenommen, in dem eine ständige Sammlung einheimischer Künstler gezeigt wurde.

»Warum?«, hatte Giselle gefragt, sich schmerzlich seiner Blindheit und der Tatsache bewusst, dass er nicht in der Lage sein würde, die ausgestellten Kunstwerke zu sehen.

Eine Antwort war er ihr schuldig geblieben. Er hatte nur etwas vor sich hin gemurmelt, während sie ihm beschrieb, welche Räume vor ihnen lagen. »Falls sie die Aufteilung nicht geändert haben«, hatte er schließlich gesagt, »sollte es der Raum zur Rechten sein.« Sie hatte seine Hand genommen und ihn hineingeführt.

Sie waren bis zur hinteren Wand gegangen. Dort hingen sechs verschiedene Gemälde vor der Leere weiß gekalkter Steine.

Giselles Blick hatte die ausgestellten Arbeiten überflogen, und ihre Aufmerksamkeit war rasch von einem mittelgroßen Bild angezogen worden. Sie hatte den Stil sofort erkannt. Er war unverkennbar.

Ein Bild von William, das sie noch nie zuvor gesehen hatte.

Sie hatte nach Luft geschnappt.

Das Bild trug den Titel *Jeanne au Boucher*.

Johanna auf dem Scheiterhaufen.

Eine hyperrealistische Darstellung von Jeanne d'Arc, an einen Pfahl gefesselt, umgeben von einer gesichtslosen Menge, Flammen um ihre Füße, die Türme von Rouen ein steinerner Schild im Hintergrund. Im Gegensatz zu den klassischen Darstellungen war Jeanne vollkommen nackt. Kleine Brüste, offene rote Wunden in ihrem weißen Fleisch wie Stigmata, der bloße Unterkörper nur schwach durch eine Rauchwolke zu erkennen, aufsteigend von den Feuerzungen, die sie bereits verzehrten.

Giselle hatte geschluckt.

»Das ist der Grund, warum ich dich wollte. Vom ersten Moment an. Es war vorherbestimmt, nicht wahr?« Williams gedämpfte Stimme hatte in der feierlichen Stille des kleinen Museums schrecklich laut geklungen.

Giselles Blick war von Jeannes Gesicht auf dem Bild angezogen worden. Das waren ihre Gesichtszüge, nicht, wie erwartet, vor Schmerz verzerrt, sondern vor Lust. Daran konnte kein Zweifel bestehen.

Sie zitterte am ganzen Leib. Als stünde sie selbst in diesem Moment brennend auf dem Scheiterhaufen.

Neben dem Rahmen war ein Schild mit den Namen des Künstlers und dem Entstehungsjahr angebracht worden: William Tremblay. Das Entstehungsdatum lag zwei Jahre vor ihrer ersten Begegnung.

»Du warst bereits in meinem Kopf«, hatte William gesagt. »Das war mein allererster Verkauf an eine Galerie.«

Drei Tage später in Paris hatte Giselle ihn mitten in der Nacht in ihrem Hotelzimmer beim Jardin du Luxembourg geweckt und zu der Landspitze am Ende der Île de la Cité am Pont Neuf geführt. In tiefster Dunkelheit, die sie vor den Augen Fremder verbarg, hatte sie sich im kühlen Herbstwind entkleidet und William gebeten, sie zu ficken. Als sie kam, hatte sie geschrien, und der Laut ihrer rituellen Reinigung war wie ein aus seinem Käfig befreiter Vogel über den Fluss geflogen.

Die junge Kellnerin brachte die Rechnung. William suchte in der Innentasche seines Jacketts nach seiner Kreditkarte. Während sie in Paris waren, hatte er einen lukrativen Vertrag mit einer

Kunstgalerie an der Rue du Cherche-Midi abgeschlossen, der er zuvor einige Exemplare seiner kleinen, intimen Skulpturen zugeschickt hatte, und einen gut dotierten Auftrag für eine ganze Reihe von Objekten und größeren Stücken bekommen.

William spürte, dass die Kellnerin Giselle faszinierte.

»Lass mich raten … Hast du überlegt, wie sie als Tänzerin sein würde?«, fragte er, nachdem die junge Frau zur Kasse verschwunden war.

»Du hast das zweite Gesicht«, sagte Giselle. »Im Übrigen wäre sie sehr geeignet als Modell. Sie würde dir gefallen. Sie hat ein gewisses *je ne sais quoi* …«

»Ah, aber zum Bildhauern muss ich meine Inspiration inzwischen berühren, sie liebkosen, das Material kneten …«, rief ihr William ins Gedächtnis. »Würde dich das nicht eifersüchtig machen?«

Als die Kellnerin mit der Quittung zurückkam, steckte Giselle ihr keine Visitenkarte zu.

»Ich weiß nicht«, antwortete sie. »Die Geburt von Schönheit hat ihre Reize. Schließlich ist es nur Kunst. Sollen wir es ausprobieren?«

Sie hatten am weniger beliebten Rand des Garden District ein Haus im Kolonialstil gefunden und gekauft. Giselle war es gelungen, den größten Teil des Gartens, den sie auf dem Grundstück von *The Place* angelegt hatte, zu verpflanzen, und sie hatten für William einen Schuppen zum Atelier umgebaut. Dann gab es noch die kleinen Aufträge, die sie nach wie vor für das Netzwerk und den Ball übernahmen. Zum ersten Mal in ihrem Leben war die Zukunft gesichert und vorhersehbar.

Ein neues Jahr; ein neues Leben.

Es war drei Uhr morgens, bis sie sich ihren Heimweg durch die feiernden Menschenmengen im French Quarter gebahnt hatten. Ihre ganz persönliche Geisterstunde.

Sie entkleideten sich.

William nahm seine dunkle Brille ab.

»Tanz für mich, Giselle«, bat er.

Und endlich begann ihr Tanz in die Ewigkeit. Ein Schritt nach dem anderen.

DANK

Das ist unser achter gemeinsamer Band. Wir begannen mit EIGHTY DAYS – FARBE DER LUST und setzen die Geschichte mit FOUR SEASONS – ZEITEN DER LUST fort.

Wie immer möchten wir unserer Agentin Sarah Such danken, die seit den ersten Anfängen an uns geglaubt hat und sich seither unablässig für uns einsetzt, zusammen mit ihren ausländischen Agenten und unserem Team weltweiter Verleger, die diese Reise so aufregend und erfreulich gemacht haben. Wir haben viele von euch bereits genannt. Aber ohne euch hätte es keine Reise zu den äußersten Grenzen des Verlangens, der Erregung und der Lust gegeben. Thank you, danke, merci, gracias, grazie, dziękuję, hvala, obrigado, dank je wel, sas efcharistó, teşekkur ederim, arigato, tack, tak, takk, ďakujem, děkuji, ačiū, paldies, vi blagodaram und nochmals danke in allen Sprachen, die in Google Translate nicht enthalten sind.

Unser Dank gilt auch all der wunderbaren Musik, die uns auf unserem Weg inspirierte, von klassischer bis zu zeitgenössischer, und den anderen Autoren, die unsere Fantasie beflügelten oder uns den Weg ebneten, wie auch den Filmen, und zu guter Letzt den Männern und Frauen nah und fern, bekannt und unbekannt, die unser Leben zu dem gemacht haben, was es ist.

VINA JACKSON

4 Seasons

NÄCHTE DER LEIDENSCHAFT

LESEPROBE

Aus dem Englischen
von Susanne Aeckerle
und Marion Balkenhol

carl's books

Ich war immer schon ein Kind des Meeres.

Das war das Einzige, was ich von meinen Eltern geerbt hatte, die im Winter 1947 von London nach Neuseeland ausgewandert waren. Obwohl ich zu der Zeit noch gar nicht geboren war, erzählte mir meine Mutter später, meine Liebe zum Wasser müsse wohl von den sechs Wochen an Bord der *Rangitata* herrühren. Sie habe die Zeit größtenteils an Deck verbracht, um mit dem Aufruhr in ihrem Magen fertig zu werden, ausgelöst von Morgenübelkeit und Wellengang. Mein Vater war unterwegs im Alkohlrausch über Bord gegangen und ertrunken.

Wir legten in Aukland an, und dort blieben wir. Nach der langen Überfahrt und dem Verlust ihres Ehemanns weigerte sich meine Mutter, noch weiter zu reisen, und ich wurde sechs Monate später geboren. Obwohl ich keinen Tropfen Maoriblut in mir habe, wurde ich Moana genannt, das Maori-Wort für »Meer«, und in einem katholischen Internat untergebracht, sobald ich alt genug für die Schule war. Meine Mutter besuchte mich einmal pro Woche, doch jedes Mal, wenn wir uns gegenüberstanden, sah ich in ihr nur die Frau, die mich in Stich gelassen hatte, und meine Mutter sah nur die Wellen, die meinen Vater fortgespült hatten.

Was Liebe ist, erfuhr ich erst durch Iris.

Wir lernten uns mit sieben kennen, bei der Kommunion, als ich den Mund geöffnet und die trockene Oblate geschluckt hatte, die mir von einem Priester im Ornat auf die Zunge gelegt worden war. Dabei hatte er meine Unterlippe mit dem Daumen etwas zu bedächtig und zu lange gestreift. Ich hatte Iris durch den Vorhang ihres weißen Schleiers erspäht, wie sie mit den Fingern im Weihwasser spielte, bis eine Aufsichtsperson sie wegzog. Ich war aus der ordentlichen Schlange meiner Mitschülerinnen ausgebrochen, die darauf warteten, hinter die Klostermauern zurückgebracht zu werden, und dem kleinen Mädchen nachgelaufen, das gewagt hatte, das Unberührbare zu berühren. Es war mir gelungen, ihre Hand zu ergreifen, bevor ich ebenfalls von einer Erwachsenen zurückgezerrt wurde. Als wir uns berührten, wurde auch meine Hand nass. Ich achtete sorgsam darauf, die Hand auszustrecken, damit sie feucht blieb und ich die kostbaren Tropfen nicht abwischte, doch selbst ich konnte nicht verhindern, dass Weihwasser trocknet.

In der nächsten Woche stellten wir uns einander vor, und von dem Tag an freute ich mich auf die Sonntage, womit ich bei meinen Lehrern die Hoffnung weckte, dass ich, an der bisher kein Anzeichen von Frömmigkeit zu entdecken war, endlich auch zu Gott gefunden hatte.

Ich hatte zwar nicht zu Gott gefunden, aber in Iris eine Freundin. Wir stahlen uns gemeinsame Augenblicke zwischen den Chorälen oder im Schutz dunkler Nischen, wenn wir uns eigentlich auf die Beichte vorbereiten sollten.

Ich fing sogar an, die Bibel zu lesen, aber nur das Hohelied Salomos. Nachts in meinem Bett im Schlafsaal ließ ich einen angefeuchteten Finger in mich gleiten, bis die sanften Worte des Königs und der Rhythmus, den ich mit meiner Fingerspitze auf die seidige Härte meines Kitzlers übertrug, eine tosende Erregung in mir auslösten, die wie ein Sturm durch meinen Körper brauste. Für mich war dieses magische Gefühl wie eine Welle. Sie begann mit meiner zunehmenden Feuchtigkeit und türmte sich allmählich auf, wartete darauf, dass ich sie im richtigen Moment auf dem Scheitelpunkt erwischte und sie den ganzen Weg hinab ritt.

Eines Sonntags fragte ich Iris nach diesem Gefühl.

»Das ist ein Orgasmus«, sagte meine Freundin wissend.

Ich hatte keine Ahnung, wovon sie redete.

»So was soll man angeblich beim Sex haben. Mit einem Mann.«

Diese kostbare Information hatte Iris von ihrer äußerst liberalen Großmutter Joan erhalten, die einst Zirkusartistin gewesen war und an exotischen, weit entfernten Orten gearbeitet hatte. Gerüchten zufolge konnte sie Feuer schlucken und ein ganzes Schwert in ihrer Möse versenken. Die alte Frau lebte jetzt allein in einer Hütte nicht weit vom schwarzen Sand des Piha Beach entfernt, wo sie jeden Morgen über die rauen Pfade der Waitakere Ranges wanderte und danach so energisch Klavier spielte, dass die Surfer behaupteten, über den donnernden Wogen manchmal ein gespenstisches Schlaflied wuchtig angeschlagener Tasten zu hören.

Als ich siebzehn war, wurde ich inoffiziell von Iris' Eltern adoptiert, da meine Mutter plötzlich an einem Herzinfarkt gestorben war und weder Erspartes hinterlassen noch Vorsorge zur Bezahlung der Schulgebühren getroffen hatte. So bekam ich eine Familie.

An den Wochenenden, unter dem Vorwand, Musikunterricht zu nehmen und der alten Frau Gesellschaft zu leisen, wurden Iris und ich zu ihrer Großmutter am Piha Beach gefahren. Iris' Vater chauffierte uns in seinem neuen Plymouth Valiant mit den schicken Chromstoßstangen. Im Radio lief knisternd *Ray Columbus* und *The Invaders,* solange wir Empfang hatten.

Iris und ich löcherten ihre Großmutter ständig nach Berichten über ihr vorheriges Leben. Wir hörten fasziniert zu, wenn Joan von anzüglichen Erlebnissen auf dem Rücksitz von Kraftdroschken erzählte, als sie als Zweiundzwanzigjährige von wohlhabenden Männern umworben wurde.

Sie könne immer noch das Bein über den Kopf heben, teilte sie uns eines Tages mit, stieg gewandt auf den Klavierhocker und führte uns dieses bemerkenswerte Kunststück vor. Dazu legte sie ihren schmalen, faltigen Arm um die linke Wade und hob das Bein über ihre rechte Schulter, als hätten ihre Hüften Scharniere und würden so leicht aufschwingen wie eine Haustür.

Die Geschichten, die wir am liebsten hörten, drehten sich alle um den Ball, eine bizarre Festlichkeit, die nur einmal im Jahr stattfand, immer an einem anderen Ort irgendwo auf dem Globus. Joan erzählte uns, sie sei als Darstellerin von einer hochgewachsenen, gut aussehenden Frau engagiert worden, die im Schatten vor der Trocadero Music Hall am Piccadilly Circus auf sie gewartet habe. Die Frau habe ihr eine enorme Geldsumme als Vorschuss gegeben, um sich sowohl ihrer Verschwiegenheit zu versichern, wie auch lebenslanger Auftritte in einer Nacht pro Jahr, und von dem Abend an sei Joan mit dem Ball gereist.

Iris war skeptisch, aber ich hörte hingebungsvoll zu, als die alte Frau von einem Fest auf einem brennenden Flussdampfer in New Orleans erzählte, bei dem die Wände in Flammen standen, ohne dass sie niederbrannten, und die Hälfte der Gäste als menschliche Fackeln verkleidet war. Sie beschrieb ein weiteres Fest in einer Villa auf Long Island bei New York, das von der Abenddämmerung bis zum Morgengrauen unter Wasser stattfand und bei dem alle Gäste in der Verkleidung von Meerjungfrauen und tropischen Fischen durch die Räume geschwommen waren. Und noch eines, in einer riesigen Höhle unter einem gefrorenen Wasserfall in Norwegen, bei dem eine Tänzergruppe von Kopf bis Fuß mit Diamanten beklebt war und sie wie Schneeflocken wirken ließ, die anmutig von einem schimmernden Himmel aus Stalaktiten herabschwebten.

Joan hatte nie geheiratet, ihre Anstellung beim Ball aber aufgegeben, als sie ein Kind bekam, empfangen unter einem Rosenbusch von einem Mann, den sie bei einer Gartenparty kennengelernt hatte. Das Leben als umherziehende Darstellerin eignete sich nicht dazu, ein Kind großzuziehen, und daher hatte sich Joan, mit Iris' Mutter im Bauch, für ein neues Leben mit den Pionieren entschieden, die ans andere Ende der Welt auswanderten. Sie zog nach Neuseeland, wo sie ein Kind zur Welt brachte, das sich unerklärlicherweise zu einer eher konservativen Person entwickelte, trotz der Gene ihrer Mutter, die sie schließlich Iris weitergeben würde.

Joan blieb in Verbindung mit verschiedenen Künstlern des Balls, die weiterhin reisten und auftraten, und so geschah es kurz vor meinem achtzehnten Geburtstag, dass sie von dem Ball erfuhr, der in Kürze in Neuseeland stattfinden würde.

»Glaubst du, dass die Geschichten wahr sind?«, fragte mich Iris an jenem Abend.

»Jedes einzelne Wort«, erwiderte ich, wobei meine Augen vermutlich vor Entzücken strahlten.

Die Einladung für Joan kam auf einer dicken weißen Karte mit eingeprägten Goldbuchstaben, der Umschlag mit einem großen Klecks Kerzenwachs versiegelt. Die alte Frau bat mich, ihn aufzumachen, und beschwerte sich, dass ihre inzwischen arthritischen Finger mit einem so schweren Umschlag nicht mehr fertig wurden, obwohl sie erst an diesem Morgen ihre Finger mit der Geschicklichkeit einer halb so alten Person über die Tasten hatte fliegen lassen.

Anfangs glaubte ich, für uns gäbe es keine Möglichkeit, ebenfalls eine Einladung zu bekommen. Doch dann lag ein weiterer dicker weißer Umschlag in Joans Briefkasten, diesmal adressiert an Moana Irving und Iris Lark. Mit zitternden Händen riss ich ihn auf und stellte fest, dass die alte Frau an die Organisatoren des Balls geschrieben und empfohlen hatte, uns Mädchen in der Küche einzustellen. Wir konnten beide nicht besonders gut kochen, doch das, sagte Joan bei unserem nächsten Besuch, sei kaum von Bedeutung.

Nachdem uns die Einladung sicher war, gab es nichts mehr zu tun, als den Weg dorthin zu finden.

Ich hörte den Ball, bevor ich ihn sah. Iris und ich hatten das Auto auf einem Grünstreifen nahe der Landspitze geparkt, und als wir ausstiegen und meine nackten Füße das Gras berührten, wusste ich, wohin wir uns wenden mussten. Ein seltsamer, wehklagender Walgesang war zu hören. Ich übernahm die Führung, und zusammen kletterten wir vorsichtig die steile Uferböschung zum Meer hinab, das sich vor uns erstreckte.

Staunend blieb ich stehen – es war genau so, wie ich es mir vorgestellt hatte. Als stünde ich am Ende der Welt. Und dort, über der Landspitze, von der die Toten ihre Reise ins Jenseits beginnen, wie es hieß, flogen Hunderte großer weißer Vögel, schlugen im Gleichklang mit den Schwingen, stürzten sich vom Rand der Klippe hinab, tauchten Augenblicke später wieder auf, stiegen hoch in die Luft, drehten ab, vereinten sich mit anderen, tollten in dem starken Wind, der um das Kap blies. Doch das waren keine Vögel, erkannte ich und schlug erschrocken die Hand vor den Mund. Das waren in kunstvolle Federkostüme gekleidete Menschen. Männer und Frauen, alle nackt und mit phosphoreszierender Körperfarbe bedeckt, die das Licht der untergehenden Sonne in tausend farbigen Splittern reflektierte, fast zu grell, um sie anzusehen.

Ich hätte diesen Wesen, die anscheinend ohne die Bürde von Gurten oder Aufhängevorrichtungen frei durch die Luft flogen, endlos zuschauen können, doch mir war bewusst, dass Iris und ich in der Küche erwartet wurden, daher gingen wir weiter, folgten dem Walgesang hinab zum Ufer.

Zuerst wirkte der Strand verlassen. Aber als sich meine Augen an das rasch schwindende Abendlicht gewöhnt hatten, erkannte ich, dass das, was ich für Felsen gehalten hatte, in Wirklichkeit Menschen in hautengen, silbrig grauen, glitzernden Stoffen waren. Sie lagen reglos zusammengerollt im Sand und erinnerten an schlafende Seehunde. Als wir uns ihnen näherten, erhoben sich zwei der grauen Wesen, um uns zu begrüßen. Beide waren Frauen, hatten große Brüste mit aufgerichteten Nippeln, so steif, dass es mir schwerfiel, den Frauen in die Augen zu sehen, statt auf ihre Brüste zu starren.

»Willkommen«, sagten die Frauen gleichzeitig, nahmen Iris und mich an der Hand und führten uns hundert Meter weiter den Strand entlang bis zu einer Abschirmung aus Farn, die wie die flache Bedeckung eines Felshangs wirkte. Doch als wir näher kamen, teilten sich die Pflanzen wie Vorhänge und gaben einen hohen Tunnel frei, so breit wie ein Fahrdamm. Die Seitenwände des Tunnels wurden durch Kerzen erhellt, die auf in den Fels eingelassenen Totenschädeln standen. Ob es die Schädel von Menschen, Tieren oder realistische Nachbildungen waren, konnte ich nicht erkennen, doch die Wirkung war eher beruhigend als gruselig. Wieder war es, als beträten wir eine andere Welt, während wir dem schwach beleuchteten Gang durch das riesige Höhlenlabyrinth folgten.

Musik dröhnte so laut durch die Felswände, dass ich die Vibrationen spüren konnte, wenn ich mit den Fingerspitzen an dem feuchten Fels entlangfuhr – wie in einem riesigen, schlagenden Herzen. Durch die Öffnungen, an denen wir auf dem Weg zur Küche vorbeikamen, erhaschte ich nur flüchtige Blicke auf die Gäste des Balls, doch was ich dabei sah, war so bizarr, dass ich mir nicht sicher sein konnte, ob ich mich überhaupt hier befand oder alles nur Teil eines raffinierten und verrückten Traums war.

Wie die beiden Helferinnen, die uns führten, und die Akrobaten, die draußen über der Felskuppe flogen, waren auch die Feiernden unbekleidet, aber so bemalt, dass die Haut fast durchscheinend wirkte, als wären sie Geister, Reisende, die bereits im Jenseits gewesen und zurückgekehrt waren. Sie waren schamlos nackt und manche in leidenschaftlichen Umarmungen vereint, ein Gewirr aus Armen und Beinen und den entsprechenden Lauten, teilweise äußerst menschlich und lustvoll, dann wieder wie die überirdischen Schreie von Engeln und Dämonen. Iris griff nach meiner Hand, zog mich an sich und küsste mich kurz auf die Lippen. »Das ist unglaublich«, flüsterte sie. »Ich bin so froh, dass wir hergekommen sind.«

Wir wurden in die Küche geführt, ohne viel Federlesen entkleidet und angewiesen, uns zu waschen – nicht nur die Hände, sondern den ganzen Körper. Das taten wir in einem Duschbereich, in dem eine Art Untergrundwasserfall aus der Felswand sprudelte. Dann wurden wir mit dünnen Kleidchen ausgestattet, die als Schürzen dienten, und man zeigte uns unsere Arbeitsplätze.

Ich bekam die Aufgabe, farbenprächtige Zuckerblumen herzustellen. Mir wurde ein Berg fertiger Blättchen in sämtlichen Schattierungen des Regenbogens zugeteilt, die ich zu Blüten zusammenfügen sollte. Eine Rezeptkarte, die als Anleitung diente, verriet nichts über die notwendigen Schritte, ein solches Kunstwerk zu fertigen, sondern wies mich lediglich an, mich darauf zu konzentrieren, ein Gefühl der Sehnsucht nach dem Dessert hervorzurufen, das alle, die es probierten, mit Verlangen erfüllte. Da Iris an ihrer Arbeitsplatte vor mir stand und geschnittene Mangos, Erdbeeren und Bananen mit den bloßen Händen zu Saft zerquetschte, wobei die Rundungen ihrer Pobacken und ihr Rücken unter dem hauchzarten Stoff des Kleides deutlich sichtbar waren, fiel mir die Aufgabe nicht schwer.

Die Stunden vergingen rasch und wie in Trance. Ich hatte

keine Ahnung, wie viele Blüten ich tatsächlich geformt hatte, denn sobald ich mit einem Strauß fertig war, kam ein Bediensteter in weißen Handschuhen und schob sie auf ein Silbertablett, um sie den hungrigen Gästen zu servieren. Schließlich wurden wir von unseren Pflichten entbunden und angewiesen, uns erneut zu waschen und für die Zeremonie umzuziehen. Wir hatten die ganze Nacht gearbeitet, und die Morgendämmerung war nicht mehr fern. Vor dem Waschen bekamen wir etwas zu essen. Es gab mit Kokos aromatisiertes Gelee in Form von Skeletten, mit Marmelade gefülltes, so leichtes Gebäck, dass es krümelte, wenn ich es zu fest zwischen Daumen und Zeigefinger drückte, eine dünne, hellrote Suppe, die nach Karotten aussah, aber nach Blaubeeren schmeckte. Schließlich bekam jede von uns noch ein Sträußchen der blutroten Blüten des Pohutukawa-Baums, die ich mit eigenen Händen geformt hatte, dazu ein Glas von dem Saft, den Iris ausgepresst hatte.

Die seltsame Mahlzeit besänftigte zwar unsere knurrenden Mägen, rief aber eine andere Art von Hunger hervor, ein so starkes Verlangen, dass wir es kaum unter den Wasserstrahl schafften, bevor wir übereinander herfielen. Ich schleppte Iris regelrecht in den Duschbereich. Vor den Augen von einem halben Dutzend anderer Küchenhilfen hob ich den Rock meiner Freundin bis zur Taille hoch, kniete mich auf den feuchten Boden und vergrub mein Gesicht zwischen ihren Beinen, leckte ihre geschwollenen Schamlippen, als wären ihre Säfte ein Nektar für die Götter.

Das plätschernde Wasser konnte Iris' Stöhnen nicht übertönen, was mich nur umso mehr anfeuerte. Meine Arme erlahmten von der Mühe, Iris' Kleid um ihre Hüften hochzuhalten, und meine Knie schmerzten auf dem harten Felsboden, doch ich achtete nicht darauf. Das war nichts im Vergleich zu der Freude, die ich dabei empfand, meiner Freundin Lust zu bereiten. Ich ließ meine Zunge über Iris' empfindsamste Stellen gleiten, über ihren

Kitzler schnellen, huldigte jeder Spalte und Falte, als wäre sie ein mit köstlichstem Wein gefüllter Kelch.

Ich bekam kaum noch Luft, als Iris ihre Finger in meinem Haar vergrub und meinen Kopf fest an sich drückte, meine Nase in ihre Öffnung stieß und auf meinem Gesicht ritt, bis sie in einem Orgasmus erbebte und in meinen Armen zusammensank.

Sofort wurden wir hochgehoben und zur Seite getragen, wo uns ein Dutzend Hände mit weichen Handtüchern abtrocknete und geschickt jeden Zentimeter unseres Körpers mit kräftigen Pinselstrichen in glitzernder Silberfarbe bemalte, sodass wir Mondstrahlen oder Geistern ähnelten.

Iris lachte so fröhlich wie ein Kind, und ich fühlte mich, als wäre ich betrunken, berauscht von den Säften, die ich gerade von ihrer Öffnung geleckt hatte.

»Der Morgen bricht an … die Zeremonie …«, flüsterten drängende Stimmen, und wir fügten uns ein in den Strom schimmernder Körper, die aus den Höhlen herauskamen und durch die Tunnel dem Strand und dem anbrechenden Tag zustrebten.

Der Sand unter meinen Füßen war kühl und weich, und ich geriet auf dem unebenen Boden beinahe ins Stolpern. Wir waren durch den Farnvorhang gekommen und schlossen uns den Gästen an, die sich am Ufer versammelt hatten, alle nackt und schimmernd wie ein Fischschwarm, der versehentlich aus dem Meer an Land gekommen war.

Alle blickten in dieselbe Richtung, manche jubelten und riefen: »Maîtresse, Maîtresse …« Ich wandte den Kopf, und mir stockte der Atem, als ich sah, was da auf uns zukam. Eine Frau saß hoch aufgerichtet auf einem Thron aus Walknochen, getragen auf den Schultern von sechs Männern, die einen Kopf größer und doppelt so muskulös waren wie sämtliche Männer, die ich je gesehen hatte. Sie waren praktisch Riesen, und alle nackt. Ihre enormen Schwänze klatschten an ihre Oberschenkel, während sie mit ihrer kostbaren Fracht den Strand entlangrannten.

Der Körper der Frau war bemalt, aber in reinem Weiß statt Silber und auf eine Weise, die die Knochen unter ihrer Haut deutlich hervorhob, sodass sie halb wie ein Engel wirkte, halb wie ein Mensch. Dazu trug sie kunstvolle Federschwingen, die sich an ihrem Rücken hin und her bewegten, als wären sie kein Kostüm, sondern mit ihr verwachsen.

Die Menge trat zurück, bildete einen Kreis, und die Frau wurde in die Mitte gelegt. Sie breitete die Arme und Beine aus; beinahe hätte ich gelacht, weil es mich daran erinnerte, wie ich als Kind am Strand meine Gliedmaßen hin und her bewegte, um ein Flügelwesen im Sand zu schaffen. Eine andächtige Stille legte sich über die Versammelten, nur das stetige Rauschen der Wellen war zu hören.

Ein Mann trat aus der Zuschauermenge hervor. Sein Haar war pechschwarz, sein Körper durchtrainert. Zwischen seinen Beinen ragte stolz sein Schwanz auf.

In diesem Moment erhob sich die Sonne über dem Meer. Der Mann fiel vor der Frau auf die Knie. Sie richtete sich auf, warf ihn auf den Rücken und senkte sich auf sein steifes Glied hinab. Als sie sich vereinten, begannen ihre Schwingen zu schlagen, und die Menge brach in Jubel aus.

Vor Erstaunen schrie ich auf, denn am Körper der Frau veränderte sich etwas. Ihre Haut war nicht mehr bleich, sondern mit Bildern überzogen, die so hell leuchteten wie die Sonnenstrahlen über dem Meer. Eine Landschaft aus Spiralen, Hieroglyphen, geflügelten Wesen, Säugetieren, Fischen und Reptilien breitete sich über ihren Körper, alle wie mit einem dünnen Netz durch eine pulsierende Ranke verbunden.

»Sie ist gezeichnet«, sagten Stimmen neben mir ehrfurchtsvoll. »Jetzt ist es vollbracht.«

Als wir nach Hause kamen, erfuhren wir, dass Joan in der Nacht des Balls gestorben war. Irgendwie überraschte mich das nicht.

Iris und ich teilten in dieser Nacht ihr schmales Bett, wie wir es getan hatten, als wir Kinder waren, und ich bettete ihren Kopf an meine Brust und strich ihr über das Haar, während sie weinte. Wir fanden Trost in unserer gemeinsamen Nacktheit. Die Berührung unserer Haut, ohne die Barriere der Kleidung, schuf eine größere Nähe. Iris öffnete sich mir wie eine erblühende Knospe. Als ich aufwachte, spürte ich ihre Lippen auf meiner Brust, wie sie mit der Zunge an meinem Nippel spielte. Ihre Finger tauchten in mich ein, spreizten sanft meine Falten, als suchten sie nach dem richtigen Pfad auf einer Landkarte, die sie nie zuvor gesehen hatten.

»Ich liebe dich«, sagte sie leise, glitt auf mich und drückte ihre Lippen auf meine.

Es war eine Offenbarung.

Ich glaubte ihr immer noch nicht so ganz, vermutete, dass sie durch den Sex mit mir ihre Trauer vertreiben wollte. Oder doch nicht? Iris war wie ein flatternder Vogel, den ich nie in der Hand festhalten konnte. Ich musste ihr beim Fliegen zusehen.

Falls Joan irgendwo ein gewaltiges Vermögen vergraben hatte, wie man mutmaßte, dann war es entweder verloren gegangen oder in Vergessenheit geraten. Ihr Nachlass war spärlich. Sie hinterließ Iris und mir kein Geld – was wir auch nicht erwartet hatten –, aber einen Umschlag mit zwei Tickets für einen One-Way-Flug und eine kurze Notiz auf weißem Papier:

Macht euch nach London auf und findet dort meinen Geist.

Und so flogen wir nach London.